SCHUTZ FÜR JOSIE

SEALS OF PROTECTION: ALLIANCE
BUCH 3

SUSAN STOKER

EBENFALLS VON SUSAN STOKER

SEALs of Protection: Alliance
Schutz für Remi
Schutz für Wren
Schutz für Josie
Schutz für Maggie (1 Apr)
Schutz für Addison (6 May)
Schutz für Kelli
Schutz für Bree

Ein Spiel des Glücks
Ein Beschützer für Carlise
Ein Prinz für June (1 Jun)
Ein Held für Marlowe (1 Aug)
Ein Holzfäller für April (1 Okt)

Die Männer von Silverstone
Vertrauen in Skylar
Vertrauen in Taylor
Vertrauen in Molly
Vertrauen in Cassidy

<u>Die Zuflucht in den Bergen</u>
Zuflucht für Alaska
Zuflucht für Henley
Zuflucht für Reese
Zuflucht für Cora
Zuflucht für Lara
Zuflucht für Maisy
Zuflucht für Ryleigh

<u>Das Bergungsteam vom Eagle Point</u>
Ein Retter für Lilly
Ein Retter für Elsie
Ein Retter für Bristol
Ein Retter für Caryn
Ein Retter für Finley
Ein Retter für Heather
Ein Retter für Khloe

<u>SEALs of Protection: Legacy</u>
Ein Beschützer für Caite
Ein Beschützer für Brenae
Ein Beschützer für Sidney
Ein Beschützer für Piper
Ein Beschützer für Zoey
Ein Beschützer für Avery
Ein Beschützer für Kalee
Ein Beschützer für Jane

<u>Die SEALs von Hawaii:</u>
Die Suche nach Elodie
Die Suche nach Lexie
Die Suche nach Kenna
Die Suche nach Monica
Die Suche nach Carly

Die Suche nach Ashlyn
Die Suche nach Jodelle

Delta Team Zwei
Ein Held für Gillian
Ein Held für Kinley
Ein Held für Aspen
Ein Held für Jayme
Ein Held für Riley
Ein Held für Devyn
Ein Held für Ember
Ein Held für Sierra

Mountain Mercenaries:
Die Befreiung von Allye
Die Befreiung von Chloe
Die Befreiung von Morgan
Die Befreiung von Harlow
Die Befreiung von Everly
Die Befreiung von Zara
Die Befreiung von Raven

Ace Security Reihe:
Anspruch auf Grace
Anspruch auf Alexis
Anspruch auf Bailey
Anspruch auf Felicity
Anspruch auf Sarah

Die Delta Force Heroes:
Die Rettung von Rayne
Die Rettung von Emily
Die Rettung von Harley
Die Hochzeit von Emily

Die Rettung von Kassie
Die Rettung von Bryn
Die Rettung von Casey
Die Rettung von Wendy
Die Rettung von Sadie
Die Rettung von Mary
Die Rettung von Macie
Die Rettung von Annie

<u>SEALs of Protection:</u>
Schutz für Caroline
Schutz für Alabama
Schutz für Fiona
Die Hochzeit von Caroline
Schutz für Summer
Schutz für Cheyenne
Schutz für Jessyka
Schutz für Julie
Schutz für Melody
Schutz für die Zukunft
Schutz für Kiera
Schutz für Alabamas Kinder
Schutz für Dakota

<u>Eine Sammlung von Kurzgeschichten</u>
Ein langer kurzer Augenblick

KAPITEL EINS

Nate »Blink« Davis fluchte, als er auf dem Boden lag, genau dort, wo seine Entführer ihn abgesetzt, die Scheiße aus ihm herausgeprügelt und ihn dann zum Glück in Ruhe gelassen hatten.

Man konnte mit Sicherheit sagen, dass seine zweite Mission in den Iran ebenso beschissen gewesen war wie die erste, bei der seine Teamkameraden getötet und verletzt worden waren.

Nein, das stimmte nicht. Diesmal hatte das Team sein Ziel erreicht und die Terroristen, die es eliminieren sollte, gefunden und ausgeschaltet. Und seltsamerweise war Blink nicht sauer, dass er gefangen genommen worden war. Wahrscheinlich weil er das getan hatte, was er bei seinem letzten Aufenthalt hier nicht geschafft hatte.

Er hatte seine SEAL-Kameraden gerettet.

Zumindest hoffte er das. Sie waren ohne Ausweg umzingelt gewesen. Es war ein Déjà-vu. Aber er hatte beschlossen, dass es dieses Mal anders laufen würde. Obwohl er genau wusste, was passieren würde – er würde entweder gefangen genommen oder getötet werden –, lief Blink los.

Er betete nur, dass die SEALs sein Opfer respektiert und getan hatten, was sie tun mussten, um zu entkommen.

Nein, Blink flippte nicht darüber aus, dass er jetzt ein »Gast« der iranischen Streitkräfte war. Er hatte sich mit seiner Entscheidung abgefunden, weil sie hoffentlich bedeutete, dass gute Männer am Leben blieben. Aber seine Aktion war kein Selbstmordkommando gewesen. Er wollte auch leben. Nach seinem letzten Einsatz im Iran hatte er mit Hilfe seines Therapeuten erkannt, dass der Tod seiner Freunde nicht bedeutete, dass auch *sein* Leben zu Ende war.

Remis Rettung hatte auch zu dieser Erkenntnis beigetragen. Wenn er nicht zur richtigen Zeit am richtigen Ort gewesen wäre, wäre sie jetzt tot. Und zu sehen, wie glücklich sein Teamleiter Kevlar mit Remi, der Liebe seines Lebens, war, bestärkte Blink in seiner Entschlossenheit, seine Erfahrungen und Fähigkeiten einzusetzen, um anderen zu helfen.

Damals wie heute schrie ein sechster Sinn tief in seinem Inneren, dass das, was er getan hatte, so bestimmt gewesen war. Es klang verdammt kitschig ... aber Blink konnte sich des Gefühls nicht erwehren, dass er genau dort war, wo er im Moment sein musste.

Was lächerlich war. Welcher Mensch bei klarem Verstand dachte, dass es Schicksal war, in einer Zelle eingesperrt zu sein, mit Folter, die definitiv von denen geplant war, die ihn hierhergeschleppt hatten?

Blink hörte ein Geräusch und drehte den Kopf, aber es war dunkel in der Zelle und er konnte nichts sehen. Es tat weh, den Hals zu drehen, stellte er fest. Seine Rippen schmerzten auch, aber er glaubte nicht, dass sie gebrochen waren ... noch nicht. Blut tropfte an seinem Arm und seiner Schläfe herunter, und zwar an den Stellen, wo er geschlagen worden war, und er war durstig. So verdammt durstig. Aber er war am Leben. Das war alles, was zählte.

Ein SEAL ließ niemals einen SEAL zurück, und er hatte

keinen Zweifel, dass jemand zu ihm kommen würde. Er musste nur aushalten, was immer diese Arschlöcher in der Zwischenzeit taten. Und er hatte keinen Zweifel, dass er das konnte. Er hatte dafür trainiert, ein Kriegsgefangener zu sein. Irgendwie verkorkst, aber so funktionierte die Welt nun mal, *seine* Welt der Spezialeinheit.

Zuerst war Blink nicht begeistert gewesen, als er erfahren hatte, dass in seinem neuen SEAL-Team von ihm erwartet wurde, einen verdammten Peilsender zu tragen, als sei er ein verdammter Hund oder so etwas. Aber jetzt? Er verzog den Mund zu einem zufriedenen Grinsen. Ein Mann namens Tex war da draußen, beobachtete ihn und plante wahrscheinlich bereits seine Rettung. Blink hasste es, dass jemand anderes sein Leben aufs Spiel setzen musste, um seine verdammte Haut zu retten, aber er konnte nicht anders, als dankbar zu sein.

Er hörte wieder etwas, und Blink merkte, dass er sich für einen Moment in seinen Gedanken verloren hatte. Das war etwas, was er mittlerweile oft tat. Es war das Einzige, was ihn bei Verstand hielt, während er verarbeitete, was mit seinen früheren Freunden und Teamkameraden geschehen war.

Er zwang sich, in diesem Moment zu bleiben, blinzelte und versuchte erneut, durch die Dunkelheit zu sehen. Durch den unteren Teil der Tür, die in dieses behelfsmäßige Gefängnis führte, drang ein wenig Licht herein. Er hatte nicht viel bemerkt, als er hineingeschleppt worden war ... ein paar Zellen, keine Fenster, der Geruch von Schimmel, Moder und – vielleicht nicht überraschend – Schweiß. Es gab nur eine Tür zu dem Raum, und als seine Entführer ihn verließen, schlug sie mit einer Endgültigkeit zu, die den meisten Gefangenen Angst eingejagt hätte.

Das Rascheln war wieder zu hören und Blink rief: »Ist da jemand?«

Er erhielt keine Antwort.

Aber er hatte sich das Geräusch nicht eingebildet. Stöhnend versuchte er, sich aufzusetzen. Seine Handgelenke waren mit einer Kette an seine Knöchel gefesselt. Dankbar, dass sie ihm die Hände nicht auf den Rücken gebunden hatten, schwankte Blink, als er zu identifizieren versuchte, was er in der Zelle neben der seinen gehört hatte.

Er wischte sich mit der Schulter das Blut von der Schläfe und wartete darauf, dass seine Augen sich besser an die Dunkelheit gewöhnten. Es vergingen ein paar Minuten, bis er schließlich etwas erkennen konnte.

Blink war sich nicht sicher, was er da sah. Ein Tier? Ein Kind? Was auch immer in der Zelle neben ihm war, es sprach nicht. Es bewegte sich überhaupt nicht. Es kauerte in der hintersten Ecke und trug etwas ... vielleicht Braunes oder Schwarzes.

»Hallo? Verstehst du Englisch?«

Immer noch keine Antwort. Blink stellte die gleiche Frage auf Spanisch, Französisch, Deutsch und dann auf Arabisch. Er sprach keine dieser Sprachen, aber er hatte genug gelernt, um diese einfache Frage stellen zu können.

Was auch immer es war, es sagte kein Wort. Es bewegte sich nicht einmal.

Blink seufzte und legte sich wieder auf den Betonboden. Sein Kopf pochte vor Schmerz. Wahrscheinlich hatte er sich das, was er zu sehen glaubte, nur eingebildet. Gott wusste, dass er seit achtundvierzig Stunden ohne Schlaf auf den Beinen war, und mit der Tracht Prügel und dem Mangel an Wasser – oder Nahrung – war er am Ende seiner Kräfte.

Außerdem war es eigentlich egal, was oder wer in der anderen Zelle war. Die Person war genauso im Arsch wie er.

Blink schloss die Augen und entspannte sich zum ersten Mal seit einer Woche. Vielleicht sollte er wach bleiben, seine Zelle erkunden, sehen, welche Schwachstellen er finden konnte, versuchen, einen Fluchtplan zu entwerfen. Aber so gefesselt wie er war und mit seinen geringen Kraftreserven ging er nirgendwo hin. Nicht im Moment.

Etwas Schlaf zu bekommen, damit er so gut wie möglich vorbereitet war, wenn die Rettung kam, war das Beste, was er im Moment tun konnte. Und wenn die Folter, von der er wusste, dass sie unmittelbar bevorstand, noch vor seiner Rettung begann, musste er bereit sein. Und das bedeutete, seinen Körper so viel wie möglich durch Schlaf zu erholen.

Josie England starrte den Mann in der Zelle neben ihr an. Es war schon so lange her – wie lange *genau*, wusste sie nicht –, dass sie jemanden Englisch hatte sprechen hören. Oder auch nur jemanden mit ihr reden hörte, der sie weder anschrie noch herumkommandierte.

Das Erste, was aus seinem Mund kam, war das S-Wort, nachdem ihre Entführer ihn allein in der Zelle gelassen hatten. Das amüsierte sie ebenso sehr, wie es sie überraschte. Als er dann gefragt hatte, ob jemand da sei, *wollte* sie ihm antworten. Aber sie konnte nicht. Sie hatte sogar den Mund geöffnet, um zu sprechen, aber es kam nichts heraus. Es war, als seien ihre Stimmbänder eingefroren.

Bei ihrer Gefangennahme hatte sie geschrien. Dann hatte sie gebettelt und gefleht. Aber nichts von dem, was sie sagte oder tat, hatte bei den Männern, die sie entführt hatten, einen Unterschied bewirkt.

Erinnerungen wurden wach, als sie sah, wie der Mann in der Zelle nebenan sich wieder hinlegte und die Augen schloss.

Ayden, ihr Freund, war beim Militär. Er hatte in Kuwait Fronturlaub gemacht und sie angefleht, zu ihm zu fliegen. Die Dinge zwischen ihnen liefen schon lange nicht mehr gut, aber Josie wollte ihm keinen Abschiedsbrief schicken, während er im Einsatz war. Sie wollte nicht mit ihm Schluss machen, wenn er sich auf das konzentrieren musste, was er gerade tat.

Sie hatte Nein gesagt; es war verrückt für sie, um die halbe Welt zu fliegen, um ihn während eines Kurzurlaubs zu sehen, aber er hatte darauf bestanden. Er hatte sogar seine Schwester und seine Mutter dazu gebracht, sie zu überreden. Genevieve – oder Gen, wie sie gern genannt wurde – und Millie hatten Erfolg, wo Ayden keinen hatte. Gen, seine Schwester, hatte ihr von ihrer eigenen Reise zu ihrem Bruder ein paar Monate zuvor erzählt. Sie hatte es wundervoll klingen lassen ... und absolut sicher. Und Josie hatte zugestimmt, dass es Spaß machen könnte, einen Teil der Welt zu sehen, den sie wahrscheinlich nie wieder besuchen würde.

Also hatte sie zugestimmt.

Obwohl ihr Bauchgefühl ihr davon abriet, hatte sie sich freigenommen und war in ein Flugzeug gestiegen.

Obwohl sie wusste, dass Ayden mit einer Frau aus seinem Trupp schlief, war sie trotzdem geflogen.

Am Anfang lief es gut zwischen ihnen. Sie hatte sogar kurz darüber nachgedacht, sich doch nicht von ihm zu trennen. Aber nach ein paar Tagen hatte er sich wieder in den Kerl verwandelt, den sie im Laufe ihrer Beziehung kennengelernt hatte. Egoistisch, abwertend, eitel.

Als er ihr vorschlug, eine Bootsfahrt zu machen, um ihr die Gegend zu zeigen, hatte Josie schon genug von diesem »Urlaub«. Selbst wenn das nicht der Fall gewesen wäre, hielt sie eine Bootsfahrt für keine gute Idee. Sie wusste genug über die Gegend, um zu wissen, dass die Gewässer um Kuwait nicht gerade sicher waren. Natürlich schnaubte Ayden nur und redete auf sie ein. Sagte ihr, dass sie nicht wüsste, wovon sie sprach. Sagte, sie sei eine Stubenhockerin, die noch nie irgendwo gewesen sei und nichts von der Welt wisse.

Am Ende hatte sie sich von ihm dazu drängen lassen. Sie war in Bikini und Überwurf auf das Boot gestiegen, das er für den Tag gemietet hatte, und hatte so getan, als sei alles in Ordnung. Aber das war es nicht. Ayden war rücksichtslos gefahren, hatte angegeben und wollte sehen, wie nahe er dem Iran kommen konnte.

Dumm. So verdammt *dumm*.

Der Motor des Bootes war ausgegangen, er hatte ihn nicht mehr starten können ... und ehe sie sichs versahen, kam ein Boot auf sie zu, und zwar schnell. Josie war vor Angst wie erstarrt gewesen. Die Männer in dem Boot ließen ihnen keine Chance, etwas zu sagen oder zu tun.

Ayden hielt die Hände hoch, um ihnen zu zeigen, dass er unbewaffnet war – und wurde auf der Stelle erschossen.

Zwei Männer stiegen in das Boot, warfen Aydens Leiche über Bord und zogen sie auf ihr Boot, bevor sie den gleichen Weg zurückfuhren, den sie gekommen waren.

Josie hatte Angst gehabt, dass sie vergewaltigt werden würde, und war noch ganz verwirrt von dem, was mit Ayden geschehen war. Sie hatte sie angefleht, sie zurückzubringen. Sie hatte ihnen gesagt, sie wisse nichts, sei ein Niemand, aber die Männer hatten nur gelacht. Als sie an einem baufälligen Dock ankamen, zogen sie sie an Land, ohne sich darum zu kümmern, dass sie ihr wehtaten, während sie sie halb trugen, halb durch die Straßen der Stadt zogen. Unterwegs hatte sie ihre Flipflops verloren, und die Steine unter ihren Füßen hinterließen blaue Flecke und Schnitte, die erst nach Wochen verheilt waren.

Sie hatten sie zu der Zelle gebracht, in der sie sich immer noch befand, und sie hineingeworfen, scheinbar amüsiert über den Schrecken in ihrem Gesicht. Ein paar Männer kamen herein und schlugen sie, wobei sie die ganze Zeit brüllten. Josie hatte geschrien und gebettelt, aber vergeblich.

Das einzig Positive an dieser ganzen Tortur war, dass sie nicht vergewaltigt worden war. Sie wusste nicht warum. Vermutlich war es auch egal. Die Männer ließen sie auf dem

Betonboden liegen, genau wie den Mann, der jetzt in der Zelle neben ihrer saß, blutend und voller Schmerzen.

Am nächsten Tag kam jemand zurück und warf einen kleinen Metallbecher und ein Stück Brot nach ihr. In den nächsten Wochen kam er immer mal wieder, aber dann hörten die Besuche in ihrer Zelle ganz auf. Josie wusste nicht warum. Es war eine Erleichterung ... aber keine Besuche bedeuteten auch keine Nahrung.

Mit ihren eins fünfundvierzig war Josie noch nie ein großer Mensch gewesen. Jetzt, da sie seit ewiger Zeit nichts mehr gegessen und nur das Wasser hatte, das langsam an der Wand hinunter in ihren Becher tropfte, war sie nur noch Haut und Knochen.

Der Bikini, der damals in Vegas so perfekt passte, als sie ihn gekauft hatte, hing an ihrem mageren Körper herunter. Der süße kleine rosa Überwurf, in dem sie sich so hübsch fühlte, war zerfleddert und zerrissen. Außerdem war er jetzt schlammig braun, und die Spaghettiträger rutschten ständig von ihren knochigen Schultern.

Und ihr Haar ... Josie wollte gar nicht daran denken, wie es aussah. Die blonden Strähnen waren mit Schmutz und wer weiß was noch allem vom Boden ihres Gefängnisses verklebt. Sie hatte ihr Bestes getan, es mit den Fingern zu kämmen, um zu verhindern, dass es verfilzte, aber je länger sie hier war, desto weniger kümmerte es sie. Ihre Finger- und Zehennägel waren rissig und es klebte schwarzer Dreck darunter.

Sie war nur noch eine Hülle der Frau, die sie einst gewesen war.

Mehr Tier als Mensch.

Sie würde hier sterben. Eines Tages würden ihre Entführer kommen und überrascht sein, eine Leiche in der Zelle zu finden. Oder vielleicht auch nicht. Vielleicht war das von Anfang an ihr Ziel gewesen. Es war nicht so, als könnten sie Geld für sie bekommen. Oder sie zum Austausch gegen jemanden benutzen, der in den Vereinigten Staaten gefangen war. Sie war einfach eine dumme Touristin, die den kolossalen Fehler begangen hatte, mit einem eingebildeten Soldaten auf ein verdammtes Boot zu steigen.

Sie hatte sich mehr als einmal gefragt, was Millie und Gen wohl durchmachten. Sie mussten doch inzwischen erfahren haben, dass Ayden verschwunden war. Hatten seine Freunde ihren vorgesetzten Offizieren erzählt, dass er und Josie eine Bootsfahrt unternommen hatten? Wussten sie es überhaupt? War das Boot zurück in kuwaitische Gewässer getrieben? Hatte Aydens Mutter jemandem erzählt, dass Josie ihren Sohn besuchte?

Sie hatte keine Ahnung. Millie hatte Josie nie besonders gemocht, obwohl sie keine Ahnung hatte warum. Josie arbeitete hart, kümmerte sich um ihre Angelegenheiten und war zu jedem höflich, den sie traf. Und doch hatte Millie sie einfach nicht gemocht. Vielleicht dachte sie, niemand sei gut genug für ihren Sohn. Das machte Sinn, vermutete sie, wenn man bedachte, dass Ayden schon immer ein Muttersöhnchen gewesen war.

Das Geräusch des schnarchenden Mannes in der Zelle nebenan holte Josie wieder in die Gegenwart zurück. Sie neigte dazu, sich in Erinnerungen und Gedanken zu verlieren ... denn was hatte sie sonst zu tun? Die Zeit kroch hier nur so dahin. Sie hatte keine Ahnung, ob es Tag oder Nacht war. Sie konnte hören, wie das Leben außerhalb der Mauern ihres Gefängnisses seinen gewohnten Gang ging. In den ersten Tagen ihrer Gefangenschaft hatte sie gebrüllt und geschrien, um jemandes Aufmerksamkeit zu erregen, aber das hatte nur dazu geführt, dass einer ihrer Entführer hereinkam und *sie* anschrie ... und einmal ihre Zelle betrat und sie verprügelte. Das hatte ihr den Wunsch genommen, auf sich aufmerksam zu machen.

Ihre Augen hatten sich längst an das schwache Licht gewöhnt, und Josie konnte den Mann ziemlich deutlich sehen.

Sie glaubte, dass sie jetzt zum Teil ein Maulwurf war, so wie sie in Schmutz und Dunkelheit lebte.

Der Mann hatte einen Bart, der nicht buschig genug war, um länger als ein paar Wochen gewachsen zu sein, einen Schnurrbart und recht volle Lippen. Seine Finger waren lang, und er hatte einen großen Bizeps. Er trug ein T-Shirt und eine Tarnhose, mehr nicht.

Ihre Aufmerksamkeit wurde von seinen Zehen angezogen. Es war albern, aber seine Haut schien zu leuchten. Er war nicht mit Schmutz bedeckt, wie sie es war. Er sah ... sauber aus. Und beim Anblick seiner sauberen Füße krampfte sich Josie das Herz zusammen. Es würde nicht lange dauern, bis er genauso schmutzig war wie sie.

Er sah aus, als sei er jemand Wichtiges. Und er trug Handschellen. Also mussten die Männer, die ihn hergebracht hatten, ein wenig Angst vor ihm haben. Vor dem, was er tun konnte.

Während sie zusah, leckte er sich im Schlaf über die Lippen und stöhnte ein wenig, als er sich auf dem Betonboden bewegte.

Das Tropfen des Wassers in ihren kleinen Becher erregte Josies Aufmerksamkeit. Er war fast voll. Es dauerte zwei Tage, bis ein Becher voll war. Normalerweise versuchte sie, bis dahin zu warten, damit sie alles auf einmal trinken und ihrem Bauch vorgaukeln konnte, sie hätte ihm etwas zu essen gegeben.

Dieser Mann hatte kein Leck auf seiner Seite. Keinen Becher, um Wasser aufzufangen.

Aber sicher würden sie ihm Nahrung und Wasser geben. Wenn er so wichtig war, wie sie annahm, würden ihre Entführer sich um ihn kümmern müssen, wenn sie ihn gegen einen politischen Gefangenen austauschen oder Lösegeld für ihn fordern wollten.

Trotzdem ... Unbehagen saß in ihrem Bauch wie eine Bleikugel. Was, wenn sie es nicht taten? Was, wenn sie ihn dort zurückließen, wie sie es mit ihr getan hatten? Mit den Handschellen an den Ketten seiner Knöchel würde er sich nicht gut bewegen können. Und ein Mann, der so groß war wie er, würde viel mehr Nahrung brauchen als sie, um am Leben zu bleiben.

Es war nicht fair.

Dass sie hier war. Dass sie zum Verrotten zurückgelassen worden war. Dass dieser Mann gefangen genommen worden war. Nichts von dem, was einem von ihnen passiert war, war fair. Und Josie spürte, wie Wut in ihr aufstieg. Sie hatte diese Emotion in den letzten Wochen unterdrückt. *Alle* Gefühle unterdrückt. Denn wütend zu sein oder Angst zu haben oder irgendwelche gesteigerten Emotionen zu empfinden würde ihrer Situation nicht helfen. Verzweifelt, wütend und verängstigt zu sein hatte ihr nur Schläge eingebracht. Also hatte sie gelernt, nichts zu fühlen. An nichts zu denken. Zur Unterhaltung zählte sie, wie viele Wassertropfen in ihren Becher fielen.

Aber jetzt ließ die Ankunft dieses Mannes ihre Gefühle wieder hochkommen. Es war unangenehm und beängstigend. Josie mochte es nicht. Sie wollte, dass dieser Mann *ging*. Verschwand. Dass er weggebracht wurde und nie wiederkam. Sie wusste, was sie in diesem Höllenloch erwartete, wenn sie allein war. Aber durch seine Ankunft hatte sie das Gefühl, dass sich alles ändern würde.

Sie wusste nur nicht, ob es zum Guten oder zum Schlechten sein würde.

Die Zeit verging, und Josie hielt den Blick auf den Mann gerichtet. Sie prägte sich die Form seines Gesichts ein, wie ein Ohr ein klein wenig mehr abstand als das andere; die Tatsache, dass sein Bart voll war und nicht ungleichmäßig wie bei anderen Männern; das Muster des Blutes, das an seiner Schläfe hinunter in sein Haar floss. Die Art und Weise, wie sein großer Zeh am linken Fuß leicht nach innen kippte, während er am rechten Fuß gerade stand.

Sie hatte keine Ahnung, wie lange sie den Mann anstarrte, aber es war lange genug, dass sie ihn überall erkennen würde.

Sie könnte ihm noch Jahre später auf der Straße begegnen, und sie würde ihn sofort wiedererkennen. Ihr Verstand katalogisierte jedes Detail und speicherte es ab. Warum? Sie hatte keine Ahnung. Aber es fühlte sich ... wichtig an.

Plötzlich knallte die Tür ihres Gefängnisses gegen die Wand, woraufhin der Mann die Augen aufriss.

Und aus irgendeinem Grund war sein Blick direkt auf sie gerichtet.

Blau. Seine Augen waren hellblau. Sein Haar war rötlichbraun. Und als das Licht hereinströmte, sah sie, dass er Sommersprossen hatte. Jede Menge davon. Auf jedem Zentimeter seiner Haut, der nicht von seinem Bart verdeckt war. Die Entführer, die auf seine Zelle zusteuerten, unterhielten sich und sagten Worte, die Josie nicht verstehen konnte. Doch der Mann sah sie nicht an. Sein Blick blieb auf ihr haften. Er musterte Josie so sorgfältig, wie sie ihn im Schlaf gemustert hatte.

Keiner von ihnen sagte etwas, und doch war es, als könnte er ihr in die Seele sehen. Ihre schwarze, verwelkte, völlig beschädigte Seele.

Die Tür zu seiner Zelle öffnete sich, und dann waren ihre Entführer da. Sie zerrten den Mann grob auf die Beine und schubsten ihn, während sie ihn zur Tür zerrten.

Josie verlor kurz den Blickkontakt zu dem Mann, aber als sie ihn an ihrer Zelle vorbeischleiften, drehte er den Kopf und sah sie wieder direkt an. Sie kauerte immer noch in der Ecke und tat ihr Bestes, um nicht gesehen zu werden, um nicht die Aufmerksamkeit der Männer auf sich zu ziehen, von denen sie keinen Zweifel hatte, dass sie ihr Leben beenden könnten.

»Showtime«, sagte er – und zwinkerte.

Der Mann *zwinkerte* tatsächlich. Als hätte er Spaß daran! Aber das Blut in seinem Gesicht war echt. Der Schmerz, den seine Entführer ihm zugefügt hatten, war in seinen Augen leicht zu erkennen, zumindest für sie, denn sie hatte das Gleiche erlebt.

Dann war er verschwunden. Die Tür wurde geschlossen und sie war wieder im Dunkeln. Josie öffnete den Mund, um zu schreien, um dem Mann zu sagen, er solle stark sein, um irgendetwas zu sagen ... sie war sich nicht sicher was. Aber wieder einmal kam nichts heraus. Nur ein schwaches Knurren.

Mit dem Gefühl, den Mann irgendwie im Stich gelassen zu haben, rollte Josie sich erneut in sich zusammen. Sie hatte keine Ahnung, ob er zurückkommen würde oder nicht. Ihr wurde klar, dass seine Anwesenheit wahrscheinlich ihre einzige Chance gewesen war, vor ihrem Tod mit einem anderen englischsprachigen Menschen zu reden. Um jemandem zu sagen, wer sie war, um ein letztes Mal ein *Mensch* zu sein. Und sie hatte es vermasselt.

Der Kummer überwältigte sie, und Josie versuchte, ihn zu unterdrücken, aber es war sinnlos. Emotionen waren beschissen. Gefühllosigkeit machte diese Hölle leichter erträglich. Sie hob den Kopf und starrte auf die Stelle, an der der Mann in seiner Zelle gelegen hatte. Sie konnte einen dunklen Fleck auf dem Boden sehen, auf den sein Blut getropft war.

Sei stark, dachte sie. *Lass sie nicht gewinnen.*

Dann schloss sie die Augen und tat ihr Bestes, um noch einmal Wassertropfen zu zählen. Das war besser, als darüber nachzudenken, was der Mann wohl durchmachen mochte.

KAPITEL ZWEI

Folter ist ätzend.

Das war Blinks Hauptgedanke, als seine Entführer mit den Fäusten auf ihn einschlugen. Dann wechselten sie zu Stöcken, schlugen auf seine Fußsohlen und ließen sie bluten, während sie ihn verhöhnten und verspotteten.

Sein zweitwichtigster Gedanke – das war eine *Frau* in der Zelle neben ihm. Kein Tier. Kein militärischer Mitgefangener. Sondern eine Frau. Zuerst hatte er gedacht, es sei ein Kind. Aber als er sie anstarrte, wurde ihm klar, dass sie eine Erwachsene war. Sie war unterernährt, schmutzig und so mager wie niemand, den er je gesehen hatte und der noch lebte.

Doch ihre Augen verrieten ihm, dass sie wach war. Sie war noch nicht der Folter erlegen, die ihre Entführer ihr zugefügt hatten. Und dieses Wissen gab Blink die Kraft, dem zu widerstehen, was sie im Moment anrichteten.

Er wusste, dass sie erst am Anfang standen. Er wusste, wie es war, Kriegsgefangener zu sein. Er war für diesen Moment ausgebildet worden. Es war beschissen, und kein Navy SEAL wollte jemals in seiner Lage sein, aber er würde nicht nachgeben.

Es dauerte länger, als er gehofft hatte, aber irgendwann wurde es seinen Entführern langweilig oder sie wurden müde oder sie hatten etwas anderes zu tun. Er wusste es nicht, und es war ihm auch egal. Ihn interessierte nur, eine Pause zu bekommen. Blink hatte keinen Zweifel daran, dass sie bald wieder anfangen würden, aber das würde keine Rolle spielen. Er würde diesen Arschlöchern nichts über den geplanten Rückzugsort seines Teams erzählen oder darüber, ob es noch andere Zielpersonen gab, die die SEALs jagten.

Sie hatten es geschafft, ihm ein oder zwei Finger zu brechen und seine Lippe zu verletzen, und die Zigarettenverbrennungen an seinen Knöcheln und Füßen taten höllisch weh, aber nichts von dem, was sie getan hatten, würde ihn davon abbringen zu gehen, wenn die Zeit gekommen war. Selbst die Wunden an seinen Fußsohlen würden ihn nicht daran hindern, sich aus dem Staub zu machen. Das Vertrauen in die Tatsache, dass er gerettet werden würde, half Blink, die Geschehnisse zu verdrängen.

Auch der Gedanke an die Frau in der Zelle neben ihm beschäftigte ihn, während er geschlagen wurde. Warum war sie in dieser Zelle? Wie lange war sie schon dort? Woher kam sie?

Er hatte zu viele Fragen und keine Antworten. Er wartete ungeduldig darauf, in seine Zelle zurückgebracht zu werden. Nicht um seine Wunden zu lecken oder zu schlafen, sondern um mit der Frau zu reden.

Blink achtete darauf, besonders laut zu stöhnen, als er wieder auf den Boden seiner Zelle geworfen wurde, aber mit dem Blick suchte er sofort die Frau, die er vorhin gesehen hatte.

Sie befand sich am selben Ort. Es sah nicht so aus, als hätte sie sich auch nur einen Zentimeter bewegt. Zusammengekauert zu einer kleinen Kugel, die Knie angezogen und mit den Armen umschlungen, in die Ecke gedrückt. Und wie vorhin starrte sie ihn an, als könnte sie bis in seine innersten

Gedanken sehen. Mit ihren blauen Augen musterte sie ihn, als er wieder einmal in seiner Zelle eingesperrt wurde.

Keiner seiner Entführer schaute auch nur in ihre Richtung, als sie den Raum verließen und die Tür hinter sich schlossen, was Blink seltsam fand. Umso mehr wollte er wissen, was es mit ihr auf sich hatte.

Ein gequältes Stöhnen entwich ihm, als er sich auf dem harten Boden hin und her bewegte. Er schloss für einen Moment die Augen, als er eine Bestandsaufnahme seiner Verletzungen machte. Er hatte überall Schmerzen, aber er würde es überleben. Überleben, um einen weiteren Tag gefoltert zu werden, was sicher das Ziel war. Aber jeder Tag, der verging, brachte ihn der Rettung ein Stück näher. Blink wusste das bis in die Zehenspitzen. Hilfe war unterwegs, er musste nur durchhalten, bis sie kam.

»Ich bin Blink«, sagte er zu der Frau, und seine Stimme schien in dem Raum um ihn herum zu hallen. »Eigentlich heiße ich Nate, aber die Leute nennen mich Blink.«

Er wartete, bekam aber keine Antwort.

»Wie heißt du?«

Immer noch nichts.

Er seufzte. »Kannst du mich verstehen?«

Blink wartete ... und dann bekam er es. Ein Nicken, das so leicht war, dass andere vielleicht gedacht hätten, die Frau veränderte nur ihre Position. Aber er nahm es als das, was es war: eine Bestätigung seiner Worte.

Er war begeistert, auch wenn sie ihm leidtat. Und obwohl er es hasste, dass sie sich in dieser Situation befand – und nach ihrem Aussehen zu urteilen offensichtlich schon eine ganze Weile –, war er jetzt, da er wusste, dass sie Englisch verstand, noch neugieriger. Wer war sie? Wie war sie hierhergekommen?

Aber er erwartete nicht, Antworten zu bekommen. Zumindest nicht im Moment. Sie war offensichtlich traumatisiert, was keine Überraschung war. Dies war kein Ort für irgendjemanden, schon gar nicht für eine so zierliche Frau wie sie. Sie sah aus, als könnte eine steife Brise sie umwerfen. Ihm war nicht entgangen, wie ihre Schlüsselbeine aus der Haut ragten. Ihre eingefallenen Wangen. Wie sie ihre Beine so fest umklammerte, dass es aussah, als seien ihre Arme das Einzige, was sie zusammenhielt.

Blink traf eine Entscheidung – er würde sie nicht verlassen. Retter würden nicht erwarten, eine zweite Person zu befreien, aber er war auf keinen Fall der Typ Mann, der ein Lebewesen in diesem Drecksloch zurücklassen würde.

Je länger er dort auf dem kalten, harten Boden lag, desto mehr pochte sein Körper. Er würde jetzt für etwas Wasser töten. Oder sogar für eine der beschissenen Feldrationen, die er in der letzten Woche gegessen hatte. Aber seine Entführer machten sich offensichtlich keine Gedanken über seine Ernährung.

Er rutschte auf dem Boden herum und schnitt eine Grimasse. Als er wieder zu der Frau hinübersah, konnte er sie in der Dunkelheit kaum erkennen, aber er sah, dass sie sich nicht bewegt hatte. Nicht einmal einen Zentimeter. Sie schaute immer noch in seine Richtung, als würde sie auf etwas warten.

Die Möglichkeit, dass ihre Zellen überwacht wurden, kam ihm in den Sinn, aber als er sich umsah, sah er keine blinkenden Lichter, die auf Kameras hinwiesen. Und dem Zustand des Ortes nach zu urteilen war er sich nicht sicher, ob die Männer, die ihn erwischt hatten, über ein besonders ausgeklügeltes Sicherheitssystem verfügten, was ihm zugutekommen würde, wenn Hilfe kam.

Dennoch wollte er die Möglichkeit nicht ausschließen, dass sie beobachtet wurden. Er wollte mit der Frau reden. Wollte sie beruhigen. Aber er konnte ihr nicht sagen, dass Hilfe unterwegs war. Dass der Peilsender, auf dem Tex bestanden hatte, noch immer sicher im Bund seiner Unterwäsche steckte.

»Wie ich schon sagte ... ich bin Nate. Ich weiß nicht, wie es dir geht, aber ich würde für eine große Tasse Kaffee töten. Nein, einen Karamell-Macchiato. Ich weiß, das ist normalerweise kein Getränk, von dem man denken würde, dass ein Mann es mag, aber ich bin süchtig nach diesen Sachen. Außerdem ist es Karamell ... wer mag das nicht? Mein Freund, Safe, macht den *besten* Kaffee. Er hat eine dieser ausgefallenen Maschinen, die man in Cafés sieht, direkt in seinem Haus. Als ich das erste Mal bei ihm war und er das Ding anstellte, habe ich fast meine anderen Freunde umgestoßen, um an die erste Tasse Kaffee zu kommen. Oh, und weißt du, was ich noch vermisse?«

Blink sprach mehr mit sich selbst als mit der Frau; es war beruhigend, etwas anderes zu hören als die bedrückende Stille oder die Schreie seiner Entführer in einer Sprache, die er nicht verstand.

»Cheetos. Nicht die gepufften, die sind eklig, sondern die echten. Die kleinen, harten, knusprigen Stückchen. Flash macht sich über mich lustig, weil ich diesen Mist mag, aber ich könnte von ihnen leben. Okay, wahrscheinlich nicht, denn sie sind voll mit Zeug, das nicht gut für mich ist, aber es gibt nichts Besseres, als auf der Couch zu sitzen, Football zu gucken und orangefarbene Finger zu bekommen, wenn man diese Dinger isst.«

Es war ironisch, dass Blink in einer Situation war, in der er das ganze Reden übernehmen musste. Er war kein Redner. Das war er nie gewesen. Aber während er sprach, hätte er schwören können, dass die Frau ihm gegenüber sich ein wenig entspannte. Als würde seine Stimme sie trösten. Verdammt, sie hatte wahrscheinlich keine freundliche Stimme mehr gehört, seit sie in dieses Höllenloch geworfen worden war.

Also redete er weiter. Über nichts. Dummes Zeug. Aber er schien nicht aufhören zu können. Es war, als sei ein Damm gebrochen.

»Ich habe einen Zwillingsbruder. Sein Name ist Tate. Ja – Nate und Tate. Lächerlich, aber was soll man machen? Meine

Mutter verließ uns, als wir noch klein waren. Ungefähr vier. Sie sagte, sie könne nicht mehr damit umgehen, Ehefrau und Mutter zu sein. Als mein Vater von der Arbeit nach Hause kam, traf sie ihn an der Tür mit ihrem Koffer in der Hand und sagte ihm, dass sie gehen würde. Und das war's. Sie war weg.

Aber mein Vater ist unglaublich. Ich weiß, dass es nicht leicht war, mit zwei vierjährigen, ungestümen Jungen zurückzubleiben. Wir waren Teufelsbraten. Ich meine, ich erinnere mich nicht an viel aus dieser Zeit, aber Tate und ich konkurrierten ständig miteinander, um *alles*. Wer am schnellsten essen konnte, wer am schnellsten seine Hausaufgaben machen konnte, wer als Erster einschlafen konnte, wer seinen ersten Zahn verlieren würde ... das ging immer so weiter. Er mochte die Dallas Cowboys, also beschloss ich, die Pittsburgh Steelers zu mögen. Ich trat dem Schwimmteam bei, und er beschloss, Läufer zu werden. Wir waren totale Gegensätze und taten alles, um einander zu übertrumpfen. Aber er ist auch mein bester Freund.«

Blink starrte an die Decke seiner Zelle und beobachtete, wie die dunklen Schatten sich über ihm bewegten und verschoben. Er dachte über seinen Bruder nach. Er fragte sich, wo er in diesem Moment war. Ob er wusste, dass Blink gefangen genommen worden war. Wahrscheinlich nicht offiziell, aber wie viele Zwillinge hatten sie eine Verbindung. Viele Menschen würden es als Wunschdenken abtun, aber als Tate sich als Achtjähriger den Arm gebrochen hatte, hatte Blink sofort davon gewusst, als es passierte. Als Blink mit siebzehn in einen Autounfall verwickelt war, war Tate noch vor ihm im Krankenhaus gewesen.

»Das Arschloch ging zur Armee, als ich beschloss, zur Marine zu gehen. Ich weiß, dass er es nur getan hat, um mich zu ärgern«, sagte Blink mit einem kleinen Lachen. Der Gedanke an Tate war tatsächlich schmerzhaft. Er hatte seinen Zwillingsbruder schon viel zu lange nicht mehr gesehen, und in diesem Moment schwor er sich, das sofort zu ändern, sobald er wieder in Kalifornien war. Er hatte keine Ahnung, ob Tate im Moment im Einsatz war, aber er würde alles tun, um ein paar Tage mit seinem Bruder zu verbringen.

»Wie auch immer, mein Vater ... er war großartig. Er hat nicht einmal innegehalten, als unsere Mutter gegangen ist. Er hat sich etwas einfallen lassen. Er besorgte Babysitter, fand einen Job, bei dem er zu Hause sein konnte, wenn wir aus der Schule kamen. Unser alter Herr verpasste keinen einzigen Schwimm- oder Leichtathletikwettkampf. Wir konnten ihn immer von der Tribüne aus jubeln hören. Aber gleichzeitig hat er sich unseren Mist nicht gefallen lassen. Das eine Mal, als wir uns in der Highschool zu einer Party weggeschlichen hatten, wartete er auf uns, als wir um drei Uhr morgens zurückkamen. Zu wissen, dass wir ihn enttäuscht hatten, dass sein Vertrauen in uns gebrochen war, war genug für uns, um es nie wieder tun zu wollen.«

Als er ein leises Geräusch hörte, drehte Blink den Kopf und sah, dass die Frau sich auf den Boden gelegt hatte. Ihre Beine waren immer noch angezogen, aber ihr Kopf ruhte jetzt auf einem ihrer Arme, während sie auf der Seite lag und ihn weiter anstarrte.

»Er lebt noch, falls du dich wunderst«, sagte Blink zu ihr. »Mein Vater. Er lebt in Florida wie ein König. Alle Frauen kichern und schwärmen in seiner Nähe, als sei er tatsächlich der König von England oder so. Aber er hat sich nie wieder ernsthaft mit einer Frau eingelassen, nachdem meine Mutter ihn verlassen hatte. Er hat sie geliebt. Und sie hat ihm das verdammte Herz gebrochen. Und ehrlich gesagt wollte ich nie einer Frau so nahe kommen, dass sie mich so verletzen könnte. Aber dann traf ich Remi. Sie und Kevlar ... sie sind ...«

Seine Worte verklangen. Blink war sich nicht sicher, wie er die Beziehung seines Teamleiters zu seiner Freundin erklären sollte.

»Vielleicht muss ich von vorn anfangen«, sagte er. Dann erzählte er der geheimnisvollen Frau alles über Remi und Kevlar. Wie sie sich kennengelernt hatten, als sie zusammen im Meer zurückgelassen worden waren. Über einen von Kevlars Ex-Teamkameraden, der Remi ermorden wollte. Er spielte seine Rolle in dem Fiasko herunter, da er immer noch ein schlechtes Gewissen hatte, dass er keinen Weg gefunden hatte, das Arschloch aufzuhalten, bevor er Remi tatsächlich in dieses Loch im Boden gesteckt hatte.

»Ich will damit sagen«, erklärte Blink mit einem kleinen Lachen, »dass ich das jetzt will. Was sie haben. Ich dachte immer, was sie gefunden haben, sei eine einmalige Sache. Ein Glücksfall. Aber dann hat Safe Wren kennengelernt.«

Er verbrachte die nächsten zehn Minuten damit zu erklären, wie ein anderer seiner Teamkameraden *seine* Seelenverwandte gefunden hatte.

»Sie ist da draußen«, flüsterte Blink kaum hörbar. »Ich kenne weder ihren Namen noch ihre Geschichte noch weiß ich, wo sie ist, aber ich hoffe und bete, dass ich sie eines Tages erkenne, wenn wir uns über den Weg laufen ... und es irgendwie schaffe, dass sie durch die stoische, langweilige Hülle, die ich dem Rest der Welt zeige, zu dem Mann durchblickt, der sie für den Rest unseres Lebens wertschätzen wird.«

Das war verdammt kitschig. Melodramatisch, ganz sicher. Aber Blink wollte das, was seinem Vater geraubt worden war. Es war nicht leicht, kleine Jungs großzuziehen, und er und Tate hatten nicht bemerkt, wie sehr sie jede Frau, die eine Beziehung mit ihrem Vater wollte, abgeschreckt hatten.

Ein leises Geräusch veranlasste Blink, den Kopf zu drehen und die Frau noch einmal anzusehen. Sie hatte ihren Kopf gehoben und starrte in seine Richtung. Während er wartete, gab sie wieder ein Geräusch von sich. Es war eine Mischung aus einem Stöhnen und einem Knurren. Aus irgendeinem Grund stellten sich ihm die Haare im Nacken auf.

Er hatte keine Ahnung, was sie ihm mitteilen wollte. Aber die Tatsache, dass sie irgendeinen Laut von sich gegeben hatte, fühlte sich wie eine monumental große Sache an.

»Stimmt, ich plappere und plappere über nichts«, sagte er. »Ob du es glaubst oder nicht, ich bin der ruhige Typ. Derjenige, der *nichts* sagt, außer wenn etwas gesagt werden muss. Und hier bin ich und rede mir den Mund fusselig. Du fragst dich wahrscheinlich da drüben, warum du einen Zellengenossen hast, der die Klappe nicht halten kann.«

Sie gab einen weiteren Laut von sich, tief in ihrer Kehle. Und dieses Mal sah Blink, wie sie tatsächlich den Kopf schüttelte.

»Nein?«, fragte er begeistert. Sie interagierte mit ihm! Sie starrte ihn nicht nur mit ihren großen, traurigen blauen Augen an. Er wollte sich aufsetzen, die Fäuste in die Luft werfen und *Ja!* rufen. Aber er beschloss, dass er ihr damit wahrscheinlich eine Heidenangst einjagen würde. Und selbst wenn er nicht gefesselt gewesen wäre, hätte er seinen Arm mit Sicherheit nicht über seinen Kopf heben können. Es tat höllisch weh.

»Du magst es also, wenn ich irgendetwas erzähle?«, fragte er.

Blink wartete geduldig und wurde damit belohnt, dass sie ihr Kinn ein wenig senkte.

Er lächelte so breit, dass seine verletzte Lippe zu pochen begann. »Gut. Also, worüber soll ich noch reden? Meine faszinierende Morgenroutine? Wie ich meine Klamotten nur mit kaltem Wasser wasche, weil mein Vater mich einmal vor dem Waschen in heißem Wasser gewarnt hat und davor, dass meine Hemden einlaufen würden, und ich seitdem Angst davor habe, dass alle meine Klamotten auf Kindergröße schrumpfen?«

Blink hätte schwören können, dass er die Lippen der Frau zucken sah, aber es war so dunkel, dass er nicht sicher sein konnte. Er lächelte jedoch wieder und drehte den Kopf so, dass er wieder an die Decke starrte. »Einmal beschloss mein Vater, dass er mit Tate und mir in den Urlaub fahren wollte. Er hatte kein bestimmtes Ziel im Kopf, packte einfach ein paar Klamotten und ein paar Snacks ein, setzte uns in den Wagen und los ging's. Diese zwei Wochen gehören zu den schönsten Erinnerungen meines Lebens.«

Blink sprach, bis seine Stimme heiser wurde. Seine Kehle schmerzte und er hätte alles für etwas Wasser getan, aber er hörte nicht auf. Über seine Familie zu sprechen, über Dinge, die so weit wie möglich von dieser stinkenden Zelle entfernt waren, half ihm, sich weiter abzuschotten und seine Schmerzen auszublenden.

Als er mit seiner Erinnerung an das erste Mädchen, das er in der vierten Klasse geküsst hatte, fertig war, drehte Blink sich zu der Frau um. Ihre Augen waren geschlossen und sie schien zu schlafen.

Manche Männer würden sich darüber ärgern, dass die Frau, die sie zu unterhalten versuchten, eingeschlafen war. Aber ihre tiefen Atemzüge in den sonst so ruhigen Zellen zu hören fühlte sich für Blink wie ein Sieg an. Theoretisch wusste er, dass sie irgendwann einmal schlafen musste. Kein Mensch konnte ewig wach bleiben. Und zu wissen, dass seine Stimme das Letzte war, was sie vor dem Einschlafen hörte, und nicht die bedrückende Stille in ihren Zellen oder die wütenden Schreie ihrer Entführer, gab ihm ein gutes Gefühl.

Gut war ein lahmes Wort, um sein Gefühl der Befriedigung zu beschreiben, aber sein Kopf schmerzte, ebenso wie der Großteil seines Körpers, und ihm fiel im Moment kein besseres ein.

Als er die Augen schloss, hörte Blink das deutliche Tröpfeln von Wasser, das von irgendwoher kam, das leise Gemurmel von Männerstimmen auf der anderen Seite der Tür in dem kurzen Gang, der zu ihren Zellen führte, und die langen, langsamen, tiefen Atemzüge der Frau, die neben ihm eingesperrt war.

KAPITEL DREI

»Guten Morgen!«, rief eine raue Männerstimme.

Josie schreckte auf, rührte sich aber nicht von ihrer Position auf dem Boden. Sie öffnete die Augen und sah, dass Nate, der Mann in der Zelle neben ihr, von drei anderen Männern auf die Beine gezogen wurde. Es war der dritte Tag, an dem er dort war, und jeden Tag wurde er weggeschleppt und kam erst Stunden später blutig und übel zugerichtet zurück.

Aber dieses Mal war es anders. Da war ein Mann, der Englisch sprach. Und anstatt Nate wegzuschleifen, um ihn zu foltern, brachte jemand einen Stuhl und stellte ihn in die Mitte seiner Zelle. Sie zwangen Nate, sich zu setzen, und begannen dann, ihn genau dort zu schlagen.

Josie wollte am liebsten die Augen schließen. Sie wollte nicht zusehen, aber irgendwie konnte sie den Blick nicht von dem Geschehen abwenden. Der Mann begann, Nate auf Englisch zu befragen, und wollte genau wissen, was die US-Regierung über seine Organisation wusste. Welche anderen Gruppen die USA im Visier hatten.

Aber Nate sagte nichts, sondern nahm einfach hin, was dieser Mann und seine Lakaien ihm austeilten.

Der Mann, der Englisch sprach – eindeutig eine Art Anführer –, wurde immer frustrierter. Schließlich hob er einen Fuß und trat Nate in die Seite, woraufhin dieser wie ein Sack Kartoffeln auf den Boden kippte. Er war Josie zugewandt, und der Anblick des Blutes, das aus seiner Nase und den zahlreichen Schnitten an seinem Körper sickerte, ließ ein Knurren tief aus ihrem Inneren dringen.

Sie wollte schreien. Sie wollte die Männer anflehen, aufzuhören und Nate in Ruhe zu lassen.

Aber alles, was sie hervorbringen konnte, war dieses tiefe, hasserfüllte Knurren.

Der Anführer der Terroristen drehte sich nicht einmal in ihre Richtung. Er stand über Nate und starrte ihn mit einem Blick an, der so furchterregend und voller Vorfreude war, dass Josie eine Gänsehaut bekam. Diesen Mann sollte man nicht verärgern, und Nate hatte genau das getan, indem er einfach geschwiegen hatte.

»Ist das alles, was du kannst?«, murmelte er aus seiner verletzlichen Position auf dem Boden.

»Du hältst dich für einen harten Kerl?«, fragte der Anführer. »Einen großen, harten US-Soldaten? Wir werden sehen, wie du dich morgen fühlst, wenn wir unsere Techniken verstärken, um dich zum Reden zu bringen.«

»Waterboarding? Oh, gut. Ich bin in der Tat ein bisschen durstig«, spottete Nate. »Deine Leute scheinen vergessen zu haben, mir etwas zu essen zu bringen. Ich bin gekommen, um Damavand-Wasser zu genießen. Es wird doch hier im Iran hergestellt, oder? Köstlich.«

Josie konnte sehen, wie die Miene des Anführers sich verfinsterte. Sie wollte Nate sagen, dass er den Mann nicht verärgern sollte. Für jemanden, der behauptete, nicht viel zu reden, konnte er im Moment anscheinend nicht den Mund halten.

»Du willst Waterboarding? Das können wir arrangieren«,

sagte er, bevor er ein Bein zurückzog und mit dem Stiefel auf Nates Kopf zielte.

Dieses Mal atmete Josie zischend ein. Sie konnte sich nicht zurückhalten. Aber zum Glück konnte Nate seinen Kopf in letzter Sekunde zurückziehen, und der Stiefel des Mannes streifte nur seine Schläfe.

Der Anführer sagte etwas in seiner Sprache zu den anderen Männern, und sie verließen die Zelle, nahmen den Stuhl mit und ließen Nate mitten auf dem Boden liegen. Seine Hände waren noch immer gefesselt und an den Knöcheln befestigt, und er sah ... gebrochen aus.

Zum ersten Mal seit Wochen, seit den ersten Tagen ihrer Gefangenschaft, liefen Josie Tränen über die Wangen.

Im letzten Moment, bevor er den Raum verließ, drehte der Anführer sich um und sah sie direkt an. Josie erstarrte. Sie sehnte sich danach und fürchtete sich zugleich davor, dass jemand sie bemerkte.

Er fragte einen der anderen Männer etwas, während er mit dem Daumen in ihre Richtung zeigte. Der andere Mann antwortete mit einem Achselzucken. Der Anführer blaffte etwas, das wie ein Befehl klang, und dann war sie wieder allein mit Nate.

Zitternd – Josie mochte den Ausdruck in den Augen des Anführers nicht, als er ging – wischte sie sich mit den Fingern die verbliebenen Tränen von den Wangen. Wahrscheinlich verschmierte sie Dreck von ihren Händen auf ihr Gesicht, aber was machte das schon? Sie war so schmutzig, dass sie nicht einmal mehr darüber nachdachte, wie sie aussah.

Als sie zu Nate hinübersah, bemerkte sie, dass er sich nicht bewegt hatte. Er lag immer noch auf der Seite, und jeder Atemzug, den er machte, sah mühsam und schmerzhaft aus.

Sie öffnete den Mund, um seinen Namen zu sagen, um zu fragen, ob es ihm gut ginge, aber es kam nichts heraus. Es war sowieso dumm; natürlich ging es ihm nicht gut. Josie hatte keine Ahnung, was sie tun sollte. Aber die Wahrheit war, dass sie nichts tun konnte, um ihm zu helfen. Sie steckten beide in großen Schwierigkeiten, das wusste sie bis ins Mark ihrer Knochen.

Doch dann fiel ihr etwas ein – etwas, das sie tun *konnte*, um Nate zu helfen.

Sie drehte sich um und schaute auf den Becher mit Wasser in der Ecke ihrer Zelle. Nate musste furchtbar dehydriert sein. Durstig. So viel hatte er dem Anführer gesagt. Niemand hatte ihm Wasser oder Nahrung gebracht, seit er hier angekommen war. Und er war jeden Tag verprügelt worden.

Ihr Mund war staubtrocken, ihre Lippen waren rissig und bluteten aus Mangel an Feuchtigkeit. Aber Nate war noch schlimmer dran.

Vorsichtig hob Josie ihren kostbaren Becher auf und kroch langsam über den Boden ihrer Zelle. Es war das erste Mal seit Nates Ankunft, dass sie sich von der Wand entfernte, die sie als ihren sicheren Ort betrachtete. Aber er war verletzt. Er brauchte das mehr als sie.

Nate musste gehört haben, dass sie sich bewegte, denn er öffnete die Augen und sah, wie sie auf ihn zukam.

»Mir geht's gut«, lallte er. »Ein Kinderspiel. Diese Arschlöcher schlagen wie Mädchen. Warte, das war unhöflich, ich kenne einige Frauen, die verdammt hart zuschlagen. Ich werde nicht zerbrechen, falls du dir Sorgen gemacht hast.«

Josie hielt den Blick auf ihn gerichtet, während sie sich ihm näherte. Er lag etwa einen Meter von den Stäben entfernt, die ihre Zellen voneinander trennten. Vorsichtig stellte sie den fast vollen Becher mit Wasser auf den Boden und schob ihn zu ihm.

Nate runzelte die Stirn. »Was ist das, Spirit?«

Er hatte am Tag zuvor begonnen, sie so zu nennen, denn obwohl sie offensichtlich durch die Hölle gegangen war, konnte er ihr Temperament in ihren Augen leuchten sehen, das sich weigerte aufzugeben. Zumindest behauptete er das.

Er hatte gesagt, er müsse sie *irgendwie* nennen, und da er ihren Namen nicht kannte, würde das funktionieren, bis sie sich sicher genug fühlte, ihm ihren richtigen Namen mitzuteilen.

Aber es ging nicht darum, ob sie sich sicher fühlte oder nicht. Es ging darum, dass sie buchstäblich nicht sprechen konnte. Jedes Mal wenn sie den Mund öffnete, kam aus irgendeinem Grund kein Ton heraus. Ein Psychologe hätte wahrscheinlich einen Riesenspaß daran, sie zu analysieren und sich alle möglichen Gründe auszudenken, warum sie nicht sprechen konnte, aber im Moment war das egal. Nichts war wichtig, außer dafür zu sorgen, dass dieser Mann überlebte. Und dazu brauchte er Wasser. Und das war etwas, das sie ihm geben konnte.

Sie nickte zu dem Becher, aber Nate sah ihn nicht einmal an, sein Blick blieb auf dem ihren haften.

Er sprach wieder, aber dieses Mal waren seine Worte kaum ein Flüstern. »Sie kommen, Spirit. Es wird nicht mehr lange dauern, wir müssen nur durchhalten, bis sie hier sind.«

Josie starrte ihn an, ebenso überrascht von seinen Worten ... und von der raschen Wut, die sie in ihr auslösten. Wie konnte er es wagen, ihr Hoffnung zu machen! Zu behaupten, dass irgendein mysteriöses Rettungsteam einfach vorbeikommen und sie von hier wegbringen würde.

Stirnrunzelnd deutete sie ungeduldig auf den Becher mit Wasser. Aber Nates Blick wich nicht von ihrem.

»Ich bin ein SEAL«, sagte er. »Ich kann alles aushalten, was sie tun. Es ist nur eine Frage der Zeit.«

Sie wollte nicht mehr hören, was er sagte. Sie beugte sich vor, steckte eine Hand durch die Gitterstäbe und schob den Becher näher heran. Als er immer noch nicht den Blick von ihr abwandte, knurrte sie, legte sich auf den Boden und schob den Becher so nahe an ihn heran, wie es ihr möglich war.

Erst als er praktisch vor seiner Nase stand, blickte Nate

schließlich zu Boden. Er hob eine Augenbraue. »Wasser?«, fragte er, als könnte er nicht glauben, was er sah.

Josie nickte, aber sein Blick war auf den Becher gerichtet. Er leckte sich über die Lippen, wahrscheinlich unbewusst. Dann riss er schließlich seinen Blick von dem Wasser los und sah sie wieder an.

»Woher hast du das?«, flüsterte er fast ehrfürchtig. Sie deutete auf die Ecke des Raumes. Wahrscheinlich konnte er das Wasser, das dort tropfte, nicht sehen, aber er nickte trotzdem. Dann sagte er: »Ich kann das nicht annehmen. Du brauchst es.«

Josie stieß einen verärgerten Atemzug aus.

»Ich kann deine Verärgerung über mich sogar in diesem leisen Geräusch hören. Ich kann dein Wasser trotzdem nicht nehmen«, beharrte er.

Aber sie war fertig mit seiner Märtyrer-Nummer. Sie wollte ihm sagen, dass sie schon vor ein paar Tagen ihren üblichen Becher getrunken hatte. Dass sie noch ein oder zwei Tage ohne auskommen könnte. Aber das konnte *er* nicht. Er brauchte die Flüssigkeit, um stark zu bleiben.

Stattdessen kam nur ein leises Zischen heraus.

Nervigerweise lächelte Nate sie an. »Du bist wie ein kleines Kätzchen, das verärgert faucht.«

Josie rümpfte die Nase.

»Tut mir leid, das ist wahrscheinlich nicht die beste Art, dich zu beschreiben, wenn ich bei dir beliebt bleiben will. Bist du dir ganz sicher?«, fragte er und griff immer noch nicht nach dem Becher.

Josie nickte ihm kurz zu.

»Danke«, sagte er schlicht, während er sein Bestes tat, um sich aufzusetzen, und griff dann mit beiden Händen nach dem Becher. Er konnte sich nicht weit bewegen, so wie er gefesselt war, aber er schaffte es, das Wasser an seine Lippen zu führen. Josie beobachtete, wie er die Augen schloss, als die ersten

Wassertropfen seine Lippen trafen. Er verschlang die Flüssigkeit nicht, wie sie es von ihm erwartet hatte, wie *sie* es getan hatte, als sie das erste Mal genug zu trinken bekommen hatte. Stattdessen genoss er es, jeder Schluck war wie pures Gold, das er zu sich nahm.

Als der Becher leer war, stellte er ihn zurück auf den Boden und schob ihn zu ihr. Sein intensiver Blick aus seinen blauen Augen begegnete ihrem eigenen. »Ich werde das nie vergessen«, sagte er feierlich. »Es ist mir nicht entgangen, dass du auch nichts zu essen oder zu trinken bekommen hast, seit ich hier bin. Dass du mir das Wasser gibst, das du so dringend brauchst ...« Er verstummte, holte tief Luft und zuckte dann zusammen. »Autsch«, scherzte er. »Ich muss mir merken, das nicht noch einmal zu tun ... Du teilst dein Wasser mit mir«, fuhr er in diesem tiefen, ernsten Ton fort. »Noch nie hat jemand so selbstlos etwas für mich getan.«

Josie wollte ihm sagen, dass es keine große Sache war, aber tief im Inneren wusste sie, dass es das war. Sie würde für ihre gute Tat leiden. Aber dieser Mann litt mehr als sie. Wenigstens war sie nicht das Opfer des Zorns ihrer Entführer.

Sie griff nach vorn und schnappte sich den Becher durch die Gitterstäbe zurück, um sich schnell an ihren Platz an der Wand zu begeben. Vorsichtig stellte sie den Becher wieder unter das tropfende Rinnsal, und das erste blecherne Geräusch von Wasser, das auf den Boden traf, beruhigte sie. Für sie war es das Geräusch des Lebens. Buchstäblich.

Stöhnend drehte Nate sich auf den Rücken. »Scheiße«, murmelte er.

Josie konnte sich ein Lächeln nicht verkneifen. Das war das erste Wort, das sie ihn je hatte sagen hören, und sie fühlte sich bereits ein wenig nostalgisch dabei. Was dumm war, aber andererseits war dies keine normale Situation.

Nate begann wieder zu reden, und Josie wollte ihm sagen, er solle still sein, um seine Kräfte zu schonen, aber sie konnte nicht leugnen, dass seine Stimme sie beruhigte. Sie gab ihr das Gefühl, nicht so allein zu sein. Sie gab ihr mehr von dieser gefürchteten Hoffnung. Auch wenn Hoffnung gefährlich war für eine Frau in ihrer Situation. Ein Niemand. Vergessen, zum Verrotten weggeworfen.

Nate dort zu haben, der ihr elendes Dasein teilte, wenn auch nur für ein paar Tage, war ein Segen, den sie nie weder erwartet noch als verdient erachtet hatte.

Falls sie irgendetwas tun konnte, um ihm zu helfen, würde sie es tun. Vorbehaltlos. Ihr Körper machte schlapp. Sie war sich darüber im Klaren, dass sie nicht ewig ohne Nahrung auskommen konnte. Das Wasser hielt sie am Leben, aber irgendwann würden ihre Organe versagen. Eines Tages würden die Entführer ihre verrottende Leiche finden. Es war ein morbider Gedanke, aber es beunruhigte sie nicht mehr sehr.

Aber bevor sie starb, würde sie, falls sie die Gelegenheit dazu hatte, alles tun, um Nate zu helfen.

Blinks Gedanken drehten sich. Was er gerade erlebt hatte ... es war demütigend. Spirit war langsam am Verhungern. Es war nicht schwer zu erkennen. Und doch hatte sie das Einzige aufgegeben, was sie hatte, um ihr Leben zu erhalten. Für *ihn*.

Er hatte versucht, ihr zu sagen, dass bald Hilfe kommen würde, aber er konnte sehen, dass seine Worte sie nur verärgerten. Er glaubte immer noch fest daran, dass tatsächlich Hilfe kommen würde. Es war genügend Zeit vergangen, um einen Plan für eine Rettungsmission auszuarbeiten. Er hatte in seiner Zeit als SEAL mehr als genügend davon miterlebt, um zu wissen, wie sie funktionierten.

Er war immer noch durstig, aber dieser Becher Wasser hatte ihm neues Leben eingehaucht. Er konnte förmlich spüren, wie seine Zellen die Flüssigkeit aufsaugten. Er hätte es noch ein paar Tage ausgehalten, aber die Tatsache, dass sie etwas aufgegeben hatte, das sie so dringend brauchte, traf ihn wie nichts zuvor.

Während er dalag und darüber nachdachte, wie groß ihr Opfer wirklich war, hörte Blink ein Geräusch, das für seine Situation völlig untypisch war.

Er zwang sich in eine aufrechte Position und starrte auf die Wand, von der das Geräusch kam.

Er erschrak über das, was er sah. Für viele Menschen würde es wie ein außerirdischer Tentakel oder etwas ähnlich Fremdes aussehen, aber er wusste genau, was es war.

Er grinste und winkte dem Ding wie ein Vollidiot zu.

Es verschwand sofort, aber Blink war nicht beunruhigt.

Innerhalb weniger Sekunden wurde ein kleiner schwarzer Ohrstöpsel durch das Loch geschoben und fiel auf den Boden. Blink unterdrückte ein Stöhnen und rutschte auf dem Hintern näher an die Wand heran. Er lehnte sich dagegen, während er den Ohrstöpsel in sein Ohr steckte.

»Hey, Blink! Wie zum Teufel geht's dir?«

»Flash? Bist du das?«, fragte er mit so leiser Stimme, dass es fast ein Flüstern war. Aber er hatte keinen Zweifel, dass sein Teamkamerad ihn hören würde. Die Technologie des Funkempfängers war so gut.

»Ja, ich bin's«, versicherte Flash ihm. »Bist du schon fertig mit deinem kleinen Urlaub? Willst du nach Hause?«

»Scheiße, ja«, sagte er, während Erleichterung seinen Körper durchströmte.

»Gut. Ich habe den Schmuck gesehen, den du trägst, und den müssen wir als Erstes abnehmen. Aber wir werden ein Loch in deine Zelle bohren, deinen Arsch herausholen und dann in der Nacht verschwinden. Die Einheimischen sind unruhig, also werden wir versuchen, es leise zu machen. Ich habe eine schöne Verkleidung für dich, und mit etwas Glück kommen wir unbemerkt zum Taxistand.«

Blink runzelte die Stirn, und sein Blick ging sofort zu der Frau in der Zelle neben ihm. »Ich habe eine Freundin«, sagte er zu Flash.

Einen Moment lang herrschte Schweigen. »Scheiße. In Ordnung. Wo?«

»Drei Meter zu meiner Rechten.«

Er war nicht überrascht, als die faseroptische Kamera am Ende des Fiberskops durch das winzige Loch zurückkehrte und auf die andere Zelle gerichtet war.

»Informationen?«, fragte Flash.

»Nicht viel. Klein, unter eins fünfzig. Weder Schuhe noch angemessene Kleidung. Ich werde sie nicht zurücklassen.«

»Verstanden. Das ändert die Pläne. Kannst du noch ein paar Stunden durchhalten?«

Blink würde solange wie nötig durchhalten, damit Spirit mit ihm gerettet wurde. »Ja.« Er würde nicht über die Folter nachdenken, die seine Entführer für ihn bereithielten. Er würde alles in Kauf nehmen, was sie ihm antun wollten, wenn es bedeutete, aus diesem Höllenloch herauszukommen.

»In Ordnung, wir kommen wieder. Sei bereit.«

»Ich wurde bereit geboren«, sagte Blink zu seinem Teamkameraden.

Es gab eine Pause, dann schnaubte Flash. »Bist du sicher, dass du Blink bist? Du bist furchtbar gesprächig.«

»Bring uns einfach hier weg«, sagte er zu seinem Freund. »Wir werden bereit sein.«

»Verstanden.«

Dann verschwand die Kamera wieder durch das Loch und Blink wusste, dass sein Freund weg war. Er sah zu der Frau hinüber.

Und genau wie er dachte, waren ihre Augen offen und sie starrte ihn von ihrem Platz an der gegenüberliegenden Wand aus an. Mit einer schmerzhaften Bewegung kroch Blink auf die Gitterstäbe zu, die ihre Zellen trennten. Er sprach in einem tiefen, gleichmäßigen Ton. »Das war mein Team. Die Jungs werden morgen zurückkommen, um uns zu befreien. Ich kenne den Plan noch nicht, aber wir müssen einfach mitmachen. Meinst du, du kannst laufen?«

Sie richtete den Blick aus ihren ernsten Augen auf ihn, aber sie antwortete nicht. Bewegte sich nicht. Er glaubte nicht einmal, dass sie atmete.

»Es ist in Ordnung, wenn du es nicht kannst. Du bist zierlich. Ich kann dich tragen.«

Schließlich bewegte sie sich, hob einen Fuß und deutete darauf.

Blink war begeistert, dass sie mit ihm kommunizierte. Es war überraschend einfach, ein »Gespräch« mit ihr zu führen, auch ohne dass sie ein Wort sagte. »Mein Team wird sich um Schuhe und Kleidung für uns beide kümmern.«

Sie ließ den Blick von ihm zur Tür ihres Gefängnisses und dann wieder zu ihm wandern.

»Sie arbeiten an einem neuen Plan, aber was auch immer es ist, es wird funktionieren. Ich vertraue ihnen mit unserem Leben, Spirit.«

Sie runzelte die Stirn und blickte noch einmal zur Tür, dann wieder zu ihm. Sie ballte die Finger zu einer Faust und schwang sie in der Luft.

»Ach, die? Ist schon in Ordnung. Sie werden mich nicht umbringen. Ich bin zu wertvoll.«

Die Frau knurrte noch einmal tief in ihrer Kehle, als wollte sie ihm widersprechen.

»Hast du mich gehört? Wie ich mit meinem Teamkameraden gesprochen habe?«, fragte er.

Sie senkte das Kinn.

»Ich hätte heute Nacht gehen können. Sie waren bereit, ihren Plan auszuführen. Aber ich werde nicht ohne dich gehen. Ich kann alles ertragen, was dieses Arschloch mit mir machen will, aber ich kann *nicht* ertragen zu wissen, dass du noch hier bist, während ich frei bin. Das wird nicht passieren, Spirit. Morgen setze ich mich mit allem auseinander, was sie mit mir vorhaben, und dann verschwinden wir von hier, okay?«

Ihre Augen waren groß, als sie ihn einfach anstarrte.

»Okay. Ich möchte, dass du das nimmst«, sagte Blink, während er in sein Ohr griff und den winzigen Empfänger herausholte. »Ich darf ihn nicht im Ohr haben, wenn sie kommen, um mich weiter zu verprügeln. Sie werden ihn finden, und dann sitzen wir *wirklich* in der Klemme. Setz ihn ein, und wenn du mein Team reden hörst, sag mir Bescheid. Ich weiß, dass du nicht mit ihnen reden kannst, aber wenn du darauf tippst, hören sie uns und wissen, dass wir zuhören, auch wenn wir nicht antworten können.«

Die Frau bewegte sich nicht. Sie ließ den Blick von ihm zu dem Hörer in seiner Hand wandern, aber sie machte keine Anstalten, sich auf ihn zuzubewegen.

Innerlich seufzte er und wünschte sich, er könnte diese Frau nur einmal berühren. Ihr versichern, dass sie *wirklich* aus diesem Gefängnis gerettet werden würden. Aber er hatte keine Ahnung, was sie durchgemacht hatte. Möglicherweise war die Berührung durch einen anderen das Letzte, was sie wollte.

Der Gedanke daran, dass diese winzige Frau der Gnade der Arschlöcher ausgeliefert war, die ihn während der letzten Tage verprügelt hatten, ließen Blink rotsehen. Aber er zwang sich, ruhig zu bleiben. Er musste beherrscht bleiben, nicht außer sich vor Wut.

Er griff zwischen die Gitterstäbe und legte den kleinen Empfänger, der wie ein kleiner Ohrstöpsel aussah, auf den Boden. Sie konnte nicht wissen, wie schwer es ihm fiel, die Verbindung zu seinem Team aufzugeben. Für einen SEAL war Kommunikation alles. Und dass er über den Plan im Unklaren war, bereitete ihm eine Gänsehaut, aber es ging nicht anders. Wenn seine Entführer das Gerät entdeckten, war er so gut wie tot. Und es wäre beschissen, kurz vor einer Rettung getötet zu werden.

Blink bewegte sich von den Gitterstäben weg und legte sich wieder auf den Rücken. Die Position nahm etwas Druck von seinen schmerzenden Rippen. Er wusste nicht, wie lange er noch hatte, bevor die Arschlöcher zurückkamen, um ihn weiter zu quälen. Aber er würde bereit sein. Er hatte keine andere Wahl.

KAPITEL VIER

Josie starrte das kleine schwarze Gerät eine gefühlte Ewigkeit an. Nate hatte sich nicht mehr gerührt, seit er sich hingelegt hatte, und schließlich bewegte sie sich durch die Zelle und nahm es an sich, bevor sie zu ihrem Platz an der Wand zurückkehrte.

Als sie das Gerät betrachtete, das wie ein AirPod aussah, nur kleiner, überkamen sie Erinnerungen, die in ihrer Intensität fast schmerzhaft waren. Wie sie so etwas auf dem Flug nach Kuwait benutzt hatte. Die Musik, die sie dabei gehört hatte. Wie naiv und sorglos sie gewesen war, ohne eine Ahnung von der Hölle, die sie erwartete.

Josie schloss die Tür zu ihren Erinnerungen und setzte das Gerät in ihr Ohr. Sie hörte nichts. Kein Rauschen. Niemanden, der sprach. Nichts.

Sie sah zu Nate hinüber, biss sich auf die Lippe und dachte darüber nach, was er getan hatte. Seine Leute waren da, um ihn zu retten. Er hätte schon vor Stunden gehen können. Aber er hatte es nicht getan. Er war geblieben. *Ihretwegen.* Wenn sie daran dachte, was er getan hatte, tat ihr die Brust weh. Obwohl er wusste, dass er wahrscheinlich gefoltert werden würde, hatte er seinem Freund, Teamkameraden, was auch immer, gesagt, er solle später wiederkommen, wenn sie einen Plan hätten, auch sie herauszuholen.

Es war überwältigend. Unglaublich.

Sie wollte darauf vertrauen, dass die Rettung *wirklich* auf dem Weg war. Aber wenn man bedachte, wie ihr Leben in letzter Zeit verlaufen war, fiel es ihr immer noch schwer zu begreifen, wie sehr die Dinge sich von der täglichen Langeweile und dem Terror, den sie seit wer weiß wie lange erlebte, verändert hatten.

Zum ersten Mal seit Wochen erlaubte sie sich zu denken, dass sie vielleicht, nur vielleicht, hier herauskommen würde. Es war wahrscheinlich, dass sie bei dem Fluchtversuch sterben würde, aber wenn sie sowieso hier ihr Leben verlor, würde sie es lieber tun, indem sie alles tat, um den Leuten zu entkommen, die sie weggesperrt hatten, als einfach aufzugeben und in der Dunkelheit zu verschwinden, ohne dass jemals jemand erfuhr, wohin sie gegangen war.

Nicht dass sie zu Hause viele Menschen hätte, die eine Vermisstenanzeige aufgeben würden. Vielleicht würde der Mann, für den sie arbeitete, sich fragen, warum sie sich nach ihrem Urlaub nicht wieder gemeldet hatte. Aber wahrscheinlich nahm er einfach an, dass sie beschlossen hatte zu kündigen. Und sie hatte niemandem gesagt, wohin sie ging, weil sie niemanden hatte, der ihr nahe genug stand, um sich wirklich dafür zu interessieren.

Falls jemand nachforschte, würde er sehen, dass sie ihren Pass benutzt und nach Kuwait eingereist war, aber was konnte ein Polizeibeamter aus den USA tun? Nichts. Jemand müsste mit der kuwaitischen Polizei sprechen, und die war wahrscheinlich nicht sehr besorgt über eine vermisste Amerikanerin.

Aber die Armee hätte Ayden vermissen müssen. Sie hätten eine Ermittlung eingeleitet, und vielleicht, nur vielleicht, hätten sie von ihr erfahren. Andererseits hatten sie und Ayden nach ihrer Ankunft nichts mehr mit seinen Militärkameraden unternommen. Das war ein weiteres Warnsignal, das sie ignoriert hatte.

Josie versuchte, sich keine Vorwürfe mehr zu machen wegen der Entscheidungen, die sie in der Vergangenheit getroffen hatte und die sie jetzt nicht mehr ändern konnte, und konzentrierte sich auf die Gegenwart. Es war nicht mehr viel Wasser im Becher, nachdem sie Nate das gegeben hatte, was sie hatte, aber sie nahm ihn und trank den Schluck, der sich gesammelt hatte. Sie brauchte jede Hilfe, die sie bekommen konnte, wenn von ihr erwartet wurde zu laufen, sobald sie aus ihrer Zelle herauskam.

Aber wie zum Teufel sollten sie hier herauskommen? Josie hatte keine Ahnung, wie das vonstattengehen sollte. Würden seine Freunde sich wie ihre Entführer verkleiden und buchstäblich durch die Tür kommen? Würden sie sich den Weg hineinschießen? Wie würden sie die Zellen entriegeln?

Sie hatte so viele Fragen und keine Antworten, also tat sie das, was sie während der letzten Wochen getan hatte, um bei Verstand zu bleiben. Sie schloss die Augen und zog sich tief in sich selbst zurück. Es war einfacher, taub zu sein und an nichts zu denken als an all die schrecklichen Dinge, die bereits geschehen waren und die in Zukunft noch geschehen könnten.

Josie wachte ruckartig auf und hatte keine Ahnung, wie viel Zeit vergangen war, aber es waren wieder Männer in Nates Zelle. Diesmal hatten sie keinen Stuhl, aber ein Mann hielt Nates Füße auf dem Boden fest, ein anderer hielt einen Arm und ein dritter den anderen.

Der Mann, der Englisch sprach, war auch dabei. »Du wolltest Wasser?«, fragte er mit einem bösen Lächeln. »Wir werden es dir geben.«

Ein vierter Mann kniete sich vor Nates Kopf, bedeckte sein

Gesicht mit einem schmutzigen Handtuch und zog es fest – und der Anführer goss einen Eimer Wasser darüber.

Josie hatte noch nie gesehen, wie jemand mit Waterboarding gefoltert wurde. Sie wusste nicht einmal, wie man jemanden mit dieser Technik folterte, aber jetzt bekam sie Unterricht aus erster Hand.

Es ging eine gefühlte Ewigkeit so weiter. Sie konnte hören, wie Nate unter dem nassen Handtuch nach Luft schnappte, während immer wieder Wasser darüber geschüttet wurde. Es sammelte sich auf dem Betonboden unter ihm und sickerte auch in ihre Zelle hinüber.

Innerlich schrie Josie vor Entsetzen. Nate ertrank vor ihren Augen, und es gab nichts, was sie dagegen tun konnte. Sie könnte irgendwie die Aufmerksamkeit auf sich lenken, aber was würde das bringen? Instinktiv wusste sie, dass es nichts bringen würde. Diese Männer amüsierten sich zu sehr, als dass sie sich durch irgendetwas aufhalten ließen.

Und sie stellten Nate nicht einmal irgendwelche Fragen. Sie folterten ihn einfach, um ihn zu foltern, weil sie es konnten. Und die Tatsache, dass er sich freiwillig in diese Situation begeben hatte, schmerzte Josie am meisten. Er hätte schon lange von hier weg sein können. Und doch war er geblieben, obwohl er wusste, dass diese Folter bevorstand.

Das war mehr, als sie ertragen konnte. Voller Feigheit schloss sie die Augen und tat ihr Bestes, um den Anblick und die Geräusche von Nates Leiden auszublenden.

Endlich, *endlich*, schienen die Männer es leid zu sein, ihren Gefangenen zu quälen. Der Mann, der Englisch sprach, riss Nate das Handtuch vom Gesicht und grinste höhnisch auf ihn herab. »Hast du genug?«, fragte er.

»Genug«, krächzte Nate.

Seine Antwort schien dem Anführer außerordentlich zu gefallen.

»Vielleicht wirst du in ein paar Stunden unsere Fragen beantworten«, sagte er. »Und wenn nicht?« Er zuckte mit den Schultern. »Dann können wir noch mehr Spaß haben. Wie lange wirst du wohl durchhalten?«

Nate schwieg, was für Josie eine Erleichterung war. Sie hatte das Gefühl, dass er den Kerl verfluchen wollte. Ihm sagen, er solle es ruhig tun. Aber er sagte kein Wort, sondern funkelte seinen Peiniger nur an.

Der Mann, der das Sagen zu haben schien, lachte und gab dann seinen Männern ein Zeichen, ihm aus der Zelle zu folgen.

Im letzten Moment, bevor die Zellentür sich schloss, sagte Nate: »Danke für das Wasser. Das habe ich gebraucht.«

Der Anführer sah wütend aus, als er sich umdrehte. Er stürmte auf Nate zu und begann, ihn zu treten. Wieder und wieder traf sein Fuß Nates Körper. Er hatte sich zu einem Ball zusammengerollt, um seinen Kopf zu schützen, aber er konnte nicht verhindern, dass die Tritte überall sonst landeten.

Das Blut vermischte sich mit dem Wasser auf dem Boden und färbte es ekelhaft rosa.

»Verdammte Amerikaner«, sagte der Mann und spuckte Nate an, bevor er sich umdrehte und seine Zellentür zuschlug. Bevor er den Raum verließ, sagte er zu Nate: »Ich denke, das nächste Mal fangen wir mit *ihr* an. Mal sehen, wie lange du durchhältst, wenn sie schreit.«

Josie zitterte, als die Worte des Mannes verklungen waren und die Tür zu ihrem Gefängnis zuschlug.

»Hör nicht auf ihn«, lallte Nate. »Er wird dich nicht anfassen. Ich gebe dir mein Wort.«

Sie war sich da nicht so sicher. Falls der Anführer zurückkam, konnte er von seiner Seite der Zelle aus nichts tun. Aber seine Worte beruhigten sie trotzdem ein wenig.

»Irgendetwas von meinem Team?«, fragte Nate und deutete auf sein Ohr.

Josie war einen Moment lang verwirrt, dann wurde ihr klar, dass er wissen wollte, ob sie etwas durch den Empfänger in ihrem Ohr gehört hatte. Sie schüttelte den Kopf.

»Okay. Gib mir ein bisschen Zeit, um mich zu orientieren, dann nehme ich den Ohrhörer zurück. Es wird nicht mehr lange dauern, hörst du, Spirit? Ehe du dichs versiehst, sind wir hier raus und trinken einen rosafarbenen Drink mit einem Schirmchen drin.«

Josie lächelte nicht. Sie konnte nicht. Nate mochte das, was gerade passiert war, vielleicht auf die leichte Schulter nehmen, aber sie hatte gehört, wie er nach Luft schnappte. Hatte die Panik in seinen Augen gesehen, als das Handtuch von seinem Gesicht entfernt wurde. Er war durch die Hölle gegangen ... für *sie*.

Bevor sie wusste, was sie tat, bewegte Josie sich zu den Stäben, die ihre Zellen trennten. Sie streckte eine Hand nach ihm aus, ohne zu wissen, was sie tat oder von ihm verlangte.

Erstaunlicherweise manövrierte Nate sich langsam über den Boden und durch die Wasserpfützen auf sie zu. Zu ihrem Entsetzen legte er, als er nahe genug war, seine Wange auf ihre ausgestreckte Hand. Sein Bart war erstaunlich weich an ihrer Handfläche.

Er seufzte. Ein langer Laut, der nach Josies Herz zu greifen schien und es fest zusammendrückte.

Er hatte Schmerzen, das war offensichtlich. Und irgendwie schien ihre Berührung etwas von diesem Schmerz zu lindern. So blieben sie einige Augenblicke lang. Seine Wange an ihre Hand gelehnt, als menschliche Wesen in einer Situation verbunden, die versucht hatte, ihnen jedes Quäntchen Menschlichkeit zu rauben.

Dann hob Nate den Kopf und durchbohrte sie mit einem grimmigen Blick. »Wir verschwinden von hier, Spirit. Ich würde nie zulassen, dass sie dir auch nur ein Haar krümmen. Ich würde alles tun, was nötig ist, um das zu verhindern, aber ich muss gar nichts tun, denn Flash, Smiley, Kevlar und die anderen werden kommen. Schon bald. Ich werde mich hier hinlegen und versuchen, wieder zu Kräften zu kommen, aber ich werde bereit sein, wenn sie kommen. Egal was passiert, wir werden hier rauskommen. Zusammen.«

Er konnte nicht wissen, welche Wirkung seine Worte auf sie hatten. Seine Beruhigung. Sein Beschützerinstinkt. Seine absolute Gewissheit, dass sie entkommen würden. Seine Verletzlichkeit, seine momentane Schwäche zuzugeben.

Dieser Mann hatte ihr Leben auf den Kopf gestellt, und das wollte schon etwas heißen, denn es war bereits ziemlich im Arsch.

Okay.

Ihr Mund bewegte sich bei dem Wort, aber kein Laut entkam ihrer Kehle.

»Okay«, erwiderte er, als hätte sie es laut ausgesprochen.

Dann streckte er seine gefesselten Hände nach ihr aus. Er legte sie auf den Betonboden, nur wenige Zentimeter von den Gitterstäben entfernt. Er schloss die Augen und versuchte, sich von der gerade erlittenen Folter so weit zu erholen, dass er bereit war für das, was seine Freunde tun würden, um sie herauszuholen.

Josie starrte auf seine Finger. Ein paar sahen aus, als seien sie in einem komischen Winkel gekrümmt, und seine Fingernägel waren jetzt genauso schmutzig wie ihre. Das war es, was ihr mehr als alles andere den Mut gab, erneut zwischen die Gitterstäbe zu greifen. Sie legte ihre Hand auf eine der seinen. Seine Haut war warm, während ihre sich kalt anfühlte. Seine Finger zuckten, aber er griff nicht nach ihr. Er bewegte sich überhaupt nicht. Bis auf seine Lippen. Sie verzogen sich zu einem kleinen Lächeln, während er auf dem Boden seiner Gefängniszelle lag.

Jetzt, da sie den Mut aufgebracht hatte, ihn zu berühren, wollte Josie nicht mehr loslassen. Sie ließ sich auf den Boden sinken und behielt ihre Hand, wo sie war. Sie bedeckte seine und versuchte, ihm ohne Worte zu zeigen, wie viel seine Anwesenheit ihr bedeutete.

KAPITEL FÜNF

Blink hatte Schmerzen. Überall. Aber es war das Gefühl des Ertrinkens, das ihn nicht schlafen ließ. Waterboarding war beschissen. Daran war nicht zu rütteln. Theoretisch wusste er, dass er nicht ertrank, aber das durchnässte Handtuch auf seinem Gesicht reichte aus, um ihm das Gefühl zu geben, nicht atmen zu können, unter Wasser zu sein. Er war in dieser Foltermethode ausgiebig geschult worden, aber das bedeutete nicht, dass sie nicht trotzdem scheiße war.

Jetzt lag er in einer äußerst unbequemen Position, aber es waren die kleinen, kalten Finger auf seiner Hand, die ihn so ruhig wie möglich auf dem Boden hielten. Er würde sich nicht bewegen, es sei denn, er müsste es. Ihn zu berühren war ein *großer* Schritt für diese Frau, und das wussten sie beide.

Und es war der einzige Beweis, den er brauchte, dass er gestern die richtige Entscheidung getroffen hatte.

Flash und der Rest des Teams hätten sich wahrscheinlich spontan einen neuen Plan einfallen lassen können, aber die Erfolgschancen wären drastisch gesunken. Es war besser, dass sie sich neu gruppierten und mit zwei Kriegsgefangenen zurückkamen statt mit einem. Er würde zehn weitere Waterboarding-Sitzungen über sich ergehen lassen, wenn das bedeutete, dass sie beide entkamen.

Der Gedanke, dass sie zwei Sekunden lang das erlebte, wozu er ausgebildet worden war, löste in Blink den Wunsch aus, das Arschloch, das sie bedroht hatte, mit bloßen Händen umzubringen. Er würde alles tun, was nötig war, um sie zu beschützen.

Plötzlich riss sie ihre Hand von seiner los und schlug sie so hart gegen die Gitterstäbe, dass Blink zusammenzuckte. Sie starrte ihn mit großen Augen an und griff an ihr Ohr.

»Ah, sie sind hier?«, fragte er.

Sie nickte, ein viel aggressiveres Nicken, als er es zuvor von ihr bekommen hatte. Statt die Hand nach dem Hörer auszustrecken, rückte Blink näher an die Stäbe heran und neigte den Kopf in ihre Richtung. »Kannst du ihn mir ins Ohr stecken? Dieses Arschloch hat mir mit einem seiner Tritte den Arm verletzt.«

Es war nicht gerade eine Lüge. *Irgendetwas* stimmte mit seinem Arm nicht, aber Blink wollte ihre Berührung wieder spüren, das kleine bisschen Vertrauen stärken, das sie ihm entgegengebracht hatte.

Sie zögerte, dann griff sie nach ihm.

Sie streifte sein Ohrläppchen mit den Fingern, woraufhin Blink eine Gänsehaut im Nacken bekam. Sie zögerte nicht, trödelte nicht, setzte den Ohrstöpsel sanft in sein Ohr und wich zurück.

»… in zehn Minuten. Hast du verstanden, Blink?«

»Tut mir leid, nein. Wiederholen«, sagte er zu Preacher.

»Der Plan ist, leise und vorsichtig ein paar der Steine in deiner jetzigen Behausung herauszunehmen. Wir bringen dich auf diese Weise raus und platzieren sie wieder, damit es so aussieht, als hättest du dich in Luft aufgelöst. Wir sind in zehn Minuten bei dir.«

»Und meine Freundin?«, fragte er.

»Wir werden sie auf demselben Weg und zur selben Zeit erreichen«, sagte Preacher.

»Ihr müsst nur die Hälfte der Steine entfernen, um zu ihr zu gelangen«, sagte Blink.

»Das weiß ich. Wir haben sie alle gesehen. Wir haben Burkas für euch beide. Es ist nicht ideal, das ist mir klar, aber keiner von euch kann in dem herumlaufen, was ihr anhabt, ohne die falsche Aufmerksamkeit zu erregen. Die Lage hier draußen ist immer noch angespannt. Keiner ist glücklich über das, was passiert ist.«

Blink fand, dass das eine Untertreibung war. Er und das SEAL-Team, mit dem er unterwegs gewesen war, hatten zwei sehr hochrangige Männer in der Gegend ausgeschaltet. Männer, die seit Langem Anführer der Terroristen waren. Aber daran konnte er im Moment nicht denken. »Schuhe?«

»Sandalen. Ich musste ihre Größe schätzen.«

Blink nickte. Er spürte den Blick der Frau auf sich und sah auf. »Wir werden bereit sein«, sagte er zu Preacher.

»Verstanden. Ende.«

Blink holte tief Luft, dann sagte er schnell: »Es ist so weit. Mein Team wird ein paar Steine aus unseren Zellen entfernen. Wir gehen in diese Richtung raus. Sie haben Burkas für uns, die wir anziehen können. Dann gehen wir einfach weg.«

Er sah, wie sie schluckte und dann nickte. Diese Frau hatte mehr Mut in ihrem kleinen Finger als viele Männer in ihrem ganzen Körper, mit denen er in seiner SEAL-Karriere gearbeitet hatte.

»Wir schaffen das«, sagte er.

Wieder nickte sie.

Nicht zum ersten Mal wünschte Blink sich, sie würde oder könnte mit ihm reden. All die Fragen stellen, die er in ihrem Blick sah. Aber im Moment reichte es, dass sie nicht in Panik geriet.

Das Kratzen schien laut zu sein in dem sonst so ruhigen

Raum, und Blink zuckte zusammen und betete, dass die Männer auf der anderen Seite der Tür es nicht hören würden.

Die Frau in der Zelle stand langsam auf. Sie ging hinüber zu dem Becher, der auf dem Boden unter dem tropfenden Rinnsal stand, das sie buchstäblich am Leben erhalten hatte. Sie hob ihn auf, sah hinein und dann wieder zu Blink.

Sie hielt ihn hoch, als wollte sie ihn fragen, ob er das Wasser, das sich angesammelt hatte, haben wollte.

Seine Brust schmerzte, und das nicht, weil er immer wieder geschlagen worden war. Blink schüttelte den Kopf. »Trink du es, Spirit. Es wird gleich ziemlich heftig werden. Bleib einfach ruhig und tu, was mein Team und ich dir sagen, sobald wir dich dazu auffordern. Alles klar?«

Sie nickte nicht, sondern hob den Becher an ihre Lippen. Dann ließ sie ihn an ihre Seite sinken und hielt ihn mit einem Todesgriff umklammert. Er konnte sehen, wie ihre Finger weiß wurden, als sie das Ding festhielt. Es wäre klüger gewesen, ihn stehen zu lassen, aber da er sie buchstäblich am Leben gehalten hatte, verstand er ihr Bedürfnis, ihn mitzunehmen.

Etwa zwei Minuten vergingen, während sein Team daran arbeitete, genügend Steine zu entfernen, damit sie aus ihren Zellen herauskriechen konnten. Spirits war vor seiner fertig, was nicht verwunderlich war, da das Loch nicht so groß zu sein brauchte.

»Sag ihr, sie soll rauskommen«, sagte Kevlar in Blinks Ohr.

»Geh«, ermutigte Blink die Frau.

Aber sie rührte sich nicht. Sie blieb, wo sie war, und starrte nicht auf das Loch in ihrer Zelle, den Weg in die Freiheit, und auch nicht auf ihn ... sondern auf die Fortschritte, die sein Team bei dem Loch auf seiner Seite machte. Es war schwer zu glauben, dass sie nicht bei der ersten Gelegenheit die Flucht ergriff.

Stattdessen wartete sie auf ihn.

Erneut schwoll Entschlossenheit in Blink an.

Niemand würde diese Frau noch einmal verletzen. Auf keinen Fall.

»Ich denke, es ist groß genug. Beweg deinen haarigen Arsch hier raus«, sagte Safe durch den Ohrhörer.

»Bereit?«, fragte Blink die Frau. »Zusammen.«

Sie nickte, dann bewegte sie sich auf das Loch auf ihrer Seite zu. Aus den Augenwinkeln sah er, wie sie sich hinlegte, und dann zog sein Team sie mit Leichtigkeit heraus. Für ihn war es nicht ganz so einfach. Blink lag auf dem Rücken, da seine Hände immer noch vor ihm gefesselt waren. Er beförderte seinen Kopf aus dem Loch und musste sich dann hin und her drehen, während Kevlar und MacGyver sich abmühten, seine Schultern herauszuziehen.

Blink wollte vor Schmerz am liebsten schreien, als die rauen Steine über die vielen Wunden an seinem Körper kratzten, aber er verzog keine Miene, als er endlich aus diesem Höllenloch gezogen und auf die Beine gestellt wurde.

»Du siehst beschissen aus.«

»Wow, da hatte wohl jemand ein bisschen zu viel Spaß dabei, dein Gesicht neu zu gestalten.«

»Gut, dass du diesen Bart hast, um deine hässliche Visage zu verstecken.«

Aber Blink hörte nicht auf das Geplänkel, für das sein Team besonders in Stresssituationen bekannt war. Er hatte nur Augen für die Frau, die sein Fels gewesen war. Sie hatte ihn ruhig gehalten, ihm einen Sinn gegeben, während er auf Rettung wartete.

Sie stand in der Gasse neben dem Gebäude, in dem sie festgehalten worden waren. Sie war unglaublich dreckig, trug einen verdammten *Bikini* unter einem braunen Überwurf, der wahrscheinlich einmal eine hübsche Pastellfarbe gehabt hatte, und hielt den verdammten Becher fest, als hinge ihr Leben davon ab. Ihre Zehen sahen zierlich und zerbrechlich aus in dem Dreck und dem Müll, der überall um sie herum lag.

»Hier, zieh das an. Du kannst die Mutter sein, sie ist das Kind und Kevlar ist der Vater. Halt den Kopf unten und sei auf alles gefasst«, sagte Safe, als er Blink einen Stapel Stoff entgegenstreckte, während Smiley sich bemühte, die Fesseln um seine Hand- und Fußgelenke zu lösen.

Er fand heraus, wie er die Burka anziehen konnte, und sah, wie MacGyver der Frau half, sich zu bedecken. Durch den Netzstoff vor seinem Gesicht konnte er nicht klar sehen, aber sein Team würde seine Augen sein.

»Haltet alle die Augen offen«, sagte Kevlar über Funk. »Wir sind hier noch nicht raus. Das Taxi wartet, lasst uns verschwinden.«

Ohne nachzudenken, machte Blink einen Schritt auf die Frau zu. Er konnte ihre Augen nicht mehr sehen, was ihn aus irgendeinem Grund beunruhigte.

»Bleib einen Schritt hinter mir, Blink«, sagte Kevlar zu ihm. »Und halte die Frau fest. Sie sieht aus, als würde sie von einem Windstoß weggeblasen werden.«

Kevlar hatte nicht unrecht. Blink streckte eine Hand aus, und zu seiner Überraschung ergriff sie sie mit erstaunlicher Kraft.

»Wenn du Probleme beim Gehen hast, lass es mich wissen. Ich werde dich tragen. Wir schaffen das schon, Spirit.«

Zu seinem Erstaunen spürte Blink, wie sie seine Finger noch fester umklammerte, als wollte sie seine Worte bestätigen. Wieder traf ihn der Gedanke, wie mutig sie war. Sie weinte nicht. Sie meckerte nicht über die Sandalen an ihren Füßen, die ihr offensichtlich zu groß waren. Sie tat, was sie tun musste, um zu überleben.

Aber er hatte keine Zeit zum Nachdenken, denn sie waren schnell unterwegs. Und zu seinem Leidwesen war *Blink* derjenige, der Probleme beim Gehen hatte. Er spürte, wie er hin und her schwankte, als sei er betrunken. Die Schläge, die er erhalten hatte, holten ihn ein.

Er spürte, wie die Frau sich dichter an ihn drückte. Sie hielt seine Hand noch fester, als könnte sie ihn durch bloße Willenskraft aufrecht halten. Es funktionierte. Ihre Nähe half Blink, seinen Schritt zu stabilisieren.

Sie waren erst ein paar Häuserblocks weiter, als sie lautes Geschrei aus dem nächsten Block hörten.

»Verdammt! Lasst uns von hier verschwinden!«, rief Safe durch den Funk.

Und mit einem Mal wurde Blink von Adrenalin durchflutet. Er spürte seine Verletzungen nicht mehr. Er fühlte sich nicht mehr schwach.

»Wir gehen fünf Blocks nach Norden und dann nach Westen zum Wasser. Dort warten drei Boote«, sagte Kevlar und hob seine Waffe, bereit, sie bei der geringsten Provokation zu benutzen.

Blink brauchte Spirit nicht zu erklären, dass etwas nicht stimmte. Ihr Körper war angespannt, und sie konnte die Schreie genauso gut hören wie er.

»Ganz ruhig«, murmelte er leise.

Da sie wussten, dass sie noch deplatzierter aussehen würden, wenn sie liefen, schob Blink sie hinter Kevlar, während sie so schnell wie möglich in Richtung des Sammelpunktes gingen. Aus der Stadt herauszukommen würde verdammt gefährlich werden.

Kaum hatte er den Gedanken, hörte er Schüsse durch die Straßen um sie herum hallen.

»*Scheiße*. Könnt ihr laufen?«, fragte Kevlar, wobei die Frage sowohl an Blink als auch an die Frau an seiner Seite gerichtet war.

Spirit nickte, und das war alles, was Blink sehen musste.

Er würde hier nicht sterben, und sie auch nicht. Jeder Schritt tat höllisch weh. Die Schuhe, die sein Team ihm mitgebracht hatte, eigneten sich nicht zum Laufen, und Spirits waren noch schlechter. Aber wenn sie nicht auf eines der Boote kamen, war der Zustand ihrer Füße die geringste ihrer Sorgen. Und allein der Weg zu den Booten war noch keine Garantie dafür, dass sie es aus dem Land schaffen würden. Solange sie nicht die iranischen Gewässer verlassen hatten, war die Gefahr groß, wieder gefangen genommen zu werden.

Hinter ihnen ertönten Schreie – gefährlich nahe.

Sie würden es nicht zu den Booten schaffen.

Frustration und Wut strömten durch Blink hindurch. Er hatte Spirit versprochen, sie da herauszuholen, und er war nicht in der Lage, dieses Versprechen zu halten.

Plötzlich zerrte Spirit fest an seiner Hand.

Beinahe wäre er gestürzt, als er sie durch den Netzstoff der Burka ansah und erkannte, dass sie auf ein Haus zeigte. Eine Frau stand in der Tür und winkte ihnen hektisch zu, näher zu kommen.

»Kevlar. Haus!«, zischte Blink, um seinen Teamleiter wissen zu lassen, was Spirit entdeckt hatte.

Jeder Instinkt sagte Blink, dass er weitergehen sollte, um zu den Booten zu gelangen. Aber die Geräusche der Männer, die die Straßen durchsuchten, waren jetzt lauter. Jeden Moment würden sie um eine Ecke kommen und sie sehen.

Kevlar nickte ihm zu und sie liefen auf das Haus zu.

Die Tür hatte sich gerade hinter ihnen geschlossen, als sie das Stapfen von Stiefeln hörten. Die Frau, die sie hereingebeten hatte, hielt einen Finger an ihre Lippen. Blink hatte keine Ahnung, ob sie wusste, dass er ein Mann und Spirit kein kleines Mädchen war, aber er würde ihre Tarnung nicht auffliegen lassen.

Er spürte, wie Spirit neben ihm zitterte, und ohne nachzudenken, zog er sie an sich. Ihr Kopf erreichte kaum seine Schulter, und trotz der gefährlichen Situation spürte Blink, wie sich etwas in ihm regte, als die Frau sich an ihn lehnte. Es war ein Gefühl, das er noch nie zuvor gehabt hatte.

Ein Gefühl der Richtigkeit. Als käme er nach Hause.

Sie befanden sich mitten in einer völlig beschissenen Rettungsmission, so verletzlich wie er noch nie gewesen war, und doch fühlte sich alles in seiner Welt irgendwie richtig an.

»Blink?«

Beim Klang von Kevlars Stimme zuckte er zusammen und drehte sich um.

Sein Teamleiter sah völlig entspannt aus. Als liefe er nicht mit zwei sehr schwachen Leuten um sein Leben, die im Moment ein Risiko für sein Überleben darstellten. Er wies auf den Ohrhörer, den sie benutzten, um mit den anderen in Kontakt zu bleiben – den er völlig ignoriert hatte, weil er zu sehr damit beschäftigt gewesen war, sich von seiner Verbindung zu Spirit überwältigen zu lassen.

»Das Team hat zwei der Boote genommen. Wir müssen das dritte erreichen. Unser Kontaktmann ist immer noch dort. Nur für den Fall, dass wir getrennt werden, es ist ein braunes Schnellboot. Sieht scheiße aus, aber es hat genügend Power, um jedem davonzufahren, der uns folgen könnte. Er wird warten, bis es dunkel ist, wenn es sein muss. Der Plan ist, das Boot zu erreichen, und sobald wir aus den iranischen Gewässern heraus sind, werden wir von einem Vogel abgeholt.«

Blink nickte, auch wenn ihm die Chancen, es tatsächlich zum Boot zu schaffen, zu diesem Zeitpunkt nicht gefielen. Und er würde Kevlar nicht einmal fragen, was er zu tun gedachte, falls sie getrennt *würden* und er und Spirit das Boot nähmen, das auf sie wartete.

Als würde er schon seit Jahren mit Blink zusammenarbeiten und nicht erst seit der kurzen Zeit, in der sie tatsächlich im selben Team waren, sagte Kevlar: »Wir verschwinden von hier, Blink. Wir müssen uns noch darüber unterhalten, dass du dich mitten in der Nacht ohne uns davonschleichst.«

Er nickte. Er merkte, dass er schwer atmete und das Adrenalin immer noch durch seinen Blutkreislauf floss. Sie waren so nahe dran, von dort wegzukommen, aber der gefährlichste

Teil stand ihnen noch bevor. Sie mussten zum Wasser gelangen und hoffen, dass der Pilot und das Boot so gut waren, wie Kevlar behauptete.

Die Frau, die sie in ihr Haus eingeladen hatte, sagte etwas in schnellem Persisch, dann zog sie an Spirits Burka und zeigte auf die Rückseite des Hauses.

Keiner von ihnen hatte eine Ahnung, was sie gesagt hatte, aber es war offensichtlich, dass sie wollte, dass sie ihr folgten. Sie gingen durch das kleine Haus zu einer Hintertür. Sie öffnete sie einen Spalt und spähte hinaus. Dann sagte sie noch etwas zu ihnen, nickte und hielt ihnen die Tür auf.

Blink hätte es vorgezogen, noch ein wenig zu warten, um sicherzugehen, dass ihre Verfolger dachten, sie seien weg, aber es sah so aus, als würden sie jetzt gehen. Er nickte der Frau zu, die ihnen geholfen hatte, und trat mit Spirit und Kevlar wieder nach draußen.

»Gut gemacht, Spirit«, sagte er leise zu ihr, als sie wieder auf der Straße waren. »Nur noch ein kleines Stückchen weiter.«

Seine Füße schmerzten. Seine Beine schmerzten. Seine Finger und sein Rücken schmerzten. Aber nichts würde Blink davon abhalten, zum Wasser zu gelangen. Er dachte an den Rest seines Teams, das bereit gewesen war, ihn zu holen. An seine früheren Teamkameraden, die im Kampf gegen das Böse gestorben und verletzt worden waren. Und er dachte an die Frau, die gerade ihre eigene Sicherheit riskiert hatte, um sie zu verstecken. Sie wusste nicht, dass es sich um Amerikaner handelte; wahrscheinlich sah sie nur zwei Elternteile und ein Kind, die verängstigt und im Begriff waren, in etwas Gefährliches verwickelt zu werden. Blink hatte keine Ahnung, ob die Frau dachte, dass sie verfolgt wurden oder ob sie einfach zur falschen Zeit am falschen Ort waren. Aber ihre Freundlichkeit hatte ihnen eine weitere Chance gegeben, nach Hause zu kommen. Er würde ihr ewig dankbar sein.

Das war die Sache am Krieg. An den Missionen, die er

durchführte. Auch wenn sie sich in einem feindlichen Land befanden, gab es immer Unschuldige. Zivilisten, die einfach nur ihr Leben lebten. Sie waren keine hartgesottenen Terroristen, wollten nicht töten oder getötet werden. Sie versuchten einfach, in der Situation zu überleben, die das Leben ihnen bescherte. Frauen, Kinder und Männer, die liebten und geliebt werden wollten. Die Ziele und Träume hatten. Die anderen nicht zustimmten, die bereit waren, für Macht zu töten. Die Frau, die ihnen ihr Haus als vorübergehende Zuflucht angeboten hatte, war eine solche Zivilistin.

Blink wusste nicht genau, wohin sie gingen, aber er vertraute Kevlar, und er konnte das Wasser riechen, als sein Teamleiter sie dorthin steuerte. Es dauerte nicht lange, bis sie es erreichten, und um die Docks herum herrschte reger Betrieb. Männer schrien und deuteten auf den Golf.

Als er die Boote betrachtete, entdeckte Blink jenes, das ihr Gefährt sein musste. Ein Mann saß in einem braunen Boot, und Kevlar hatte recht, es sah aus, als würde es bei dem Versuch, irgendwohin zu fahren, sinken. Anstatt besorgt über die Aufregung um ihn herum zu sein, wirkte der Mann ruhig. Er fummelte nicht an der Angelausrüstung herum. Er tat nichts anderes, als hinten im Boot zu sitzen, eine Hand auf dem Steuerknüppel des Außenbordmotors.

Aber wenn das *nicht* ihr Kontaktmann und ihr Weg nach draußen war, und Blink, Spirit und Kevlar in sein Boot stiegen, waren sie am Arsch.

Kevlar blieb mit dem Rücken an der Wand eines Gebäudes unweit des Docks stehen, und Blink tat dasselbe und bemerkte, dass er Spirit nicht einmal anweisen musste, sich zwischen sie zu stellen. Sie folgte seinem Beispiel ohne Fragen und ohne zu zögern.

»Seht ihr das Boot?«, fragte Kevlar sie und deutete auf genau das, das Blink bereits entdeckt hatte.

Spirit nickte, während Blink knapp sagte: »Ja.«

»Das ist unser Gefährt.«

Spirit sah sofort zu Blink auf und schüttelte den Kopf.

Er wünschte, er könnte ihre Augen besser sehen, aber da sie beide Burkas trugen, konnte er das nicht. »Es ist okay«, sagte er.

Anstatt zu nicken, schüttelte sie erneut den Kopf.

Er war sich nicht sicher, warum sie zögerte. Sie musste mit der Sache einverstanden sein. Er könnte sie tragen, aber das würde Aufmerksamkeit auf sie lenken, Aufmerksamkeit, die sie definitiv weder wollten noch brauchten. Er drückte beruhigend ihre Hand und stellte wieder einmal fest, wie klein und zerbrechlich sie wirklich war.

Er wartete nicht auf Kevlar, um zu erklären, warum ihre einzige Möglichkeit jetzt darin bestand, in das Boot zu steigen. Spirit suchte bei *ihm* nach Bestätigung. »Die Hubschrauber können nicht in den iranischen Luftraum eindringen, ohne einen größeren internationalen Zwischenfall auszulösen. Draußen in der Wüste können sie es schaffen, sich einzuschleichen, Soldaten der Spezialeinheit abzusetzen und sich dann wieder herauszuschleichen, aber in die Stadt zu kommen ist einfach nicht möglich. Wir müssen aus dem Land raus, damit sie uns abholen können. Kevlar versichert mir, dass das Boot uns dorthin bringen kann, wo ein Hubschrauber uns abholen soll. Ich vertraue ihm mit meinem Leben. Aber was noch wichtiger ist, ich vertraue ihm auch mit *deinem*. Wir können das schaffen, Spirit. Verglichen mit dem, was wir schon durchgemacht haben, ist das ein Kinderspiel.«

Er hatte keine Ahnung, ob seine Worte ankamen. Sie starrte zu ihm auf, und es schien, als würde sie nicht einmal atmen.

Dann schockte sie Blink zu Tode, indem sie an ihm zusammensackte und ihre Stirn gegen seine Brust drückte. Sie legte die Arme um ihn und hielt ihn so fest, dass er von dem Druck, den sie auf seine geprellten Rippen ausübte, zusammenzuckte.

Aber er zögerte nicht, sie ebenfalls zu umarmen. Sie zitterte, offensichtlich in großer Angst. Er war sich nicht sicher warum ... aber er begann zu glauben, dass es an dem Boot lag.

»Ist es das, was mit dir passiert ist? Wie du hier gelandet bist? Ein Boot?«, fragte er leise.

Sie nickte an ihm, und Blinks Herz blutete für sie.

So sehr er es auch liebte, dass sie sich an ihn lehnte – er war schließlich ein Beschützer –, wusste er auch, dass sie nicht ewig dort stehen konnten. Jemand würde sie bemerken.

Er zog sich zurück, ließ sie aber nicht los. »Du gehst nicht dorthin zurück. Ich gebe dir mein Wort als Navy SEAL und als Mann. Wir werden alle von hier verschwinden. Und wenn wir auf dem Flugzeugträger sind, wo der Rest meiner Teamkameraden wartet, sorge ich dafür, dass du den größten und saftigsten Hamburger bekommst, den ich finden kann. Mit allem Drum und Dran. Oh, aber wenn du Vegetarierin bist – was in Ordnung ist, ich meine, dagegen ist nichts einzuwenden –, dann mache ich dir stattdessen einen großen Salat, mit allem Gemüse, das der Menschheit bekannt ist.«

Sie gab einen Laut von sich, und wenn Blink sich nicht täuschte, war es eine Art Lachen.

Dann ... nickte sie schließlich. Es war eine winzige Bewegung ihres Kopfes, aber er sah es. Sie beeindruckte ihn weiterhin.

»Gut. Also, lass uns zu unserem Boot gehen. Es wird holprig werden. Und schnell. Aber wir müssen nur den Kopf unten halten, dann wird es schon gehen.« Blink redete völligen Unsinn. Er hatte das Gefühl, dass das hier beschissen werden würde, *sehr beschissen* sogar. Er hatte keine Ahnung, ob ihre Verfolger – er zweifelte nicht daran, dass sie verfolgt werden würden – aufhören würden, sobald sie die iranischen Gewässer verlassen hatten, aber ihr Vogel würde da sein. Das wusste er ohne Zweifel.

Er spürte etwas Hartes an seiner Seite und merkte, dass sie

immer noch den kleinen Metallbecher hielt. »Ich habe ein paar Taschen in meiner Hose. Wenn du mir damit vertraust, kann ich deinen Becher dort hineinstecken. Dann hast du die Hände frei ... nur für den Fall.«

Blink hatte keine Ahnung, wie sehr er sich gewünscht hatte, dass sie ihm den kostbaren Becher anvertraute, bis sie ihn ihm hinhielt. Er war kleiner, als er in ihren Zellen erschienen war. Aber das Ding hatte ihr Leben gerettet, und wahrscheinlich auch seins. Mit einer schnellen Bewegung schob er ihn in eine der vielen Taschen seiner Hose. Normalerweise waren sie mit allen möglichen Dingen gefüllt, aber seine Entführer hatten ihm alles abgenommen, bevor sie ihn zum ersten Mal verprügelt und dann in seine Zelle geworfen hatten.

»In Ordnung. Packen wir's an«, sagte Kevlar.

Blink streckte eine Hand aus und wieder einmal schien die Welt sich zu verschieben, als Spirit ihre kleine Hand in seine große legte. Ihre Finger waren schmutzig, seine waren blutig und gekrümmt von der Folter, die er erlitten hatte, aber irgendwie fühlte es sich wie ein gutes Omen an, ihre Finger verschränkt zu sehen.

Sie steckten zusammen in dieser Sache.

KAPITEL SECHS

Josie war schlecht. Sie hatte schreckliche Angst. Sie hatte wochenlang davon geträumt, aus dieser Zelle herauszukommen, aber jetzt, da sie es war, wollte sie zurückkehren. Dorthin, wo sie wusste, was sie erwartete, wo sie keine Angst haben musste, erschossen oder wie ein Tier gejagt zu werden.

Aber ... sie war nicht mehr allein. Und das war besser als das, was sie in der Gefangenschaft ertragen hatte. Nate war überlebensgroß, sowohl physisch als auch metaphorisch. Er hatte sich zwischen sie und die Gefahr gestellt. Er hatte ständig nach ihr gesehen und sie beruhigt. Er behandelte sie nicht, als sei sie eine Belastung, was sie jedoch war.

Sie hatte die Sandalen verloren, die seine Freunde ihr gegeben hatten, sobald sie ihr Tempo erhöhten, und es war äußerst schmerzhaft, durch die Straßen zu eilen. Es fühlte sich an, als hätte sie auf ihrer Flucht jeden Kieselstein und jeden scharfen Stein gefunden. Aber wenn Nate die Schmerzen, die er haben musste, ohne Anzeichen ertragen konnte, konnte sie das auch. Sie würde ihn auf keinen Fall aufhalten.

Aber zu erfahren, dass sie mit dem Boot fliehen würden? Das brachte sie an den Rand eines Zusammenbruchs. Erinnerungen stürmten auf Josie ein ... zu sehen, wie Ayden erschossen und sein Körper achtlos über Bord geworfen wurde. Die Panik und der Schrecken, als diese Männer sie gepackt und auf ihr Boot gezerrt hatten.

Draußen auf dem Wasser würden Nate, Kevlar und sie leichte Beute sein. Sie wusste das besser als jeder andere. Sie hatte sich nirgendwo verstecken können, als die Männer sie und Ayden erreicht hatten. Weglaufen war unmöglich. Sie konnte schwimmen, aber wo sollte sie mitten im Golf hin?

Und jetzt musste sie zurück auf ein anderes Boot. Ein *kleineres*. Und sie würden sicher verfolgt werden. Es war wieder ihr schlimmster Albtraum.

Aber sie hatte keine Wahl. Keine. Nate hatte recht; es war nicht so, dass ein Hubschrauber kommen und sie auf den Docks abholen konnte.

Ihre Atemzüge kamen zu schnell, während die Angst in ihren Adern schwamm. Aber als Nate ihre Hand nahm und er und sein Navy-SEAL-Kamerad aus dem Schutz der Gebäude traten, hatte sie keine andere Wahl, als ihm zu folgen. Ihre Ohren klingelten, und es kam ihr vor, als sähe sie die Welt durch einen langen dunklen Tunnel. Es half auch nicht, dass das Netz über ihrem Gesicht ihre periphere Sicht behinderte. Jemand könnte sich an sie heranschleichen und sie würde es nicht einmal merken.

»Ein Schritt nach dem anderen«, sagte Nate leise neben ihr.

Sie drückte seine Hand zur Bestätigung, und als sie spürte, wie er seine Finger im Gegenzug um die ihren schloss, fühlte sie sich nicht ganz so allein. Nicht ganz so verängstigt.

Sie traten auf den Steg, der zum Boot führte – und in diesem Moment brach die Hölle los.

Jemand schrie etwas hinter ihnen, und ohne dass Nate oder Kevlar es ihr sagen mussten, lief Josie los. Sie eilten auf das braune Boot zu, und der Mann, der neben dem Motor saß, stand auf und gestikulierte wild, sie sollten sich beeilen.

Dankbar, dass es das richtige Boot war und sie nicht in das Boot eines Fremden springen mussten, der nicht wusste, was los war, fühlte Josie sich fast betäubt vor Erleichterung, als sie schneller lief. Nate zerrte sie praktisch hinter sich her, da seine Beine länger waren als ihre, aber er ließ ihre Hand nie los. Er sagte ihr nie, dass sie zu langsam war.

Als sie das Boot erreichten, hatte der Mann bereits den Motor angelassen. Josie zögerte nicht. Sie hob ein Bein, um hineinzuspringen, stolperte aber prompt über den weiten Stoff der Burka. Zum Glück fiel sie genau dorthin, wo sie sowieso hinwollte – ins Boot. Sie spürte, wie das Boot schwankte, als Nate und Kevlar ihr folgten.

Bevor sie sich aufsetzen konnte, wurde sie auf den Boden des Bootes gepresst, als der Fahrer den Motor aufheulen ließ.

»Halt dich fest!«, brüllte Nate über das Geräusch des starken Motors hinweg.

Josie konnte nichts sehen, sie konnte nicht atmen, sie konnte sich nur festhalten, wie Nate es ihr befohlen hatte. Jedes Mal wenn das Boot über eine Welle fuhr, hüpfte sie leicht. Sie hörte nichts außer dem durchdringenden Geräusch des Motors, während sie auf dem Bauch lag und versuchte, sich nicht zu übergeben.

Nach ein paar Minuten richtete Nate sich auf. Josie blieb, wo sie war. Ihr Herz hämmerte und es fühlte sich an, als hätte sie einen Herzinfarkt. Das Boot wurde nicht langsamer. Es fühlte sich sogar so an, als würde es noch schneller werden.

Zu ihrer Überraschung drehte Nate sie um und versuchte, ihr die Burka über den Kopf zu ziehen. Kaum war sie abgenommen, hatte Josie das Gefühl, wieder atmen zu können, obwohl sie keineswegs in Sicherheit waren.

»Wir schaffen es«, sagte er, wobei seine Worte fast vom Wind weggepeitscht wurden. »Wir sind schneller als sie!«

Als Josie hinter sich blickte, sah sie drei Boote, die sie

verfolgten, aber zu ihrer Erleichterung sah es nicht so aus, als holten sie auf.

»Das hast du gut gemacht, Spirit«, sagte Nate zu ihr.

Josie war sich anfangs nicht sicher, ob ihr der Spitzname gefiel, den Nate ihr gegeben hatte, aber er wuchs ihr langsam ans Herz. Natürlich wünschte sie, sie könnte ihm ihren richtigen Namen sagen, aber da ihre Stimme immer noch nicht zu funktionieren schien, war das im Moment nicht möglich.

Kevlar griff an sein Ohr und schien mit dem Hörer herumzufummeln, dann schrie er halb, um über den rauschenden Wind gehört zu werden: »Wir sind auf dem Weg, die Tangos sind uns auf den Fersen. Verstanden, wir werden bereit sein. Es wird schön sein, euch zu sehen. Ende.« Er sah sie an, dann Blink. »Haltet euch fest, ihr zwei, wir sind gleich da.«

Josie schluckte schwer und blickte nach vorn. Sie sah nur offenes Wasser, aber sie wusste, dass irgendwo da draußen die »sichere« Zone war. Sie mussten nur dorthin gelangen, bevor sie von den Männern eingeholt wurden, die sie verfolgten.

Sie sah ihn, bevor sie ihn hörte. Einen Hubschrauber. In der Ferne schien er winzig zu sein, aber als sie näher und näher kamen, wurde er immer größer.

»Das ist er. Unser Weg hier raus!«, rief Nate.

Da kam Josie etwas in den Sinn. Wie zum Teufel sollten sie *in* den Hubschrauber kommen? Sie war nicht sicher, ob die Leute, die sie verfolgten, sich um eine Grenzlinie kümmern würden, wenn hier draußen niemand patrouillierte. Gespannt beobachtete sie, wie sie immer näher an den Hubschrauber heranfuhren.

Bald war er über ihnen. Die riesige Maschine neigte sich nach rechts und drehte um, sodass sie mit ihnen Schritt hielt, in dieselbe Richtung wie das Boot, in dem sie saßen, das mit der gleichen halsbrecherischen Geschwindigkeit weiterfuhr, ohne langsamer zu werden.

An der Seite des Hubschraubers öffnete sich eine Tür – und ein Seil fiel aus der Öffnung.

Oh nein, verdammt!

Josie kletterte nicht an einem verdammten Seil hoch, während sie mit einer Million Kilometer pro Stunde fuhren! Sie war keine Zirkusartistin. Sie konnte das nicht tun!

Aber sie hätte wissen müssen, dass Nate so etwas nie von ihr verlangen würde.

»Wir müssen uns nur festhalten«, sagte er, sein Mund dicht an ihrem Ohr. »Sie werden uns mit einer mechanischen Winde hochziehen. Halte dich einfach an mir fest und ich beschütze dich, Spirit. Ich gebe dir mein Wort.«

Aus irgendeinem Grund glaubte sie ihm. Er hatte bisher keines der Versprechen gebrochen, die er ihr gegeben hatte. Sie hatte Angst, eine Scheißangst, aber andererseits war *alles*, was ihr in letzter Zeit widerfahren war, beängstigend und schrecklich gewesen. Warum sollte dies etwas anderes sein?

Und doch war es so. Diesmal war sie nicht allein. Ayden war nicht in der Lage gewesen, sie zu beschützen; ehrlich gesagt hatte er es nicht einmal versucht. Er geriet in Panik, als ihm klar wurde, was er getan hatte, dass er sie versehentlich in iranische Gewässer geführt hatte. Er hatte sogar versucht, *Josie* die Schuld zu geben, als die Männer an Bord gekommen waren. Natürlich hatte das nichts genützt. Er war Sekunden nach dem erfolglosen Versuch, sie den Wölfen zum Fraß vorzuwerfen, erschossen worden.

Aber dieser Mann? Er geriet nicht in Panik, als die Dinge schiefliefen, Minuten nachdem sie aus ihren Zellen befreit worden waren. Er war ruhig, entspannt und hatte alles getan, um sie während ihrer Flucht zu beschützen.

Nate starrte sie an, als wartete er auf ihre Zustimmung zu dem, was gleich passieren würde. Das war eine weitere Sache, die sie an diesem Mann schätzte. Er drängte ihr nichts auf. Er ließ es so aussehen, als hätte sie ein Mitspracherecht bei dem, was geschah. Das hatte sie nicht, aber sie schätzte die Mühe trotzdem.

Schließlich nickte sie.

»Gut. Hamburger oder Salat. Sie werden bald uns gehören«, scherzte er und blickte dann zu dem baumelnden Seil hoch. Er stand auf, und Josie tat ihr Bestes, um seine Beine zu stützen. Was lächerlich war. Es war nicht so, dass sie die Kraft hatte, ihn durch die unberechenbaren Bewegungen des Bootes am Fallen zu hindern. Dennoch gab es ihr das Gefühl, nicht ganz so hilflos zu sein, wie sie sich fühlte, wenn sie ein wenig half. Zum Glück befand Kevlar sich auf seiner anderen Seite und stabilisierte Nate weiter, als er nach dem Seil griff.

Zu ihrem Erstaunen formte Nate schnell ein Stück des langen Seils zu einer Schlaufe und befestigte es um seine Hüften. Dann gab er ihr ein Zeichen aufzustehen. Offenbar würden sie zuerst nach oben gehen. Welch Freude.

Josie stand auf – und fiel sofort wieder auf den Hintern, als das Boot über eine ziemlich große Welle fuhr.

Er runzelte die Stirn und hielt ihr eine Hand hin. Josie ergriff sie und schaffte es mit seiner Hilfe, sich hochzuziehen. Er und Kevlar legten das Seil um ihre Taille und dann unter ihren Hintern. »Spring hoch!«, schrie er gegen den Wind.

Josie verstand nicht. Sie sah ihn stirnrunzelnd an.

Er erklärte es nicht weiter. Stattdessen legte er einfach seine Hände auf ihren Hintern und hob sie hoch. Automatisch schlang Josie die Beine um ihn und verschränkte ihre Knöchel in seinem Rücken.

»Halt dich fest!«, rief er.

In diesem Moment wurde ihr klar, dass sie alle drei gleichzeitig nach oben gehen würden. Während Nate ihr geholfen hatte, hatte Kevlar sich schnell an dem verbleibenden Stück Seil befestigt, das sie für Überschuss gehalten hatte. Er würde unter den beiden baumeln.

Josie betete einen Moment lang, dass das Seil stark genug

war, um drei Körper auf einmal anzuheben. Dass es nicht riss und sie alle ins Wasser stürzten. Dass die mechanische Vorrichtung, mit der sie nach oben gezogen werden sollten, ihr gemeinsames Gewicht würde bewältigen können.

Dann richtete ihr Schrecken sich plötzlich auf etwas anderes. Über Nates Schulter sah Josie mehrere Männer in den Verfolgerbooten, die etwas auf ihr Boot richteten, das wie Gewehre auf Steroiden aussah.

Ein Quieken verließ ihre Kehle. Sie wollte Nate anschreien, dass er aufpassen solle. Sie wollte ihn darauf hinweisen, dass sie gleich erschossen werden würden, aber ihre Stimme wollte nicht mitspielen.

Sie atmete zischend aus, als sie Druck an ihrem Hintern verspürte, und plötzlich begannen sie, in rasantem Tempo aufzusteigen. Sie waren gerade ein paar Meter oben, als sie zu ihrem Entsetzen sah, wie der Mann, der sie in die Freiheit gefahren hatte, auf den Boden des Bootes fiel.

Er war erschossen worden!

Trauer erfüllte sie. Sie hatte kein Wort zu dem Mann gesagt, und er hatte mit keinem von ihnen gesprochen, aber er hatte sein Leben riskiert, um ihnen zur Flucht zu verhelfen. Jetzt war er ihretwegen *erschossen* worden.

Sie schloss die Augen und vergrub das Gesicht an Nates Hals. Sie schlang die Beine und Arme um ihn und betete, dass er sie nicht fallen lassen würde.

Sie drehten sich im Kreis, als der Hubschrauber hoch in den Himmel und weg von den Booten abhob, während Kugeln um sie herumflogen. Josie wurde schwindelig, und sie öffnete die Augen, um ihr Gleichgewicht wiederzufinden. Sie bereute es sofort, denn ihre Position über den Wellen war viel höher, als sie erwartet hatte.

»Wir sind fast da!«, brüllte Nate.

Josie blickte auf und sah, wie die Kufen des Hubschraubers in beängstigendem Tempo näher und näher kamen. Wieder schloss sie die Augen, weil sie den bevorstehenden Zusammen-stoß nicht sehen wollte. Aber es passierte nicht.

Sie spürte, wie das Seil nach außen schwang, woraufhin sie die Augen öffnete. Ein Mann im Inneren des Hubschraubers bewegte das Seil so, dass sie nicht gegen die Kufen prallten. Er ließ es so einfach aussehen, sie zu manövrieren ... aber sie nahm an, dass er wahrscheinlich viel Übung darin hatte, Menschen in einen Hubschrauber zu helfen, der mit einer Million Kilometern pro Stunde über einen aufgewühlten Ozean flog und dabei beschossen wurde.

Der Gedanke ließ sie innerlich mit den Augen rollen. Es war schon seltsam, was das Gehirn sich alles einfallen ließ, um mit stressigen Situationen fertigzuwerden.

Dann wurde sie von Händen berührt und spürte etwas Hartes an ihrem Rücken. Sie wurden hineingezogen, und sie sah zu, wie Kevlar sich ohne Probleme und mit einer durch Erfahrung erworbenen Effizienz in den Hubschrauber hievte.

»Los, los, los!«, rief jemand.

Bevor sie sich darüber freuen konnte, dass sie im Hubschrauber saßen, drehte er scharf nach links ab. Sie und Nate wurden auf die andere Seite geschleudert. Sein Rücken schlug gegen die Metallwand des Hubschraubers, und dann rutschten sie vorwärts.

»Scheiße!«, fluchte Nate, aber er legte die Arme noch fester um Josie, ließ nicht los und versuchte nicht, den Gurt zu lösen, den er um sie beide geschlungen hatte.

Der Lärm im Inneren des Hubschraubers war so groß, dass Josie nichts außer Nate hören konnte.

»Ganz ruhig, Bruder!«

Der Überwurf, den Josie seit Wochen trug, rutschte nach oben, als der Hubschrauber heftig zu einer Seite abdrehte. Sie spürte ein Brennen auf der Rückseite ihres Oberschenkels, aber bevor sie den Schmerz überhaupt wahrnehmen konnte, hallte ein lauter Knall durch den Hubschrauber, der ihn ins

Taumeln brachte, und für eine Sekunde dachte Josie, der Motor hätte ausgesetzt.

»Scheiße!«, brüllte Nate. Dann sah er zu ihr hinunter. »Wir wurden getroffen.«

Zunächst nahm sie die Worte nicht wahr. Und als sie schließlich in ihr Bewusstsein eindrangen, nahm der Schreck, den Josie vorhin empfunden hatte – alles ... die Flucht aus ihrem Gefängnis, der Anblick des Bootes, in das sie steigen mussten, die Verfolgung auf offener See, die Tatsache, dass sie wie an einem Faden an einem Hubschrauber baumelte –, um ein Zehnfaches zu.

»Wir haben einen der besten Piloten der Armee, der das Ding fliegt. Wir schaffen das schon.«

Josie hatte keine Ahnung, wie zum Teufel sie das *schaffen* sollten, wenn sie gerade von einer Art Rakete getroffen worden waren. Sie konnte jetzt den Rauch riechen, den beißenden Geruch von Benzin.

Nate schaffte es, sich aufzurichten. Während er Josie weiterhin in den Armen hielt, rutschte er zu einem einsamen Sitz direkt hinter einem der Piloten. Obwohl der Hubschrauber sich von einer Seite zur anderen bewegte, offensichtlich um weiteren Geschossen der Männer in den Booten auszuweichen, zog er sich in den Sitz, während Josie sich immer noch an ihn klammerte. Kevlar hatte sich an der Seite des Hubschraubers festgeschnallt, war auf den Knien und richtete seine Waffe durch die noch offene Tür des Hubschraubers.

Zu ihrer Überraschung zog Nate ein Geschirr, eine Art Sicherheitsgurt, um sie beide und ließ ihn einrasten. Er hatte die Arme um ihren Rücken gelegt, und ihr Gesicht war an seinen Hals gepresst. Sie saß auf seinem Schoß, ihr Schritt war eng an seinen gedrückt, ihr Überwurf und ihr Bikini bildeten keinerlei Barriere. Die Position hätte eigentlich unangenehm sein müssen, aber Josie dachte nur daran, so nahe wie möglich an Nate zu kleben.

Sie war im Begriff, in einem feurigen Hubschrauberabsturz zu sterben. Und wenn sie das nicht umbrachte, würde das Wasser, das den Innenraum füllte, wenn sie auf den Grund des Ozeans sanken, sie ganz sicher umbringen.

Sie wollte nicht allein sein, wenn sie starb, und solange sie sich an Nate klammerte, würden sie wenigstens gemeinsam sterben.

Der Hubschrauberflug war der längste in Josies Leben. Es hätten zehn Minuten oder eine Stunde sein können. Sie hatte keinen blassen Schimmer. Wie durch ein Wunder stürzten sie nicht ab. Wenigstens nicht ins Meer. Sie hörte vage, wie Nate sprach, aber aufgrund ihrer Angst ergaben seine Worte keinen Sinn.

Dann legte er seine Arme so fest um sie, dass sie kaum noch atmen konnte. Sie fand den Grund heraus, als das Geräusch des Motors plötzlich verschwand.

»Das war's. Haltet euch fest!«, rief einer der Piloten.

Josie kniff die Augen zusammen und tat wie geheißen.

Das Letzte, was sie hörte, war ein knallendes Geräusch und Nate, der »Scheiße!« sagte, bevor die Welt auf den Kopf gestellt wurde und etwas sie am Kopf traf – hart.

Blink wachte durch den Geruch von etwas Verbranntem auf. Alles kehrte blitzschnell zu ihm zurück. Die verrückte Bootsfahrt, wie er in den Hubschrauber gehievt wurde, wie er seinen Bruder Tate hinter dem Steuer sah und wie der Hubschrauber von einer Panzerfaust getroffen wurde. Wie Tate fluchte, während er und sein Co-Pilot darum kämpften, in der Luft zu bleiben. Er hörte, wie er etwas davon sagte, im Irak zu landen, bevor der Motor ausfiel und sie abstürzten.

Als er einen Druck auf seiner Brust spürte, schaute Blink nach unten und sah Spirit, die schlaff auf ihm lag. Er hatte es geschafft, sie beide in einen der Sitze zu bringen und anzuschnallen. Gott sei Dank. Wenn er es nicht getan hätte, wären sie jetzt wahrscheinlich beide tot. Er sah, wie Blut von der Seite von Spirits Kopf tropfte.

»Tate? Kevlar?«, rief er, besorgt um seinen Bruder, den anderen Piloten und seinen Teamleiter.

»Mir geht es gut!«, sagte Kevlar.

»Am Leben!«, erwiderte Tate. »Du und das Mädchen?«

»Ebenso«, sagte Blink. Er spürte kleine Luftstöße an seinem Hals, sodass er wusste, dass Spirit atmete.

»Scheiße, Mann, das war heftig«, sagte der Co-Pilot.

Blink konzentrierte sich und sah, dass sie alle noch im Cockpit des MH-60 Black Hawk Hubschraubers saßen. Hinter ihm war nichts als Luft. Zu seiner Rechten fehlte die Tür des Hubschraubers völlig und über ihm sah er den Himmel.

»Schön, dich zu sehen, Bruder«, sagte Tate und drehte sich mit einem kleinen Grinsen um. »Aber ich meine, vielleicht hätten wir uns stattdessen auf ein Bier in einer Kneipe oder so treffen können?«

Blink konnte das Lächeln nicht unterdrücken, das sich auf seinen Lippen ausbreitete. »Du kannst nicht anders, als mitten in einem Chaos zu landen, oder?«, fragte er seinen Zwillingsbruder.

»Ich habe gehört, dass du eine Mitfahrgelegenheit brauchst, wer wäre ich, das abzulehnen?«, sagte Tate.

»Wenn du mit deiner brüderlichen Wiedervereinigung fertig bist, Casper, denke ich, dass wir von hier verschwinden sollten. Wir haben eine Spur hinterlassen, der Tangos auf beiden Seiten der Grenze folgen können«, sagte der Co-Pilot. »Wir müssen hier weg sein, wenn sie ankommen.«

»Bruder, das ist Pyro, mein Co-Pilot«, sagte Tate.

Blink nickte dem anderen Mann zu. »Das ist Kevlar, mein Teamleiter«, erwiderte er und stellte Kevlar den Piloten vor. »Wo sind wir?«

»In den Bergen zwischen Irak und Iran. Ich habe versucht, uns in die Wüste zu bringen, aber die Lenkung wurde von der Panzerfaust beschädigt. Das war das Beste, was ich erreichen konnte«, erklärte sein Bruder.

»Jede Landung, die du lebend überstehst, ist eine perfekte Landung«, sagte Kevlar zu ihm.

»Erzähl das mal Laryn. Sie wird sauer sein, dass ich ihr Baby habe abstürzen lassen.«

Blinzelnd sah er ihn an. »Laryn?«

»Sie ist Mechanikerin auf dem Flugzeugträger der Marine und arbeitet als Spezialauftragnehmerin der Armee für die Night Stalkers. Wir waren in der Gegend, als wir erfuhren, dass ihr eine Mitfahrgelegenheit aus dem Iran braucht«, antwortete Pyro. »Ihr habt Glück, dass wir in der Nähe waren. Die Marine hat uns gebeten, mit ihnen an Bord zu gehen ... für eine Mission, über die ich natürlich nicht sprechen darf. Laryn warnt Casper immer, dass er sich vor ihr verantworten muss, wenn er diese Schönheit auch nur mit einem Kratzer zurückbringt«, sagte Pyro.

Blink nickte, dann wandte er die Aufmerksamkeit mit einem Stirnrunzeln wieder Spirit zu. Sie hatte sich nicht gerührt. Er löste den Gurt und dann schnell die Seile, mit denen er sie für das Hochziehen in den Hubschrauber an sich gebunden hatte. Er beugte sich in seinem Sitz nach vorn. Das Cockpit stand schräg, und er wunderte sich erneut darüber, dass sie alle noch am Leben waren. Er hatte schon immer gewusst, dass sein Bruder ein verdammt guter Pilot war, das musste er auch sein, um ein Night Stalker zu werden, einer der Besten der Besten, was Hubschrauberpiloten in der Armee anging, aber das hier bewies es.

Kevlar half ihm, sich zu bewegen, damit er Spirit nicht loslassen musste, und jeder Muskel in seinem Körper schrie auf, als er zum Rand des Hubschraubers rutschte und mit Spirit, die immer noch schlaff in seinen Armen lag, ausstieg. Er trat ein paar Schritte von dem schwelenden Hubschrauber weg und ging auf die Knie.

»Spirit?«, fragte er, als er sie auf dem felsigen Boden auf den Rücken legte.

»Wer ist sie?«, fragte Tate, der sich neben ihn hockte.

»Keine Ahnung«, sagte Blink. »Sie war in der Zelle neben meiner.« Er warf einen kurzen Blick auf seinen Zwillingsbruder. »Sieh sie dir an. Sie wurde ausgehungert. Der einzige Grund, warum sie noch am Leben war, war ein verdammtes Leck in der Ecke ihrer Zelle, wo sie Wasser sammeln konnte. Und sie hat es mir gegeben. Sie hatte diesen kleinen Blechbecher, der alle paar Tage voll war. Und nach einer Foltersitzung gab sie *mir* dieses kostbare Wasser. Sie hat bisher kein einziges Wort gesprochen. Ich habe keine Ahnung, wie sie heißt, woher sie kommt, ich weiß gar nichts über sie ... aber sie gehört *mir*.«

Blinks Worte waren heftig und kehlig. Was er sagte, ergab keinen Sinn, aber das war ihm egal. Er war voller Ehrfurcht vor dieser Frau. Sie hatte alles getan, was er von ihr verlangt hatte, und noch mehr. Sie hatte keinen Grund, ihm zu vertrauen, und doch hatte sie es getan. Sie war weggeworfen und vergessen worden, und irgendwie hatte sie überlebt. Ihr Geist leuchtete immer noch so hell wie die verdammte Sonne.

»Ganz ruhig, Blink«, sagte Kevlar und legte ihm eine Hand auf die Schulter.

Blink nahm einen tiefen Atemzug. Emotional zu werden und sich aufzuregen würde Spirit nicht guttun. Er musste ruhig bleiben. Tun, was getan werden musste.

Tate nickte. »Bring deine Frau dort drüben hin, während Pyro und ich tun, was wir tun müssen. Wir holen die Notfallpakete und dann machen wir uns auf den Weg.«

»Ich werde helfen«, sagte Kevlar, ohne zu zögern.

Blink hätte wissen müssen, dass sein Bruder ihm nicht sagen würde, dass er sich lächerlich machte. Sie waren Zwillinge; Tate kannte ihn besser als jeder andere auf der Welt.

»Tate«, sagte er, als sein Bruder sich abwandte.

»Ja?«

»Danke.« Blink wusste nicht, wofür er sich bei seinem Bruder bedankte. Dass er ihn geholt hatte. Dass er den beschädigten Hubschrauber gelandet hatte. Dass er ihm nicht sagte, er sei lächerlich, weil er eine Frau beanspruchte, deren Namen er nicht einmal kannte.

Sein Bruder brauchte keine Erklärungen. Er nickte nur und wandte sich dann wieder dem Hubschrauber zu.

Blink stand auf, hob Spirit vorsichtig auf und trug sie etwa dreißig Meter vom abgestürzten Hubschrauber weg. Sein Bruder, Pyro und Kevlar hatten eine Aufgabe zu erledigen. Sie mussten sicherstellen, dass niemand durch die Demontage des Hubschraubers an Regierungsgeheimnisse gelangen konnte. Sie würden zerstören, was sie konnten, und dann den Rest abfackeln.

Im Moment machte er sich mehr Sorgen darüber, dass Spirit immer noch bewusstlos war. Er legte sie wieder auf den Boden und untersuchte die Wunde an ihrem Kopf. Sie blutete sehr stark, aber als er ihr Haar aus der Wunde strich, stellte er erleichtert fest, dass sie nicht genäht werden musste.

Er untersuchte sorgfältig ihre Arme und Beine, als seine Haut kribbelte und Blink ihr Gesicht ansah – und erschrocken feststellte, dass sie wach war und ihn direkt anschaute.

»Hey«, sagte er in ruhigem Ton.

Wie erwartet reagierte sie nicht, sondern starrte einfach weiter.

»Kannst du dich aufsetzen?«, fragte er.

Er wartete, aber als sie weder nickte noch den Kopf schüttelte, beschloss er, sie zu ermutigen, sich trotzdem zu bewegen. Er brachte sie in eine sitzende Position, und sie wandte schließlich den Blick von ihm ab und sah sich um. Ihre Augen weiteten sich, als sie den Hubschrauber sah.

»Ja, es war eine harte Landung«, sagte Blink trocken.

Sie gab ein ersticktes Geräusch von sich, das er für ein Kichern hätte halten können, und er fühlte sich drei Meter groß, das geschafft zu haben. Sie zum Lachen zu bringen. »Mein Bruder ist offenbar ein verdammter Zauberer«, sagte er. Dann seufzte er. »Gut, also ... die schlechte Nachricht ist, dass wir abgestürzt sind. Aber die gute Nachricht ist, dass wir nicht im Meer sind, und wir sind auch nicht mehr im Iran.«

Sie ließ den Blick zurück zu ihm wandern und hob eine Augenbraue. Diesmal musste Blink lachen. »Richtig, wir sind also im Irak. Aber wir befinden uns nicht mehr aktiv im Krieg mit diesem Land. Wir brauchen also nur einen kleinen Spaziergang durch die Berge zu machen, und Tex wird uns in kürzester Zeit aufspüren, dessen bin ich mir sicher.«

Spirit legte den Kopf schief, als wollte sie fragen, von wem er da eigentlich sprach.

»Tex ist ein ehemaliger Navy SEAL, der es sich zur Lebensaufgabe gemacht hat, über diejenigen von uns zu wachen, die verrückt genug sind, diesen Job zu machen. Ich habe einen Peilsender. In meiner Unterwäsche. So wusste mein Team genau, wo ich zu finden war, und so hat der Hubschrauber uns mitten auf dem Meer gefunden. Es könnte ein paar Tage dauern, aber sie *werden* uns abholen«, erklärte Blink ihr.

»Wir sind fast fertig zum Aufbruch«, rief Tate.

Blink schaute Spirit an. »Das ist mein Bruder, der schicke Hubschrauberpilot. Wir sind Zwillinge.«

Spirit sah zu Tate hinüber, dann wieder zu ihm, dann wieder zu seinem Zwillingsbruder. Sie rümpfte die Nase, dann schüttelte sie den Kopf.

»Was? Das sind wir.«

Sie schüttelte erneut den Kopf.

Blink konnte sich ein Grinsen nicht verkneifen. »Du findest nicht, dass wir uns ähnlich sehen? Niemand kann uns wirklich auseinanderhalten«, informierte er sie.

Zu seiner Überraschung zeigte Spirit auf sich selbst.

»Du kannst es?«, fragte Blink.

Sie nickte.

Aus irgendeinem Grund gefiel ihm das. Nein, er *liebte* es verdammt noch mal. Und so sehr er auch hier sitzen und mit dieser Frau auf ihre ganz eigene Art plaudern wollte, sie mussten sich in Bewegung setzen.

»In Ordnung. Gut. Nun ... das ist mein Bruder. Sein Name ist Tate, aber sein Rufzeichen ist Casper. Das ist Pyro, sein Co-Pilot. Sie müssen den Hubschrauber zerstören, bevor wir gehen, also wird es einen lauten Knall geben, und wir müssen in Bewegung sein, wenn es passiert, damit uns niemand, der vielleicht nachforschen will, hier findet.«

Er war nicht überrascht, als Spirit nur noch einmal nickte und dann versuchte aufzustehen.

»Langsam!«, rief Blink aus, als sie schwankte. Er selbst fühlte sich auch nicht viel stabiler, aber es war nicht so, als hätte einer von ihnen die Möglichkeit, herumzuliegen und zu entspannen.

Als sie sicher stand, fiel Blink auf, dass sie praktisch nackt war. Ja, sie hatte noch ihren Bikini an, aber der Überwurf war an mehreren Stellen zerrissen. Und als sie sich von ihm abwandte, sah er einen hässlichen roten Fleck auf der Rückseite ihres Oberschenkels.

Sie war verletzt. Und beim Anblick dieser Verletzung wurde ihm übel. Es war dumm, sich darüber Sorgen zu machen; sie waren *alle* in Mitleidenschaft gezogen von dem Unfall. Er sollte einfach dankbar sein, dass sie noch am Leben waren. Aber dennoch, als er den Fleck an ihrem Bein sah, wurde ihm klar, wie zerbrechlich sie trotz ihres eisernen Willens war. Sie war bis jetzt verdammt zäh gewesen und würde es auch weiterhin sein müssen ... und er hasste es.

»Tate!«, rief er.

Sein Bruder drehte sich um.

»Ich brauche hier ein paar Klamotten.«

Ohne ein Wort zu sagen, joggte Tate zu der Stelle, an der sie standen, und ließ einen großen Rucksack zu seinen Füßen fallen. »Ich weiß nicht, was da drin ist«, sagte er.

»Ich werde das schon hinkriegen. Vielen Dank. Wie viel Zeit?«

»Fünf Minuten.«

»Verstanden.«

Dann ging sein Zwillingsbruder zurück zum Hubschrauber, um Pyro und Kevlar zu helfen, Drähte herauszuziehen und Sprengstoff anzubringen.

Blink öffnete den Rucksack und begann, ihn zu durchwühlen. Er zog ein braunes Unterhemd heraus, das die Armee-Soldaten unter ihren Uniformen trugen. Es würde Spirit viel zu groß sein, aber er glaubte nicht, dass es ihr etwas ausmachen würde.

»Wir müssen dir etwas Angemesseneres anziehen. Kannst du den Überwurf ablegen?« Das war eine große Bitte, und Blink wusste es. Er stellte sich zwischen sie und die anderen Männer. Sie beobachteten sie nicht, und es war nicht so, als wüssten sie nicht genau, wie sie aussah. Der Überwurf war so gut wie nutzlos, aber er wusste, dass es zu diesem Zeitpunkt wahrscheinlich eher ein psychologischer Schutz war als alles andere.

Sie begegnete seinem Blick, dann streifte sie sich langsam das zerrissene, schmutzige Stück Stoff über die Schultern und ließ es zu Boden fallen.

»Hier, beug dich vor«, sagte er sanft zu ihr. »Ich helfe dir, das Hemd anzuziehen.«

Sie beugte sich vor, und er zog ihr den Stoff über den Kopf. Es reichte ihr bis zur Hälfte der Oberschenkel. Blink war nicht entgangen, wie ihre Rippen sich abzeichneten, wie eingefallen ihr Bauch war, wie ihre Hüftknochen obszön aus ihrem Körper ragten. Sie sah aus wie die Menschen auf den Bildern, die er von Kriegsgefangenen aus Vietnam und dem Zweiten Weltkrieg gesehen hatte. Es machte ihn krank, wenn er daran dachte, was sie erlitten hatte ... und wie viele Tage sie vielleicht noch gehabt hätte, wenn sie nicht geflohen wären. Aber die Tatsache, dass sie immer noch aufrecht war, immer noch weitermachte, beeindruckte ihn zutiefst.

Er wandte sich wieder dem Rucksack seines Bruders zu, bevor er etwas Dummes tat ... wie auf die Knie zu fallen und zu schwören, dass sie nie wieder würde hungern müssen. Tatsache war, dass sie *nicht* ihm gehörte. Soweit er wusste hatte sie eine Familie, die in den Staaten auf sie wartete. Einen Ehemann. Vielleicht Kinder. Er half ihr bei der Flucht, und das war's.

Aber es *fühlte* sich nicht so an, als ginge es nur darum. Er spürte eine Verbindung zu dieser Frau, die er noch nie zuvor erlebt hatte. Sie waren sich in den Zellen nähergekommen, und als sie ihm ihr kostbares Wasser gegeben hatte, das Einzige, was sie am Leben hielt, hatte es sich angefühlt, als hätte sie ihm einen kleinen Teil von sich selbst gegeben.

Blink war nicht der Typ Mann, der eine Frau zu *irgendetwas* zwang, geschweige denn, bei ihm zu bleiben. Es war sehr wahrscheinlich, dass sie ihm dankbar war, dass er ihr zur Flucht verholfen hatte. Vielleicht wollte sie sogar wegen der Situation, die sie gemeinsam durchgestanden hatten, in Kontakt bleiben. Aber er war sich nicht sicher, ob sie den Mann mochte, der er in der realen Welt war. Ein Stubenhocker. Ein Introvertierter. Eher lehnte er sich zurück und sah zu, wie das Leben an ihm vorbeizog, als dass er sich beteiligte.

Er zog eine Tarnhose aus dem Seesack und runzelte die Stirn. Sie wäre viel zu groß für Spirit. Es war unmöglich, sie so zu modifizieren, dass sie ihr passen würde. Schon gar nicht, bevor sie aus dem Gebiet verschwinden mussten.

»Scheiße«, murmelte er, bevor er sie wieder in den Rucksack steckte und ein Paar Socken herauszog. Die konnte sie benutzen. Blink drehte sich wieder zu Spirit um.

Sie starrte auf ihn herab.

»Die werden auch groß sein, aber wir haben keine Schuhe, die du tragen kannst. Ich denke, wenn wir sie doppelt nehmen, sollten sie deine Füße genügend polstern, damit du laufen kannst. Aber wenn dir etwas wehtut, sag mir Bescheid, dann trage ich dich.«

Daraufhin runzelte sie die Stirn.

»Ich weiß, ich weiß, du willst keine Last sein. Und das bist du nicht – hörst du?«, sagte er fast grimmig. »Du warst alles andere als eine Last. Wir sind Partner. Teamkameraden. Und Teamkameraden helfen einander.«

Er sah, wie sie hart schluckte und dann nickte.

»Gut. Oh, und obwohl ich dich wirklich nicht in der Unterwäsche meines Bruders sehen will, denke ich, dass das besser ist, als ohne etwas zu gehen. Das hier wird wie normale Shorts für dich sein«, sagte Blink und zog olivgrüne Boxershorts hervor.

Spirits Augen weiteten sich, und sie griff eifrig nach der Unterwäsche. Selbst die war ihr zu groß und fiel ihr fast von den Hüften.

»Hier, lass mich dir helfen«, sagte Blink, fand ein Stück Paracord in der Tasche und band es schnell als Gürtel um ihre zu dünne Taille. Er faltete den zusätzlichen Stoff der Boxershorts über das Seil, damit es nicht auf ihrer Haut kratzte. »So. Funktioniert das? Kannst du gut laufen?«

Spirit machte ein paar Schritte in einem kleinen Kreis, dann nickte sie ihm zu. In ihrem neuen Outfit sah sie sowohl erbärmlich als auch irgendwie bezaubernd aus. Das übergroße Hemd, die Boxershorts, die unter dem Saum hervorlugten, die Socken, die über ihre Waden gezogen waren. Es war nicht genug – nicht annähernd genug –, aber die Tatsache, dass er sie ein wenig bedeckt hatte, sorgte dafür, dass Blink sich in ihrer Situation etwas besser fühlte.

Die Stiefel in Tates Rucksack fühlten sich wie totes Gewicht an, nachdem er sie angezogen hatte. Er hatte ein schlechtes

Gewissen, weil er festes Schuhwerk hatte und Spirit in verdammten Socken steckte. Aber daran konnte er im Moment nichts ändern. Er hoffte inständig, dass Tex bereits sein Ding gemacht hatte und ihnen schon bald geholfen werden würde.

»Okay, wir sind so weit. Haltet euch die Ohren zu«, rief Pyro.

Anstatt sich die Ohren zuzuhalten, trat Blink dicht an Spirit heran und legte seine Hände über ihre Ohren.

Dann überraschte sie ihn zu Tode ... indem sie nach oben griff und seine eigenen mit ihren winzigen Händen bedeckte.

Die Explosion von dem, was auch immer die anderen aufgebaut hatten, war viel größer und lauter, als Blink erwartet hatte.

»Zeit zu gehen!«, rief Tate, als er mit Pyro und Kevlar an seinen Fersen auf sie zu joggte. »Das wird eine Zielscheibe für jedes Mitglied der Taliban und andere Bösewichte im Umkreis von mehreren Kilometern sein. Die werden sich überschlagen, um hierherzukommen und zu sehen, was sie finden können. Geht es ihr gut?«

»Ihr geht es gut«, sagte Blink. »Und sie kann dich sehr gut hören. Rede nicht über sie, als stünde sie nicht vor dir.«

»Tut mir leid«, entschuldigte Tate sich sofort. »Hast du einen Namen?«, fragte er Spirit.

Sie starrte ihn an, ohne ein Wort zu sagen.

»Sie redet nicht«, erinnerte Blink seinen Bruder. »Nicht mit Worten.«

Er musste Tate zugutehalten, dass er nur nickte. »Verstehe. So wie ich das sehe, müssen wir nach Südwesten gehen und dabei aufpassen, dass wir nicht aus Versehen in den Iran kommen. Ich nehme an, ihr habt beide genug von deren Gastfreundschaft.«

Blink schnaubte als Antwort.

»Ja, das habe ich mir auch gedacht. Es wird nicht einfach sein, aber es sollte genügend Orte geben, an denen wir uns verstecken können, wenn wir es brauchen. Dieser Teil des Irak ist bewohnt, aber wir können alle Außenposten meiden. Wenn du eine Pause brauchst«, sagte Tate und sah dabei Spirit an, »lass es uns wissen. Hier geht es nicht darum, zu einem bestimmten Punkt zu hetzen. Wir müssen nur in Bewegung bleiben und nach Tangos Ausschau halten. Wir werden so schnell abgeholt, wie es die Hände der Diplomatie vermögen.«

Blink nickte. Er verstand, was sein Bruder sagte. Niemand würde über die Ereignisse, die sich zugetragen hatten, glücklich sein. Ein US-Soldat wurde gefangen genommen, dann wurde er abgeschossen, während er sich nicht im iranischen Luftraum befand, dann stürzte ein Night-Stalker-Hubschrauber im Irak ab. Und jetzt, da sowohl Armee- als auch Marineangehörige in Gefahr waren, würden alle Hebel in Bewegung gesetzt, um sie sicher nach Hause zu bringen. Es war nur eine Frage der Zeit, bis jemand nach ihnen suchen würde.

Bis dahin mussten sie einfach nur am Leben bleiben.

Pyro führte sie an, als sie von der Absturzstelle weggingen. Als Blink zurückblickte, schüttelte er erstaunt den Kopf. Wäre er eine Katze gewesen, hatte er definitiv ein paar seiner neun Leben verbraucht, aber er hatte das Gefühl, dass die Geister seiner ehemaligen Teamkameraden auf ihn aufpassten. Und er wusste ohne Zweifel, dass sein *jetziges* Team wahrscheinlich schon um Erlaubnis bat, erneut zu ihm zu kommen.

Solange sie nicht auf eine Gruppe von Taliban-Kämpfern stießen – die gern ein paar Amerikaner töten würden, die dumm genug waren, in ihr Territorium einzudringen –, würde ihnen nichts passieren.

KAPITEL SIEBEN

Josie fühlte sich, als würde sie sterben. In dem T-Shirt, den Boxershorts und den Socken, die Nate ihr gegeben hatte, fühlte sie sich zwar viel besser, aber immer noch viel zu nackt. Und obwohl Nate ihr eine ganze Feldflasche Wasser zu trinken gegeben hatte – und sie hatte getrunken, bis das Wasser in ihrem leeren Magen herumschwappte –, fühlte sie sich immer noch, als stünde jeder Muskel in ihrem Körper kurz vor dem Versagen.

Sie hatte auch etwas Dörrfleisch geknabbert. Es war extrem salzig und lag jetzt wie ein unangenehmer Klumpen in ihrem Bauch, aber sie war trotzdem froh, es gegessen zu haben. Dieses winzige Stückchen war mehr Nahrung, als sie während der letzten Wochen in ihrem Magen gehabt hatte.

Aber es kostete sie ihre ganze Konzentration, einen Fuß vor den anderen zu setzen. Das Gelände, durch das sie gingen, war felsig und hügelig, und obendrein war es *heiß*. Äußerst heiß. Es fühlte sich an, als würde jeder Tropfen Wasser, den sie trank, in Form von Schweiß aus ihren Poren kommen.

Josie wollte sich am liebsten hinsetzen und sich keinen Zentimeter mehr bewegen. Sie wollte ein echtes Paar Wanderschuhe, den Hamburger, den Nate ihr versprochen hatte, und eine stundenlange Dusche. Aber da nichts von alledem in absehbarer Zeit eintreten würde, ging sie einfach weiter. Nate war hinter ihr, und sie hielt den Blick auf die Stiefel seines Bruders vor ihr gerichtet. Sie trat in seine Fußstapfen und tat ihr Bestes, ihren Kummer von den Männern fernzuhalten, um ihnen nicht zur Last zu fallen.

Als Nate ihr erzählte, dass Tate sein Zwillingsbruder war, war sie einen Moment lang überrascht gewesen. In ihren Augen sahen sie sich überhaupt nicht ähnlich. Oh, sie konnte die Ähnlichkeit sehen. Die offensichtlichen Ähnlichkeiten in ihren Gesichtszügen. Sie dachte sich, dass sie wahrscheinlich Spaß daran gehabt hatten, den Leuten Streiche zu spielen, als sie jünger gewesen waren, und so zu tun, als seien sie der jeweils andere. Vielleicht lag es daran, dass sie so viel Zeit damit verbracht hatte, sich Nates Gesichtszüge einzuprägen, aber es fiel ihr nicht schwer, die beiden zu unterscheiden.

Nates Augen wiesen ein wenig mehr Gold auf als die von Tate. Seine Ohren waren etwas spitzer, sein Haar ein wenig länger, sein Bart definitiv buschiger. Josie vermutete, dass es schwieriger sein könnte, sie zu unterscheiden, wenn sie sich beide rasierten.

Aber es ging um mehr als nur das Aussehen. Bei Nate hatte sie das Gefühl, als sei sie ... zu Hause. Es war ein lächerlicher Gedanke. Sie und dieser Mann waren nur eine flüchtige Bekanntschaft. Sie teilten diese intensive Erfahrung, und sobald sie sicher zurück in den Vereinigten Staaten waren, würde jeder von ihnen in sein eigenes Leben zurückkehren.

Das Problem dabei war, dass Josie nicht in ihr Leben zurückkehren *wollte*. Nach Wochen der Gefangenschaft war sie nicht mehr der Mensch, der sie einmal gewesen war. Noch vor ein paar Tagen hätte sie gesagt, dass sie ängstlicher war. Unsicherer. Schwächer. Aber in Nates Nähe fühlte sie sich *stärker*. Als sei sie nicht mehr die Hülle der Frau, die sie gewesen war, bevor sie die impulsive Entscheidung getroffen hatte, nach Kuwait zu fliegen.

Ehrlich gesagt war sie sich nicht mehr sicher, *wer* sie war.

Und das machte ihr *wirklich* eine Scheißangst.

Aber Nate weggehen zu sehen? Dieser Gedanke erschreckte sie. Er war ihr Fels gewesen. Ihre Rettung. Sie nahm an, dass sie eine Art psychologische Verbindung zu ihrem Retter hatte, von der ein Therapeut ihr sagen würde, dass sie mit der Zeit verblassen würde. Aber Josie glaubte das nicht. Sie fühlte sich auf eine Weise zu ihm hingezogen, wie sie es nie zuvor empfunden hatte. Und das nicht nur, weil er sie beschützte.

Als Nate überrascht schien, dass sie ihn und seinen Bruder nicht für gleich aussehend hielt, wünschte Josie sich so sehr, sie könnte ihm sagen warum. Erklären, dass etwas an ihm etwas tief in *ihr* ansprach. Dass sie ihn in einem Raum voller rothaariger, sommersprossiger Männer erkennen würde, selbst wenn ihr die Augen verbunden wären.

»Ich muss bald Pause machen«, sagte Nate hinter ihr.

Josie warf einen Blick über ihre Schulter auf den Mann, an den sie immer wieder denken musste. Er sah ... nicht gut aus. Er sah so aus, wie sie sich fühlte. Er war blass, die Sommersprossen in seinem Gesicht stachen noch mehr hervor als zuvor, und er hinkte.

»Verstanden. Pyro, such uns einen Platz für die Nacht«, sagte Tate.

Josie drehte sich um, trat an Nates Seite und legte einen Arm um seine Taille. Sie würde keine große Hilfe sein, wenn er plötzlich umkippte, aber er sollte wissen, dass sie für ihn da war, so wie er für sie da gewesen war.

»Blink?«, fragte Kevlar, der auf seine andere Seite kam. Er hatte die Nachhut gebildet und sie von hinten bewacht.

»Mir geht's gut«, sagte er leise. »Es tut nur weh.«

Josie presste frustriert die Lippen aufeinander. Sie wollte Kevlar und den anderen sagen, dass Nate gefoltert worden war, dass sie ihm Wasser über das Gesicht geschüttet hatten und dass er immer wieder getreten und geschlagen worden war. Aber die dummen Worte wollten ihr einfach nicht über die Lippen kommen.

»Was haben sie mit dir gemacht?«, fragte Kevlar, während er und Josie Nate dabei halfen, über das felsige Gelände zu navigieren, das bei jedem Schritt Staub aufwirbelte.

»Was haben sie *nicht* getan?«, gab er zurück.

»Sprich mit mir«, befahl Kevlar barsch.

Josie spürte Nates Seufzen mehr, als dass sie es hörte. »Zigaretten, Schläge, Waterboarding ... das Übliche.«

Tate hatte offensichtlich zugehört, denn er blieb stehen und drehte sich zu seinem Bruder um. »Willst du mich verarschen?«, fragte er.

Nate schüttelte den Kopf.

»Und du hast nichts gesagt?«

»Würde es etwas nützen?«, konterte Nate.

Sie alle kannten die Antwort darauf.

»Gut. Gib mir einen Überblick darüber, was wo wehtut«, forderte Kevlar und klang dabei wie der Teamleiter, der er war.

Nate lachte. Josie spürte es bis in ihre Knochen. »Was tut nicht weh? Verbrennungen an den Waden, den Knöcheln und den Fußrücken. Die Rippen sind wahrscheinlich angeknackst. Überall Prellungen. Ein paar gebrochene Finger, und ich glaube, ich habe etwas Wasser in der Lunge. Aber ich lebe und bin aufrecht, also ist alles in Ordnung.«

»Scheiße. Und sie? Tut mir leid. Du? Geht es dir gut?«, fragte Tate.

Seine Besorgnis überraschte Josie. Besonders nach dem, was er gerade über seinen Bruder erfahren hatte. Sie nickte und versuchte zu zeigen, dass es ihr gut ging, dass sie nicht gefoltert worden war.

»Es geht ihr nicht gut«, entgegnete Nate. »Aber sie lebt und ist auch aufrecht. Wir müssen uns nur eine Weile ausruhen. Etwas anderes als Dörrfleisch essen. Kraft tanken.«

»Ich habe einen Ort gefunden«, rief Pyro irgendwo vor ihnen.

Ohne ein weiteres Wort begannen sie weiterzugehen, Tate vor ihnen, der alle paar Sekunden zu ihnen zurückblickte, um sich zu vergewissern, dass sein Bruder noch auf den Beinen war. Kevlar und Josie halfen Nate auch weiterhin. Bald erreichten sie eine kleine Höhle, in der Pyro wartete.

»Keine Fußabdrücke in der Nähe und nichts im Inneren. Sieht nicht so aus, als hätte jemand sie als Unterschlupf benutzt. Das ist also gut.«

»Da stimme ich dir zu. Okay. Pyro, sieh zu, dass du ein paar Stöcke für ein kleines Feuer findest. Ich bringe meinen Bruder und seine Freundin unter. Dann machen wir genügend zu essen für uns alle«, sagte Tate.

»Ich helfe dir, Pyro«, meldete Kevlar sich, und nachdem sie ihre Rucksäcke abgesetzt hatten, verließen die beiden ohne ein Wort die Höhle.

Josie sah ihnen besorgt nach.

»Sie werden zurückkommen. Pyro wird sich nicht verirren. Er hat einen guten Orientierungssinn. Deshalb ist er auch so ein guter Pilot«, erklärte Tate ihr. »Und jetzt kommt, setzt euch beide hin.«

Innerhalb weniger Minuten saß Josie auf einer zerknitterten Metalldecke, die Tate aus einem Rucksack gezogen hatte, mit Nate an ihrer Seite.

»Zeig es mir«, befahl Tate seinem Bruder.

»Mir geht's gut«, beharrte Nate. »Ich würde lieber etwas essen.«

»Nicht bevor du mir deine verdammten Wunden gezeigt hast«, knurrte Tate.

Eine Sekunde lang dachte Josie, die beiden Männer würden sich prügeln, aber schließlich gab Nate nach und beugte sich vor, um seine Stiefel auszuziehen, die Hosenbeine hochzukrempeln und dann auch noch sein Hemd abzustreifen. Tate knurrte tief in seiner Kehle, während er begann, die schlimmsten Wunden seines Bruders zu reinigen. Er hatte am ganzen Körper dunkle blaue Flecke, die äußerst schmerzhaft aussahen. Josie war wieder einmal entsetzt.

»Können wir jetzt essen, Mom?«, meckerte Nate, nachdem er seine Stiefel und sein Hemd wieder angezogen hatte.

Tate gab keinen Kommentar ab, sondern griff einfach in seinen Rucksack, zog eine Tüte heraus und warf sie Nate zu.

Er fing sie wortlos auf und lächelte, als er die Aufschrift las. Er hielt sie für Josie hoch, damit sie sie sehen konnte. »Feldration. Das sind Fleischbällchen in Tomatensoße. Das ist fast wie ein Hamburger.«

Josie hatte sich nicht sonderlich hungrig gefühlt. Sie hatte so lange nichts gegessen, dass sie einfach vergessen hatte, wie es sich anfühlte, etwas anderes als leer zu sein. Aber als sie das Wort Fleischbällchen hörte, lief ihr das Wasser im Mund zusammen. Plötzlich war ihr fast übel vor Verlangen zu essen.

»Ganz ruhig, Spirit, ich habe dich.«

Sie sah zu, wie Nate die Plastiktüte öffnete, und fühlte sich wie ein wilder Hund, der die Möglichkeit hatte, richtige Nahrung zu bekommen. Sie wollte sie ihm aus den Händen reißen und so schnell wie möglich alles in ihren Mund stopfen. Ihre Hände zitterten vor Verlangen nach den Kalorien, die ihr so lange vorenthalten worden waren.

»Fang hiermit an«, sagte Nate und hielt ihr etwas hin.

Josie blinzelte. Es war gelb und sah ziemlich kränklich aus, aber sie würde es überall wiedererkennen. Brot. Sie griff danach, ohne sich darum zu kümmern, dass ihre Hände schmutzig waren. Dass sie zitterte.

»Mist – warte.«

Sie hatte keine Lust zu warten. Aber Josie holte tief Luft

und tat, was er verlangte. Sie war kein Tier, auch wenn sie sich in der Zelle irgendwie wie eines verhalten hatte.

»Gib mir deine Hand«, befahl Nate.

Sie streckte sie aus und sah zu, wie er mit einem feuchten Tuch langsam und methodisch so viel Schmutz von ihren Fingern wischte, wie er konnte.

Stirnrunzelnd sagte er: »Es ist nicht gut genug, aber wir können das Wasser im Moment nicht zum Waschen benutzen. Es tut mir leid.«

Es tat ihm *leid*? Josies Augen füllten sich mit Tränen. In ihrem ganzen Leben hatte sich noch niemand so gut um sie gekümmert. Er musste auch hungrig sein, und er war verletzt; sie hatte die Folgen der Qualen gesehen, die er ertragen hatte. Und hier war er und kümmerte sich um ihre Hände, als seien sie aus Glas. Das war zu viel.

Emotionen, die sie in die Tiefen ihres Geistes verdrängt hatte, kamen hoch. Schwankend schloss Josie die Augen und versuchte, die Tränen zu unterdrücken.

»Komm her«, sagte Nate, der zu verstehen schien, wie nahe sie am Abgrund stand. Natürlich wusste er das. Es war, als könnte er ihre Gedanken lesen. Wusste, was sie dachte und fühlte.

Dann weinte sie. Zum ersten Mal seit sehr langer Zeit. Sie hatte in der ersten Woche, nachdem sie entführt worden war, geweint, aber danach schienen ihre Tränen zu versiegen. Jetzt kehrten sie mit voller Wucht zurück. Doch selbst als sie weinte, entkam ihr kein Laut. Ihr Brustkorb hob sich vor Schluchzern, und doch kam kein einziges Quietschen über ihre Lippen.

Als sie fertig war, fühlte Josie sich, als würde sie eine Tonne wiegen. Sie war so müde, dass sie kaum noch den Kopf heben konnte.

Zu ihrer Überraschung lächelte Nate auf sie herab. »Fühlst du dich besser?«, fragte er.

Josie zuckte mit den Schultern. Sie war nicht sicher, wie sie sich fühlte.

»Gut. Also ... sollen wir das noch mal versuchen? Fang mit dem Brot an, während ich die Fleischbällchen fertig mache.«

Er hielt ihr das Stück Brot hin, und Josie nahm es in ihre viel saubereren, aber immer noch schmierigen Finger und starrte es einen Moment lang an, bevor sie den Mund öffnete und einen kleinen Bissen nahm.

»Mach langsam«, ermahnte Nate sie. »Es ist schon eine Weile her, dass du Kohlenhydrate gegessen hast, und du willst dich doch nicht übergeben.«

Nein, das wollte sie nicht tun.

Zu jeder anderen Zeit wäre das Brot wahrscheinlich eklig gewesen. Es war ein bisschen hart, und was für Konservierungsstoffe auch immer verwendet worden waren, um es genießbar zu machen, es schmeckte leicht seltsam ... aber es war auch das Beste, was Josie je in ihrem Leben gegessen hatte.

Sie schloss die Augen, während sie sich zwang, langsam zu kauen und den Bissen nicht ganz zu verschlucken. Es war, als könnte sie tatsächlich spüren, wie das Brot sich seinen Weg durch ihre Kehle in ihren Magen bahnte. Sie öffnete die Augen und sah Nate an. Er starrte sie mit einem Ausdruck an, den sie nicht deuten konnte.

Josie wollte sich am liebsten den Rest des Brotes in den Mund stopfen, bevor jemand es ihr wegnehmen konnte, aber stattdessen hielt sie es Nate hin.

»Mir geht's gut. Du kannst es haben«, sagte er.

Sie schüttelte den Kopf und hielt es ihm näher an den Mund. Zu ihrer Überraschung griff er nicht danach. Er lehnte sich nur nahe genug heran, um einen Bissen zu nehmen.

»Oh mein Gott, das ist so gut«, sagte er mit vollem Mund und einem kleinen Lächeln.

»Wenn ihr das Zeug gut findet, *müsst* ihr halb verhungert sein«, sagte Tate von der anderen Seite der Höhle.

Josie hatte vergessen, dass er da war. Sie hatte alles vergessen, außer dem Essen und Nate.

»Du hast ja keine Ahnung«, sagte Nate zu seinem Bruder.

»Ich glaube, du könntest sogar die Rindfleischstäbchen hinunterwürgen«, sagte er lachend.

Nate schnaubte. »Niemand ist *so* hungrig«, sagte er und sah dann Josie an. »Die Rindfleischstäbchen schmecken wie Hundefutter. Und bevor du mich fragst, woher ich weiß, wie Hundefutter schmeckt, Tate und ich haben uns gegenseitig herausgefordert, es zu probieren, als wir ungefähr zwölf waren. Also glaub uns, wir wissen es.«

Erstaunlicherweise merkte Josie, wie sie lächelte.

Nate starrte sie einen Moment lang mit einem fast ehrfürchtigen Gesichtsausdruck an, bevor er sich räusperte und auf den Plastikbeutel vor ihm hinunterblickte. »Die Fleischbällchen sind fast fertig.«

Der Geruch, der aus der Tüte kam, war absolut umwerfend. Er war so gut, dass Josie sogar ein wenig Übelkeit verspürte, was sie nicht verstand.

Nate öffnete die Tüte und Dampf stieg zwischen ihnen auf. Er nahm eine Gabel in die Hand und steckte sie hinein. Als er sie herausnahm, befand sich auf den Zinken ein Fleischbällchen. Josie hielt sich davon ab, seine Hand zu ergreifen und sich das ganze Ding in den Mund zu stopfen.

Er führte die Gabel zu seinem eigenen Mund und biss die Hälfte des Fleischbällchens ab. Das schien nicht zu all den anderen Dingen zu passen, die er für sie getan hatte, nämlich sich zu vergewissern, dass sie zuerst Wasser trank, und ihr nicht das Brot wegnehmen zu wollen.

Dann öffnete er den Mund, atmete schnell ein und aus und murmelte: »Heiß, heiß, heiß.« Er schluckte und führte sich das Fleischbällchen wieder an den Mund, aber anstatt den Rest zu essen, blies er darauf, um es abzukühlen. Dann hielt er es ihr hin. »Das ganze Ding war zu groß für dich, aber ich hatte das

Gefühl, du würdest es trotzdem versuchen. Ich wollte auch sichergehen, dass es dir nicht den Mund verbrennt.«

Josie wollte wieder weinen. Es war nicht egoistisch von ihm, den ersten Bissen zu nehmen, er tat es, um sie vor sich selbst zu retten – weil er wieder einmal ihre Gedanken lesen konnte.

Sie hob eine Hand und schlang ihre Finger um seine auf der Gabel. Ohne den Blickkontakt zu unterbrechen, beugte sie sich vor und umschloss das Fleischbällchen mit den Lippen.

Die Gewürze trafen sofort ihre Geschmacksknospen und sie schloss die Augen, während sie tief in ihrer Kehle stöhnte. Oh mein Gott, es war so gut! Josie hatte in ihrem ganzen Leben noch nie etwas so Köstliches gegessen. Sie könnte jetzt als glückliche Frau sterben.

Als sie die Augen öffnete, sah sie, dass Nate sie mit Adleraugen beobachtete. »Alles okay?«, fragte er.

Sie nickte sofort.

»Gut.«

Sie wechselten sich ab, wobei er von jedem Fleischbällchen die Hälfte aß, damit sie den Rest leicht in einem Bissen essen konnte. Josie war schockiert, als sie feststellte, dass sie nach nur vier Bissen völlig satt war. Sie legte eine Hand auf ihren Bauch – und schnappte nach Luft, bevor sie schnell ihr Hemd hochzog. Noch schockierter war sie, als sie feststellte, dass ihr Bauch aufgebläht und rund war, als sei sie im fünften Monat schwanger.

Sie runzelte alarmiert die Stirn und sah Nate an.

»Das ist normal«, beruhigte er sie. »In etwa einer Stunde wirst du wieder Hunger haben. Es wird eine Weile dauern, bis du wieder normale Mahlzeiten zu dir nehmen kannst. Stattdessen musst du mehrmals am Tag kleine Snacks essen.«

Sie hatte keine Ahnung, woher er das wusste, aber sie vertraute ihm.

Pyro und Kevlar waren inzwischen zurückgekehrt, und Josie sah ihnen und Tate dabei zu, wie sie ihre eigenen Feldrationen öffneten und ohne viel Aufhebens aßen. Inzwischen war es fast dunkel, und ihre Augenlider fühlten sich an, als seien sie aus Blei.

»Leg dich hin, Spirit. Schlaf. Wir werden dafür sorgen, dass du in Sicherheit bist. Wenn wir hier sind, wird dir nichts passieren. Versprochen.«

Nates Worte setzten sich in Josies Seele fest. Sie hatte nicht einmal gewusst, dass sie sie hören musste, aber das musste sie.

Aber bevor sie einschlief, musste sie noch etwas tun.

Sie griff nach dem Besteck, das der Feldration beilag, und zog das kleine Plastikmesser heraus. Sie beugte sich vor und schrieb damit etwas in den Schmutz auf dem Boden der Höhle.

Nate schaute darauf und dann zu ihr. »Josie?«, flüsterte er.

Sie nickte.

»Das ist dein Name? Josie?«

Sie nickte wieder.

Ein kleines Lächeln breitete sich auf Nates Gesicht aus. »Er ist wunderschön.«

Josie war sich da nicht sicher. Es war nur ein Name. Sie hatte nie viel darüber nachgedacht. Aber ohne einen Namen fühlte sie sich ... weniger. Wie ein Nicht-Mensch.

»Tate, Pyro, Kevlar ... das ist Josie.«

Die anderen Männer nickten ihr von der anderen Seite der Höhle zu. Sie konnte sie kaum sehen, aber sie winkte ihnen trotzdem kurz zu.

»Heilige Scheiße, sie ist genau wie du. Wie oft hast du mir schon so albern zugewinkt, wenn wir uns getrennt oder getroffen haben?«, sagte Tate lachend. »Oh, Entschuldigung. Ich habe das nicht böse gemeint, Josie.«

»Wie auch immer«, sagte Nate mit einem weiteren Lächeln, während er sie ansah. »Josie«, sagte er leise. »Es ist so schön, dich kennenzulernen.«

Sie erwiderte sein Lächeln und kam sich auf einmal schüchtern vor.

»Obwohl ich immer noch denke, dass Spirit zu dir passt. Na los, leg dich hin. Benutze mich als Kissen, wenn du willst.«

Josie runzelte die Stirn und schüttelte den Kopf, wobei sie auf ein paar seiner Verletzungen deutete. Er hatte Schmerzen. Sie würde sich nicht auf ihn legen. Auf keinen Fall.

Aber Nate lachte. »Du wiegst ungefähr zehn Kilo. Wenn dein Kopf auf mir liegt, wird es nicht wehtun. Nicht im Geringsten.«

Sie hatte immer noch nicht vor, ihn als Kissen zu benutzen ... aber im nächsten Moment lagen sie *beide* auf dem Boden, und Josie lag auf der Seite, an Nate geschmiegt, mit dem Kopf auf seiner Schulter und einem Arm um seinen Bauch.

»Perfekt«, sagte Nate mit einem großen Seufzer.

Josie konnte förmlich spüren, wie seine Muskeln sich entspannten. Sie lagen im Dreck, in einer Höhle in den Bergen im verdammten Irak, und doch fühlte sie sich zum ersten Mal seit Wochen wieder sicher. Sie erinnerte sich nicht daran, dass sie eingeschlafen war, nur daran, dass sie ein Gefühl der Richtigkeit verspürte ... und dann nichts mehr.

KAPITEL ACHT

»Versuch das mal.«

Die Stimme seines Bruders weckte Blink am nächsten Morgen. Er war ganz steif und verspannt, fühlte sich erstaunlicherweise aber besser als am Tag zuvor. Tates Pflege seiner Wunden hatte ihm offensichtlich gutgetan, ebenso wie das Antibiotikum, das er zum Abendessen eingenommen hatte. Er hatte fest geschlafen. Wahrscheinlich weil er sich in Anwesenheit seines Bruders und des Teamleiters sicher fühlte und zum ersten Mal seit seiner Gefangennahme nicht aufmerksam sein musste.

Als er den Kopf drehte, sah er Josie und Tate zu seinen Füßen sitzen. Sein Bruder ermutigte sie, etwas zu probieren, das aussah wie der Kirsch-Blaubeer-Auflauf, der in der Feldration war, die er und Josie sich am Abend zuvor geteilt hatten.

Josie mit seinem Zwillingsbruder zu sehen fühlte sich ... gut an. Sie war scheu, und das aus gutem Grund, aber sie hatte eindeutig keine Angst vor den anderen Männern.

Josie. Allein die Tatsache, dass er ihren Namen kannte, fühlte sich an, als würden sie einen Schritt nach vorn machen. Es war ein starker Name, aber dennoch süß. Genau wie sie. Sie trug immer noch das braune T-Shirt und die Socken, war immer noch voller Schmutz und erschreckend dünn, aber ihre Augen leuchteten. Und dass sie gestern Abend ihre Mahlzeit bei sich behalten hatte und heute Morgen in der Lage war zu essen, auch wenn es nicht viel war, war ein gutes Zeichen dafür, dass es ihr gut gehen würde.

»Das ist das Beste an den Feldrationen«, sagte Blink, als er sich aufsetzte.

Josies Blick fand sofort den seinen, und sie lächelte. Blink hätte buchstäblich alles getan, um dieses Lächeln jeden Morgen für den Rest seines Lebens auf ihrem Gesicht zu sehen.

Sie hielt ihm die süße Leckerei hin.

Er schüttelte den Kopf. »Nein. Du kannst es haben.«

Josie schüttelte stur den Kopf und wackelte mit der Gabel vor seinem Gesicht.

Lachend schlurfte Blink mit den Füßen nach vorn und rutschte neben sie. Er ergriff ihr Handgelenk, so wie sie es gestern Abend getan hatte, als sie die Gabel mit dem Fleischbällchen gehalten hatte, und führte die Leckerei an seine Lippen.

Sie hielten Blickkontakt, als er einen Bissen nahm und kaute. Die Geschmäcker explodierten auf seiner Zunge. Ein bisschen zu süß für so früh am Morgen, aber das war ihm egal. »Gut«, sagte er mit einem Nicken.

Josie lächelte wieder und erwiderte sein Nicken.

»Lagebericht?«, fragte er Tate und riss den Blick von Josie los. So sehr er auch in ihrem seltenen Lächeln schwelgen wollte, er musste sie in Sicherheit bringen.

»Pyro und Kevlar erkunden die Gegend. Alles war ruhig.«

Blink entspannte sich ein wenig.

Bis Pyro mit Kevlar auf den Fersen zurück in die Höhle kam und verkündete: »Wir müssen los. Sofort!«

Tate setzte sich in Bewegung, noch bevor Pyro zu Ende gesprochen hatte. Er stopfte die Verpackung der Feldration in seinen Rucksack, und Pyro knüllte die Notfalldecke zusammen, die Blink und Josie benutzt hatten, und steckte sie in seinen eigenen Rucksack.

»Was hast du gesehen?«, fragte Tate, während Kevlar sich schnell und effizient bewegte, um alle Spuren in der Höhle zu verwischen.

»Etwa ein Dutzend Männer, die sich in diese Richtung bewegen. Sieht nicht so aus, als würden sie aktiv nach jemandem oder etwas anderem suchen, aber ich will nicht das Risiko eingehen, dass sie einen Hinweis darauf gefunden haben, wo wir sind.«

»Ich stimme dir zu«, sagte Tate, als er seinen Rucksack aufsetzte.

Blink war aufgestanden, während die anderen Männer sich unterhielten. Er drehte sich zu Josie um und sah, dass sie mit dem Rücken an der Höhlenwand stand und verdammt verängstigt aussah.

»Atme, Josie«, sagte er sanft. »Wenn sie wüssten, dass wir hier sind, würden sie sofort auf uns zustürmen. Es ist alles okay. Wir müssen nur schnell und leise verschwinden.«

Ihre Augen waren weit aufgerissen und es sah aus, als stünde sie kurz davor, die Flucht zu ergreifen.

Blink trat mit ausgestreckter Hand auf sie zu. »Gib mir deine Hand«, befahl er.

Sie schien überrascht über seine Aufforderung, streckte aber sofort eine Hand aus.

Er nahm sie und wunderte sich, wie klein und dünn sie sich in seiner eigenen anfühlte. »Niemand wird dich noch einmal gefangen nehmen. Das schwöre ich.«

Sie nickte nicht. Sie tat nichts weiter, als ihn mit intensiven Gefühlen in den Augen anzusehen.

»Wir müssen uns beeilen und schnell sein. Ich würde dich gern tragen.«

Josie schüttelte energisch den Kopf.

»*Bitte.* Hör zu ...«, sagte Blink. Sie hatten keine Zeit für so etwas, aber er wollte sie sich auf keinen Fall über die Schulter werfen und ohne ihre Erlaubnis wegtragen. Er fühlte sich, als bräche er gerade durch ihre dicken Schilde. Er wollte nichts tun, was seine Fortschritte zunichtemachen würde. »Du hast keine Schuhe. Und dein Körper ist nicht bereit für einen weiteren harten Tagesmarsch. Nicht dass ich nicht glaube, dass du laufen würdest, bis dir die Füße abfallen und du keinen Schritt mehr machen kannst. Du würdest wahrscheinlich kriechen, wenn es sein muss. Lass mich dir helfen, Spirit. Die Rucksäcke, die mein Bruder, Kevlar und Pyro tragen, wiegen wahrscheinlich mehr als du. Du kannst auf meinen Rücken klettern und nach Tangos Ausschau halten, anstatt darauf zu achten, wo du deine Füße hinsetzt. Ich will deine Gefühle nicht verletzen, aber wir können schneller vorankommen, wenn ich dich trage.«

Josie runzelte die Stirn und zeigte auf seinen Oberkörper. Dann auf seine Beine. Dann auf sein Gesicht.

»Meine Verletzungen?«, fragte er.

Sie nickte.

»Die sind in Ordnung.«

Das brachte ihm einen wütenden Blick ein.

»Sind sie«, beharrte er. »Ich habe Schmerzen, ich kann nicht leugnen, dass die Brandwunden an meinen Beinen verdammt pochen und meine Rippen sich nicht hundertprozentig anfühlen. Aber der Tag, an dem ich mich von ein paar kleinen Folterungen überwältigen lasse, ist der Tag, an dem ich meine Budweiser-Nadel aufgebe.«

Josie reagierte nicht. Sie stand einfach nur da und starrte ihn an.

»Bitte, Spirit. Lass mich dir helfen. Du bist nicht mehr allein. Wir sind ein Team, wir fünf.«

»Blink«, sagte Pyro warnend aus dem Eingang der Höhle.

Aber Blink bewegte sich nicht. Er hörte die Besorgnis im

Ton des Piloten, aber er würde für immer in dieser Höhle stehen bleiben, wenn es sein musste, und Josie selbst entscheiden lassen, was sie als Nächstes tun würde. Ihr waren in den vielen Wochen ihrer Gefangenschaft schon genügend Entscheidungen abgenommen worden. Er wollte verdammt sein, wenn er ihr den freien Willen nahm, sobald sie frei war.

Wenn sie gehen wollte, würden sie es schaffen. Es wäre zweifellos riskanter, denn sie würde sie erheblich aufhalten. Aber er würde sie zu nichts zwingen.

Nach ein oder zwei quälenden Sekunden nickte sie ihm kurz zu.

Blink seufzte nicht vor Erleichterung und sagte ihr auch nicht, dass sie die richtige Entscheidung getroffen hatte. Er drehte ihr einfach den Rücken zu und ging in die Hocke. »Steig auf. Lass uns von hier verschwinden.«

Er spürte ihre Hände auf seinen Schultern und half ihr, auf seinen Rücken zu klettern. Wie er es sich gedacht hatte, war sie leichter als die meisten Rucksäcke, die er auf Missionen getragen hatte. Blink hakte seine Arme unter ihren Beinen ein, um ihr Halt zu geben, und sie legte die Arme um seinen Hals.

Er nickte den anderen zu, und zu fünft machten sie sich auf den Weg und ließen die Höhle hinter sich. Blink spürte Kevlar in seinem Rücken, bereit, einzuspringen und Josie zu tragen, falls nötig. Er beschützte sie. Es fühlte sich gut an. Wirklich gut.

Die Berge waren zu dieser Morgenstunde wunderschön, aber Blink nahm sie kaum wahr. Seine ganze Aufmerksamkeit galt der Frau auf seinem Rücken. Die Wärme ihres Körpers sickerte in seinen, und je weiter sie gingen, desto wohler schien sie sich zu fühlen.

Ihr Körpergewicht verteilte sich gleichmäßig, und sie stützte ihren Oberkörper auf seinem Rücken ab, während sie gingen. Sie kamen gut voran, waren wahrscheinlich doppelt so schnell unterwegs wie gestern. Soweit Blink wusste, hatten sie kein Ziel vor Augen, sie wollten nur von den Männern wegkommen, die Kevlar und Pyro gesehen hatten, und mehr Abstand zwischen sich und den abgestürzten Hubschrauber bringen.

Sie liefen etwa eine Stunde lang, bevor sie anhielten, um sich zu orientieren und eine kurze Pause zu machen.

Blink ließ Josie langsam auf den Boden sinken und drehte sich dann um, um nach ihr zu sehen. »Geht es dir gut?«

Sie nickte. Sie hatte keinen Ausdruck im Gesicht. Das beunruhigte ihn.

»Hier«, sagte Kevlar und hielt ihnen eine Flasche Wasser hin.

Blink nahm sie und bot sie Josie an. Sie trank ein paar Schlucke. Dann reichte sein Bruder ihm eine Packung Cracker aus der Feldration, die er am Abend zuvor geöffnet hatte.

Er sah das Päckchen an und lächelte. »Peperoni-Pizzacracker«, sagte er zu Josie. »Nicht ganz das Gleiche wie eine klebrige, warme Pizza aus dem Laden, aber sie sind trotzdem ziemlich gut.«

Er hielt ihr einen hin, aber sie nahm ihn nicht. Blink nutzte die Gelegenheit und trat in ihren persönlichen Bereich ein. Sie hätte zurückweichen können, hätte den Kopf schütteln können, und er hätte ihr Raum gegeben. Aber sie tat es nicht. Sie sah einfach zu ihm auf, jetzt mit demselben besorgten Gesichtsausdruck, den sie in letzter Zeit viel zu oft hatte.

»Ich wünschte, du könntest mir sagen, was du denkst. Uns geht es gut. Mein Bruder und Pyro wissen, was sie tun. Sie sind Piloten, ja, aber sie haben auch ein umfangreiches SERE-Training absolviert, was für Survival, Evasion, Resistance und Escape steht. Sie sind keine SEALs wie Kevlar und ich, aber sie sind verdammt nahe dran.«

»Mann, danke für das überschwängliche Kompliment«, brummte Tate.

Blink ignorierte ihn. »Du kannst ihnen vertrauen. Und du

kannst *mir* vertrauen. Wir werden nicht zulassen, dass etwas passiert.«

Josie öffnete und schloss den Mund, als wollte sie etwas sagen. Dann schloss sie die Augen und blickte frustriert drein.

Blink legte langsam die Arme um sie und zog sie an sich. Ihre Stirn ruhte auf seiner Brust, aber ihre Arme blieben schlaff an ihren Seiten. Es schien, als sei das Adrenalin, das sie während ihrer Flucht in Schwung gehalten hatte, schließlich aufgebraucht. Er hatte das immer wieder gesehen. Die Menschen blieben stark, bis sie nichts mehr zu geben hatten.

Er sagte nichts, sie standen einfach so da und Blink hielt sie, während sie sich an ihn lehnte. Nach einer für seinen Seelenfrieden viel zu kurzen Zeit richtete sie sich auf. Sie sah zu ihm auf, nickte und griff dann nach den Crackern, die er noch in der Hand hielt.

»Verdammt, Spirit, du beeindruckst mich unheimlich«, platzte er heraus.

Wieder bewegten sich ihre Lippen, als wollte sie etwas sagen, aber es kam kein Ton heraus.

Er führte sie dorthin, wo Tate und Pyro saßen, und half ihr auf den Boden. Sie aßen ein paar Snacks – Kevlar aß seinen im Stehen, den Kopf immer in Bewegung, um auf alles Ungewöhnliche zu achten und zu lauschen –, während die Piloten über die beste Landezone für denjenigen diskutierten, der sie abholen würde.

»Ich denke, in diese Richtung«, sagte Pyro und deutete in Richtung Westen. »Wir wollen uns nicht im Freien befinden, aber die Gipfel scheinen dort weiter auseinander zu liegen. Ein Hubschrauber könnte leicht dazwischen herunterkommen und uns abholen.«

»Nicht nach Norden?«, fragte Tate, der in diese Richtung schaute.

»Nein. Wir wollen nicht zu nahe an die iranische Grenze kommen. Der Irak wird von einer Rettungsaktion nicht begeistert sein, aber zumindest wird es keinen internationalen Zwischenfall geben.«

»Ich bin mir nicht ganz sicher, wo wir gelandet sind, aber wir sollten uns nach Möglichkeit von allen Städten fernhalten. Wir wollen nicht, dass die Taliban unseren Aufenthalt in irgendeiner Weise verlängern.«

Blink schnaubte. *Gelandet.* Sein Bruder war witzig. Aber er nahm an, dass jedes Mal, wenn ein Hubschrauber abstürzte und die Passagiere relativ unversehrt davonkamen, als Landung und nicht als Absturz bezeichnet werden konnte.

»Gut. Wie geht's dir, Josie?«, fragte Pyro. »Sind deine Beine in Ordnung? Es kann hart sein, über lange Strecken getragen zu werden ... Füße und Beine werden taub und all das.«

Blink sah sie an, interessiert an ihrer Antwort.

Sie nickte Pyro zu und hielt einen Fuß hoch, drehte ihn ein paarmal und zuckte dann mit den Schultern.

»Gut«, sagte er. »Du solltest mehr essen«, fügte er hinzu und warf Blink ein Päckchen zu.

Er fing es instinktiv auf und las die Beschreibung auf der schmalen Tüte, bevor er Josie anschaute. »Du solltest dich besonders fühlen, das Apfelmus mit Mango- und Pfirsichpüree ist eines der besten Dinge in diesen Feldrationen. Sie sind sehr begehrt.«

Anstatt sich darüber zu freuen, dass Pyro ihr offensichtlich eine so wertvolle Mahlzeit gegeben hatte, runzelte sie die Stirn und schüttelte den Kopf.

»Nein. Ich nehme es nicht zurück. Es ist für dich«, erklärte er ihr.

Josie blickte Blink erwartungsvoll an, als suchte sie seine Unterstützung bei ihrem Bedürfnis, es abzulehnen.

»Tut mir leid, Spirit, ich stimme Pyro zu. Versuch es wenigstens. Vielleicht magst du es nicht.« Blink riss den Deckel von der Tube mit dem Apfelmus ab und reichte es ihr.

Als sie es nahm, sah er, wie schmutzig ihre Hände immer

noch waren, obwohl er am Abend zuvor sein Bestes mit den Feuchttüchern gegeben hatte. Er hasste das für sie. Er hätte ihr gern eine lange, heiße Dusche gegönnt. Aber das würde warten müssen, bis sie dort raus waren.

Sie hielt Blickkontakt mit Blink und führte das Apfelmus an ihre Lippen. Sie drückte ein wenig in ihren Mund ... und ihre Augen weiteten sich, als es auf ihre Geschmacksknospen traf.

»Gut, was?«, fragte er mit einem kleinen Lächeln.

Sie nickte.

»Ich kann es kaum erwarten, dass du und Remi euch kennenlernt«, sagte Kevlar aus heiterem Himmel. »Sie hat denselben Sinn für ... Freude und Wertschätzung für die kleinen Dinge des Lebens.«

»Wir sollten weitergehen«, sagte Tate und gab Blink keine Gelegenheit, Kevlars kühne Behauptung infrage zu stellen. Da Remi eine seiner engsten Freundinnen war, würde er sich freuen, wenn Josie sie kennenlernte. Aber er wusste nichts über ihr Leben in den Staaten und konnte keine Vermutungen anstellen ... selbst wenn er es wollte.

Sie wollte Blink die Packung Apfelmus zurückgeben, aber er schüttelte den Kopf. »Du kannst essen, während wir laufen«, sagte er und drehte sich um, um sie auf seinen Rücken steigen zu lassen.

Sie waren beide daran gewöhnt, dass er sie trug, und so gingen sie diesmal, ohne zu zögern, los.

Sie trieben sich an, während sie auf die Berggipfel zusteuerten, die Pyro ihnen gezeigt hatte. Blink hätte sie nie als guten Abholpunkt gewählt, aber die beiden Piloten wussten, was ihre Night-Stalker-Kollegen konnten stund was nicht, und wenn sie der Meinung waren, dass dies der beste Ort war, um abgeholt zu werden, würde er nicht widersprechen.

Nachdem sie einige Stunden durch die Berge gestapft

waren, pochten seine Beine und fühlten sich an, als würden sie eine Tonne wiegen, aber er beschwerte sich mit keinem Wort. Er hatte auf die harte Tour gelernt, dass es immer schlimmer kommen konnte. Sie waren den ganzen Tag gelaufen, und Josie war zwar keine schwere Last, aber sein Körper war in letzter Zeit durch die Hölle gegangen und protestierte schließlich gegen das, was er von ihm verlangt hatte.

Es war später Nachmittag, als Tate schließlich anhielt, sich umschaute und sagte: »Das wird reichen.«

Blink zögerte nicht, Josie auf den Boden zu setzen. Dann beugte er sich vor, legte die Hände auf die Oberschenkel und schloss die Augen, während er sein Bestes tat, um den Schmerz zu überwinden, der seinen Körper durchströmte. Er war stark. Zäh. Aber er hatte seine Grenzen, und es schien, als hätte er sie erreicht.

Als er eine Hand auf seinem Arm spürte, öffnete Blink die Augen und sah Josie mit einem besorgten Gesichtsausdruck neben sich stehen. Sie nahm seine Hand in ihre und zog daran. Er folgte ihr, runzelte die Stirn darüber, wie Josie humpelte, und setzte sich auf den von ihr angedeuteten Platz, erleichtert, nicht mehr auf den Beinen zu sein.

»Verzeiht mir, wenn ich das sage, aber ihr beide seht beschissen aus«, sagte Tate. Er machte keine Witze und war auch nicht gemein, er stellte einfach eine Tatsache fest.

»Ich fühle mich auch so«, sagte Blink.

Jetzt sah *Tate* besorgt aus.

»Mir geht's gut«, warf Blink ein. »Ich hatte nur ein paar schwierige Tage.« Er versuchte, wieder aufzustehen, aber er erstarrte vor Überraschung, als Josie ein zischendes Geräusch machte.

Sie funkelte ihn an und runzelte die Stirn. Sie stieß ein paarmal mit dem Finger auf den Boden und zeigte dann auf ihn.

»Schon gut, schon gut. Ich bleibe hier.«

Sie nickte, dann ging sie zu dem Rucksack hinüber, den Kevlar gerade auf den Boden gestellt hatte. Sie öffnete ihn und kramte einen Moment darin herum, bevor sie eine Feldration herauszog. Sie ging zurück zu Blink und setzte sich zu ihm auf den Boden, wo sie versuchte, den harten Plastikbeutel zu öffnen.

»Ich habe irgendwie Angst, ihr mein Messer zu geben«, murmelte Tate lachend, als er es Blink hinhielt. »Wenn ich sie verärgere, könnte sie es gegen mich verwenden.«

Josie richtete ihren funkelnden Blick auf Tate.

Blink lachte nur. »Hier, Spirit, lass mich dir helfen.«

Sie ließ ihn das obere Ende der Packung abschneiden und zog sie dann zu sich zurück.

»Guten Appetit«, sagte Tate mit einem weiteren Lachen, bevor er sich wieder dorthin begab, wo Pyro und Kevlar saßen und ihre Feldrationen öffneten.

In der Zwischenzeit hatte Josie alle kleinen Päckchen aus der Feldration herausgezogen und nebeneinandergelegt.

»Rindfleisch-Ravioli. Eine meiner Lieblingsspeisen«, sagte Blink zu ihr.

Er wollte helfen, aber gleichzeitig fühlte es sich gut an, dass jemand sich um ihn kümmerte. Er sagte nichts, während Josie herausfand, wie man Wasser zum Erhitzen der Ravioli verwenden konnte. Sie las die Päckchen, um zu sehen, was darin war, und öffnete dann vorsichtig eins nach dem anderen. Ehe er sichs versah, hatte sie die leere Tüte als provisorischen Teller benutzt und aus den verschiedenen Lebensmitteln eine Art Charcuterie-Platte zusammengestellt. Der Marshmallow-Crisp-Riegel mit gesalzenem Karamell war in zwei Hälften gerissen worden, die Brote waren so ausgelegt, dass sie einen Rand für die Speisen bildeten, der Cheddar-Käseaufstrich lag in der Mitte, und sie hatte die M&Ms in und um alles herum gestreut.

Als sie zu dem Fruchtpunsch-Elektrolytpulver kam, zögerte sie, dann deutete sie auf Blinks Tasche. Er war einen Moment lang verwirrt, bis er sich erinnerte. Er zog den kleinen Metallbecher heraus und reichte ihn ihr. Sie gab ein wenig von dem Pulver in den Becher und goss dann etwas Wasser hinein.

Als die Ravioli fertig erhitzt waren, stellte sie den Beutel zu den anderen Lebensmitteln, sah dann zu ihm auf und lächelte.

Blink war ehrlich gesagt noch nie in seinem Leben so gerührt gewesen. Es war nur eine Feldration. Er hatte schon Hunderte davon gegessen. Aber er hatte noch nie erlebt, dass jemand sich so viel Mühe gegeben hatte, es wie eine Gourmet-Mahlzeit aussehen zu lassen, wie diese Frau es gerade getan hatte.

»Sieht gut aus«, sagte er zu ihr.

Sie hob den Becher auf und hielt ihn ihm hin. Zum zweiten Mal bot sie ihm das Wasser an, das sie so dringend brauchte.

Diesmal zögerte Blink nicht. Er nahm ihn ihr ab und trank die Hälfte der Flüssigkeit in einem Zug, bevor er ihn zurückgab. Sie trank es aus und leckte sich den Rest von den Lippen, bevor sie den Blick wieder auf das Essen richtete.

Sie nahm ein M&M in die Hand und betrachtete es mit einem kleinen Lächeln, bevor sie es sich in den Mund steckte. Sie kaute das kleine Schokoladenbonbon mit geschlossenen Augen und genoss die Leckerei offensichtlich.

Blink sah ihr gern zu, wie sie die Süßigkeiten genoss, aber sie brauchte auch Nährstoffe. Er nahm den Beutel mit den Ravioli in die Hand und spießte eine mit der Gabel auf, bevor er sie ihr hinhielt. »Probier mal.«

Sie öffnete die Augen und beugte sich mit offenem Mund vor.

Es fühlte sich so intim an, sie zu füttern, und obwohl er es schon am Abend zuvor mit den Fleischbällchen getan hatte, fühlte es sich dieses Mal tief in seiner Seele genauso befriedigend an.

Sie aßen abwechselnd die Ravioli, und sie nahm ein paar Bissen von den anderen Speisen. Wie schon zuvor hörte sie auf, lange bevor er dachte, dass sie möglicherweise satt sein könnte. Aber wahrscheinlich war ihr Magen wegen des Nahrungsmangels geschrumpft.

Er spürte, wie Wut in ihm aufstieg, zusammen mit dem Bedürfnis, sich an den Arschlöchern zu rächen, die diese unschuldige Frau gefangen genommen hatten, und auf der Suche nach einer Ablenkung sah er seinen Bruder an. »Was kommt als Nächstes?«

Tate zuckte mit den Schultern, scheinbar unbesorgt, dass sie mitten in den Bergen im Irak kampierten und jeden Moment jemand über sie stolpern konnte. »Kommt drauf an.«

Als er nicht weiter darauf einging, fragte Blink: »Worauf?«

»Du und Kevlar. Was denkt ihr, wie genau ihr überwacht werdet?«

Bevor sein Teamleiter antworten konnte, entwich Blink ein raues Schnauben. »Wie ein Parasit unter einem Mikroskop.«

»Dann würde ich sagen, morgen um diese Zeit sind wir wieder auf dem Flugzeugträger und genießen eine Dusche und eine richtige Mahlzeit.«

Josie machte ein Geräusch neben ihm, und Blink blickte sie an. Ihre Augen waren weit aufgerissen, und sie sah zu Tode erschrocken und aufgeregt zugleich aus.

»Wir haben es unseren Night-Stalker-Kollegen so leicht wie möglich gemacht«, fügte Pyro hinzu. »Dieser Extraktionspunkt ist ein Kinderspiel. Sie können zwischen diesen beiden Gipfeln herunterkommen und notfalls sogar auf dem Boden landen.«

Der Bereich, auf den Pyro hinwies, war nicht gerade flach. Er war voller Felsbrocken und eigentlich überhaupt nicht eben. Und die Gipfel, von denen er sprach, sahen für Blink nicht breit genug aus, um die Rotorblätter eines Hubschraubers aufzunehmen, aber er war auch kein Experte für Hubschrauber. Wenn Pyro sagte, dass dies der beste Ort für eine Extraktion war, dann glaubte er ihm.

Zum ersten Mal dachte er darüber nach, was unmittelbar nach ihrer Rettung geschehen würde – vor allem für Josie. Die US-Regierung hatte es sich nicht zur Gewohnheit gemacht, Leute hinter den feindlichen Linien herauszuholen, ohne etwas über sie zu wissen. Und während er aus dem Bauch heraus wusste, dass Josie keine Bedrohung darstellte, wussten das die Offiziere auf dem Flugzeugträger nicht. Verdammt, er wusste nicht einmal, ob sie Amerikanerin war oder nicht. Er vermutete es, aber ohne etwas anderes als ihren Vornamen zu kennen, würde es Fragen geben. Viele Fragen.

Ihm drehte sich der Magen. Die Mahlzeit, die er gerade gegessen hatte, drohte wieder hochzukommen. Er wollte Josie vor dem schützen, was auf sie zukommen würde, aber er wusste nicht wie.

»Wir müssen reden«, platzte er heraus, als er sich Josie zuwandte.

Sie legte fragend den Kopf schief.

»Wenn wir hier rausgeholt werden, werden wir auf ein Marineschiff im Golf gebracht. Es wird Fragen geben … für uns beide. Ich werde in einen Bereich gebracht, um zu erklären, was mit mir passiert ist, und du wirst –«

Josie ließ ihn nicht ausreden. Sie schüttelte fast heftig den Kopf und packte seinen Hemdsärmel.

»Es wird alles gut werden. Du wirst in Sicherheit sein und –«

Sie schüttelte erneut den Kopf und gab ein knurrendes Geräusch von sich. Für Blink klang sie verängstigt.

»Sieh mich an«, befahl er und griff nach oben, um sie am weiteren Kopfschütteln zu hindern. Er legte seine Hände an ihre Wangen und hielt sie buchstäblich still, während er ihr in die Augen sah. »Es wird dir nichts passieren. Niemand auf dem Schiff wird dir etwas tun.«

Sie löste sich nicht aus seinem Griff, sondern zeigte erst auf ihn und dann auf sich selbst. Sie tat es wieder. Und noch einmal.

»Willst du bei mir bleiben?«

Sie nickte, so gut sie es in seinem Griff konnte.

»Ich bin nicht sicher, ob das möglich ist«, sagte er.

Kaum waren die Worte ausgesprochen, schloss Josie die Augen und begann zu zittern. Es erfasste sie am ganzen Körper. Wenn er es nicht besser gewusst hätte, hätte er gedacht, sie hätte einen Anfall.

»Josie!«, sagte er eindringlich.

Aber sie hielt stur die Augen geschlossen.

»Glaubst du, ich lasse zu, dass dir etwas zustößt? Das tue ich nicht«, antwortete er auf seine eigene Frage. »Aber sie erwarten dich nicht. Der Rest meines Teams hat wahrscheinlich schon die höheren Stellen darüber informiert, dass du an demselben Ort wie ich gefangen gehalten und gleichzeitig befreit wurdest, aber sie wissen nichts über dich. Soweit es sie betrifft, könntest du ebenso gut ein Spitzel sein. Jemand, der in diese Zelle gesteckt wurde, um Informationen über unsere Schiffe zu sammeln. Unsere militärische Stärke.«

Sie schnaubte und riss die Augen auf. Sie löste sich aus seinem Griff und sah sich hektisch nach etwas um. Dann schnappte sie sich das Plastikmesser, das in der Packung der Feldration gewesen war, und hockte sich über eine ungestörte Stelle auf dem Boden.

Für eine Sekunde hatte Blink Angst, dass sie versuchen würde, sich selbst zu verletzen, aber stattdessen begann sie, in den Schmutz zu schreiben.

England

»Du kommst aus Großbritannien?«, fragte Blink.

Sie schüttelte frustriert den Kopf, dann schrieb sie etwas anderes.

Josie England

»Das ist dein Name?«, fragte Tate. Er war näher gekommen, als sie mit dem Schreiben begonnen hatte.

Josie nickte. Dann schrieb sie weiter.

Las Vegas Urlaub Kuwait

»Du kommst aus Las Vegas und hast in Kuwait Urlaub gemacht? Nicht gerade eine Touristenhochburg«, bemerkte Kevlar. Sein Teamleiter, Pyro und Tate waren jetzt alle um sie herum versammelt und lasen ihre Worte.

Aber Blinks Aufmerksamkeit war auf die Frau selbst gerichtet. Sie kniete im Dreck und wischte die Worte bereits mit der Hand weg, um mehr zu schreiben. Ihr Gesicht war gerötet, und sie sah fast verzweifelt aus, ihnen Informationen über sich zu geben. Sie hatte große Angst davor, befragt zu werden, wenn sie auf dem Flugzeugträger ankamen, so viel war klar.

Ayden Hitson Armee Fronturlaub Bootsfahrt

»Er ist dein Freund?«, fragte Tate.

Blink drehte sich erneut der Magen.

War Trennung danach

»Du bist also gekommen, um deinen Freund zu besuchen, der auf Fronturlaub in Kuwait war, und du wolltest mit ihm Schluss machen? Und ihr habt eine Bootsfahrt gemacht?«, fragte Tate fast sanft. »Was ist passiert? Wo ist Hitson?«

Erschossen Mich mitgenommen

»Scheiße«, sagte Blink. Er stand abrupt auf und begann, auf und ab zu gehen. Er hatte geahnt, dass etwas Schlimmes in Bezug auf ein Boot passiert war, wenn man bedachte, wie Josie reagiert hatte, als sie im Iran in ein solches steigen musste. Aber *das* hatte er nicht erwartet.

»Gut. Du bist eine Amerikanerin namens Josie England, aus Las Vegas«, fasste Kevlar zusammen. »Du warst in Kuwait, um den Soldaten zu besuchen, mit dem du zusammen warst. Ihr habt eine Bootsfahrt gemacht, seid wahrscheinlich in iranische Gewässer gelangt, und deine Entführer kamen zu euch. Ayden Hitson wurde getötet und du wurdest als Geisel genommen. Warum?«

Blink wollte die Antwort genauso gern wissen wie die anderen. Aber Josie versuchte nicht, etwas in den Schmutz zu schreiben. Sie zuckte mit den Schultern.

»Es muss einen Grund geben«, drängte Tate. »Haben sie dich etwas gefragt? Wollten sie Informationen über irgendetwas, das mit dem Militär zu tun hat? Haben sie jemanden wegen Lösegeld kontaktiert?«

Josie starrte sie einen Moment lang an, dann wischte sie mit der Hand die letzten Worte weg und nahm das Plastikmesser in die Hand.

Geschlagen Allein gelassen Vergessen Kein Essen kein Wasser War egal

Die Worte sahen in den Boden geritzt krass und hässlich aus. Er konnte nicht begreifen, was sie ihnen damit sagen wollte. Natürlich verlieh der Zustand, in dem sie sich befand, ihren Worten Glaubwürdigkeit, aber es war trotzdem schwer zu fassen.

Wütend wischte sie die Worte weg und begann dann wieder zu schreiben.

Frau Müll Nicht Armee Nicht Mühe wert

Blink war fertig. »Du bist kein Müll«, sagte er fast wütend.

Sie denken Nicht ich

Aber Blink war sich nicht sicher, ob sie wirklich glaubte, was sie geschrieben hatte. Er konnte es an der Art sehen, wie ihre Schultern zusammensackten. Wie sie versuchte, sich in sich selbst zusammenzurollen. Sie war in diese Zelle geworfen und vergessen worden, wie sie gesagt hatte. Oder vielleicht war sie nicht vergessen worden, aber offensichtlich hatte niemand sich genügend Gedanken über sie gemacht, um sie entweder weiter zu foltern oder sie am Leben zu lassen. Sie war buchstäblich ein *Nichts* für ihre Entführer gewesen.

Genau wie sie gesagt hatte. Und das machte Blink verdammt wütend.

»Hast du Familie, Josie?«, fragte Tate sanft. »Jemanden, den wir kontaktieren können, damit er weiß, dass es dir gut geht? Irgendjemand muss sich doch Sorgen um dich machen.«

Josie starrte Blinks Bruder einen angespannten Moment lang an, bevor sie den Kopf schüttelte und wieder mit den Schultern zuckte. Sie ließ das Messer fallen, stand auf, deutete auf die Büsche, in die sie pinkeln gegangen waren, und verschwand langsam dahinter.

»Na, Scheiße«, sagte Pyro.

»Wenn sie jemanden hatte, der sich Sorgen macht, weil sie nicht aus dem Urlaub zurückgekommen ist, hätte derjenige sicher schon die Behörden kontaktiert. Er hätte ihnen gesagt, dass sie nach Kuwait geflogen und nicht zurückgekommen ist. Diese Information wäre irgendwann an jemanden in unseren Kreisen gelangt«, erklärte Kevlar.

Blink hätte das gern geglaubt, aber er war sich nicht sicher. Wenn sie wirklich niemanden hatte, der ihr Verschwinden bemerkt hatte …

Das war unbegreiflich.

Josie kam zurück, bevor sie weiter darüber reden konnten. Sie fing an, das Abendessen aufzuräumen, und legte die nicht verzehrten Lebensmittel sorgfältig zurück in die Beutel, damit sie sie später essen konnten. Niemandem war nach dem, was sie über Josies Situation erfahren hatten, nach einem Gespräch zumute. Also lehnten sich alle einfach zurück und warteten. Auf den Einbruch der Dunkelheit. Auf Rettung. Auf etwas.

Blink konnte sich nicht von Josie fernhalten, selbst wenn sein Leben davon abhinge. Ohne ein Wort zu sagen, rutschte er hinter sie und forderte sie auf, sich auf die Seite zu legen, um sich auszuruhen, dann kuschelte er sich an sie. Er legte einen Arm um ihre Taille und drückte sie an sich, sicher in der Wiege seines Körpers. Er verschluckte sie förmlich mit seiner Gestalt.

Aber es fühlte sich richtig an, als würde er sie vor der Welt beschützen.

Zuerst war sie steif, aber allmählich entspannte sie sich. Blink schob seinen anderen Arm unter ihren Kopf, sodass sie ihn als Kopfkissen benutzen konnte.

Keiner von beiden schlief, aber es fühlte sich gut an, einfach nur dazuliegen. Mit ihr.

KAPITEL NEUN

Josie war verlegen. Sie war irgendwie ausgeflippt, nachdem sie es in den letzten Wochen so gut geschafft hatte, nichts zu fühlen. Aber das Wissen, dass sie wahrscheinlich von Nate getrennt werden und ihn nie wiedersehen würde, versetzte sie in Panik. Sie war ein Niemand. Nate war ein Navy SEAL. Er war wichtig. Und als ihr klar wurde, dass die Soldaten auf dem Schiff sie für eine Verräterin oder Spionin halten könnten, hatte sie verzweifelt versucht, diese Männer – die sie tatsächlich ein wenig zu mögen schienen – wissen zu lassen, wer sie war.

Es war schwer, sich zu verständigen, ohne zu sprechen. Aber sie war in der Lage gewesen, ihnen einige grundlegende Fakten mitzuteilen. Vielleicht reichte das aus, damit die Verantwortlichen auf dem Schiff sie nicht in das Schiffsgefängnis steckten – sie hatte keine Ahnung, ob es so etwas überhaupt noch gab – und sie einen Weg finden würden, sie nach Hause zu bringen.

Aber der Gedanke, nach Las Vegas zurückzukehren, in ihre leere Wohnung, war nicht sehr verlockend. Sie bezweifelte, dass irgendjemand bemerkt hatte, dass sie nicht aus dem

Urlaub zurückgekommen war. Verdammt, wahrscheinlich wusste nicht einmal jemand, dass sie weg gewesen war. Der Postbote hätte es vielleicht bemerkt, aber nur, weil sie nie kam, um die Post zu holen, die sie für diese Zeit ausgesetzt hatte.

Ihr Leben war irgendwie erbärmlich, und sie war nicht erpicht darauf, dorthin zurückzukehren. Aber wo sollte sie sonst hingehen?

Mit einem Seufzer rückte sie etwas näher an Nate heran. Bei ihm zu liegen fühlte sich ... gut an. Sie war erleichtert, dass er es ihr nicht übel genommen hatte, dass sie nach Kuwait gekommen war, um einen Mann zu sehen, mit dem sie Schluss machen wollte. Es war offensichtlich eine schreckliche Idee gewesen, aber sie war dankbar, dass Nate das nicht so zu sehen schien.

Oder, verdammt, vielleicht tat er es doch und sagte nur nichts.

Vielleicht tat sie ihm zu leid, um ihr seine Meinung mitzuteilen.

Aber sie glaubte es nicht. Sie war keine Expertin für Männer, aber er würde sicher nicht mit ihr kuscheln, wenn er sie für dumm hielte.

Sie war zu müde, um weiter darüber nachzudenken. Müde, aber nicht schläfrig. Was keinen Sinn machte. Also lag Josie einfach in Nates Armen und tat ihr Bestes, um auch nicht über die Zukunft nachzudenken. Sie konnte nicht vorhersagen, was passieren würde. Die Dinge waren so verrückt gewesen, dass sie sich nicht vorstellen konnte, was als Nächstes auf sie zukommen würde.

Sie brauchte nicht lange zu warten, um es herauszufinden. Sie spürte, wie Nate den Kopf hob, als sie ein schwaches Trommeln am Himmel hörte.

»Sie sind hier«, verkündete Pyro plötzlich.

Nate stand blitzschnell auf. Er drängte sie, sich aufzusetzen, und sagte: »Es ist Zeit, Josie. Wir gehen nach Hause.«

Irgendwie vermisste sie es, dass Nate sie Spirit nannte. Am Anfang war sie nicht sicher gewesen, ob sie den Spitznamen gut fand, aber sie hatte sich ziemlich schnell daran gewöhnt. Sie hatte noch nie einen Spitznamen bekommen, und zu wissen, warum er sie so nannte, war ein verdammt gutes Gefühl.

Sie stand auf, stellte sich zu den anderen und schaute in den Himmel. Die Sonne war fast untergegangen und es gab gerade noch genügend Licht, um zu sehen, ohne über Steine zu stolpern. Aber Josie hatte keine Ahnung, ob jemand, der einen Hubschrauber flog, gut genug sehen konnte, um zu landen, schon gar nicht dort, wo sie gerade standen. Vielleicht müssten sie wieder an diesem Seil hochgezogen werden. Das war nichts, worauf sie sich freute, aber wenn es sie hier herausbrachte, würde sie alles tun, was nötig war.

»Da kommen sie«, sagte Tate unnötigerweise.

Der Hubschrauber erschien über einem Berggipfel wie ein wunderschöner Engel. Er schwebte einen Moment lang und wirbelte Schmutz um sie herum auf, bevor er sich langsam genau dort absenkte, wo Pyro es gesagt hatte.

Zu ihrem Erstaunen passte der Hubschrauber zwischen die beiden Berggipfel, aber er landete nicht wirklich. Eine der Kufen ruhte auf einem Felsen und der Hubschrauber neigte sich nach unten, als wollte er sie einladen, an Bord zu gehen.

Keiner sprach; es war nicht so, als könnten sie einander über die Rotorblätter hinweg hören. Josie schloss die Augen gegen den Ansturm von Schmutz und Staub, der in die Luft gepeitscht wurde.

Sie spürte, wie Nate ihren Oberarm ergriff und sich in Bewegung setzte. Sie vertraute darauf, dass er sie aufrecht halten würde, und folgte ihm. Als das Motorengeräusch lauter wurde, kniff sie die Augen zusammen, da sie sehen wollte, was geschah.

Pyro und Tate befanden sich bereits im Hubschrauber, und

ehe Josie sichs versah, wurde sie ihnen in die Arme übergeben. Bevor sie auch nur blinzeln konnte, saß sie schon drin. Nate sprang hinein, als sei er nicht erst vor einem Tag gefoltert und verprügelt worden, mit Kevlar dicht hinter ihm, und sie spürte, wie der Hubschrauber vom Boden abhob.

Sie hielt den Atem an, als sie höher und höher in die Luft stiegen. Auf beiden Seiten befanden sich Berge, und sie schienen sie fast zu berühren, während sie aufstiegen. Sobald sie die Gipfel hinter sich gelassen hatten, schienen die Piloten Vollgas zu geben, und dann flogen sie über dasselbe Gelände, durch das sie gerade gewandert waren.

Nate hatte plötzlich Kopfhörer in der Hand, die er ihr über die Ohren zog. Das Geräusch der Motoren wurde sofort gedämpft, und Josie stieß die angehaltene Luft aus. Ihre Rettung war schnell und ereignislos verlaufen. Es war eine ziemliche Veränderung gegenüber dem letzten Mal, als sie in einem Hubschrauber gesessen hatte.

Tate und Pyro hatten sich Kopfhörer aufgesetzt, ebenso wie Nate und Kevlar. Sie konnte hören, wie jeder mit jedem sprach.

»Buck! Obi-Wan! Schön, euch zu sehen!«, rief Pyro lachend aus.

»Jemand musste ja kommen und eure Ärsche wieder zur Arbeit bringen, nachdem ihr beschlossen hattet, in den Bergen Urlaub zu machen«, sagte einer der Piloten und warf einen Blick über seine Schulter, um sie anzugrinsen.

»Wie auch immer, Buck«, erwiderte Pyro gutmütig.

»Alles in Ordnung?«, fragte der andere Pilot, von dem Josie annahm, dass es Obi-Wan war.

»Ja«, sagte Tate.

»Laryn wird dich umbringen«, sagte Obi-Wan.

»Ich weiß. Sie hat hart gearbeitet, um den Hubschrauber perfekt zum Laufen zu bringen, und dann musste jemand ein Loch hineinpusten«, sagte Tate fast traurig.

Das Gespräch schien so normal zu sein. Wie Freunde, die sich nach langer Abwesenheit wiedersahen.

»Laryn ist die Chefmechanikerin, die an meiner MH-60 gearbeitet hat«, sagte Tate und sah Josie an. In der Annahme, dass er vergessen hatte, es bereits erwähnt zu haben, nickte sie einfach.

»Sie ist eine Auftragnehmerin und eine der besten Mechanikerinnen, die ich je kennengelernt habe. Ich würde meine Babys niemand anderem anvertrauen. Vielleicht lernst du sie kennen. Das hängt davon ab, was bei der Landung passiert.«

Und schon war Josie wieder nervös.

»Alles klar, Blink?«, fragte Buck. »Dein Team hat uns erzählt, was sie wussten, als wir sie auf dem Schiff gesehen haben. Sie sagten, du hattest eine harte Zeit?«

»Nicht so hart wie Josie«, sagte Nate.

Sie spürte, dass sechs Augenpaare auf sie gerichtet waren. Da sie nicht wusste, was sie sonst tun sollte, winkte sie den beiden Piloten lahm zu.

Lachen hallte in ihren Ohren wider.

»Gut. Josie. Freut mich, dich kennenzulernen. Im Namen der US-Armee sind wir froh, dass es dir gut geht ... und dass wir dich da rausholen konnten. Denn wir alle wissen, dass die Marine dieser Aufgabe nicht gewachsen war.«

Josie wollte gerade in Nates und Kevlars Namen wütend werden, als ihr klar wurde, dass Obi-Wan einen Scherz gemacht hatte. Mehr oder weniger. Es musste sich um eine seit Langem bestehende spielerische Rivalität zwischen der Armee und der Marine handeln, denn Kevlar beugte sich vor und schlug dem Piloten auf die Rückseite seines Helms.

»Hey! Pass auf! Leg dich nicht mit dem Piloten an, während er fliegt«, beschwerte Obi-Wan sich.

»Du könntest das Ding mit einer Hand auf dem Rücken und verbundenen Augen fliegen«, gab Nate zurück.

»Allerdings. So gut bin ich«, stimmte Obi-Wan zu.

»Oh Gott, jetzt hast du es geschafft und sein Ego gestreichelt. Jetzt wird er noch unmöglicher sein«, stöhnte Buck.

Josie hörte dem Geplänkel interessiert zu, aber innerlich machte sie sich immer noch Sorgen, was passieren würde, wenn sie auf dem Schiff ankamen. Würde sie in Schwierigkeiten geraten? Wie sollte sie Fragen beantworten, wenn ihre dumme Stimme nicht funktionierte? Jetzt, da sie in Sicherheit war, erwartete sie fast, auf magische Weise wieder sprechen zu können. Aber natürlich hatte sie kein solches Glück.

Bald ließen sie den braunen Dreck der Wüstenlandschaft hinter sich und unter ihnen war nichts als Wasser zu sehen.

»Es ist alles in Ordnung. Wir sind in Sicherheit«, sagte Nate, der offensichtlich ihr Unbehagen sah.

Josie nickte, konnte sich aber immer noch nicht entspannen.

Zumindest nicht, bis Nate ihre Hand in seine nahm. Als Josie nach unten schaute, hätte sie sich schämen müssen, wie ekelhaft ihre Finger aussahen. Unter ihren Nägeln war so viel schwarzer, verkrusteter Schmutz, dass sie nicht sicher war, ob sie ihn jemals wieder herausbekommen würde. Aber Nate schien das nicht zu stören.

»Da ist sie. Kannst du sie sehen?«, fragte Buck, drehte sich zu Josie um und deutete dann aus dem vorderen Fenster.

Josie setzte sich so aufrecht wie möglich hin und konnte gerade so einen Fleck in der Ferne erkennen, der immer näher kam, während sie auf ihn zuflogen.

Es dauerte nicht lange, und sie schwebten über dem Deck des riesigen Kriegsschiffes. Die Mahlzeit, die Josie gegessen hatte, drohte hochzukommen, als der Hubschrauber beim Landen holperte.

Dann fiel ihr etwas ein und sie umklammerte Nates Hand.

»Was? Was ist denn los?«

Es war dumm. Sie brauchte ihn nicht mehr, aber der Gedanke, dass er zurückgelassen worden war, machte sie panisch und krank. Sie griff nach vorn, um Nates Tasche zu tätscheln, aber sie fühlte nichts darin. Ein ersticktes Geräusch bahnte sich seinen Weg durch ihre Kehle.

»Dein Becher? Ich habe ihn hier. In meiner anderen Tasche«, erklärte Nate ihr durch das Headset. »Es ist okay, Spirit. Ich habe ihn.«

Die Erleichterung überwältigte sie so sehr, dass ihr schwindelig wurde. Es war nur ein Becher. Wahrscheinlich gab es noch Hunderte solcher Becher auf dem Schiff. Sie brauchte ihn nicht mehr. Und doch fühlte sie sich immer noch an das verdammte Ding gebunden. Er hatte sie am Leben erhalten. Ohne ihn wäre sie nichts weiter als ein Haufen verrottendes Fleisch in dieser verdammten Gefängniszelle.

Sie schaffte es zu nicken. Die anderen nahmen ihre Kopfhörer ab, also tat Josie das Gleiche, woraufhin der Lärm der Außenwelt auf einmal auf sie eindrang. Leute, die redeten und Befehle schrien, die sie nicht verstand, das Dröhnen des Hubschraubermotors.

»Komm, lass uns aussteigen«, sagte Nate und zog sanft an ihrer Hand.

Als Josie aus dem Hubschrauber blickte, sah sie eine Welle von Menschen, die alle in ihre Richtung schauten.

Sie war plötzlich überwältigt. Als sie an sich herunterblickte, wurde ihr bewusst, wie lächerlich sie wahrscheinlich aussah. Socken, ein riesiges T-Shirt, Boxershorts. Ganz zu schweigen davon, dass sie mit Schmutz bedeckt und ihr Haar verfilzt und ekelhaft war. Sie hatte keinen Grund, sich zu schämen, nach allem, was sie durchgemacht hatte ... aber irgendwie tat sie es trotzdem.

Nate schien zu verstehen, wie sie sich fühlte, denn er drehte sich um und griff nach einer Decke, die fein säuberlich gefaltet in einem kleinen Fach im Inneren des Hubschraubers lag. Ohne ihre Hand loszulassen, wickelte er sie ihr um die Schultern, wobei sein Bruder ihm half. Mit der freien Hand drückte sie sie an ihre Brust.

Mit Nate auf der einen und Tate auf der anderen Seite standen sie auf. Kevlar sprang heraus und drehte sich um, wobei er die Hände ausstreckte, um das Trio beim Verlassen des Hubschraubers zu stützen. Plötzlich stand sie auf dem Deck des riesigen Schiffes.

Sie hörte eine Frau schreien: »Casper! Was zum Teufel hast du mit meinem Hubschrauber gemacht?«

Als Josie hinüberschaute, sah sie eine Frau Mitte dreißig, etwa eins fünfundsechzig groß, mit dunklem Haar, das sie zu einem ordentlichen Dutt zurückgebunden hatte, und dunklen Augen, die funkelten, als sie auf Tate zuging und ihm mit einem Finger gegen die Brust stieß. Sie trug einen Overall, der vorn am rechten Oberschenkel mit etwas beschmiert war, das wie Fett aussah.

Tate lächelte Josie und Nate an. »Es war schön, dich zu sehen, Bruder. Lass von dir hören. Wir treffen uns mal, wenn wir wieder in den Staaten sind.«

Nate nickte seinem Bruder zu, und Josie sah zu, wie Tate mit der Frau an seiner Seite wegging. Aber obwohl sie wütend auf ihn war, konnte Josie die Erleichterung in ihren Augen erkennen, dass er am Leben und unversehrt war. Und Tate sah ganz sicher nicht verärgert über das aus, was sie sagte. Er schien sogar erfreut, sie zu sehen.

»Ich schätze, das war Laryn«, sagte Nate mit einem kleinen Grinsen.

Bevor sie auch nur nicken konnte, kam jemand auf sie zu.

»Blink«, rief der Mann und umarmte ihn mit einem Arm, bevor sie sich mehr als zwei Schritte vom Hubschrauber entfernt hatten.

»Schön, dich zu sehen, MacGyver«, sagte Nate. Josie erkannte ihn aus der kurzen Zeit, in der sie mit dem Mann zusammen gewesen waren, nachdem sie aus ihren Zellen entkommen waren.

»Komm, die Jungs warten auf dich.«

»Um mich zu verhören, meinst du«, sagte Nate mit einem kleinen Lachen.

»Nein, die Standpauke heben wir uns für später auf«, mischte Kevlar sich ein, und sowohl er als auch MacGyver lachten.

»Im Moment sind wir nur froh, dass du gesund und munter bist«, sagte MacGyver zu ihm.

»Entschuldigung, aber der Admiral möchte mit Ihnen beiden sprechen«, unterbrach ein Offizier, der in der Nähe stand und Nate und Kevlar zunickte.

»Der Admiral?« Nate pfiff.

»Ja. Wenn Sie mir bitte folgen würden«, sagte der Mann und gestikulierte in Richtung einer der Türen.

»Was ist mit Josie?«, fragte Nate, ohne sich einen Zentimeter zu bewegen.

Ohne nachzudenken, trat Josie näher an Nate heran. Sie wollte sich am liebsten an ihn pressen, ihn anflehen, sie nicht zu verlassen, aber sie konnte nicht sprechen.

»Ist das ihr Name? Ein Captain wartet darauf, mit ihr zu sprechen.«

»Und was dann?«, fragte Nate.

Der Offizier blinzelte. Er zögerte einen Moment, bevor er sagte: »Ich weiß es nicht. Es hängt davon ab, was gesagt wird, nehme ich an.«

Nate schüttelte den Kopf. »Sie kommt mit uns«, sagte er zu dem Mann.

»Ich glaube nicht –«

»Wo sie hingeht, gehe ich auch hin«, wiederholte Nate nachdrücklich. »Sie kann mit Kevlar und mir mitkommen, um mit dem Admiral zu reden.«

»Er wird nicht darüber sprechen wollen, was bei oder nach

einer streng geheimen Mission passiert ist, wenn eine Zivilistin dabei ist«, warnte der Offizier.

»Pech gehabt. Sie weiß genauso viel wie ich über das, was danach passiert ist, vielleicht sogar mehr. Sie war viel länger Gast der Terroristen als ich. Glauben Sie nicht, dass der Admiral hören will, was sie weiß?«

Josie hatte diese Seite von Nate noch nicht gesehen. Er klang wütend und autoritärer, als er es je gewesen war. Es schreckte sie nicht ab. Ganz und gar nicht.

»Es ist Ihr Arsch«, sagte der Offizier achselzuckend, bevor er sich der Tür zuwandte. »Wenn Sie mir bitte folgen würden.«

»Beeindruckend«, murmelte Kevlar hinter ihnen.

Nate drehte sich zu seinem Freund um. »Du musst für mich auf sie aufpassen«, sagte er. »Wenn sie sie mir wegnehmen, lass sie keine Minute allein. Du weißt, dass sie nicht redet, also werden sie ihr Zeit geben müssen, alles aufzuschreiben, was sie wissen wollen. Und sie muss wieder essen. Und trinken. Und duschen. Sie –«

»Ganz ruhig, Blink«, sagte Kevlar und legte ihm eine Hand auf die Schulter. »Wenn du glaubst, dass irgendjemand mit dir streiten wird, liegst du falsch. Du warst ein Kriegsgefangener. Die werden hier mit Samthandschuhen angefasst. Keiner wird dich verärgern.«

»Sicher. Erzähl das dem Admiral«, murmelte Nate.

»Ich nehme an, er hat den Befehl gegeben«, sagte Kevlar völlig unbesorgt. Er lächelte Josie an. »Jetzt, da wir in Sicherheit sind und nicht mehr aus einem Hubschrauber hängen oder eine fröhliche Wanderung durch die Berge machen ... möchte ich mich bei dir bedanken, dass du dich um diesen großen Klotz gekümmert hast. Er ist eine Nervensäge, aber er ist *unsere* Nervensäge. Auch wenn er in den Iran gegangen ist, ohne uns etwas zu sagen.«

»Ich hatte keine Zeit«, sagte Nate. »Der Kommandant hat

mir dreißig Minuten gegeben, um zum Stützpunkt zu kommen, bevor wir abgehoben haben.«

»Ich weiß. Ich will dich nur aufziehen. Glaub mir, der Kommandant weiß, dass keiner von uns glücklich darüber ist, wie die Sache gelaufen ist.«

»Scheiße. Ich habe bis jetzt nicht einmal über die Mission nachgedacht. Ist das andere Team okay? Sind sie entkommen?«, fragte Nate.

Josie blickte unentwegt zwischen den Männern hin und her, während sie sich unterhielten.

»Es geht ihnen gut. Deine Ablenkung hat ausgereicht, damit sie erfolgreich entkommen und zum Treffpunkt gelangen konnten.«

»Gut«, sagte Nate.

»Aber ich muss sagen, wenn du *jemals* so einen Scheiß mit uns machst, wirst du mit den Konsequenzen nicht glücklich sein.«

»Zur Kenntnis genommen. Aber ich bereue es nicht. Keine Sekunde lang.« Nate blickte Josie an.

Sie war verwirrt von dem Gespräch und wusste nicht genau, worüber sie redeten. Aber sie hatte keine Gelegenheit, Nate ihre Verwirrung mitzuteilen, bevor sie durch die Eingeweide des riesigen Schiffes geschleust wurden.

Josie rutschte mit ihren Socken auf dem Metallboden aus, und sie wäre mindestens zweimal gestürzt, wenn Nate sie nicht eisern festgehalten hätte. Sie hielt die Decke wie einen Schutzschild um sich und war nicht begeistert von den Blicken, die ihr die Matrosen zuwarfen, an denen sie vorbeikamen.

Sie wurden zu einer Tür geführt, an der jemand strammstand. Der Mann salutierte vor dem Offizier, der sie führte, und öffnete dann die Tür. Die offizielle Art seines Verhaltens machte Josie nervös. Offensichtlich befand sich jemand Wichtiges in dem Raum. Jemand, der sie für ihre Taten verurteilen und möglicherweise entscheiden würde, dass sie ... was? Eine

Belastung war? Eine Spionin? Eine Idiotin? Sie war sich nicht mehr sicher, was sie denken sollte.

Nate ließ ihre Hand nicht los, aber er salutierte vor dem Mann, der mit einem Laptop vor sich an einem runden Tisch saß. Er trug eine weiße Uniform, die blitzsauber aussah ... wodurch Josie sich noch schmuddeliger vorkam.

»Setzen Sie sich«, befahl er und deutete auf die Stühle ihm gegenüber.

Kevlar betrat mit ihnen den Raum und nahm einen Stuhl auf der einen Seite von ihr, während Nate sich auf den anderen setzte.

Sobald Josie saß, stand sie sofort wieder auf und betrachtete den Stuhl. Er hatte einen gepolsterten hellbraunen Sitz, und der Gedanke, ihn mit ihrem Gestank zu verunreinigen, war ihr zuwider. Da sie keine andere Wahl hatte, ließ sie die Decke von ihren Schultern fallen und legte sie vorsichtig über den Stuhl, dann setzte sie sich wieder.

Als sie das tat, sah sie die Augen aller auf sich gerichtet. Sie schluckte schwer, zuckte unbeholfen mit den Schultern und tat ihr Bestes, um nicht zu hyperventilieren.

»Gut, also ... erzählen Sie mir, was passiert ist, Blink. Und lassen Sie nichts aus«, befahl der Admiral.

Ohne zu zögern, begann Nate. Er erzählte von Ereignissen, die Josie nicht verstand, aber sie waren offensichtlich der Grund, warum er überhaupt im Iran gewesen war. Sein Tonfall war fast emotionslos, als er erklärte, wie er gefangen genommen und gefoltert worden war. Er erklärte auch, dass er wusste, dass Hilfe kommen würde – wegen des Peilsenders, den er trug –, und dass er, als Kevlar und sein Team eintrafen, seine Rettung hinauszögerte, damit sie auch Josie herausholen konnten.

Er ließ alles, was sie durchgemacht hatten, so ... lässig klingen. Als sei es ganz normal, festgehalten zu werden, während ihm jemand Wasser über das mit einem Handtuch bedeckte

Gesicht schüttete, und als sei es keine große Sache. Seine Beschreibung, wie sie beschossen worden waren, während sie in den Hubschrauber gezogen wurden, und wie der Hubschrauber von der Rakete getroffen wurde und in den Bergen abstürzte, klang wie ein alltäglicher Vorfall. Sie begann zu denken, dass es für ihn wahrscheinlich auch so war.

»Und Sie?«, fragte der Admiral und wandte die Aufmerksamkeit Josie zu.

Sie setzte sich instinktiv aufrechter hin.

»Ich will wissen, wie zum Teufel Sie in einer Gefängniszelle im Iran gelandet sind. Und warum wir nichts davon wussten, dass Sie dort waren.«

Josie öffnete den Mund, aber es kam natürlich nichts heraus. Zum Glück war Nate da, um für sie zu sprechen. Wie seine eigene ließ er ihre Geschichte viel normaler klingen, als sie war. Selbst *sie* wusste, dass es für einen Amerikaner nicht normal war, in Kuwait Urlaub zu machen.

»Specialist Ayden Hitson? Seine Leiche wurde am Tag nach seinem Verschwinden entdeckt. Sie behaupten, Sie waren mit ihm auf einem Boot?«

Es lag so viel Misstrauen in seinem Ton, dass Josie fast beleidigt war. Warum sollte sie *nicht* bei ihm gewesen sein? Zweifelte er tatsächlich an ihrer Geschichte? Glaubte er, *sie* hätte Ayden getötet? Die Vorstellung, wieder in einer Zelle zu sitzen, diesmal irgendwo tief im Inneren dieses Schiffes, drohte sie zu überwältigen.

Ohne nachzudenken, deutete sie auf seinen Laptop und schnippte ungeduldig mit den Fingern.

»Was?«, fragte der Admiral.

»Sie will Ihren Laptop benutzen«, sagte Nate mit fröhlicher Stimme. Es klang fast so, als würde er sich amüsieren, aber Josie stand kurz vor einem Nervenzusammenbruch. Sie musste diesen Mann dazu bringen, ihr zu glauben. Und dazu brauchte sie Worte.

Der Admiral tippte auf ein paar Tasten, wahrscheinlich um sensible Dokumente zu schließen oder so, und schob ihr dann den Laptop hinüber.

Josie war erstaunt, dass er tat, worum sie ihn bat, aber sie zögerte nicht. Sie legte ihre Finger auf die Tastatur, fühlte sich zum ersten Mal seit Langem wieder normal, klickte auf das Word-Symbol und begann zu tippen.

»Scheiße«, sagte Nate mit einem kleinen Lachen, als sie die Finger über die Tasten fliegen ließ.

»Das Mädchen kann tippen«, bemerkte Kevlar trocken.

Josie hörte sie kaum. Sie war zu sehr damit beschäftigt, genau zu tippen, wie sie in dieser Zelle im Iran gelandet war.

Zu Hause war sie Schreiberin für Untertitel. Sie schrieb den Text, der bei Filmen und Serien auf den Bildschirmen erschien. Sie war bekannt für ihre Genauigkeit und ihre Fähigkeit, Untertitel für Live-Sendungen zu schreiben. Ihre Tippgeschwindigkeit kam ihr jetzt zugute. In zehn Minuten hatte sie über fünfzehnhundert Wörter und ihre gesamte Geschichte getippt.

Sie erzählte, wie sie überredet worden war, nach Kuwait zu fliegen, wie Ayden ihre Bedenken gegen eine Bootsfahrt abtat, wie großspurig er herumgefahren war und sich aufgespielt hatte. Und dann, wie alles so schnell ging und sie nicht einmal die Chance hatten zu erklären, wie sie in iranischen Gewässern gelandet waren. Sie erzählte dem Admiral, wie viel Angst sie hatte, als Ayden erschossen und über Bord geworfen wurde, und als sie an Bord des iranischen Bootes geschleppt und in die Gefängniszelle geworfen wurde. Sie erzählte von den Schlägen, dem gelegentlichen Stückchen Brot, das sie ab und zu bekommen hatte, und von dem Wasser, das danach in ihre Zelle tropfte.

Sie erzählte ihm alles so knapp wie möglich und hoffte inständig, dass sie bei Nate würde bleiben dürfen.

Kevlar und Nate lasen beide über ihre Schulter mit,

während sie tippte, und als sie fertig war und den Laptop zurück zum Admiral schob, wussten sie bereits, was sie zu sagen hatte.

»Scheiße, Josie«, sagte Nate und drückte seine Stirn gegen ihre Schläfe. Sie schloss die Augen und wartete auf das Urteil des Admirals.

Es dauerte nicht lange.

»Es tut mir sehr leid, was Sie durchgemacht haben, Miss England. Meine Mitarbeiter werden der Sache nachgehen und sich beim Hotel und den Fluggesellschaften erkundigen müssen, um Ihre Geschichte zu überprüfen, aber ich sehe Ihnen an, dass Sie durch die Hölle gegangen sind, und ich sehe keinen Grund, an Ihnen zu zweifeln. Sie hatten sehr viel Glück. Nicht viele Menschen haben das durchgemacht, was Sie durchgemacht haben, und leben noch, um darüber zu berichten. Ich nehme an, Sie wollen nicht, dass die Presse Ihre Geschichte in die Finger bekommt?«

Sie schüttelte fast heftig den Kopf.

»Gut. Wir werden unser Bestes tun. Sie können alle wegtreten. Kevlar, ich bin sicher, dass einer aus Ihrem Team in der Nähe wartet. Sie können alle drei in den Schlafsaal gehen, in dem Ihr Team untergebracht ist. Sie können sich frisch machen und etwas essen. Wir haben einen Psychologen zur Verfügung, falls Sie über das Geschehene reden wollen. Ansonsten werden wir Sie morgen alle nach Deutschland fliegen, und von dort aus können Sie zurück in die Staaten fliegen. Irgendwelche Einwände?«

»Nein, Sir«, sagten Nate und Kevlar gleichzeitig.

Josie war fast ernüchtert. Das war alles? Das war alles, was er über ihr Erscheinen auf seinem Schiff sagen würde?

Anscheinend ja, denn Nate nahm ihren Ellbogen und half ihr aufzustehen, aber nicht bevor er ihr die Decke wieder um die Schultern gewickelt hatte. Dann wurde sie wieder zur Tür geführt. Sie wurde von dem Mann, der davor stand, wie von

Zauberhand geöffnet, und dann gingen sie zurück durch das Schiff.

»Josie?«, sagte Kevlar und hielt sie fest, nachdem sie weniger als zehn Meter gegangen waren. Sie standen in der Mitte eines Ganges und versperrten ihn völlig, aber zum Glück waren sie im Moment allein.

Sie sah zu ihm auf und fragte sich, was er wohl sagen würde. Vielleicht, dass sie eine Idiotin war, weil sie überhaupt nach Kuwait gekommen war? Oder würde er sie dafür tadeln, dass sie mit Ayden auf eine verdammte Vergnügungsreise in eine sehr unberechenbare Region der Welt aufgebrochen war?

Stattdessen presste er kurz die Lippen aufeinander, bevor er herausplatzte: »Ich habe es bereits erwähnt, aber Remi wird dich kennenlernen wollen.«

Hm? Josie war verwirrt.

»Tut mir leid. Remi ist meine Freundin. Und ihr beide habt ein ziemlich heftiges Trauma erlitten. Und sie ist wirklich gut darin, sich mit Leuten anzufreunden. Ich weiß einfach, dass du jemand bist, den sie unter ihre Fittiche nehmen möchte. Bitte sag, dass du nach Riverton kommst, wenn wir wieder in den Staaten sind.«

»Kevlar«, sagte Nate in einem Ton, den Josie nicht deuten konnte.

Immer noch verwirrt blickte sie zu Nate. Er funkelte seinen Freund an.

»Ich frage nur, weil ich keine Ahnung habe, was hinter der stoischen Fassade dieses Kerls vor sich geht. Es gibt einen Grund, warum er als Blink bekannt ist. Weil er nicht blinzelt, wenn er kurz davor ist, jemandem den Arsch aufzureißen.«

Josie sah wieder zu Nate und hatte keinen Zweifel daran, dass Kevlars Worte der Wahrheit entsprachen.

Kevlar grinste, dann sagte er: »Du hast mir gesagt, ich soll auf sie aufpassen.«

Statt seinem Freund zu antworten, fasste Nate Josie an den

Schultern und drehte sie sanft zu sich um. »Kevlar ist mir zuvorgekommen, aber ja ... ich möchte, dass du mit uns nach Riverton kommst. Du kannst nicht zurück nach Vegas gehen, Josie. Keiner hat dich als vermisst gemeldet. Und wenn Aydens Mutter und Schwester wussten, dass du weg wolltest, wie in deinem Bericht an den Admiral stand, warum haben *sie* nichts gesagt? Vor allem wenn die Armee sie schon vor Wochen über Aydens Tod informiert hat.«

Josie hatte in ihrem Bericht geschrieben, dass Aydens Verwandte ihm geholfen hatten, sie zu überreden, nach Kuwait zu fliegen, damit der Admiral verstehen würde, warum sie sich dafür entschieden hatte, es zu tun. Als sie die Reise gebucht hatte, hatte sie sogar gefragt, ob sie Ayden etwas von ihnen mitbringen sollte. Und das hatte sie. Die Hälfte der Sachen in ihrem Koffer waren Sachen gewesen, die sie ihr für Ayden gegeben hatten.

Sie hatte sich das Gleiche gefragt wie Nate. Aber sie wusste auch nicht, was passiert war, als sie von Aydens Tod erfuhren. Es war sehr wahrscheinlich, dass sie einfach annahmen, dass sie auch getötet worden war.

»Aber das spielt keine Rolle. Glaub mir, wenn ich sage, dass die Scheiße, die passiert ist, an dir nagen kann. Sie kommt raus, wenn du es am wenigsten erwartest. Verbringe ein paar Wochen in Riverton. Du kannst bei mir wohnen. Dich zurechtfinden. Langsam ins Leben zurückfinden.«

Sie wollte es. Josie war überrascht, wie sehr sie das Angebot annehmen wollte. Was hatte sie schon in Vegas? Nichts. Niemanden. Außerdem war der Gedanke, in Nates Nähe bleiben zu können, unwiderstehlich.

Sie nickte ihm kurz zu.

»Ja? Kommst du mit uns zurück nach Kalifornien?«

Sie nickte erneut.

Das Lächeln, das sich auf Nates Gesicht ausbreitete, schickte ein warmes Glühen durch ihren Körper.

»Gut. Und ja, Remi wird dich lieben. Wren auch.«

»Vergiss Caroline, Alabama und die ganze Bande nicht«, fügte Kevlar hinzu.

»Könntest du Josie bitte nicht überfordern, wenn sie gerade zugestimmt hat, mit uns zurückzukommen?«, beschwerte Nate sich, als er ihre Hand ergriff und wieder zu gehen begann.

»Tut mir leid. Aber im Ernst, das ist großartig!«

Josie fühlte sich ein bisschen komisch, weil diese Männer so glücklich darüber waren, dass sie sich entschieden hatte, nach Kalifornien zu gehen. Wenn sie wüssten, wie erbärmlich sie war und dass sie buchstäblich niemanden hatte, der sich freuen würde, sie in Nevada wiederzusehen, wären sie vielleicht nicht so begeistert, dass sie sich ihrer kleinen Gruppe anschloss.

Sie waren nicht viel weiter gekommen, als MacGyver zu ihnen stieß und ihnen den Weg wies. Sie gingen so viele Gänge entlang, dass Josie sich völlig verirrt hatte, als sie einen weiteren Flur voller Türen erreichten und MacGyver schließlich eine öffnete. Sie erkannte die Männer darin. Es waren diejenigen, die sie und Nate aus den Zellen geholt hatten. Sie war erleichtert, dass es ihnen allen gut ging, besonders nach der schrecklichen Flucht aufs Meer, die sie alle durchgemacht hatten.

»Blink!«

»Heilige Scheiße, Mann, schön, dich zu sehen!«

»Du bist ein Arsch. Ich kann nicht glauben, dass du ohne uns in den Iran abgehauen bist!«

Die Kommentare kamen schnell und laut, als Nate von ihr weggezogen, umarmt, auf den Rücken geklopft und von seinen Freunden herzlich begrüßt wurde.

»Vorsichtig«, beschwerte Nate sich. »Ich habe schon genügend blaue Flecke, da müsst ihr Arschlöcher nicht noch welche hinzufügen.« Dann drehte er sich um und stellte ihr alle erneut vor, was Josie zu schätzen wusste. Sie hatte vergessen, wer wer war.

»Gott, du stinkst«, sagte einer der anderen, als er fertig war.

Nate verdrehte die Augen. »Danke, Smiley. Glaubst du, du würdest besser riechen, nachdem du den Großteil einer Woche auf einer Mission verbracht hast?«

Alle lachten, aber das Gerede über den Geruch machte Josie wegen ihrer eigenen mangelnden Hygiene verlegen. Und sie war viel länger als eine Woche weg gewesen.

»Apropos ... wir müssen duschen. Und Josie braucht etwas zum Anziehen. Und Nahrung und Wasser«, verkündete Nate.

»Ich werde zur Zentrale gehen und etwas für sie besorgen. Ich weiß nicht, ob sie etwas haben, das klein genug ist, aber ich werde sehen, was ich tun kann«, sagte Safe.

»Und ich gehe runter in die Kantine und hole euch beiden etwas zu essen«, bot Preacher an. »Ich bringe es hierher zurück, damit ihr in Ruhe essen könnt. Zu viele Leute wissen, was passiert ist. Zumindest, dass du im Iran warst und herausgeholt werden musstest. Es wird eine Weile nicht angenehm sein, in der Öffentlichkeit zu essen.«

»Ich werde ihr eine Koje einrichten«, bot MacGyver an.

»Was die Dusche angeht, so ist die Damentoilette gleich am Ende des Flurs«, sagte Flash.

Nate nickte. »Ich weiß das zu schätzen, Jungs.«

»Natürlich.«

»Gern geschehen.«

»Bin gleich zurück.«

Dann wandte Nate sich an Josie. »Also, so gern ich dir auch sagen würde, dass die Duschen an Bord luxuriös sind, sie sind es nicht. Es sollte zwar heißes Wasser geben, aber das ist nicht garantiert. Und es muss schnell gehen. Das tut mir leid. Wenn du in Kalifornien ankommst, kannst du dir so viel Zeit nehmen, wie du willst, aber hier ...« Er verstummte.

Josie legte eine Hand auf seinen Arm und murmelte tonlos: *Schon gut.*

»Ich wünschte, ich könnte dir jetzt viele Dinge geben, und eine lange heiße Dusche wäre eines davon. Aber ich kann dir Seife geben, einen sicheren Ort, wo du dich hinlegen kannst, eine Mahlzeit und hoffentlich die Gewissheit, dass von jetzt an alles gut wird.«

Sie nickte ihm zu, dankbar für alles, was er für sie getan hatte, jetzt, zuvor und in Zukunft.

»Leute, ihr hättet mal sehen sollen, wie unser Mädchen tippt. Scheiße, ich schwöre, ihre Finger haben auf den Tasten des Admirals geraucht. Und wie sie mit den Fingern geschnippt hat und er tatsächlich getan hat, was sie wollte?« Kevlar lachte. »Wenn ich nicht schon in jemanden verliebt wäre, hätte das gereicht.«

MacGyver lachte ebenfalls, als er hinter einem der Schränke nach Decken griff, vermutlich um ein Bett für sie zu machen.

»Komm, ich zeige dir, wo du duschen kannst. Ich bin sicher, dass Safe mit ein paar Klamotten für dich zurück ist, bevor du fertig bist. Wenn er sich etwas in den Kopf setzt, erledigt er es schnell«, sagte Nate.

Mit einem sehnsüchtigen Blick auf eine der Kojen – sie fühlte sich plötzlich, als würde sie vor Erschöpfung gleich ohnmächtig werden – folgte Josie Nate zur Tür hinaus und den Flur entlang. Er blieb vor einer Metalltür stehen, auf der in großen, fetten Buchstaben DAMEN stand.

»Kommst du zurecht?«

Sie nickte.

»Okay, ich bleibe hier draußen, bis du fertig bist.«

Josie runzelte die Stirn und neigte fragend den Kopf.

»Ich möchte nur nicht, dass du dich unsicher fühlst oder von jemandem belästigt wirst. Die können warten, bis du fertig bist.«

Josie wollte am liebsten protestieren. Ihm sagen, dass sie sicher war, dass es sie nicht stören würde, wenn eine andere Frau hereinkäme, aber sein grimmiger Gesichtsausdruck verriet, dass er ihr unbedingt etwas Freiraum lassen wollte.

Sie war sich nicht sicher, ob sie Freiraum wollte, schon gar nicht von ihm, aber sie nickte trotzdem.

Diese Vermutung erwies sich als richtig, denn als die Tür sich hinter ihr schloss, brauchte Josie all ihre innere Kraft, um sie nicht wieder aufzureißen. Das erste Mal allein zu sein, seit Nate in die Zelle neben ihr gezerrt worden war, brachte zu viele schlechte Erinnerungen zurück.

Sie nahm einen tiefen Atemzug. Dann noch einen. Sie musste herausfinden, wie sie zu ihrem einsamen Leben zurückkehren konnte, ohne jedes Mal eine Panikattacke zu bekommen, wenn eine Tür sich hinter ihr schloss.

Langsam ging sie auf die Reihe der abgetrennten Duschen an der Wand zu. Der Gedanke, sauber zu sein, überwältigte alle anderen Gefühle. Sie ließ die Decke fallen, zog die Socken, das Hemd, die Boxershorts und den verdammten Bikini aus und schloss den Duschvorhang hinter sich, dann drehte sie den Knopf. Das Wasser kam als leichter Strahl aus dem Duschkopf und war nur lauwarm, aber es fühlte sich absolut himmlisch an.

Als sie das Wasser abstellte – nachdem sie sich mehrmals schnell eingeseift und ihre Kopfhaut leicht geschrubbt hatte –, konnte Josie kaum noch die Augen offen halten. Ihr Haar war immer noch eine Katastrophe, aber sie war zu erschöpft, um jetzt noch etwas daran zu ändern. Es war genug, dass ihr Körper sauber war. Sie konnte das Gefühl, im Dreck gelegen zu haben, nicht wegwaschen, und sie hatte immer noch dunkle Linien tief unter den Fingernägeln, aber der Geruch, endlich sauber zu sein, fühlte sich wunderbar an.

»Josie?«

Sie hörte Nates Stimme und spähte hinter dem Duschvorhang hervor, um sicherzugehen, dass er sie nicht sehen konnte. Er hatte sowieso schon fast alles von ihr gesehen, einschließlich der Art und Weise, wie ihre Knochen aus der Haut ragten, aber jetzt, da sie sich nicht mehr auf der Flucht aus der Gefängniszelle von Terroristen befanden, fühlte es sich noch unangenehmer an, nackt in seiner Nähe zu sein.

»Safe hat ein paar Klamotten mitgebracht. Ich lege sie hier für dich hin. Lass dir Zeit mit dem Anziehen. Es wird niemand reinkommen, bis du fertig bist.«

Dann nickte er ihr zu und ließ sie wieder allein.

Josie sah nicht gern Nates Rücken, als er von ihr wegging, aber sie würde sich daran gewöhnen müssen. Sie stählte sich, trat aus der Duschkabine und ging zu dem Stapel von Sachen, den er zurückgelassen hatte. Obenauf lag ein Handtuch, das sie um sich wickelte.

Safe hatte ihr ein T-Shirt mit der Aufschrift MARINE auf der Vorderseite, eine Jogginghose mit dem Wort MARINE an einem Bein, eine Unterhose und einen Sport-BH besorgt. Oh, und auch ein Paar Socken.

Allein der Anblick der sauberen Kleidung ließ Josie Tränen in die Augen steigen. Schnell trocknete sie sich ab und zog alles an. Sie fühlte sich wie ein anderer Mensch, jetzt, da sie richtige Kleidung hatte. *Saubere* Kleidung.

Sie öffnete die Tür einen Spalt und sah Nate, der mit dem Rücken zur Tür stand, damit niemand hereinkam. An der Seite stand eine Frau mit verschränkten Armen und sah verärgert aus, aber in dem Moment, in dem sie Josie sah, verflog die Verärgerung.

»Oh, Sie sind so zierlich«, platzte die Frau heraus.

Josie hätte gelacht, denn das bekam sie oft zu hören, aber Nate trat in ihr Blickfeld. »Geht es dir gut? Passt alles?«

Sie nickte und fühlte sich auf einmal schüchtern. Da fiel ihr ein, dass Nate immer noch nicht geduscht hatte. Er hatte einfach im Flur gestanden, während sie sich die Zeit nahm, sich sauber zu machen. Sie runzelte die Stirn und zeigte dann auf die Tür auf der anderen Seite des Flurs, auf der HERREN stand.

Nate drehte sich um und sah auf die Tür, auf die sie zeigte. »Ja, ich wasche mich, sobald du wieder im Schlafsaal untergebracht bist.« Dann schob er sich an ihr vorbei in die Damentoilette.

Die Matrosin, die auf Einlass wartete, rollte mit den Augen, als sie Nate die Tür aufhielt.

Josie beobachtete, wie er zu der Stelle ging, an der sie ihre Kleider ausgezogen hatte, und sie in den Mülleimer warf. Dann ging er zu ihr zurück und nahm sanft ihren Arm. »Komm schon, die Jungs sollten mit etwas zu essen und zu trinken zurück sein. Ich bringe dich ins Bett, dann dusche ich und bin zurück, bevor du überhaupt merkst, dass ich weg war.«

Josie war sich da nicht sicher, aber sie nickte trotzdem.

Er führte sie zurück in den Raum mit den Etagenbetten, und er hatte recht, seine Teamkameraden warteten dort auf sie. Und sie hatten etwas aufgebaut, das wie ein Festmahl aussah. Jemand hatte einen Koffer unter einem der Etagenbetten hervorgeholt und ihn als Tisch aufgestellt. Es stapelte sich eine Menge Essen, aber was Josies Aufmerksamkeit erregte, war das frische Obst.

Ohne nachzudenken, griff sie nach einer Erdbeere – und erstarrte, weil sie sich furchtbar unhöflich vorkam.

»Nur zu, Josie. Bedien dich. Ich bin gleich wieder da.« Zu ihrer Überraschung küsste Nate sie auf die Schläfe, bevor er sich einen Stapel Kleidung aus einer Koje schnappte und das Zimmer verließ.

Einen Moment lang geriet sie in Panik, bevor sie sich zwang, tief durchzuatmen.

»Du machst das gut, Josie«, sagte Kevlar zu ihr. »Der erste

Tag zurück in der Zivilisation ist immer schwierig.« Sein Haar war nass und es war offensichtlich, dass er zur gleichen Zeit wie sie geduscht hatte.

»Wenn man das hier Zivilisation nennen kann«, meckerte Smiley.

»Stimmt«, sagte Kevlar mit einem kleinen Grinsen. »Komm schon. Ich werde dich mit Geschichten über meine Remi langweilen, und Safe kann dich mit Geschichten über seine Wren unterhalten. Hat Blink dir von Caroline und Wolf erzählt? Nein? Na, dann haben wir dir ja einiges zu erzählen! Du wirst dich bei allen gut einfügen ... auch wenn es beschissen ist, dass du das durchmachen musstest.«

Ehe sie sichs versah, saß Josie im Schneidersitz auf einer der Kojen, mit einem Teller voller Nahrungsmittel auf dem Schoß, während die Jungs ihr abwechselnd von den Leuten erzählten, die sie in Kalifornien kennenlernen würde. Keiner schien es seltsam zu finden, dass sie mit ihnen nach Riverton zurückkehren würde. Sie schienen sich sogar zu freuen, sie dabeizuhaben.

Als Nate zurückkam, drehte sich alles in ihrem Kopf. Er war nicht länger als fünfzehn Minuten weg gewesen, aber es fühlte sich wie Stunden an.

»Ist noch etwas für mich übrig?«

Josie konnte ihn nur anstarren. Er war derselbe Mann, den sie kennengelernt hatte, aber er sah jetzt anders aus. Er hatte sich den Dreck abgewaschen und seinen Bart gestutzt. Die Sommersprossen in seinem Gesicht stachen jetzt noch mehr hervor, da sie nicht mehr unter all dem Schmutz und Blut versteckt waren. Er hatte immer noch blaue Flecke im Gesicht, aber er sah ...

Unantastbar aus.

Was zum Teufel hatte sie sich dabei gedacht, mit diesem Mann nach Kalifornien zurückzugehen? Er war so außerhalb ihrer Liga, dass es nicht einmal lustig war. Er war groß, muskulös und gut aussehend, und sie war ... was war sie? Klein, unscheinbar und spindeldürr.

Ihr Appetit verschwand sofort.

Aber Nate schien das nicht zu bemerken. Er setzte sich neben sie, nachdem er seinen eigenen Teller mit Speisen beladen hatte. Dann nahm er ihre Hand in seine und aß mit der anderen, während er mit seinen Freunden scherzte. Niemanden schien es zu stören, dass er ihre Hand hielt. Die anderen machten sich nicht über ihn lustig, sondern redeten einfach weiter.

Josies Kopf schmerzte. Sie war verwirrt, müde und überwältigt von all dem, was in so kurzer Zeit geschehen war.

»Wir verlieren sie«, sagte jemand leise.

Der Teller auf ihrem Schoß wurde weggenommen, und dann drängte Nate sie, sich hinzulegen.

»Du bist müde, Spirit, und das ist kein Wunder. Mach die Augen zu. Schlaf.«

Noch vor einer Sekunde hatte Josie beschlossen, dass dieser Mann nichts für sie war. Aber jetzt, bei dem Gedanken, dass er von ihrer Seite weichen könnte, geriet sie in Panik. Sie griff nach seinem Handgelenk, als er sich aufrichten wollte.

Sie musste Nate lassen, dass er weder zurückwich noch fragte, was sie vorhatte. Er setzte sich einfach wieder hin und legte sich dann neben sie. »Komm her«, forderte er sie auf und zog sie näher zu sich heran.

Ehe Josie sichs versah, lag ihr Kopf auf seiner Schulter und ihr Arm ruhte auf seinem Bauch. Er legte einen Arm um ihre Schultern und drückte sie an sich. »Schlaf, Josie. Morgen wird wieder ein langer Tag, denn wir fliegen nach Deutschland und dann zurück in die Staaten.«

Josie nickte und wollte wach bleiben, um mehr Details darüber zu erfahren, was als Nächstes passieren würde. Aber sie konnte die Augen nicht offen halten. Mit dem sanften Klopfen von Nates Herz unter ihrer Wange fiel sie in einen tiefen, heilenden Schlaf, in der Gewissheit, dass dieser Mann nicht zulassen würde, dass ihr etwas zustieß, während sie sich ausruhte.

KAPITEL ZEHN

Blink schlief wie ein Stein. Er hatte es gebraucht. Er hatte nicht mehr gut geschlafen, seit er mitten in der Nacht geweckt und ihm gesagt worden war, dass er innerhalb einer Stunde zum Stützpunkt kommen müsse, um zu einer Mission in den Iran aufzubrechen.

Und Josie an seiner Seite zu haben machte seinen Schlaf nur noch heilsamer.

Als er auf die Frau hinunterblickte, die immer noch fest an seiner Brust schlief, atmete Blink erleichtert auf. Sie roch wie er. Wie seine Seife. Ihr Haar war immer noch eine Katastrophe; es würde mehr als eine beschissene Dusche auf einem Flugzeugträger brauchen, um das zu ändern. Aber ihre sauber geschrubbte Haut, die Röte auf ihren Wangen zu sehen, als sie gestern Abend nach Herzenslust aß und trank ... das alles hatte dazu beigetragen, dass ihm das, was er durchgemacht hatte, wie eine Kleinigkeit vorkam.

Er konnte immer noch nicht glauben, dass diese Frau in einer iranischen Zelle verrottet war und niemand etwas davon wusste. Wäre er nicht gefangen genommen worden, wäre sie immer noch dort. Es war unfassbar. Inakzeptabel.

Ihm war nicht entgangen, wie sie sich angespannt hatte, nachdem sie ihn frisch geduscht gesehen hatte. Und er glaubte, den Grund zu kennen. Sie hatte sich daran gewöhnt, ihn als Soldaten zu sehen, mit einem struppigen Bart und dem Dreck der letzten Tage. Aber wenn sie glaubte, sich jetzt zurückziehen zu können, lag sie falsch.

Sie war die Frau, auf die Blink sein ganzes Leben lang gewartet hatte, und er würde alles tun, um es ihr zu beweisen. Was auch immer sie an Unsicherheiten bezüglich ihrer Beziehung zueinander hatte, war Blödsinn. Er erkannte an ihrem plötzlichen Unwillen, seinem Blick zu begegnen, an der Art, wie sie gestern Abend den Mund verzogen hatte, dass sie sich in seiner Nähe plötzlich unwohl fühlte.

Und das traf ihn tief. Aber er würde dafür sorgen, dass sie sich in seiner Nähe wieder wohlfühlte. Irgendwie. Er war derselbe Mann, den sie kennengelernt hatte, als sie um ihr Leben gekämpft hatten.

Er hatte nicht gelogen, der heutige Tag würde lang und schwierig werden. Es würde noch mehr Fragen geben, Ärzte würden sie untersuchen müssen, und dann der lange Flug zurück nach Kalifornien. Aber er würde immer an Josies Seite sein. Was auch immer sie brauchte, er würde dafür sorgen, dass sie es bekam und dass sie mit all der Aufmerksamkeit zurechtkam, die sie bekommen würde.

Sie regte sich in seinen Armen, und er spürte den Moment, in dem sie sich ihrer Umgebung bewusst wurde, als sie sich an ihm verkrampfte.

»Schhhh«, murmelte er leise in ihr Haar. »Alles in Ordnung. Wir haben noch ein paar Minuten, bevor wir aufstehen müssen. Ich bin sicher, dass Kevlars Wecker jeden Moment losgehen wird. Dann müssen wir uns damit abfinden, dass Flash und Smiley zickig sind, weil sie es hassen, wenn ihr kostbarer Schlaf unterbrochen wird. MacGyver wird in Sekundenschnelle auf den Beinen sein, was einfach nur nervig ist, und Safe wird ein Zombie sein, bis er Kaffee bekommt, auch wenn es nicht das schicke Zeug ist, das er mag. Preacher wird angezogen sein und fertig gepackt haben und uns nerven, dass wir uns verdammt noch mal beeilen sollen, und Kevlar wird der Letzte sein, der geht und sich vergewissert, dass wir nichts zurückgelassen haben, wie es immer jemand tut.«

Er spürte, wie Josie an seiner Brust lächelte. Dann hob sie den Kopf und musterte ihn mit einem fragenden Gesichtsausdruck.

»Ich?«, fragte er.

Sie nickte.

Blink zuckte mit den Schultern. »Ich schwimme mit dem Strom. Ich ziehe keine Aufmerksamkeit auf mich, stehe nicht im Weg. Ich sehe den anderen zu, beobachte. Mein Bruder ist der Aufgeschlossene. Ich bin eher der Typ, der sich zurückhält und die Lage sondiert, bevor er handelt. Ich habe viel durch Beobachten gelernt.«

Josie stützte ihr Kinn auf eine Hand, während sie ihm weiter in die Augen sah.

»Willst du wissen, was ich durch deine Beobachtung gelernt habe?«, fragte er.

Josie zog die Augenbrauen zusammen und schüttelte den Kopf.

Blink lachte leise. Er genoss diesen Moment. Die Intimität des Augenblicks. Obwohl sie in einem Raum mit all seinen Teamkameraden waren, fühlte es sich an, als seien sie in einer eigenen Blase. »Ich werde es dir trotzdem sagen. Du bist wie ich, Spirit. Du beobachtest andere. Du findest heraus, wie sie drauf sind, bevor du interagierst. Das hast du bei mir getan. Du warst dir nicht sicher, ob du mir vertrauen kannst. Du wusstest nicht, was ich tun würde, wenn ich wüsste, dass du in dieser Zelle sitzt. Und als du gemerkt hast, dass ich auf deiner Seite bin, dass ich dir nicht wehtun würde, hast du gehandelt.«

Josie legte sich so, dass ihre Wange wieder auf seiner Brust ruhte, und brach den Blickkontakt ab.

»Dass du mir das Wasser gegeben hast ... das hat mein Leben verändert, Josie«, gab Blink flüsternd zu. »Ich weiß, was das Wasser bedeutet hat. Es war buchstäblich dein Rettungsanker. Eigentlich hättest du tot sein müssen. Ich weiß nicht, wie lange du ohne Nahrung ausgekommen bist, aber jeder Idiot konnte sehen, dass es eine *sehr* lange Zeit war. Es hat über anderthalb Tage gedauert, bis der Becher mit Wasser gefüllt war. Und du hast es *mir* gegeben. Nicht nur die Hälfte, sondern den ganzen Becher. Meine Teamkameraden würden ihr Leben für mich geben, und ich würde dasselbe für sie tun, aber abgesehen von diesen Männern ... niemand hat mir je so viel Mut und Selbstlosigkeit entgegengebracht wie du.

Ich werde alles in meiner Macht Stehende tun, um diese Freundlichkeit zu erwidern. Nicht weil ich es muss. Nicht weil ich mich in irgendeiner Weise verpflichtet fühle. Sondern weil ich mir nicht sicher bin, ob ich das, was ich tue, überhaupt noch tun kann, wenn ich nicht einen Weg finde, dich in meinem Leben zu halten. Ich habe zu viel Hass gesehen. Zu viel Tod. Ich brauche dich in meinem Leben, um das auszugleichen. Nicht jemanden *wie* dich – sondern dich.«

Sobald die Worte seinen Mund verlassen hatten, wünschte Blink plötzlich, er könnte sie alle zurücknehmen. An ihrem Gesichtsausdruck erkannte er, dass er es übertrieben hatte. Viel zu sehr. Diese Frau hatte gerade die Hölle durchgemacht. Sie hatte ein Leben in den Staaten. Und hier war er und sagte ihr im Grunde, dass er sie nicht gehen lassen würde. Scheiße, als sei er ein Stalker oder so was. Der Gedanke daran löste in ihm den Wunsch aus, sich selbst in den Hintern zu treten.

Josie hob den Kopf und sah ihn noch einmal an. Sie hatte Tränen in den Augen, und Blink geriet in Panik, als seine eigenen Augen bei diesem Anblick groß wurden. Er hatte sie nicht verärgern wollen. Er hatte nicht beabsichtigt, sie zum Weinen zu bringen.

»Scheiße«, fluchte er.

Zu seiner großen Überraschung schenkte sie ihm ein wässriges Lächeln. »Du sagst oft Scheiße.«

Blink starrte sie völlig schockiert an. Ihre Stimme war ein leises, raues Flüstern, als seien ihre Stimmbänder eingerostet, weil sie so lange nicht benutzt worden waren. Und sie schien genauso überrascht zu sein, wie er es war.

Am liebsten wäre er aufgesprungen und hätte einen Siegesschrei ausgestoßen. Sie hatte gesprochen! Zu *ihm*! Es fühlte sich wie ein großer Sieg an.

Er zwang sich, entspannt zu bleiben. »Ja, das tue ich. Soll ich mich entschuldigen?«, fragte er.

Sie schüttelte leicht den Kopf.

»Es ist nur so, dass das Wort perfekt zusammenfasst, was ich fühle, wenn ich es benutze. Wenn ich verletzt, überrascht, besorgt, aufgeregt bin ... kann es all diese Gefühle ausdrücken. Es ist ein vielseitiges Wort, das immer zum jeweiligen Anlass passt.« Blink führte eine Hand zu ihrem Gesicht und wischte mit seinem Daumen die Tränen auf ihren Wangen weg. »Nicht weinen, Josie. Ich kann es nicht ertragen, wenn du weinst.«

Sie schenkte ihm noch ein wackeliges Lächeln.

Dann ertönte Kevlars Wecker in dem stillen Raum.

Die Männer um sie herum stöhnten und ächzten. Kevlar blaffte: »Zeit zum Aufstehen, Jungs! Wir fliegen nach Hause!«

»Du freust dich doch nur, weil du Remi sehen wirst«, meckerte Smiley.

»Ja. Und eines Tages wirst du deine eigene Frau haben, zu der du nach Hause zurückkehren kannst, und dann wirst *du* der Erste sein, der aufsteht. Du wirst uns allen auf die Nerven gehen, indem du uns zur Eile treibst.«

»Unwahrscheinlich«, stöhnte er.

»Ich habe es dir gesagt«, sagte Blink leise zu Josie. »Bist du bereit für heute?«

Sie zuckte mit den Schultern.

»Nun, was auch immer passiert, ich werde da sein. Du brauchst dir also keine Sorgen zu machen, okay?«

Okay, murmelte sie tonlos.

Blink hatte nicht erwartet, dass sie anfangen würde zu plappern, jetzt, da sie endlich gesprochen hatte, aber er hoffte, dass sie etwas Selbstvertrauen gewinnen und in der Lage sein würde, öfter Worte zu benutzen. Er lächelte bei dem Gedanken.

Josie stupste ihn an der Brust an und neigte fragend den Kopf.

»Ich habe gerade darüber nachgedacht, dass ich in dieser Beziehung der Wortreiche bin«, gab er ehrlich zu. »Was lustig ist, denn ich bin alles andere als redselig ... mit jedem außer dir.«

»Er lügt nicht«, sagte Flash aus der Koje neben ihnen. »Blink ist ein *sehr* ruhiger Typ. Man weiß, dass er hinter seinem starren Blick ständig nachdenkt, aber er macht nie den Mund auf, wenn er nicht etwas zu sagen hat.«

Josie schenkte Blink ein kleines Lächeln. Eines, das direkt in sein Herz ging.

»Steht auf, ihr Faulpelze«, sagte Kevlar zu ihnen. »Wir müssen frühstücken und uns mit dem Admiral treffen, und dann willst du dich sicher noch von deinem Bruder verabschieden, bevor wir aufbrechen.«

»Lass uns das tun«, sagte Blink zu Josie.

»Lass uns das tun«, flüsterte sie zurück.

»Warte – hat sie gerade geredet?«, fragte Preacher.

Safe schlug ihm auf den Hinterkopf, aber Blink wandte den Blick nicht von Josie ab. Jedes Wort aus ihrem Mund fühlte sich wie ein großer Sieg an, obwohl es ihm ehrlich gesagt egal war, ob sie stumm war oder nicht. Er schien sie sehr gut verstehen zu können. Sie waren durch die Umstände miteinander verbunden. Sie waren zusammen durch die Hölle gegangen und auf der anderen Seite wieder herausgekommen.

Josie stand auf dem Deck des Flugzeugträgers und sah zu, wie Nate seinen Bruder zum Abschied umarmte. Er war dort mit fünf anderen Night-Stalker-Piloten. Sie war denjenigen vorgestellt worden, die sie noch nicht kannte – Chaos und Edge –, und konnte sich angesichts ihrer Rufzeichen ein Grinsen nicht verkneifen. Obi-Wan, Buck, Pyro, Casper ... sie wollte fragen, woher sie ihre Spitznamen hatten. Was sie alle bedeuteten. Aber sie bekam nicht die Gelegenheit dazu. Sie mussten in das Flugzeug steigen, das sie nach Deutschland bringen sollte.

Bei dem Treffen mit dem Admiral am Morgen hatte er ihr gesagt, dass in Deutschland ein Ersatzpass auf sie warten würde. Irgendetwas darüber, wie ein Mann namens Tex es arrangiert hatte. Josie wusste nicht, wer genau Tex war, aber sie war ihm dankbar für seine Hilfe. Der Gedanke, auf dem Schiff oder in Deutschland warten zu müssen, während Nate und die anderen alle nach Hause flogen, machte ihr eine Heidenangst. Nicht dass irgendjemand unhöflich oder gemein zu ihr gewesen wäre, sie fühlte sich einfach wohler in der Nähe der Männer, die sie bereits kannte.

Wem wollte sie etwas vormachen? Bei Nate fühlte sie sich am wohlsten. Er sah in dem traumatisierten, schmuddeligen, stinkenden, abgemagerten Wesen, das er kennengelernt hatte, die Frau, die dahintersteckte. Sie fühlte sich, als käme sie aus einem jahrelangen Leben in dunklen und feuchten Abwasserkanälen. Bedeckt mit Dreck, vergessen. Und in gewisser Weise war sie das auch.

Theoretisch gesehen war sie immer noch Josie England, dieselbe leicht zu vergessende und uninteressante Frau, die sie zuvor gewesen war. Aber durch Nate fühlte sie sich wie ... mehr.

Seine Worte von jenem Morgen hallten in ihrem Kopf nach.

Ich brauche dich in meinem Leben ... Nicht jemanden wie dich – sondern dich.

Es waren lebensverändernde Worte.

Ayden hatte ihr schon früh in ihrer Beziehung gesagt, wie sehr er sie liebte. Wie schön sie war. Wie klug. Aber am Ende waren das nur schöne Worte gewesen, um sie ins Bett zu kriegen. Das verstand sie jetzt, und er hatte früh genug sein wahres Gesicht gezeigt. *Sie* war ihm egal gewesen, ihm ging es nur darum, was er von ihr bekommen konnte.

Aber Nate? Er sah direkt in ihre Seele, und was er sah, schien ihn nicht abzuschrecken. Seit sie sich kennengelernt hatten, war sie nicht in Bestform gewesen. Weder körperlich noch geistig. Aber das spielte keine Rolle. Der Becher Wasser, den sie ihm gegeben hatte? Er könnte denken, dass es eine schwierige Entscheidung für sie gewesen war. Das Einzige aufzugeben, was sie am Leben hielt. Und bei jedem anderen wäre es das vielleicht auch gewesen. Aber die Tatsache, dass Nate nicht verlangt hatte, dass sie teilte, dass er nichts von ihr erwartete, wie Ayden es getan hätte, machte es umso leichter, es anzubieten.

In Wahrheit bedauerte sie es, ihm das Wasser nicht früher gegeben zu haben. Sie hätte nicht so lange warten sollen. Aber zum Glück waren sie gerettet worden, und am Ende spielte es keine Rolle mehr.

»Er ist ein guter Mann«, sagte Kevlar zu ihr, als sie Nate und Tate dabei zusahen, wie sie sich verabschiedeten. »Ich verdanke ihm alles. Er hat meine Remi gerettet. Er hat das getan, was er am besten kann, nämlich beobachtet und dann gehandelt, als es nötig war.«

Josie sah zu ihm auf. Sie erinnerte sich, wie Nate ihr erzählt hatte, was mit Remi passiert war, wie sie entführt und fast lebendig begraben worden war. Er hatte seine Rolle bei dem ganzen Fiasko natürlich heruntergespielt.

Kevlar drehte sich um und sah sie an. »Er ist durch die Hölle gegangen. Und ich spreche nicht von dieser letzten Scheiße. Er hat sein ehemaliges SEAL-Team verloren. Einige starben. Einige wurden so schwer verletzt, dass sie in den medizinischen Ruhestand versetzt wurden. Wochenlang hat er nichts anderes getan, als in der örtlichen Kneipe zu sitzen, in die wir gern gehen, und ins Leere zu starren. Aber er ist buchstäblich einer der stärksten Männer, die ich kenne. Wir können uns glücklich schätzen, ihn zu haben, und als wir hörten, was passiert ist – dass er in den Iran zurückgeschickt wurde, wo er sein letztes Team verloren hatte, und sich gefangen nehmen ließ, damit die Männer, mit denen er unterwegs war, entkommen konnten –, war es klar, dass wir diejenigen sein würden, die ihn holen. Du und er ... ihr seid euch so ähnlich, dass es nicht einmal lustig ist. Ihr habt beide Schmerzen, die ihr tief in euch hineingestopft habt, aber ihr lasst euch davon nicht vom Überleben abhalten. Ich denke, ihr seid wie füreinander geschaffen.

Und mir ist klar, dass die Leute skeptisch sein werden. Zum Teufel, das bist *du* wahrscheinlich auch. Aber ich wusste in dem Moment, in dem ich Remi sah, dass sie die Eine für mich ist. Ich habe es mir selbst nicht eingestanden, aber ich wusste es trotzdem. Er kann dich heilen, wenn du es zulässt, so wie du dasselbe für ihn tun kannst. Tu ihm nur nicht weh, Josie. Ich bin mir nicht sicher, ob er das ertragen kann. Nicht nach allem, was passiert ist.«

Ihr Herz brach für den Mann, der schnell alles für sie

geworden war. Sie wollte Kevlar sagen, dass sie Nate nicht wehtun würde. Aber die Worte wollten nicht kommen. Sie konnte nur nicken.

»Gut. Ich bin froh, dass wir dieses Gespräch geführt haben«, sagte Kevlar mit einem kleinen Lachen. »Ich habe dir bereits gesagt, dass Remi dich kennenlernen will, und ich habe nicht gelogen. Sie wird darauf brennen, Blinks Frau zu treffen. Sie haben eine besondere Bindung. Eine, auf die ich keineswegs eifersüchtig bin. Ohne ihn hätte ich sie nicht. Sie könnte ihn ein wenig beschützen, also bitte ich dich, ihr etwas Nachsicht zu gewähren. Ihr beide seid zusammen durch die Hölle gegangen, aber das sind sie und Blink auch.«

Josie nickte erneut.

»Danke. Ich schwöre, Remi wird die treueste Freundin sein, die du je haben wirst. Sie ist Cartoonistin. Warte, bis du einige ihrer Cartoons über Pecky, den reisenden Taco gelesen hast. Die sind saukomisch.«

»Mein Gott, fängst du schon wieder mit Pecky an?«, fragte Flash hinter ihnen.

Josie drehte sich um und sah den SEAL, der sie anlächelte.

»Ja«, sagte Kevlar, ohne sich umzudrehen. »Wenn ich jeden, den ich treffe, dazu bringen könnte, ihre Sachen zu lesen, könnte ich mich aus der Marine zurückziehen und Hausmann werden.«

»Das kannst du doch jetzt schon«, sagte MacGyver. »Wir alle wissen, dass sie eine Menge Geld mit diesem verdammten Taco verdient.«

»Wie auch immer«, murmelte Kevlar.

Josie konnte nicht anders, als über sie zu kichern.

»So ein süßes Geräusch«, sagte Safe, der sie neben Kevlar überrascht ansah.

Aus irgendeinem Grund spürte Josie, wie sie rot wurde. Als Nate sich zu ihnen gesellte, nachdem er sich von seinem Zwillingsbruder und den anderen Night Stalkern verabschiedet hatte, wurde ihr klar, was für eine gute Gruppe von Männern sie da bekommen hatte. Sie waren loyal, freundlich und irgendwie knallhart. Nein, nicht irgendwie – sehr knallhart. Sie hatte nicht vergessen, wie sie sie und Nate aus ihren Gefängniszellen befreit hatten und wie sie sich ganz ... soldatisch verhalten hatten, als sie durch die Stadt geschlichen waren, bevor die Hölle losbrach und sie sich hatten trennen müssen.

»Tut mir leid, das hat länger gedauert, als ich dachte. Tate und seine Crew sind auf dem Weg in die Staaten. Zurück nach Norfolk, Virginia, wo sie derzeit leben. Da er seinen Hubschrauber verloren hat, muss er einen neuen bekommen und dann mit den Mechanikern daran arbeiten, ihn so auszustatten, dass er so läuft, wie er es möchte.«

»Verloren? So nennt sich das also?«, fragte Preacher mit einem Schnauben.

Nate lächelte. »Mh-hm.«

Er sah fast jungenhaft aus, wenn er lächelte. Josie mochte alle seine Seiten. Ernst, intensiv, tödlich, scherzhaft, schläfrig, um sie besorgt ... aber vor allem diese eine. Die neckische Seite.

»Lasst uns von diesem Schrotthaufen verschwinden. Ich bin bereit, Wren zu sehen«, sagte Safe.

Alle beugten sich hinunter, um ihre Seesäcke zu holen, und Josie kam sich seltsam vor, dass sie nichts dabeihatte außer den Kleidern an ihrem Körper ... und ihrem kleinen Metallbecher, den Nate unbedingt in seiner Tasche behalten wollte. Er hatte behauptet, er bringe Glück, und er hatte versprochen, dass ihm nichts zustoßen würde.

Da Josie ihm vertraute, hatte sie nicht protestiert. Es war nicht so, als hätte sie eine eigene Reisetasche, in die sie ihn stecken konnte. Und die Jogginghose, die sie immer noch trug, hatte keine Taschen.

Sie liefen über das Deck zu einem wartenden Flugzeug. Sie war nicht begeistert von der Prozedur des Abhebens von dem fahrenden Schiff, aber sie würde sich nicht beschweren. Der Gedanke, wieder festen Boden unter den Füßen zu haben, war für sie Motivation genug, alles zu tun, was von ihr verlangt wurde.

Vierundzwanzig Stunden später war Josie fertig. Fertig mit Reisen. Fertig damit, höflich zu sein. Fertig damit, geduldig zu sein. Fertig damit, sozial zu sein. Es machte keinen Sinn, denn es war noch gar nicht so lange her, dass sie alles getan hätte, um unter Menschen zu sein. Aber nach der anstrengenden Reise nach Deutschland, nachdem sie von einem Arzt im Militärkrankenhaus untersucht worden war, der die Angewohnheit hatte, über sie zu reden, als sei sie nicht mit ihm im Raum, weil sie nicht sprach, und nach dem langen Flug zurück nach Kalifornien mit einem Flugzeug voller anderer Matrosen und Soldaten, die ebenfalls auf dem Weg nach Hause waren, sehnte Josie sich nach ein wenig Zeit für sich allein.

Außerdem fühlte sie sich … seltsam. Sie war schon so lange nicht mehr Teil der normalen Gesellschaft gewesen, dass allein die Tatsache, dass sie in Nates Wagen saß, als er sie zu seinem Zuhause fuhr, nervenaufreibend war. Es war dunkel, sie hatte keine Ahnung, wie spät es war, aber selbst die wenigen Fahrzeuge, die mit ihnen auf der Straße fuhren, machten ihr Angst.

»Atme, Josie. Wir werden in ein paar Minuten bei mir sein. Dann kannst du dich entspannen.«

Sie war nicht überrascht, dass Nate so gut auf sie eingestimmt war. Er war während ihrer Reise immer an ihrer Seite geblieben. Auf dem Flug nach Deutschland hatte er ihr den Fensterplatz überlassen und in der Mitte gesessen, obwohl er auf dem kleinen Sitz völlig eingeengt ausgesehen hatte. Seine Hand lag auf ihrem Kreuz, als sie von und zu den Flugzeugen und durch das Militärkrankenhaus in Deutschland gingen. Es war ihm nicht erlaubt worden, bei ihr im Zimmer zu bleiben, während sie untersucht wurde, und allein die Tatsache, dass er für diese kurze Zeit nicht bei ihr war, brachte Josie fast um den Verstand.

Sie war müde, launisch und fast krank vor Sorge, was als Nächstes passieren würde. Hatte sie die richtige Entscheidung getroffen, nach Kalifornien zu kommen? Vielleicht hätte sie zurück in ihre Wohnung in Vegas gehen sollen. Obwohl sie sich nicht einmal sicher war, ob sie dort noch eine Wohnung hatte. Sie war lange genug weg gewesen, dass ihr Vermieter wahrscheinlich dachte, sie hätte ihn hängen lassen, und wer wusste schon, was mit ihren Sachen passiert war.

Panik machte sich breit. Was, wenn all ihre Sachen weg waren? Verkauft? Weggeworfen? Es war nicht so, als besäße sie irgendetwas Wertvolles, aber die Bilder, die sentimentalen Dinge, die Kleider, nach denen sie stundenlang gesucht hatte und die ihr nach einigen Änderungen endlich perfekt passten. Sie wollte nicht von vorn anfangen. Sie wusste nicht einmal, wie sie das anstellen sollte. Und sie musste ihren Chef kontaktieren, um herauszufinden, ob sie noch einen Job hatte.

»Josie, was habe ich gerade gesagt? *Atme*«, befahl Nate nachdrücklich.

Als sie zu ihm hinübersah, konnte sie ihn im Schein der vorbeifahrenden Fahrzeuge und der Straßenlaternen, unter denen sie fuhren, gerade noch ausmachen.

»Ich weiß, der heutige Tag war anstrengend, aber wir sind fast zu Hause.«

Josie hätte am liebsten geschnaubt. Anstrengend. Sicher. Das war nicht das Wort, das sie benutzt hätte. Aber ... sie sollte sich wirklich nicht beschweren. Niemand hatte von ihr verlangt, eine Kreditkarte vorzulegen, bevor sie eines der Flugzeuge besteigen konnte. Sie hatte einen Pass, und sie war am Leben und frei.

»Ich wohne in einer Wohnung. Es ist nichts Besonderes.

Irgendwann möchte ich ein Haus kaufen, aber mit meinem Job scheint das im Moment nicht sehr klug zu sein. Remi wohnte früher in demselben Gebäude, aber sie ist mit Kevlar zusammengezogen. Wenn wir dort ankommen, musst du nichts tun. Du kannst dich einfach hinsetzen und akklimatisieren. Glaub mir, wenn ich sage, dass ich verstehe, wie du dich fühlst. Es ist laut hier, nicht wahr? Hupende Fahrzeuge, Motoren, dröhnende Radios. Auch wenn es in der Zelle ätzend war, unter all diesen Leuten zu sein wirkt ... chaotisch.«

Josie tat wie geheißen und atmete tief ein. Er hatte recht. Es fühlte sich an, als geriete ihr ganzes Leben außer Kontrolle, und sie war stolz darauf, *immer* die Kontrolle zu haben. Seit Wochen konnte sie nicht mehr kontrollieren, was mit ihr geschah, und selbst nachdem sie befreit worden war, hatte sie immer noch das Gefühl, dass jeder um sie herum ihr sagte, was sie zu tun hatte. Sie hatte keine andere Wahl gehabt ... außer mit Nate nach Kalifornien zu kommen. Das fühlte sich richtig an.

Und einfach so entspannte sie sich ein wenig.

»Da sind wir«, verkündete er, als er auf einen Parkplatz fuhr. Die Wohnungen schienen zwar älter, aber nicht heruntergekommen zu sein. Und der Parkplatz war gut beleuchtet. Nicht dass das wichtig gewesen wäre.

Josie hatte keine Angst vor der Dunkelheit. Sie hatte ihre Zeit in Gefangenschaft in fast völliger Dunkelheit verbracht, ihre Dämonen stammten also nicht aus einem Mangel an Licht. Auf dem Wasser zu sein, ja. Keinen Zugang zu Nahrung oder etwas zu trinken zu haben, ja. Die Dunkelheit, nein.

Nate bog in eine Parklücke und stellte den Motor ab.

»Ich komme zu dir«, erklärte er ihr und öffnete die Tür.

Sie wartete, als Nate klaglos um den Pick-up herumging. Er öffnete ihre Tür, wobei er leise lachte. »Ich muss einen Tritthocker für dich besorgen, damit du dir beim Ein- und Aussteigen nicht den Hals brichst«, murmelte er. Als Josie nach unten blickte, sah sie, dass sie ziemlich hoch über dem Boden war. Klein zu sein hatte seine Nachteile, und das war einer davon.

Kaum hatte sie den Gedanken, nahm sie ihn wieder zurück, als Nate die Arme um sie legte, sie vom Sitz hob und ihre Füße auf den Boden stellte. Es war nicht schlecht, in seiner Umarmung zu sein.

Nate holte seinen Seesack von der Ladefläche des Pick-ups und streckte eine Hand aus.

Josie zögerte nicht, sie zu nehmen, als er sie zu einer der Türen im Erdgeschoss des Gebäudes führte. Er zog den Schlüssel aus seiner Tasche, schloss die Tür auf und stieß sie auf. »Nach dir«, sagte er.

Josie trat ein und betrat den Hauptwohnbereich, während Nate ein paar Lichter anknipste. Als sie sich umschaute, sah sie nichts, was fehl am Platz war. Die Bücher in einem Regal an der Wand waren perfekt aufgereiht. Die wenigen Bilder an den Wänden waren gleichmäßig verteilt und hingen keinen Millimeter schief. Auf der Rückenlehne der Couch lag eine Decke, die perfekt gefaltet war. Die Kissen waren genau richtig in den beiden Ecken platziert. Der Couchtisch war sauber, weder Zeitschriften noch anderer Schnickschnack verunreinigten seine Oberfläche.

Als sie in die Küche blickte, sah sie kein schmutziges Geschirr in der Spüle, die Arbeitsplatten waren makellos, und die wenigen Geräte, die darauf standen, waren zur Wand hin zurückgeschoben und genau aufgereiht.

»Ich bin ein ziemlicher Ordnungsfanatiker«, sagte Nate hinter ihr. »Das wurde uns im Ausbildungslager eingetrichtert.«

Josie drehte sich zu ihm um und wusste, dass sie wie eine Idiotin lächelte, aber sie konnte nicht anders. Ihre Wohnung in Vegas sah genauso aus wie diese. Geordnet, überhaupt nicht unordentlich.

Als er ihre Miene sah, verschwand der besorgte Ausdruck

auf Nates Gesicht. »Ich nehme an, du läufst nicht gleich zur Tür hinaus und beschwerst dich, dass ich ein totaler Ordnungsfreak bin?«

Josie schüttelte den Kopf.

»Gut. Was willst du machen? Duschen? Fernsehen? Sitzen und ins Leere starren? Schlafen?«

In diesem Moment beschloss ihr Bauch zu knurren, was Josie verdammt peinlich war. Nate hatte dafür gesorgt, dass sie während ihrer Reise genügend zu essen hatte. Ständig holte er Müsliriegel und Trockenfrüchte aus einer seiner vielen Taschen. Ganz zu schweigen davon, dass er dafür gesorgt hatte, dass sie so viel Wasser hatte, wie sie wollte.

»Essen also«, sagte Blink sachlich, als er seine Tasche absetzte und in die Küche ging. Sie war klein, aber sie hatte alles, was eine Küche brauchte, um funktional zu sein. Er ging zum Vorratsschrank und schaute einen langen Moment hinein, dann griff er nach etwas.

»Ich habe nichts Frisches, ich muss einkaufen gehen, aber ich habe ein fertiges Kartoffelgratin, das ich machen kann. Und ein paar grüne Bohnen aus der Dose. Oh! Und etwas Thunfisch. Ich kann einen Thunfischsalat zubereiten. Mit etwas Mayo und eingelegten Jalapeños schmeckt er richtig gut. Normalerweise mache ich mir ein Sandwich daraus, aber ich habe kein Brot. Ich habe aber ein paar Cracker. Die können wir hineinbröseln oder zum Dippen verwenden.«

Er schnappte sich noch mehr Sachen, während er sprach, und drehte sich mit vollen Armen zu ihr um ... und aus irgendeinem Grund wollte Josie wieder weinen. Sie waren gerade erst nach Hause gekommen, es war spät, er musste genauso müde sein wie sie, und er hatte seine eigenen medizinischen und wahrscheinlich auch psychologischen Probleme, mit denen er aufgrund seiner Zeit als Kriegsgefangener zu kämpfen hatte – und hier war er und machte sich die Mühe, ihr etwas zu essen zuzubereiten.

»Nein, *nicht* weinen«, befahl er, da er offensichtlich ihren Kummer sah. »Wir können eine Pizza bestellen, wenn du willst, aber weine nicht.«

Josie konnte nicht anders, als durch ihre Tränen hindurch zu lachen. Sie war sich ziemlich sicher, dass er wusste, dass sie nicht wegen des Essens, das er für sie ausgesucht hatte, emotional war, sondern dass er versuchte, sie zum Lachen zu bringen. Es war ihm gelungen.

»Kann ich dir helfen?«, fragte sie und war erneut überrascht über das Kratzen in ihrer Stimme. Sie klang seltsam in ihren Ohren, und die Worte sprudelten aus ihr heraus, ohne dass sie wirklich darüber nachdachte. Manchmal, wenn sie wirklich etwas sagen wollte, wollten ihre Stimmbänder nicht mitspielen. Aber zumindest in Nates Nähe, wenn sie sich am wohlsten fühlte, kamen die Worte ohne allzu große Anstrengung heraus.

»Sicher«, sagte er. »Wenn du dir ein paar Schüsseln aus dem Schrank holen und dann die Dosen öffnen willst, wäre das ein guter Anfang.«

Sie war froh, dass er keine große Sache daraus gemacht hatte, dass sie sprach. Das hätte sich komisch angefühlt und sie verlegen gemacht.

Sie arbeiteten zusammen, um das Essen zuzubereiten, und es war im Handumdrehen fertig. Während die Kartoffeln im Ofen backten, aßen sie den Thunfisch und die grünen Bohnen. Josie aß zwar immer noch nicht so viel wie früher, aber sie war auch nicht mehr so schnell satt wie am Tag zuvor.

»Heute Abend und morgen ruhen wir uns aus. Erholen uns. Der Tag danach ist für uns beide früh genug, um in die wirkliche Welt zurückzukehren. Ich weiß, du musst wahrscheinlich ein paar Leute kontaktieren und ich muss zum Stützpunkt, aber wir werden mindestens einen Tag Zeit haben, um nichts zu tun. Um uns zu akklimatisieren. Okay?«, sagte er irgendwann.

Josie nickte. Nichts zu tun klang wirklich gut. Obwohl sie in den letzten Wochen genau das getan hatte, fühlte es sich ganz anders an, jetzt, da sie in Sicherheit und ihr Bauch voll war und sie nicht darauf wartete, dass etwas Schlimmes passierte.

Sie aßen die Kartoffeln, als sie fertig waren, und für Josie waren sie das Beste, was sie je zu sich genommen hatte. Käsig, cremig und so verdammt gut, dass ihr schon wieder zum Weinen zumute war. Aber sie hatte keine Gelegenheit dazu. Das Geschirr musste abgewaschen und weggeräumt werden, der Tresen und der Tisch mussten abgewischt werden, und dann war es Zeit fürs Bett.

Nate führte sie in sein Gästezimmer. Es war offensichtlich, dass er nicht viele Gäste hatte, denn in dem kleinen Raum standen Kartons, einige Gewichte und ein Sammelsurium von Möbeln. Es war der überladenste Raum, den sie in seiner Wohnung gesehen hatte. Ein Einzelbett stand an der Wand, und plötzlich konnte Josie nur noch daran denken, sich zusammenzurollen und stundenlang zu schlafen.

»Im Flur gibt es ein Bad. Ich stelle dir eine Zahnbürste hin, die du benutzen kannst. Morgen werden wir uns um deine Haare kümmern. Heute Abend fasst du sie nicht an. Hast du mich verstanden?«

Josie schaute ihn überrascht an.

»Ich meine, ich weiß, dass es dich stören muss. Ich möchte nur nicht, dass du zu einer Schere greifst oder irgendetwas Drastisches tust, bevor du mir die Chance gegeben hast, dir dabei zu helfen. Ich habe keine Erfahrung damit, Verfilzungen und Knoten zu entfernen, aber ich bin bereit, es zu versuchen, wenn du es willst.«

Sie nickte ihm schüchtern zu und fragte sich, woher er wusste, dass sie daran dachte, alles abzuschneiden und neu anzufangen. Sie hatte immer gedacht, dass ihr langes blondes Haar eine ihrer besten Eigenschaften war, und sie hasste den Gedanken, es abzuschneiden. Jede Hilfe, die er ihr geben wollte, würde sie gern annehmen.

»Gut. Ich bin gleich nebenan. Wenn du etwas brauchst, zögere nicht, mich zu holen. Ich bringe dir etwas Wasser, das du neben das Bett stellen kannst, und – oh! Dein Becher.« Er holte ihn aus seiner Tasche und hielt ihn hoch.

Hier in der realen Welt, inmitten der ordentlichen und sauberen Atmosphäre seiner Wohnung, sah das Ding erbärmlich aus. Wahrscheinlich waren auch noch ein paar eklige Keime und Parasiten darin. Aber Nate schien nicht angewidert zu sein oder sich von seinem Anblick verfolgt zu fühlen. Sie konnte den Ausdruck in seinem Gesicht nicht deuten, aber es war kein Ekel.

»Ich lasse ihn einfach hier stehen«, sagte er leise und stellte den kleinen Becher auf den Tisch neben dem Bett. Dann trat er auf sie zu und strich ihr leicht mit dem Finger über die Wange. »Danke, dass du gekämpft hast. Dass du nicht aufgegeben hast. Dass du hier bist. Dafür, dass du du bist, Josie.« Dann beugte er sich hinunter, küsste sie auf die Stirn und ging ohne ein weiteres Wort.

Wäre Josie jemand anderes gewesen, hätte sie ihn zurückgerufen. Hätte ihm gesagt, wie dankbar sie für seine Gastfreundschaft war. Ihm dafür gedankt, dass er in Deutschland bei ihr gewesen war, nachdem die Untersuchung abgeschlossen war und der dumme Arzt alles durchging, was seiner Meinung nach mit ihr nicht stimmte. Dass er im Flugzeug neben ihr gesessen und sie beruhigt hatte. Dass er ihr heute Abend etwas zu essen gegeben hatte, dass er ihr das Gefühl gab, normal zu sein, obwohl sie wusste, dass sie nie wieder die Frau sein konnte, die sie einmal war, bevor sie die verhängnisvolle Entscheidung getroffen hatte, nach Kuwait zu fliegen ... und dann mit Ayden auf dieses Boot zu gehen.

Aber sie tat es nicht. Sie sah ihm nur beim Weggehen zu.

Anstatt ins Bad zu gehen und sich die Zähne zu putzen – sie hatte sie bei ihrer Ankunft in Deutschland fünfzehn Minuten lang geschrubbt –, drehte sie sich einfach um und kroch unter die Decke des kleinen Bettes. Sie machte sich nicht die Mühe, die Jogginghose oder das Hemd auszuziehen, das sie trug. Sie war plötzlich zu erschöpft, um etwas anderes zu tun, als sich hinzulegen.

Wenige Sekunden nachdem sie die Augen geschlossen hatte war sie eingeschlafen.

KAPITEL ELF

Blink war sich nicht sicher, was ihn geweckt hatte. Er lag regungslos in seinem großen Doppelbett, starrte an die Decke und versuchte, sich wieder zu orientieren. Es war noch gar nicht so lange her, dass er auf dem Rücken gelegen und an die Betondecke einer Gefängniszelle im Iran gestarrt hatte. Jetzt war er zu Hause, sicher, bequem ... und plötzlich nervös.

Irgendetwas hatte ihn so beunruhigt, dass er aus dem Tiefschlaf erwachte. Dann erinnerte er sich daran, dass Josie bei ihm war. Im anderen Zimmer. Hatte sie Albträume? Soweit er wusste, hatte sie seit ihrer Rettung keine gehabt, nicht einmal, als sie nebeneinander in den Zellen gesessen hatten, aber oft fingen sie erst an, nachdem man aus der Situation herausgekommen war, die den psychischen Stress verursacht hatte. Das hatte er aus erster Hand erfahren.

Ein Blick auf die Uhr zeigte ihm, dass er ein paar Stunden geschlafen hatte. Draußen wurde es gerade heller, aber es war definitiv noch früh am Morgen.

Blink setzte sich auf, schlug seine Decke zurück und stand auf. Er wollte gerade zur Tür gehen, um nach Josie zu sehen, als er sich umdrehte und hinter sich blickte.

Dort, auf dem Boden am Fußende seines Bettes, lag Josie. Sie hatte sich zu einem kleinen Ball zusammengerollt und die Decke aus dem Gästezimmer um sich gewickelt.

»Scheiße«, murmelte er.

Er erinnerte sich an die ersten Worte, die Josie gesagt hatte, darüber, dass er dieses Wort oft sagte, und seufzte, als er sich zu ihr begab. Er hockte sich neben sie und strich ihr eine verfilzte Haarsträhne von der Wange.

»Josie?«, sagte er leise, um sie nicht zu erschrecken.

Sie riss die Augen auf und starrte zu ihm hoch.

»Ich bin's, Blink. Ist alles in Ordnung mit dir?«

»Bin aufgewacht. Konnte nicht schlafen«, sagte sie schläfrig.

»Hast du schlecht geträumt?«, fragte er.

Sie schüttelte den Kopf. »Ich habe dich nur nicht gesehen. Ich habe mich daran gewöhnt, in deiner Gegenwart zu schlafen.«

Ihre Worte ließen sein Herz einen Schlag aussetzen. Diese Frau. Sie machte ihn fertig.

Er streckte eine Hand aus und hob sie ohne jede Anstrengung vom Boden auf. Es machte ihm erneut bewusst, wie weit sie noch gehen musste, um gesund zu werden. Aber daran würde er arbeiten. Sie würden einkaufen gehen und er würde all ihre Lieblingsspeisen besorgen, wobei er darauf achten würde, die Anweisungen des Arztes zu befolgen, viel Eiweiß und gesunde Nahrung bereitzustellen, um ihre Muskeln wieder aufzubauen.

Er ging um das Bett herum und setzte sie auf die Matratze, dann sagte er: »Rutsch rüber.«

Sie tat, was er verlangte, und bald lag er mit ihr im Bett und zog die Decke hoch. Er legte einen Arm um Josie, sodass ihr Kopf wieder auf seiner Brust lag, so wie sie auf dem Marineschiff geschlafen hatten. »So ist es besser«, sagte er zufrieden.

Josie nickte an ihm. Es war ihm nicht entgangen, dass sie im Halbschlaf gesprochen hatte, als sei sie sich dessen nicht bewusst gewesen. Ihre Stimme war da. Sie musste sich nur wieder daran gewöhnen, sie zu benutzen. Und sich dabei sicher fühlen.

Es dauerte nicht lange, bis er spürte, wie Josies Atemzüge ruhiger wurden. Einer ihrer Arme lag auf seinem Bauch, und sie hatte ein Bein über seine Oberschenkel gelegt. Er fühlte sich von ihr fixiert, obwohl sie nicht einmal fünfzig Kilo wog. Wahrscheinlich hatte sie keine Ahnung, dass sie in ihrer Beziehung die ganze Macht hatte. Blink war ihr hilflos ausgeliefert ... und er hätte nicht zufriedener sein können.

Als er Stunden später aufwachte, war er allein im Bett. Panik machte sich breit, und Blink warf die Decke zurück und hatte den Raum durchquert, bevor er darüber nachdenken konnte, was er tat. Er lief in den Wohnbereich und hielt inne.

Josie hatte es sich in einer Ecke seiner Couch gemütlich gemacht, mit einer Flasche Wasser auf dem Tisch neben ihr, einem Buch in der einen und einer Packung Cracker in der anderen Hand. Sie sah mit großen Augen zu ihm auf.

»Geht es dir gut?«, rief Blink.

Sie nickte schnell.

Und einfach so entspannten seine Muskeln sich. »Ich bin aufgewacht und du warst nicht da. Ich dachte ... verdammt, ich weiß nicht, was ich dachte.«

Josie stellte ihre Sachen ab, stand von der Couch auf und ging zu ihm hinüber. Sie trug immer noch dieselbe Jogginghose und dasselbe T-Shirt, das sie auf dem Schiff bekommen hatte. Blink machte sich die gedankliche Notiz, dass er ihr dringend neue Kleidung besorgen musste.

Sie trat an ihn heran, bis ihre Wange an seiner Brust ruhte. Als er die Arme um sie legte, fühlte Blink sich sofort besser.

Josie umarmte ihn fest. Dann hob sie den Kopf an und neigte ihn zurück, um ihn anzusehen. »Ich habe Hunger bekommen.«

»Sicher. Natürlich hast du das. Wie wäre es, wenn ich dir etwas Besseres als ein paar eklige alte Kekse mache?«, sagte er.

Sie lächelte. »Willst du dich nicht erst anziehen?«

Die Tatsache, dass sie mit ihm sprach, fühlte sich so gut an, auch wenn er nichts damit zu tun hatte. »Oh, ja. Das sollte ich wohl tun, was?«, fragte er und sah an sich herunter. Er hatte Boxershorts an, das war alles. Normalerweise schlief er nackt, aber letzte Nacht hatte er eine Ausnahme gemacht, weil Josie da war.

Zu seiner Überraschung legte sie ihren Kopf wieder auf seine Brust und schlang erneut die Arme um ihn.

Blink hätte ewig so dagestanden, wenn sie das gewollt hätte, aber schließlich ließ sie die Arme sinken und trat einen Schritt zurück.

»Gut. Ich gehe jetzt. Ich bin gleich wieder da«, sagte er und wich langsam von ihr zurück. Als er ging, hätte er schwören können, dass er Verlangen in ihren Augen sah. Aber wahrscheinlich projizierte er eher das, was er sehen wollte, als das, was wirklich da war.

Er duschte, putzte sich die Zähne und zog sich in Rekordzeit an, sodass er in weniger als zehn Minuten wieder im Wohnzimmer war. Josie hatte sich wieder auf der Couch niedergelassen und lächelte zu ihm hoch, als er zurückkam.

»Ich habe ein frisches T-Shirt für dich ins Bad gelegt. Und eine Jogginghose. Sie wird zu groß sein, aber nach dem Essen werde ich mich darum kümmern, dir angemessenere Kleidung zu besorgen.«

Kaum hatte er das letzte Wort ausgesprochen, klopfte es an seiner Tür.

Stirnrunzelnd ging Blink hin, um zu öffnen.

Remi und Wren standen draußen mit einem breiten Grinsen auf dem Gesicht. Kevlar und Safe standen bei ihren Fahrzeugen auf dem Parkplatz und lächelten ebenfalls. Die

Arschlöcher wussten, dass Blink sie beschimpft hätte, weil sie ihn und Josie gestört hatten, aber kein Wort zu den Frauen sagen würde.

»Hi!«, sagte Remi. »Wir haben von Josie gehört und sind heute Morgen in den Laden gegangen, um ihr ein paar Sachen zu besorgen. Denn *natürlich* hast du nicht die Sachen, die sie wahrscheinlich braucht.«

»Bo hat gesagt, dass du wahrscheinlich noch nicht belästigt werden willst, aber wir konnten uns einfach nicht fernhalten«, sagte Wren. »Ich habe schon Julie angerufen, du weißt schon, von *My Sister's Closet*. Sie war so großartig, als sie mir tolle Sachen besorgt hat, und wenn sie ins Geschäft kommt, wird sie sehen, was sie in Josies Größe dahat. Bo sagt, dass sie zierlich ist, also ist Julie nicht sicher, was sie hat, aber sie wird es dich wissen lassen, wenn sie ihren Bestand durchgeht.«

»Ist sie wach? Können wir sie treffen?«, fragte Remi.

»Wir werden nicht lange bleiben«, fügte Wren hinzu.

Blink blickte zu seinen Freunden zurück. Sie nickten ihm beide zu und sahen nicht so aus, als wollten sie sich ihren Frauen anschließen.

Mit einem Seufzer öffnete er die Tür, und Remi und Wren gingen an ihm vorbei, jede mit mehreren Tüten. Sie stellten sie im Eingangsbereich ab und gingen in seinen Wohnbereich. Blink ließ die Tür hinter sich offen und folgte ihnen.

Josie war aufgestanden und sah unsicher aus. Er hasste es, dass sie sich offensichtlich so unwohl fühlte.

»Hi! Ich bin Remi. Und das ist Wren. Du hast es wahrscheinlich schon gehört, aber wir haben dir ein paar Sachen gekauft. Nachdem wir gestern Abend von unseren Jungs alles über dich gehört hatten, haben wir sie überredet, heute Morgen mit uns in den Laden zu fahren. Wir haben alle möglichen Seifen und Lotionen gekauft, und ein Shampoo und eine Spülung, die fantastisch riechen. Blink ist toll und so, aber er ist auch ein Kerl, also denkt er wahrscheinlich, dass einfache Seife für eine Frau völlig akzeptabel ist, wenn sie duscht.«

Blink entging fast, wie Josies Lippen zuckten, aber das reichte ihm, um sich ein wenig zu entspannen.

»Und wir haben noch ein paar andere Dinge für dich, die jede Frau braucht. Leggings, Hemden, dicke Socken ... und Schokolade. Viel, viel Schokolade«, fügte Wren hinzu.

Josie lächelte die beiden Frauen daraufhin offen an. Es war ein entspannterer Ausdruck, ein echter.

»Ich weiß, dass heute dein freier Tag ist – Vincent hat mir schon gesagt, dass wir dich nicht nerven sollen –, aber ich wollte nur sichergehen, dass du weißt, wie toll Blink ist. Er ist mein zweitliebster Mensch auf der ganzen Welt ... nichts für ungut, Wren.«

»Schon gut«, sagte die andere Frau leichthin.

»Jedenfalls wird er sich gut um dich kümmern«, schloss Remi.

»Wer kümmert sich um *ihn*?«, fragte Josie.

Blink war wieder einmal schockiert. Das war das erste Mal, dass sie etwas zu jemand anderem als ihm sagte.

»Gute Frage«, sagte Remi. »Ich schätze, wir alle. Aber du bist jetzt hier. Du kannst es tun.«

»Ich kann auf mich selbst aufpassen«, merkte Blink an, da er sich dazu verpflichtet fühlte.

Zu seiner Belustigung verdrehten sowohl Remi als auch Wren die Augen.

»Wie auch immer. Wir dachten uns, dass ihr wahrscheinlich nichts Frisches zu essen habt, da Blink ja eine Weile weg war, also haben Remi und ich eine große Bestellung im Supermarkt aufgegeben. Sie sollte innerhalb einer Stunde geliefert werden. Wir haben tonnenweise frisches Obst und Gemüse besorgt, und obwohl wir versucht haben, uns zu beherrschen und nur gesunde Sachen zu kaufen, konnten wir nicht widerstehen, auch ein paar Dinge zu bestellen, über die jeder anständige

Arzt die Stirn runzeln würde, die wir aber für lebenswichtig halten«, sagte Wren mit einem Lächeln.

»Zum Beispiel Cheetos. Blink ist süchtig nach den Dingern«, sagte Remi.

Er hätte protestiert, aber sie hatte nicht unrecht.

Remi machte einen Schritt auf die Couch zu, ohne jedoch in Josies persönlichen Bereich einzudringen. »Es tut mir wirklich leid, was mit dir passiert ist. Es ist so furchtbar ... aber du bist jetzt hier. Wenn du etwas brauchst, wird Blink dir helfen, und wenn er es nicht kann, werden wir alle einspringen.«

»Ja, und Bo hat sich bereits mit Cookie in Verbindung gesetzt. Er ist ein pensionierter SEAL, mit dem er eng befreundet ist. Seine Frau Fiona hat etwas Ähnliches durchgemacht wie du. Sie war lange Zeit in Gefangenschaft. Cookie sagt, sie ist gern bereit, mit dir zu reden, aber nur, wenn du willst. Sie hatte eine Zeit lang eine posttraumatische Belastungsstörung, aber jetzt geht es ihr gut. Sie ist glücklich.« Wren sah Remi mit einem Stirnrunzeln an. »Mist, ich bin zu weit gegangen, nicht wahr? Ich wollte eigentlich fröhlich und einladend sein, aber stattdessen musste ich schlimme Erinnerungen wachrufen.«

Sie sah wieder zu Josie. »Es tut mir leid. Ich wollte damit nur sagen, dass wir alle für dich da sind, wenn du reden oder einfach nur dasitzen und uns zuhören willst, wie wir uns über nichts unterhalten. Darin sind wir ziemlich gut. Und ich habe bereits den Eindruck, dass du Blink sehr ähnlich bist. Du hörst lieber zu, als zu reden. Das ist cool.«

»Das würde mir gefallen«, sagte Josie zu ihr.

»Oh! Gut. Mit Fiona reden oder mit uns abhängen?«, fragte Wren.

Josie nickte nur.

Wren und Remi strahlten beide. »Toll! Klasse. Okay. Blink, vielleicht kannst du sie ins *Aces* mitnehmen. Das ist diese coole Kneipe, in die alle Jungs gehen. Es ist super sicher dort, und ich wette, Jessyka wäre bereit, früher zu öffnen, damit wir alle dort abhängen können, ohne die anderen Gäste zu stören. Damit du uns kennenlernen kannst, ohne dich um die anderen zu sorgen. Nicht dass du das würdest. Dich um jemanden sorgen, meine ich. Denn es gibt niemanden, um den du dir Sorgen machen müsstest, aber, du weißt schon ... ohne den Druck.«

»Sie weiß, was du meinst«, sagte Blink, der Mitleid mit der offensichtlich nervösen und plappernden Wren hatte.

Josie nickte wieder und stimmte ihm zu.

»Okay. Gut. Also, ähm ... wir gehen dann mal«, sagte Wren.

»Ja. Es war schön, dich kennenzulernen. Danke, dass du dich da drüben um Blink gekümmert hast. Er ist wichtig für mich ... für uns alle. Wir bleiben in Kontakt. Und bitte lass uns wissen, wenn du noch etwas brauchst. Wir besorgen es gern für dich. Blink hat unsere Nummern und kann uns anrufen oder simsen. Viel Spaß mit den Sachen, die wir mitgebracht haben, und der Essenslieferung. Ich freue mich darauf, dich kennenzulernen, Josie.«

Blink begleitete die Frauen nach draußen und nickte Kevlar und Safe noch einmal zu, bevor er die Tür schloss.

Er atmete tief durch und drehte sich dann zu Josie um. »Sie reden gern«, sagte er unnötigerweise.

Sie kicherte. Das Geräusch durchfuhr ihn wie ein Stromschlag. Er sah sie gern glücklich. Er wollte, dass sie für den Rest ihres Lebens so blieb.

»Sollen wir sehen, was sie mitgebracht haben?«

Josie nickte und ging zu ihm hinüber, wo er bei den Tüten stand. Sie trugen alles zum Küchentisch und begannen auszupacken.

Blink schüttelte den Kopf, als alles vor ihnen ausgebreitet war. »Sie haben es ein wenig übertrieben«, sagte er.

Das war eine Untertreibung. Es gab genügend Schokolade für Monate, drei verschiedene Shampoos und Spülungen, Lotionen, Make-up – es sah so aus, als hätten sie das halbe

Kosmetiksortiment mitgebracht. Sie hatten auch Leggings in verschiedenen Farben und eine Vielzahl von Hemden und andere Freizeitklamotten besorgt.

Er drehte sich zu Josie um und sah, wie sie mit Tränen in den Augen auf die Geschenke starrte, die überall auf dem Tisch verteilt waren. Er geriet sofort in Panik. »Das ist zu viel, nicht wahr? Wir können alles zurückbringen, alles, was du nicht magst oder willst. Nicht weinen, Spirit, bitte. Ich kann es nicht ertragen!«

Sie drehte sich zu ihm um, und ihre Lippen zuckten nach oben, obwohl zwei Tränen fielen. »Es ist wunderbar«, sagte sie leise.

Blink versuchte, sich zu entspannen. »Oh ... okay.«

Josie griff nach einer Flasche Haarentwirrungsspray, sah ihn an und deutete auf ihr Haar.

»Ja, daran können wir arbeiten. Willst du zuerst duschen? Und wenn ich sage duschen, kannst du so lange drin bleiben, wie du willst. Ich weiß nicht, wie lange das heiße Wasser reichen wird, aber ich habe einen anständigen Tank. Ich trage das Zeug für dich ins Bad und du kannst alles ausprobieren ... aber ich muss sagen, an einfacher Seife gibt es nichts auszusetzen.«

Sie stieß ein Lachen aus und wischte sich über die Wangen.

Blink liebte es, dass er sie zum Lächeln bringen konnte. »Während du duschst und deine Klamotten durchgehst, schaue ich mal, ob ich in meinem Vorratsschrank etwas Platz schaffen kann. Denn ich bin mir sicher, dass die beiden den verdammten Lebensmittelladen leergekauft haben. Ich erwarte, dass ein riesiger Lastwagen vor die Tür fährt, um alles abzuladen.«

Sie lächelte ihn wieder an, und Blink merkte, wie zufrieden er war. So hatte er sich nicht mehr gefühlt seit ... na ja, noch nie. Nachdem sein vorheriges Team in einen Hinterhalt geraten war, war er in eine Spirale der Depression gefallen. Es war nicht leicht gewesen, sich daraus zu befreien, aber mit der Hilfe von Remi und seinem neuen Team hatte er es geschafft. Aber obwohl er sich so gut mit seinen Teamkameraden verstand ... war er immer noch einfach nur durchs Leben gegangen.

Selbst nach allem, was er in der letzten Woche oder so durchgemacht hatte, war er jetzt glücklicher als jemals zuvor, selbst bevor er seine Freunde und Teamkameraden verloren hatte.

Er hatte eine neue Aufgabe in seinem Leben ... Josie.

Sie mussten dreimal gehen, um alles, was Remi und Wren gekauft hatten, in sein kleines Gästebad zu bringen, und es war nicht mehr viel Platz auf dem Tresen, nachdem sie alles aufgestellt hatten. Blink fiel ein, dass sein eigenes Badezimmer viel mehr Platz hatte, aber das würde er nicht vorschlagen. Es war zu schnell. Doch das ließ den Gedanken nicht verschwinden.

Er öffnete den Mund, aber bevor er etwas sagen konnte, klopfte es erneut an der Tür. »Ich hoffe, das sind die Lebensmittel und nicht die anderen Jungs«, murmelte er.

Josie kicherte wieder, und Blink lächelte. »Genieß deine Dusche. Mach dir keine Gedanken um deine Haare, ich kümmere mich darum, wenn du rauskommst. Genieße einfach das heiße Wasser und das Saubersein.«

Dann beugte er sich vor und küsste sie sanft auf die Lippen.

Er hatte es nicht geplant, er tat einfach, was sich richtig und normal anfühlte. Und er war sofort bereit, sich zu entschuldigen, bis er bemerkte, dass Josie weder verärgert noch überrascht aussah. Stattdessen schenkte sie ihm dieses vertraute schüchterne Lächeln.

Blink zwang sich, aus dem Zimmer zu gehen, bevor er etwas *wirklich* Dummes tat – wie Josie hochzuheben, ihren Hintern auf den Tresen zu setzen und sie so zu küssen, wie sein Herz es verlangte.

»Essen«, murmelte er vor sich hin.

Als er die Wohnungstür öffnete, sah er, dass Remi und

Wren es in der Tat mit den Lebensmitteln übertrieben hatten. Aber wenigstens würden er und Josie heute nicht aus dem Haus gehen müssen. Sie hatten auf jeden Fall alles, was sie brauchten, um ein paar herzhafte, gesunde Mahlzeiten zu kochen.

KAPITEL ZWÖLF

Josies Lippen kribbelten, selbst nachdem sie zwanzig Minuten unter der heißen Dusche gestanden hatte. Die verschiedenen Seifen, die Remi und Wren ihr gekauft hatten, dufteten himmlisch. Sie hatte alle vier ausprobiert. Es fiel ihr sehr schwer, aus dieser wunderbaren Dusche herauszukommen und sich anzuziehen, aber sie hatte Hunger. Und sie wollte Nate sehen.

Dieser Kuss. Er hatte sie überrascht, aber sie war nicht verärgert darüber. Nicht im Geringsten. Im Gegenteil, sie wollte mehr. Sie hatte sich vom ersten Moment an körperlich zu ihm hingezogen gefühlt, auch als er blutig und geschlagen in der Zelle gelegen hatte. Natürlich war sie an nichts anderem interessiert gewesen, als aus der Hölle herauszukommen, in der sie sich zu dem Zeitpunkt befunden hatte. Aber jetzt?

Sie führte eine Hand an ihre Lippen und fuhr mit dem Finger darüber. Sie war in Sicherheit. Weg von den Terroristen, den Schlägen und dem drohenden Hungertod. Jetzt wollte sie *leben*.

Josie hatte herausgefunden, dass Nate sie als jemanden ansah, um den er sich kümmern musste. Mehr wie eine

Schwester als alles andere. Aber dieser Kuss veränderte die Dinge. Zumindest für sie.

Vielleicht hatte er es nicht so gemeint. Vielleicht war es eine spontane Sache, die er jetzt bereute. Josie sah an sich herunter und rümpfte die Nase. Sie war nicht gerade ein Covermodel. Zu dünn, zu klein, zu … ruhig. Heute hatte sie sich selbst mit der Fähigkeit überrascht, mit anderen zu sprechen. Zwar war sie nicht gerade eine Plaudertasche gewesen, aber jetzt fielen ihr die Worte leichter.

Sie starrte in den Spiegel und betrachtete sich weiter … und runzelte die Stirn. Sie war nicht die Art von Frau, auf die die Männer sich stürzten. Besonders nach dem, was ihr passiert war. Alles an ihr war schlicht. Ihr bestes Merkmal waren ihre Haare, und obwohl Nate gesagt hatte, er würde ihr dabei helfen, war der Drang groß, sie abzuschneiden. Sie hatte zwar keine Dreadlocks, aber sie war nahe dran.

Josie senkte den Kopf, stützte sich auf dem Tresen ab und schloss die Augen.

Was hatte sie sich nur dabei gedacht? Selbst wenn sie stoisch war, war Nate im Vergleich zu ihr überlebensgroß. Er brauchte jemanden, der kontaktfreudig war, um seine introvertierte Seite auszugleichen, der sich in sozialen Situationen wohlfühlte und der nicht so aussah, als würde sie in ihrem Fahrzeug leben oder so.

»Josie?«

Ihr Name aus Nates Mund erschreckte sie so sehr, dass sie bei dem Geräusch zusammenzuckte und fast über den kleinen Vorleger im Bad gestolpert wäre.

Aber Nate war da, einen Arm um ihre Taille gelegt, und bewahrte sie davor, auf den Hintern zu fallen.

»Scheiße! Es tut mir leid. Ich wollte dich nicht erschrecken. Ich dachte, du hättest gehört, wie die Tür aufging.«

Josie schüttelte den Kopf, als sie zu ihm aufsah.

»Was ist los?«

Wie sollte sie erklären, was sie dachte? Dass sie ziemlich sicher war, dass sie sich in ihn verliebte, aber nicht glaubte, dass er jemals so für sie empfinden könnte. Dass sie nicht gut genug für ihn war. Dass sie sich davor fürchtete, in ihr einsames Leben in Las Vegas zurückzukehren.

Aber wie immer schien Nate zu verstehen, wie angespannt sie war. Er zog sie an sich, und sie vergrub gern ihre Nase an seiner Brust und schmiegte sich an ihn.

»Du riechst gut«, murmelte er.

Josie hätte am liebsten geschnaubt. Natürlich tat sie das. Sie hatte vier verschiedene Seifen benutzt und trug nicht mehr denselben blöden Überwurf, den sie wochenlang getragen hatte, und wälzte sich nicht mehr im Dreck.

»Vanille mit einem Hauch von Pfirsich und irgendeiner Blume«, sagte Nate lachend.

Josie sah ihn mit einem kleinen Lächeln auf dem Gesicht an.

»Und die Klamotten sehen aus, als würden sie ziemlich gut passen. Viel besser als mein riesiges Hemd und meine Jogginghose.«

Es gefiel ihr, seine Sachen zu tragen. Es gab ihr das Gefühl, als würde sie ständig von ihm umarmt werden.

»Aber ich muss zugeben, dass du mir in meinen Klamotten gefallen hast«, fuhr Nate fort, als könnte er ihre Gedanken lesen. »Komm her«, sagte er, während er sie in seinen Armen drehte und vor das Waschbecken trat. Dann legte er einen Finger unter ihr Kinn und zwang sie, ihr Bild im Spiegel zu betrachten. »Ich wette, du warst hier drin und hast alles katalogisiert, was deiner Meinung nach ein Makel ist.«

Josie sah ihn überrascht an.

»Ich war auch schon da, wo du jetzt bist, Spirit. Ich kann dir gar nicht sagen, wie lange ich mich im Spiegel angestarrt habe, nachdem mein Team getötet und verletzt worden war. Ich zweifelte an meiner Existenz. Willst du wissen, was ich sehe, wenn ich dich ansehe?«

Das tat sie nicht. Nicht wirklich.

Aber offenbar war es eine rhetorische Frage, denn er ließ ihr nicht einmal Zeit zu antworten, bevor er weitersprach.

»Ich sehe Stärke. Hartnäckigkeit. Eine Widerstandsfähigkeit, die ich heutzutage nur noch selten sehe. Nicht viele Menschen wären in der Lage gewesen, das zu überleben, was dir widerfahren ist. Die Gesellschaft ist verwöhnt. Wenn jemand seinen extra heißen, entkoffeinierten Frappuccino mit drei Espressi, Karamell, Mokka, ohne Schaum, mit Sahne und Sirup nicht bekommt, muss er sich zwei Tage lang ins Bett legen, weil er sich nicht wohlfühlt. Und das ist kein Wunder, denn der ganze Zucker hat wahrscheinlich seine Arterien verstopft und ihn unfähig gemacht, länger als zwei Sekunden am Stück an etwas zu denken.«

Josie konnte sich ein Kichern nicht verkneifen.

Er lächelte sie an und fuhr mit einer seiner großen Hände über ihr Haar. Dann lehnte er sich an sie, legte sein Kinn auf ihre Schulter und legte einen Arm um sie. »Aber du, Spirit. Du hast getan, was du tun musstest, um zu überleben. Du hast nicht aufgegeben. Selbst als du allen Grund dazu hattest. Du hast gekämpft, um am Leben zu bleiben. Du hast Wasser rationiert, bist ruhig geblieben. Hast darauf gewartet, dass das Schicksal mich an deine Seite bringt.«

Okay, sie würde weinen, wenn er nicht aufhörte.

Das tat er nicht.

»Wenn du denkst, dass mich irgendetwas an dir dazu bringt, die Nase zu rümpfen, oder mich abstößt, dann liegst du so weit daneben, dass es nicht einmal lustig ist. Ich mag dich, Josie England. Und zwar sehr. Ich habe mich noch nie mit jemandem so wohlgefühlt wie mit dir. Du gibst mir nicht das Gefühl, dass ich jemand anderes sein sollte, als ich bin. Was keinen Sinn macht, weil wir noch keine Gelegenheit hatten, uns zusammenzusetzen und uns richtig kennenzulernen. Aber da ist es.

Ich will das ... dich kennenlernen. Ich will *alles* wissen, was es zu wissen gibt. Wo du aufgewachsen bist, ob du eine gute Kindheit hattest, mehr über deinen Job, deine Freunde, dein Leben. Ich möchte wissen, was du gern isst und was du am liebsten zur Unterhaltung tust. Ich möchte mit dir in einem Raum sitzen und überhaupt nicht sprechen, sondern aufschauen und mich zufrieden fühlen, einfach weil du da bist und denselben Platz einnimmst wie ich.

Und ja, ich fühle mich auch körperlich zu dir hingezogen. Ich habe mich schon immer zu zierlichen Frauen hingezogen gefühlt, aber du ...« Er schluckte schwer. »Du hast etwas an dir, das mich anzieht, wie noch nie jemand zuvor. Ich sollte das alles nicht sagen. Nicht nach dem Trauma, das du erlebt hast. Ich sollte dich zu einem Psychologen bringen, damit du über das, was passiert ist, reden – oder darüber schreiben – kannst. Aber all das zu wissen hält mich nicht davon ab, dich halten zu wollen. Dich zu berühren. Dich zu küssen. Und mich natürlich auch um dich zu kümmern. Ich möchte sicherstellen, dass du zu essen hast. Sicherstellen, dass du genug zu trinken bekommst. Ich will dich vor allem und jedem beschützen, der dir jemals wieder wehtun könnte.«

Das Kribbeln, das Josie vorhin gespürt hatte, als er sie geküsst hatte, war wieder zurück, aber dieses Mal in ihrem ganzen Körper. Sie konnte den Blick nicht von dem Mann losreißen, der hinter ihr stand. Der sie festhielt. Sich selbst durch seine Augen zu sehen war erhellend und machte sie nur noch begehrenswerter.

»Scheiße. Ich sage schon wieder zu viel. Deshalb halte ich normalerweise meinen dummen Mund und beobachte lieber, als zu reden.«

Aber Josie schüttelte den Kopf und drehte sich in seinen Armen. In der Nähe der meisten Menschen fühlte sie sich klein, doch in Nates Armen fühlte sie sich besonders winzig. Aber auch stärker. Selbstbewusster. Sie legte eine Hand in seinen Nacken, stellte sich auf die Zehenspitzen und versuchte, seinen Kopf zu ihrem zu ziehen. Sie wollte ihn küssen. *Musste* ihn küssen.

Er widerstand einen Moment lang. »Bist du sicher?«

Wollte sie ihn wirklich küssen? Ja. Hundertmal ja.

»Ja«, sagte sie entschlossen.

Als hätte er nur auf ihre Zustimmung gewartet, senkte Nate den Kopf und seine Lippen lagen auf ihren.

Sie stöhnten beide auf, als die Leidenschaft zwischen ihnen aufflammte.

Josie fühlte sich normalerweise unsicher, wenn sie zum ersten Mal mit einem Mann intim wurde. Aber mit Nate fühlte sich das Küssen richtig an. Natürlich. Er legte einen Arm um sie, richtete sich auf und zog sie mit sich. Ihre Füße verließen den Boden, aber Josie bemerkte es kaum. Sie konnte gar nicht genug von diesem Mann bekommen. Ihre Zungen kämpften um die Vorherrschaft über den Kuss. Er schmeckte nach Erdbeeren. Sie wollte mehr. So viel mehr.

Josie schlang die Beine um ihn, fuhr mit den Fingern einer Hand durch sein Haar und drückte ihn mit der anderen an sich. Sie spürte, wie Nate sich bewegte, aber da sie die Augen geschlossen hatte und ihre Münder immer noch miteinander verschmolzen waren, war es ihr ziemlich egal, wohin er sie brachte.

Sie öffnete die Augen und wich ein Stück zurück, als sie spürte, wie er sich auf eine weiche Unterlage sinken ließ. Die Couch. Sie rutschte hin und her, bis ihre Knie auf dem Kissen zu beiden Seiten seiner Oberschenkel lagen. Das gefiel ihr. Es fühlte sich an, als seien sie mehr auf derselben Höhe. Sie konnte ihm in die Augen sehen, ohne den Hals verrenken zu müssen.

»Hi«, platzte sie wie ein Volltrottel heraus.

Er lächelte. »Hi«, erwiderte er.

Aus dieser Nähe stachen seine Sommersprossen noch mehr hervor. Und Josie hatte das Bedürfnis, jede einzelne zu zählen. Aber das würde zu lange dauern. Er hatte zu viele.

Eine von Nates Händen lag auf ihrem Rücken, umspannte ihn fast von einer Seite zur anderen, und seine andere Hand lag in ihrem Nacken, wo er mit dem Daumen über die empfindliche Haut strich.

»Ich habe das Zeug für deine Haare vorbereitet.«

Das waren nicht die Worte, die sie von ihm erwartet hatte – und es war, als hätte jemand einen Eimer kaltes Wasser über sie geschüttet. Josie schämte sich plötzlich für ihr Verhalten. Er hatte ihr gesagt, wie beeindruckt er von der Art und Weise war, wie sie mit der Situation umgegangen war, in der sie sich befand, und dann hatte sie sich ihm an den Hals geworfen.

Sie verlagerte ihr Körpergewicht so, dass sie sich von ihm weglehnte, aber er sah sie finster an und verstärkte den Griff in ihrem Nacken.

»Was? Was habe ich gesagt? Du willst nicht, dass ich dein Haar berühre? Okay, ich werde mit Caroline reden, mal sehen, ob sie jemanden kennt, der in die Wohnung kommen kann. Oder vielleicht kennt Remi oder Wren jemanden. Vielleicht können sie helfen.«

Er klang panisch. Josie schüttelte den Kopf.

»Nein? Du willst nicht, dass sie dir helfen? Willst du nichts mit deinem Haar machen? Nein *was*, Spirit?«

»Ich wollte dich nicht überfallen«, platzte es aus ihr heraus.

Nate starrte sie einen Moment lang an, dann atmete er tief ein und schloss die Augen. Doch er öffnete sie sofort wieder. »Falls es dir entgangen sein sollte, Josie, ich war genauso scharf darauf wie du. Mein Gott, ich habe an fast nichts anderes gedacht, als dich zu küssen, seit du in diesem Höllenloch dein Wasser für mich geopfert hast – und mich dabei beschissen gefühlt. Du warst verletzt, traumatisiert, und ich wollte einfach nur deine Lippen auf meinen spüren.«

Josie war aufrichtig schockiert. Nicht über das, was er sagte, sondern darüber, dass er dieselbe Anziehung zu ihr verspürte wie sie zu ihm.

»Abgesehen davon bin ich auch nicht so dumm, dich jetzt gleich in mein Bett zu schleppen.«

Sie runzelte die Stirn.

»Nicht dass ich das nicht wollte, aber ich möchte nicht, dass das, was zwischen uns ist, eine einmalige Sache ist. Ich habe nicht gelogen, als ich sagte, dass ich dich kennenlernen will. Ich will wissen, wie du tickst, bevor ich dich mit ins Bett nehme. Denn wenn ich dich dort habe, werde ich dich dort *behalten* wollen. Zum Teufel, das will ich jetzt schon. Neben dir zu schlafen, seit du diese Zellen verlassen hast, war ... unglaublich. Ich will es nur nicht überstürzen.« Dann lachte er und schüttelte den Kopf. »Als hätte ich das nicht schon getan. Aber im Ernst.«

Josie war peinlich berührt, als sie feststellte, dass sie es überstürzen wollte. Sie wollte wissen, wie es war, mit diesem Mann zusammen zu sein. Seine ganze Aufmerksamkeit zu haben. Seine Hände auf ihrem Körper zu haben. Ihn *in* ihrem Körper zu haben. Ihre Brustwarzen verhärteten sich bei dem Gedanken, und angesichts ihrer Position auf ihm zog ihre Muschi sich zusammen. Sie saß rittlings auf ihm. Sie könnte nach unten greifen, seine Hose öffnen und ihn in den Mund nehmen. Ihm zeigen, wie sehr sie ihn wollte.

»Scheiße. Du bist so wunderschön«, sagte Nate ehrfürchtig und ließ den Blick über ihren Körper gleiten.

Josie konnte nicht anders, als sich ein wenig zu winden.

»Wir haben Zeit«, sagte er. »Zeit, um einander kennenzulernen. Zeit, die Anziehung zu erforschen, die wir füreinander haben.«

Als Antwort darauf legte Josie eine Hand auf seine Brust

und ließ sie bis kurz über seinen Hosenbund hinunter und dann wieder nach oben gleiten.

Sie konnte kaum glauben, dass sie sich so verhielt. Das war nicht ihre Art. Sie war die Schüchterne. Diejenige, die immer infrage stellte, ob sie eine Beziehung auf die nächste Stufe bringen sollte. Sie hinterfragte alles. Aber nach ihrer Begegnung mit dem Tod wollte sie sich das holen, was sie haben wollte. *Ihn.*

Nate ergriff ihre Hand, führte sie zu seinem Mund und küsste ihre Handfläche. »Du wirst ganz schön anstrengend sein, nicht wahr?«, fragte er.

Josie schenkte ihm ein breites Lächeln.

»Nun gut. Du bist dickköpfig – aber das bin ich auch«, sagte er. »Und jetzt will ich erst mal deine Haare in die Finger kriegen.« Dann hob er sie hoch und drehte sie auf seinem Schoß, bevor er sie auf den Boden vor der Couch setzte.

Er bewegte sie so mühelos. Früher wäre Josie beleidigt gewesen, wenn jemand das getan hätte, was er gerade getan hatte, aber da es Nate war, machte seine Stärke sie mehr an als alles andere. Sie konnte nicht anders, als daran zu denken, wie er sie im Bett bewegen könnte, in jede beliebige Position, in die er sie bringen wollte.

Ihre Libido war zum Leben erwacht, und sie fühlte sich zum ersten Mal seit Wochen wieder richtig lebendig. Aber Josie holte tief Luft. Er hatte recht. Sie wollte auch keinen One-Night-Stand. Sie wollte Nate, sexuell, aber sie wollte ihn an ihrer Seite haben, als Partner, als Freund, als was auch immer, sogar noch mehr.

Vielleicht fühlte sie sich nur so wegen dem, was passiert war. Weil er ihr Ritter in glänzender Rüstung gewesen war. Weil er sie gerettet hatte.

Aber sie schüttelte innerlich den Kopf. Das war nicht der Grund. Ja, sie war dankbar, dass er da gewesen war, als sie jemanden am meisten brauchte, aber sie war alt genug, um zu wissen, dass das, was sie fühlte, echt war, und nicht das Ergebnis eines Retterkomplexes.

Dann fiel ihr plötzlich etwas anderes ein.

Sie drehte den Kopf und platzte heraus: »Ich bin dreißig.«

Nate hielt einen grobzinkigen Kamm und die Flasche mit dem Entwirrer in der Hand und schaute sie verwirrt an. »Okay?«

»Ich hatte meinen Geburtstag, als ich in der Zelle saß.«

Verständnis dämmerte ihm. *Scheiße.*

War es dumm, dass sie sich daran gewöhnt hatte, ihn das sagen zu hören? Und dass sie es liebte? Wahrscheinlich. »Das hatte ich bis eben vergessen«, sagte sie.

»Nun, alles Gute zum Geburtstag, Spirit.«

Sie grinste ihn an, dann drehte sie sich um und zog ihre Knie an. Sie hielt sie fest, als sie den ersten Sprühstoß des Entwirrers auf ihrer Kopfhaut spürte.

War sie verärgert, dass ihr dreißigster Geburtstag in diesem Höllenloch stattgefunden hatte? Nicht wirklich. Es war nicht so, als hätte sie in Vegas besonders viel gefeiert. Obwohl sie in Sin City lebte, ging sie nicht so oft über den Strip. Für sie war es dort eklig und schmutzig. Sie verstand zwar die Anziehungskraft für Touristen, aber der Glanz und Glamour war nichts für sie.

Als kleines Mädchen hatte sie immer angenommen, dass sie mit dreißig verheiratet sein und ein paar Kinder haben würde. Damals kam ihr dreißig so alt vor. Aber jetzt? Sie fühlte sich, als würde sie gerade herausfinden, wer sie war und was sie vom Leben wollte.

Josie verfiel in eine Art Trance, während Nate daran arbeitete, die Knoten und Verfilzungen aus ihrem Haar zu bekommen. Das Ziehen tat nicht weh, und die Art, wie er immer wieder mit der Hand über ihren Kopf fuhr, fühlte sich wunderbar an. Sie liebte es, berührt zu werden, und hatte in ihrem Leben noch nicht oft die Gelegenheit gehabt, das zu erleben.

Und während er ihr Haar bearbeitete, redete Nate. Erzählte ihr alles über seine SEAL-Kameraden, die gestorben und verletzt worden waren. Erzählte mehr über sein aktuelles Team. Über seinen Bruder und einige der Streiche, in die sie verwickelt gewesen waren, als sie noch klein waren. Mehr über seinen Vater, der wie ein Mann klang, den sie unbedingt kennenlernen wollte.

Er erzählte ihr vom Trainingslager und der Ausbildung zum SEAL. Wie er ein paarmal fast aufgegeben, aber offensichtlich durchgehalten hatte.

Seiner tiefen Stimme zuzuhören war beruhigend. Tröstlich. Als Josie merkte, dass er mit dem Kamm durch ihr Haar fuhr, von der Kopfhaut bis zu den Spitzen, immer und immer wieder, schmolz sie dahin und lehnte sich mit dem Rücken gegen die Couch, während seine Oberschenkel sie umgaben und ihr das Gefühl vermittelten, sicher und umsorgt zu sein.

»Ich glaube, ich habe in meinem Leben noch nie so viel geredet«, sagte Nate. »Aber du hast etwas an dir, das mir das Gefühl gibt, mein Herz ausschütten zu können.«

Josie lehnte den Kopf zurück und sah zu ihm auf. »Ich liebe den Klang deiner Stimme.«

»Und ich liebe es, dass du deine findest«, gab er zurück. Dann beugte er sich vor und küsste sie. Der Winkel war seltsam, und als sie seine Nase an ihrem Kinn spürte, musste sie kichern.

Er richtete sich auf, und sie liebte das Grinsen in seinem Gesicht. »Dein Haar ist fantastisch«, sagte er. »So lang und seidig. Und ich hatte keine Ahnung, dass es so blond ist!«

Josie war nicht überrascht. Es war gründlich mit Schmutz und Dreck bedeckt gewesen. Ihr weißblondes Haar hatte die ganze Zeit, die er sie kannte, fast braun ausgesehen.

Sie leckte sich über die Lippen, weil sie wollte, dass Nate sie wieder küsste, aber ihr Magen ließ in diesem Moment ein lautes Knurren hören.

»Ich muss dir etwas zu essen zubereiten«, sagte Nate besorgt. »Komm schon. Hoch mit dir. Wren und Remi sind total durchgedreht und haben anscheinend den ganzen Laden liefern lassen. Ich habe ein paar Erdbeeren aufgeschnitten, die kannst du knabbern, während ich sehe, was ich auf die Schnelle zaubern kann.«

Ehe sie sichs versah, saß Josie mit einer Schüssel Erdbeeren vor sich am Tisch, während Nate in der Küche herumwuselte und murrte, dass es jetzt eher Mittagessen als Frühstück sei, während er Dinge aus dem Vorrats- und dem Kühlschrank holte. Es war eine neue Erfahrung, bedient zu werden, und so beschloss sie, es zu genießen. Morgen würde sie darauf bestehen, ihren Anteil zu leisten, aber im Moment fühlte sie sich immer noch etwas schwerfällig, nachdem Nate so lange seine Hände auf ihr gehabt hatte.

Sie konnte sich nicht davon abhalten, eine Hand zu heben und mit den Fingern durch ihr nun entwirrtes Haar zu fahren. Es fühlte sich so weich an, und sie lächelte, als sie Nate anstarrte.

Er drehte sich um und bemerkte, wie sie ihn ansah. Er erwiderte ihr Lächeln, und die Elektrizität, die sich zwischen ihnen aufgebaut hatte, flammte für einen Moment auf. Sie dachte, er würde auf sie zustürmen und sie auf den Mund küssen, aber sie unterschätzte seine Selbstbeherrschung.

Nate atmete tief durch und wandte die Aufmerksamkeit wieder dem Mittagessen zu, das er gerade zubereitete.

Zwanzig Minuten später stellte er ihr einen Teller vor die Nase, der so groß wie ihr Kopf und bis zum Rand gefüllt war. Er hatte ein paar Hähnchenstreifen in der Heißluftfritteuse gebraten und sie dann mit Salsa und saurer Sahne übergossen. Dazu gab es Knoblauchtoast, einen Salat und Instant-Kartoffelpüree.

Es sah köstlich aus und roch auch so.

»Das ist zu viel«, sagte Josie.

Aber Nate zuckte nur mit den Schultern. »Iss, was du kannst. Den Rest stellen wir in den Kühlschrank, und du kannst ihn entweder später oder morgen essen.«

Zu ihrer Überraschung schaffte Josie es, fast alles auf ihrem Teller zu verzehren. Sie war satt, aber sie fühlte sich absolut fantastisch. Sie hatte vergessen, wie es sich anfühlte, so satt zu sein. Sie würde eine Mahlzeit nie wieder als selbstverständlich ansehen. Nicht, nachdem sie so lange ohne etwas zu essen ausgekommen war.

»Setz dich«, befahl Nate. »Ich räume auf und komme nach, wenn ich fertig bin.«

Aber Josie war fertig mit der Faulheit. Sie ignorierte ihn, hob ihren fast leeren Teller an und brachte ihn in die Küche. »Willst du abwaschen oder die Reste wegräumen?«, fragte sie in dem Versuch, bestimmt zu klingen.

Nate grinste. »Ich kann mich nicht entscheiden, ob es mir besser gefallen hat, als du nicht geredet und getan hast, was ich verlangt habe, oder diese neue herrische Josie.«

Sie hob eine Augenbraue.

»Na schön. Ich werde die Reste wegräumen.«

Zufrieden, dass sie ihren Willen durchgesetzt hatte und er sie helfen ließ, stellte Josie das Wasser in der Spüle an und machte sich an die Arbeit, alles abzuspülen, bevor sie Teller und Besteck in den Geschirrspüler räumte.

Gemeinsam schafften sie es, die Küche im Handumdrehen aufzuräumen. Nate führte sie zurück zur Couch, setzte sich und zog sie zu sich heran. Er drückte sie unter einer Decke an seine Seite, bevor er mit der Fernbedienung den Fernseher einschaltete.

»Willst du irgendetwas Bestimmtes sehen?«

Josie schüttelte den Kopf. Sie hatte noch nie viel ferngesehen, und sie hatte keine Ahnung, was nach so langer Abwesenheit überhaupt angesagt war.

Ihre Augen fühlten sich schwer an, als der ereignisreiche Morgen sie einholte. Die heiße Dusche, seine Hände in ihrem Haar, der volle Bauch. Sie war plötzlich erschöpft.

»Schlaf, Spirit. Ich passe schon auf dich auf.«

Das war alles, was sie brauchte. Sie entspannte sich völlig, in der Gewissheit, dass der Mann, der ihr als Kopfkissen diente, sie beschützen würde.

KAPITEL DREIZEHN

Blink fiel es schwer, sich daran zu erinnern, dass er und Josie sich noch gar nicht so lange kannten. Sie passte in sein Leben, als sei sie schon immer da gewesen. Er fühlte sich in ihrer Nähe vollkommen wohl, was er nicht von vielen Menschen behaupten konnte. Es war einfach, mit ihr zu leben, ihr zu gefallen, und er wollte jede Sekunde des Tages in ihrer Nähe sein.

Als sie neulich nachts auf der Couch an ihn geschmiegt eingeschlafen war, so wie sie es am Morgen getan hatte, konnte er nicht aufhören, daran zu denken, jeden Tag für den Rest seines Lebens auf diese Weise zu beenden.

Der nächste Tag war ein weiterer fauler Tag für sie beide gewesen, obwohl er Wäsche gewaschen und seine Reisetasche neu geordnet und gepackt hatte. Dann hatten sie gemeinsam ein Festmahl für das Abendessen zubereitet.

Er musste sich ein wenig beschäftigen, sonst konnte er nicht aufhören, Josie anzuschauen. Ihr Haar war jetzt glatt und glänzend, und sie sah ganz anders aus als die Frau, die er zum ersten Mal in dieser Zelle gesehen hatte, wild und verängstigt, in der Ecke kauernd. Sie blühte auf, und er fühlte sich bereits sehr zu ihr hingezogen.

Er konnte ihre Gefühle lesen, ohne dass sie ein Wort zu sagen brauchte. So wie die Erleichterung, die sie empfunden hatte, nachdem sie ihrem Vermieter in Vegas eine E-Mail geschickt und erfahren hatte, dass er ihre Wohnung zwar an jemand anderen vermietet, aber ihre Sachen nicht weggeworfen hatte. Da sie immer eine gute Mieterin gewesen war und er sie mochte, hatte er ihr Hab und Gut zusammengepackt und in eine leere Wohnung gebracht, die er als Lagerraum nutzte.

Sie war nicht annähernd so glücklich gewesen, als sie eine E-Mail von Aydens Mutter erhalten hatte. Offenbar war Millie Hitson nicht begeistert, dass Josie wohlbehalten in Kalifornien war. Josie hatte Blink die E-Mail nicht lesen lassen, aber er wusste, ohne dass sie etwas sagen musste, dass das, was auch immer die Frau zu sagen hatte, sie tief traf. Er war fest entschlossen, sie irgendwann zu lesen, damit er dem, was die Frau sagte, etwas entgegensetzen konnte.

In seinem Kopf braute sich seit ein paar Tagen eine Idee zusammen, und was auch immer Aydens Mutter gesagt hatte, brachte Josie so in Rage, dass er die Räder in Bewegung setzte, während er an diesem Morgen mit seinem Team trainierte. Seine Freunde hielten die Idee für großartig und hatten sich bereit erklärt, alles Nötige zu tun, um die Sache in die Tat umzusetzen.

Aber im Moment hatte er es eilig, nach Hause zu kommen. An diesem Nachmittag hatte Kevlar Remi während seiner Mittagspause bei Blink abgesetzt, um Josie Gesellschaft zu leisten, während sie bei der Arbeit waren. Er hatte sich Sorgen gemacht, wie es Josie allein ging. Jetzt machte er sich natürlich Sorgen, wie sie und Remi miteinander auskommen würden.

Blink hatte eine Schwäche für Remi. Die beiden hatten gemeinsam eine schreckliche Erfahrung gemacht, die sie auf unzerstörbare Weise verbunden hatte. Aber so kontaktfreudig sie auch geworden war, konnte sie bei Menschen, die sie nicht gut kannte, immer noch ein wenig introvertiert sein. Und Josie war nicht gerade eine Plaudertasche. Da Remi keine Möglichkeit hatte, nach Hause zu gelangen, befürchtete Blink, dass es für die Frauen unangenehm werden könnte, da er und Kevlar länger als erwartet auf der Arbeit aufgehalten worden waren.

Kevlar fuhr hinter ihm ein, als er den Parkplatz seines Wohngebäudes erreichte, und sie gingen beide schnell zu seiner Tür.

Der Duft, der ihm entgegenschlug, als er die Wohnung betrat, ließ Blink das Wasser im Mund zusammenlaufen. Italienisch. Er hatte keine Ahnung, was die Frauen gekocht hatten, aber es roch absolut köstlich.

Als er mit Kevlar auf den Fersen in die Wohnung ging, sah Blink Josie und Remi an den gegenüberliegenden Seiten seines Küchentisches sitzen. Josie hatte seinen Laptop aufgeklappt und tippte angestrengt mit Kopfhörern über den Ohren, während Remi ein Skizzenbuch vor sich liegen hatte und *ebenfalls* Kopfhörer trug.

Es sah so aus, als seien die Frauen in ihrer eigenen Welt, was ihn beunruhigte.

Josie sah sie zuerst. Ihre Finger hielten auf der Tastatur inne, und sie lächelte, als sie ihre Kopfhörer abnahm.

Kevlar stellte sich hinter Remi, berührte ihre Schultern und beugte sich vor, um ihre Schläfe zu küssen. Sie zuckte ein wenig zusammen, lächelte aber sofort zu ihm hoch.

»Du bist wieder da!«, rief sie etwas zu laut, da sie die Kopfhörer immer noch aufhatte.

Kevlar lachte und nahm sie ab. »Wir sind wieder da«, stimmte er zu.

»Josie und ich hatten einen *wundervollen* Tag!«, rief Remi aus. »Wir haben geredet – okay, ich habe hauptsächlich geredet, sie hat zugehört –, haben den Vorratsschrank aufgeräumt, ein paar Folgen *Big Brother* geschaut, Lasagne für euch gekocht und dann beschlossen, dass wir wahrscheinlich noch etwas arbeiten müssen. Josie hat von ihrem Chef gehört, der sich über ihre Rückkehr zur Arbeit freut und ihr auf der Stelle einen neuen Auftrag gegeben hat. Also hat sie daran gearbeitet, und ich habe meinen nächsten *Pecky*-Cartoon gezeichnet. Pecky wird entführt und soll gerade gegessen werden, als er vom großen bösen Enchilanator gerettet wird ... du weißt schon, wie der Terminator.« Remi grinste zu den beiden Männern hoch.

Blinks Muskeln entspannten sich. »Klingt, als hättet ihr einen schönen Tag gehabt«, sagte er.

»Wir hatten einen *tollen* Tag! Stimmt's, Josie?«

Sie lächelte und nickte enthusiastisch.

»Können wir das noch einmal machen?«, fragte Remi sie. »Ich meine, ich weiß, dass du wahrscheinlich viel zu tun hast, weil du deine Sachen in Vegas holen musst und deinen Job hast und so, aber es ist so *beruhigend*, in deiner Nähe zu sein. Ich hatte heute so viele Ideen, und obwohl es mir nichts ausmacht, den ganzen Tag allein zu sein, glaube ich, dass ich es mehr genieße, in deiner Nähe zu sein. Oh! Und vielleicht kann Wren beim nächsten Mal auch mitkommen? Sie kann an ihren PR-Sachen für die Firma ihres Vaters arbeiten, und wir können unser Ding machen. Vielleicht können wir sogar zu ihrem und Safes Haus fahren. Ich glaube, das ist ein bisschen größer, und Safe hat diesen riesigen Fernseher –«

»Atme, Remi«, schimpfte Kevlar.

»Tut mir leid«, sagte sie und errötete ein wenig. »Es ist nur ... der heutige Tag hat Spaß gemacht.«

Es war etwas überraschend, dass die sonst so schüchterne Remi so überschwänglich war, aber Blink war nicht sonderlich schockiert, dass sie in Josies Gegenwart aus ihrem Schneckenhaus herauskam. Seine Spirit hatte etwas an sich, das eine andere Seite der Menschen zum Vorschein brachte. Vielleicht weil sie nicht viel redete, sondern einen ansah, als sei man in diesem Moment das Wichtigste auf der Welt.

»Ich wusste nicht, dass du dich eingesperrt fühlst«, sagte Kevlar mit einem kleinen Stirnrunzeln.

»Oh! Tue ich nicht! Ganz und gar nicht. Ich liebe es, in unserer Wohnung zu sein. Es ist nur ... manchmal ist es schön, etwas weibliche Gesellschaft zu haben.«

»Finde ich auch«, sagte Josie leise.

»Siehst du! Sie stimmt zu«, sagte Remi. Dann ging sie um den Tisch herum zu Josie, die neben ihrem Stuhl stand, und umarmte sie. »Ich möchte dich einfach nur in meine Tasche stecken und mit nach Hause nehmen«, sagte Remi mit einem breiten Lächeln.

Josie verdrehte die Augen, aber es war offensichtlich, dass sie sich von der Bemerkung ihrer neuen Freundin nicht beleidigt fühlte.

»Und ich hatte schon befürchtet, ihr zwei würdet euch nicht verstehen«, sagte Blink.

»Was? Warum sollten wir nicht? Josie ist fantastisch. Und so schlau. Du solltest mal sehen, wie schnell sie tippen kann. Ich schwöre, das ist unmenschlich.«

»Ich habe es gesehen«, sagte Blink.

»Klar, natürlich hast du das. Es ist beeindruckend. Ich habe die Idee, Pecky einen Tippkurs besuchen zu lassen, in dem er nach jedem Buchstaben sucht, aber sein Lehrer ist dieser fantastische, winzig kleine Burrito, und als sie von dem großen Bösewicht in einen Ofen geschoben werden, rettet der Burrito alle, indem er den Feuerwehrleuten mit seinen schnellen kleinen Fingern sagen kann, wo sie sind.«

»Du scheinst ein wenig davon besessen zu sein, Pecky in Situationen zu bringen, in denen er entführt wird oder in Gefahr ist«, sagte Kevlar mit einem kleinen Stirnrunzeln.

Aber Remi schob seine Sorge beiseite. »Das ist eine Phase. Wenn man bedenkt, was meine Freundinnen und ich durchgemacht haben, möchte ich zeigen, dass Pecky schwierige Situationen durchmacht, sich aber mit Hilfe der mutigen Menschen, die ihn retten, und auch mit der Hilfe und Unterstützung seiner Freunde wieder aufrappeln kann. Das ist eine Art Therapie für mich. Wie auch immer.«

»Solange es dir gut geht«, sagte Kevlar, zog Remi an sich und küsste erneut ihre Schläfe.

»Mir geht es gut«, versprach sie. »Meinst du, wir können auf dem Heimweg für Tacos anhalten? Aus irgendeinem Grund habe ich Lust darauf.«

»Ihr bleibt nicht zum Essen?«, fragte Blink erstaunt. Er stand in der Tür zum Wohnbereich und ließ Josie etwas Freiraum. Am liebsten wäre er zu ihr hinübergegangen und hätte sie umarmt, aber er versuchte, sie weder zu überfordern noch sie zu sehr unter Druck zu setzen. Ehrlich gesagt war es beschissen.

»Nein. Wir haben die Lasagne für euch beide gemacht. Josie hat mir erzählt, wie sehr du und dein Zwillingsbruder die Lasagne deines Vaters mögt, also wollten wir versuchen, etwas Ähnliches zu machen«, sagte Remi.

»Wir sehen uns morgen«, sagte Kevlar, während Remi ihre Zeichenutensilien zusammenpackte. »Ich lasse dich wissen, was Benny und Jessyka sagen, nachdem ich heute Abend mit ihnen gesprochen habe.«

Blink nickte.

»Was sie worüber sagen?«, fragte Remi, nachdem sie ihre Sachen zusammengesucht hatte.

»Das erzähle ich dir auf dem Heimweg«, antwortete Kevlar.

»Danke noch mal für den tollen Tag«, sagte Remi zu Josie. »Ich schicke dir eine SMS mit den Einzelheiten unseres nächsten Treffens. Diesmal mit Wren, okay?«

Josie nickte mit einem Lächeln.

Die Tür schloss sich, und dann waren nur noch Blink und Josie da.

»Uff. Remi ist normalerweise nicht so ein ... Wirbelsturm«, sagte er lächelnd.

Josie kicherte.

Er konnte sich nicht länger von ihr fernhalten. Er wurde von ihr angezogen wie von einem Magneten, und Blink durchquerte den Raum und ging zu ihr. Ohne nachzudenken, beugte er sich vor und küsste ihre Lippen. Es war ein kurzer Begrüßungskuss, aber trotzdem schoss Elektrizität direkt zu seinem Schwanz, als er ihre Lippen auf seinen spürte. Zum Glück verbarg seine Tarnuniformhose seine Reaktion etwas.

»Hallo«, sagte er, nachdem er sich aufgerichtet hatte. »Es riecht absolut wunderbar hier drin. Du hättest nicht kochen müssen. Ich hätte mir nach dem Heimkommen schon etwas einfallen lassen.«

Josie verdrehte die Augen. »Du hast den ganzen Tag gearbeitet. Das war das Mindeste, was ich tun konnte.«

»Du hast offenbar auch gearbeitet. Du hast deinen Job als Schreiberin für Untertitel wieder? Das ist großartig.«

Sie seufzte. »Es ist eine Erleichterung.«

»Darauf wette ich.« Remi hatte auch etwas darüber gesagt, dass Josie ihre Sachen in Vegas abholen wollte, aber Blink war sich nicht sicher, ob er das erwähnen wollte. Denn er wollte nicht von ihr hören, dass sie sich eine neue Wohnung suchen und zurück nach Nevada ziehen würde.

»Und ich muss meine Sachen abholen. Mein Ex-Vermieter sagt, er braucht den Platz.«

Blink nickte. Es war unheimlich, wie sie immer auf der gleichen Wellenlänge waren. »Kein Problem. Das Wochenende steht vor der Tür. Wir können hinfahren und uns überlegen, was wir mit allem machen.«

Josie biss sich auf die Lippe, löste ihren Blick von ihm und wollte ihn nicht mehr ansehen. Er hasste es, dass sie sich bei ihren Gedanken unwohl fühlte. Er legte einen Finger unter ihr Kinn und hob ihren Blick zu ihm. »Was? Was ist los?«

Sie zuckte mit den Schultern. Dann stieß sie einen Atemzug aus und zog seinen Laptop näher heran. Blink ließ sie los, und sie setzte sich hin und begann, schnell und heftig etwas zu tippen. Als sie fertig war, drehte sie den Computer zu ihm.

Er sagte, das meiste von meinen Sachen sei verpackt, aber er hatte keinen Platz, um meine Möbel zu lagern. Also hat er sie in meiner Wohnung gelassen, für den Typen, der eingezogen ist. Er sagte, er würde mich dafür bezahlen, was in Ordnung ist. Aber ich muss mir überlegen, was ich mit den Kartons mit meinen Sachen machen soll. Ich könnte dort eine andere Wohnung mieten, aber ich weiß nicht, ob ich noch in Vegas leben will. Ich habe es nie wirklich gemocht, und da Millie und Gen dort sind und nicht sehr glücklich mit mir sind, bin ich mir nicht sicher, ob ich überhaupt in Nevada bleiben sollte. Mir gefällt es hier, aber ich möchte nicht, dass du dich in irgendeiner Weise verpflichtet fühlst. Ich bin sicher, ich kann hier in Riverton eine Wohnung finden. Jetzt, da ich meinen Job wiederhabe und etwas Geld von meinem Vermieter für meine Möbel bekomme, könnte ich mir wahrscheinlich die Kaution und die erste Monatsmiete leisten.

Blink verstand, warum sie diese Gedanken hatte aufschreiben wollen. Josie redete zwar wieder, aber nur in kurzen Stößen. »Nein«, sagte er kopfschüttelnd. »Du brauchst keine Wohnung, du kannst hierbleiben.«

Josie starrte ihn mit einem besorgten Stirnrunzeln im Gesicht an. »Ich kann nicht ewig hierbleiben.«

Das Erste, was Blink in den Sinn kam, war: »Warum nicht?« Aber stattdessen sagte er: »Vielleicht, vielleicht auch nicht, aber du brauchst dir nicht sofort eine Wohnung zu suchen. Sei nicht so streng mit dir, du hast gerade etwas Traumatisches hinter dir. Lass mich dir helfen, Josie. Wir fahren nach Vegas und holen deine Sachen ab, und wenn es sein muss, finden wir auch hier einen Lagerraum. Aber ich bin sicher, Safe hat Platz in seiner Garage oder so. Über wie viel reden wir denn?«

Josie zuckte mit den Schultern. »Kommt drauf an, wie er alles verpackt hat. Vielleicht zwanzig Kartons oder so?«

»Gut. Ich werde einen kleinen Anhänger mieten, nur für den Fall. Wir können die Kartons durchgehen, und du kannst herausnehmen, was du kurzfristig brauchst, und es in die Wohnung bringen. Wir können auch eine Lagereinheit mieten oder mit Safe reden, wenn du willst. Also ... was ist das mit Millie und Gen? Machen sie dir immer noch das Leben schwer? Mehr als mit dieser E-Mail, die du von Millie bekommen hast?«

Josie sah wieder weg, was Blink alles sagte, was er wissen musste.

»Hast du noch eine E-Mail bekommen?«, drängte er.

Sie nickte.

»Zeig sie mir.«

Diesmal schüttelte Josie den Kopf.

»Warum nicht?«

»Weil. Sie sind verärgert. Millie hat ihren Sohn verloren. Sie hat nicht gemeint, was sie gesagt hat.«

»Was hat sie denn gesagt?«, fragte Blink.

Josie starrte ihn nur an.

Blink seufzte. »Bitte, Josie. Ich weiß, du fühlst dich schrecklich wegen dem, was passiert ist, aber es war nicht deine Schuld. Es wurden schlechte Entscheidungen getroffen, sowohl von deiner als auch von seiner Seite. Das ist Teil des Menschseins. Wenn du belästigt wirst, ist das *falsch*. Du warst eine Gefangene. Die Tatsache, dass eine von ihnen es für okay hält, dich wegen Aydens Tod zu belästigen, ist total beschissen. Müssen wir eine einstweilige Verfügung erwirken?«

Josie schüttelte schnell den Kopf.

»Bitte lass mich die E-Mail lesen«, sagte er und legte eine Hand auf Josies Oberschenkel. Sie fühlte sich unter seiner Berührung zerbrechlich an, aber er wusste es besser. Diese Frau war aus Stahl. Jeder andere wäre nach dem, was sie durchgemacht hatte, nur noch die Hülle eines Menschen. Und sie schien nicht nur gut damit zurechtzukommen, jetzt, da sie in Sicherheit war, blühte sie auf.

Mit einem Seufzer klickte sie ein paar Dinge auf dem Computer an und drehte ihn dann wieder zu ihm.

Es dauerte nicht lange, die E-Mail zu lesen. Sie war kurz und bündig ... und absolut abscheulich.

Du hast meinen Sohn getötet. Ich wusste schon in dem Moment, in dem ich dich zum ersten Mal traf, dass du der Teufel bist. Und du hast meinen Ayden in den Tod geführt! Wenn du nicht gewesen wärst, wäre er noch hier. Er wollte nicht mal, dass du nach Kuwait fliegst, er hat nur aus Mitleid gefragt. Er war mit dieser Frau aus seinem Trupp zusammen. Sie war seine Seelenverwandte, und du wolltest deine Krallen nicht von ihm lösen. Ich hoffe, du hast gelitten, aber selbst wenn, war es nicht annähernd genug. Du hättest es sein sollen, Miststück. Du hättest es sein sollen!

Die E-Mail war nicht unterschrieben, aber die Adresse enthielt Millies Vor- und Nachnamen, sodass es nicht schwer war zu erkennen, von wem sie stammte.

Die Worte auf dem Bildschirm waren hasserfüllt und böse, und es tat Blink im Herzen weh, sie zu lesen. Wie konnte ein Mensch einem anderen so etwas Schreckliches wünschen? Ohne nachzudenken, klappte er den Laptop zu und zog Josie auf seinen Schoß. Sie wehrte sich nicht, sondern schmiegte sich einfach an ihn. Ihre Beine hingen von einer Seite seines Schoßes herunter und er schlang die Arme um sie.

»Sie hat unrecht«, murmelte er in ihr Haar. Heute roch sie nach Flieder. Er war sich nicht sicher, ob es Lotion, Shampoo oder Parfüm war. Er wusste nur, dass er sich an ihr reiben wollte, um sie auf seiner Haut zu riechen, noch lange nachdem sie von seinem Schoß verschwunden war. »Du hast Ayden nicht umgebracht. Und wenn er sich mit einer anderen getroffen hat, hätte er den Mut haben müssen, es dir zu sagen und eure Beziehung zu beenden. Er hört sich wie ein Arsch an«, konnte Blink sich nicht zurückhalten zu sagen. Es gefiel ihm nicht, über jemanden zu lästern, der nicht da war, um sich zu verteidigen, der nicht so hätte sterben sollen, aber je mehr er über ihren Ex erfuhr, desto mehr ekelte es ihn an.

»*Er* hat die dumme Entscheidung getroffen, das Boot zu mieten. Zu prahlen, indem er euch zu weit rausbrachte. Ja, du bist nach Kuwait geflogen, was du wahrscheinlich nicht hättest tun sollen, aber dieser Fehler entschuldigt nicht, was mit dir passiert ist.«

So saßen sie einige Minuten lang aneinandergekuschelt auf einem seiner Esszimmerstühle. Josie weinte nicht, wofür Blink dankbar war, aber sie fühlte offensichtlich immer noch eine Menge Emotionen.

Schließlich hob sie den Kopf, um seinen Blick zu erwidern. »Ich habe ihr eine E-Mail geschickt, weil ich dachte, sie würde wissen wollen, was passiert ist. Ich wusste nicht, was die Armee ihr erzählt hatte. Ich wusste, dass sie nicht mein größter Fan ist, aber ich wusste nicht, dass sie mich so sehr hasst.«

»Manche Menschen sind einfach so, Spirit. Sie tragen mehr Hass in ihrem Herzen als Freundlichkeit.«

»Ich wollte die Dinge nach ihrer ersten E-Mail in Ordnung bringen. Ich sagte ihr, dass ich in Kalifornien sei und persönlich mit ihr sprechen wolle. Es weiter erklären. Ich sagte ihr, ich würde nach Vegas kommen, um meine Sachen zu holen. Daraufhin hat sie diese letzte E-Mail geschickt.«

»Nun, du wirst sie nicht mehr sehen, das ist sicher«, sagte Blink, und allein bei dem Gedanken hätte ihm der Kopf explodieren können. »Ich werde nicht zulassen, dass sie so mit dir redet. Wir können ihre E-Mails sperren, damit du ihren Mist nicht mehr lesen musst. Und wenn es nötig ist, erwirken wir eine einstweilige Verfügung, damit sie sich dir nicht auf mehr als einhundert Meter nähern darf.«

Josie nickte.

Da er wusste, dass er das Thema wechseln musste, um ihren und seinen Seelenfrieden zu wahren, sagte Blink: »Du und Remi hattet also einen schönen Tag, was?«

Sie lächelte und nickte wieder.

»Das sagst du nicht nur, weil du weißt, dass wir uns nahestehen, oder?«

»Nein. Sie ist lustig. Und Pecky ist fantastisch.«

»Pecky, der reisende Taco ist in der Tat fantastisch«, stimmte Blink zu. »Und die Lasagne, die meinen Magen knurren lässt, ist es sicherlich auch. Ich kann uns einen Salat dazu machen.«

»Schon fertig.«

»Brot?«, fragte er.

»Auch erledigt«, wiederholte Josie mit einem kleinen Lächeln. »Nun, es ist bereit, in den Ofen geschoben zu werden.«

»Prima. Wenn du mich dann aufstehen lässt, mache ich mich an die Arbeit, denn wenn ich nicht in den nächsten zehn Minuten diese italienische Köstlichkeit in meinen Bauch bekomme, kann ich nicht für meine Taten verantwortlich gemacht werden.«

Josie kicherte. »Du warst derjenige, der mich auf seinen Schoß gezerrt hat.«

»Du widersprichst mir?«

Statt der neckischen Antwort, die er erwartet hatte, schenkte Josie ihm ihr schüchternes Lächeln. »Ich mag es, wenn du mich dahin bringst, wo du mich haben willst.«

Und schon hatte Blink die Vision, wie er sie hochhob, auf seinen steinharten Schwanz drückte und sie über sich hielt, während er sie hart und schnell fickte. Seinem Schwanz gefiel dieser Gedanke, und er wurde unter ihrem Hintern hart.

Er wollte sich gerade entschuldigen, als er spürte, wie Josie sich bewegte, als wollte sie mehr von ihm spüren.

»Scheiße«, murmelte er, was ihm ein kleines Kichern von der Frau auf seinem Schoß einbrachte.

»Abendessen«, sagte er leise, während er Josie hochhob und sie neben seinem Stuhl auf die Füße stellte. Er stand auf und konnte es sich nicht verkneifen, nach unten zu greifen, um seine Erektion in eine bequemere Position zu bringen, bevor er in die Küche ging. Er fand den Laib Brot auf dem Tresen, bereits aufgeschnitten und mit Butter und Knoblauch belegt. Er schaltete den Ofen ein, warf das Brot praktisch hinein und ging wortlos in Richtung seines Schlafzimmers.

»Ich gehe schnell duschen. Ich bin gleich wieder da«, sagte er zu Josie.

Er glaubte, hinter sich ein weiteres Kichern zu hören, aber er war zu sehr darauf konzentriert, in sein Schlafzimmer zu kommen. Seine Klamotten waren in Sekundenschnelle auf dem Boden des Badezimmers, und dann stand Blink unter dem heißen Strahl der Dusche, den Schwanz in der Hand, und pumpte wie wild, während ihm Visionen von Josie, die ihn hart und schnell ritt, durch den Kopf schossen.

Es dauerte nicht lange, bis er zum Orgasmus kam. Ströme von Sperma tropften an der Duschwand herunter, während Blink gegen die Fliesen sackte. Sein Schwanz war immer noch halbsteif, obwohl er gerade so heftig gekommen war wie seit Langem nicht mehr. Das verhieß nichts Gutes, wenn es darum ging, sich in der Nähe seines Hausgastes zu beherrschen. Er wollte Josie. Mit jeder Faser seines Wesens. Sie gehörte ihm, das wusste er so gut, wie er seinen Namen kannte.

Aber auf keinen Fall wollte er sie mit seinem Verlangen erschrecken. Er musste ruhig bleiben. Also seifte er sich schnell ein, spülte sich ab und stieg aus der Dusche. Er schob seinen Schwanz in saubere Boxershorts und zog sich eine Jeans und ein Hemd an.

Als er ins Wohnzimmer zurückkam, sah er, dass Josie ihnen beiden Lasagne serviert, den Salat in Schüsseln angerichtet hatte und das Brot in der Mitte des Tisches stand. Sie schenkte ihm ein Lächeln, als sie sich neben einen Stuhl stellte.

»Das sieht toll aus. Ich kann es kaum erwarten, Dad zu sagen, dass er jetzt Konkurrenz für seine Kochkünste bekommen hat. Er wird begeistert sein. Er sagt mir schon seit Jahren, dass ich jemanden finden soll, der so gut kochen kann wie er. Setz dich.«

Sie setzten sich beide, und vom ersten Bissen an war Blink sicherer denn je, dass Josie die richtige Frau für ihn war. Sie konnte *wirklich* besser kochen als sein Vater. Außerdem erregte sie ihn mehr als jede andere Frau, und sie beruhigte ihn auf eine Weise, von der er gedacht hatte, dass er sie nie erleben würde. Nach allem, was er gesehen und getan hatte, war das eine große Sache. In der Vergangenheit hatte er ständig darüber nachgedacht, was er bei Einsätzen anders hätte machen sollen, wie er in Zukunft verhindern konnte, dass einer seiner Teamkameraden verletzt wurde. Aber bei Josie merkte er, dass er nicht in seinen Gedanken feststeckte. Er konnte einfach ... sein. Und er hoffte, dass es bei ihr genauso war.

Sie aßen, ohne zu sprechen, aber es war kein unangenehmes Schweigen. Wie jeden Abend räumten sie nach dem Essen gemeinsam auf und ließen sich auf der Couch nieder.

Josie an sich zu drücken fühlte sich immer an, als käme er nach Hause.

»Heute Nacht ... wenn ich eingeschlafen bin ... kann ich ...« Sie verstummte.

»Was, Spirit? Kannst du was?« Blink würde sie alles tun lassen, was sie wollte. Alles.

»Kann ich bei dir schlafen?«, fragte sie. »Du trägst mich immer ins Gästezimmer, und es ist schön da drin, aber«, sie sah zu ihm auf, »ich möchte bei dir sein.«

Blinks Herz hörte einen Moment lang auf zu schlagen. Er schluckte schwer und wünschte sich nichts sehnlicher, als sie in diesem Moment in den Arm zu nehmen und zu seinem Bett zu tragen.

»Tut mir leid. Das ist komisch, oder? Ich wollte nur –«

»Nein! Es ist nicht komisch.« Er hatte zu lange innegehalten, und sie fühlte sich unbehaglich. Das war inakzeptabel. »Ich möchte dich dort haben. Immer. Ich möchte nur nichts tun, was dich denken lässt, ich würde deine Situation ausnutzen.«

»Das tust du nicht. Ich ... Ich mag dich, Nate. Und zwar sehr.«

Da war sie wieder und ließ sein Herz einen Schlag aussetzen. »Gut. Denn ich mag dich auch.«

»Wirst du mich wieder küssen?«

»Mit Vergnügen.«

Es kostete Blink jedes Quäntchen Kraft, Josie nicht komplett auszuziehen und sie direkt auf der Couch zu nehmen. Aber er genoss ihre nicht ganz so unschuldige Knutscherei zu sehr, um etwas zu tun, was sie davon abbringen könnte, ihn zu mögen. Er liebte es, ihre Hände auf sich zu haben. Er liebte das Gefühl ihres Körpers an seinem eigenen. Noch mehr liebte er es zu sehen, wie sehr ihre Küsse sie beeinflussten. Das schnelle Klopfen ihres Herzens, ihre schnellen Atemzüge, die Art, wie ihre Augen glasig wurden und ihre Brustwarzen unter ihrem Hemd hervortraten.

Als sie es sich schließlich gemütlich machten, um einen Film zu sehen, schlief Josie wie immer schnell in seinen Armen ein. Blink lebte für diesen Moment. Sie zu halten. Zu sehen, wie sie schlief. Zu wissen, dass sie ihm genug vertraute, um sich völlig fallen zu lassen.

Als er später in der Nacht aufstand, um ins Bett zu gehen, und sie nicht wie üblich ins Gästezimmer brachte, fühlte er eine tiefe Zufriedenheit in sich aufsteigen, als er seine Schlafzimmertür öffnete und sie sanft auf seine Matratze legte. Sie hatte schon einmal dort geschlafen, als er in der ersten Nacht aufgewacht war und sie auf seinem Boden gefunden hatte. Aber diese Nacht fühlte sich wie ein Neuanfang an. Sie war nicht zu ihm gekommen, weil sie sich unwohl fühlte und die Gewissheit brauchte, dass er in der Nähe war. Sie war da, weil sie bei ihm sein wollte. Und weil er sie auch dort haben wollte.

Blink zog sich bis auf seine Boxershorts aus und kroch unter die Decke. Es fühlte sich so natürlich an, dass sie sich an ihn kuschelte und seine Schulter als Kissen benutzte, als hätten sie es in den letzten zehn Jahren jede Nacht getan. Ihr wunderschönes blondes Haar fiel über seine Brust, und er atmete tief ein, weil er es liebte, wie feminin sie roch.

Aber es wäre ihm auch egal gewesen, wenn sie noch mit Schmutz und Dreck aus dieser verdammten Zelle bedeckt gewesen wäre. Sie in seinen Armen zu haben war einfach perfekt.

KAPITEL VIERZEHN

Die letzte Woche war für Josie wie ein wahr gewordener Traum gewesen. Sie hatte noch nie solchen Frieden empfunden. Natürlich gab es immer noch eine Menge Dinge, die ihr zu schaffen machten ... ihre Sachen, Millie und Gen, die Rückkehr in ihren Job ... aber das Gute überwog bei Weitem das Schlechte.

Nate stand ganz oben auf der Liste des Guten. Er war alles, was sie sich je von einem Mann gewünscht hatte. Er war nicht perfekt, doch das war sie auch nicht. Aber die Dinge zwischen ihnen waren lustig ... und aufregend, intim, tröstlich und vielversprechend. Nach der kurzen Zeit, in der sie ihn kannte, fühlte sie sich bei Nate schon wohler als bei Ayden oder jedem anderen, mit dem sie je ausgegangen war.

Und je mehr Zeit sie mit Remi und Wren verbrachte, desto mehr fühlte sie sich in Riverton zu Hause. Mit Freundinnen wie den beiden und einem Mann wie Nate, mit dem sie ihre Zeit nach der Arbeit verbringen konnte, fand Josie langsam ihren Rhythmus.

Deshalb war sie auch nicht begeistert von ihren Plänen. Sie und Nate würden nach Vegas fahren, um die Sachen abzuholen, die ihr Vermieter eingelagert hatte. Irgendwie hatte sie das Gefühl, dass die Fahrt nach Vegas die kleine Glücksblase, in der sie sich seit ihrer Rettung befunden hatte, zum Platzen bringen würde. Was dumm war, aber sie fürchtete sich trotzdem davor.

Millie und Gen hatten nicht mit den E-Mails aufgehört. Sie hatte beide blockiert, aber sie erstellten nur neue E-Mail-Konten, um sie zu belästigen. Sie blockierte auch diese, aber am nächsten Morgen hatte sie eine *weitere* E-Mail von einer oder beiden, in der sie ihr sagten, was für ein schrecklicher Mensch sie sei und wie sehr sie es bereuen würde, Ayden getötet zu haben.

Sie hatte Nate nichts von den Belästigungen erzählt, weil es ihn so sehr aufregte. Und es gab sowieso nichts, was er dagegen tun konnte. Sie musste sie einfach ignorieren, bis sie ihre kindischen Spielchen satthatten und sie in Ruhe ließen.

Trotzdem war es ihr unangenehm, mit ihnen in der gleichen Stadt zu sein. Es war nicht so, dass sie wussten, dass sie an diesem Wochenende kam, aber an den Ort zurückzukehren, an dem sie Ayden kennengelernt hatte, an dem sie gelebt hatte, bevor sie die verhängnisvolle Entscheidung getroffen hatte, nach Kuwait zu fliegen, fühlte sich an, als würde sie die Höhle des Löwen betreten. Als würde sie irgendwie hineingesogen werden und nicht mehr herauskommen können.

»Atme, Josie. Es wird alles gut.«

Josie lächelte Nate an. Sie wollte ihm glauben, aber sie wurde das Gefühl des Grauens nicht los.

»Hast du Remis neuesten Cartoon gesehen?«, fragte er, während er eine Reisetasche auf die Ladefläche seines Wagens packte. Sie wollten heute nach Las Vegas fahren, die Nacht in einem schicken Hotel auf dem Strip verbringen und dann morgen früh zu ihrem alten Wohngebäude fahren, den Anhänger beladen, den er gemietet hatte, und zurück nach Riverton kommen. Sie hätte es lieber gesehen, wenn sie alles an einem Tag gemacht hätten, aber da er buchstäblich die schwere Arbeit machen würde und es mindestens fünf Stunden Fahrt waren, wollte sie es nicht übertreiben.

Josie nickte. In Remis neuestem Cartoon war Pecky in einem Nachtklub zu sehen. Er war so ausgelassen auf der Tanzfläche, dass er den größten Teil seiner Füllung verlor, sodass er sich nackt fühlte und nur noch das Fleisch in seiner Schale hatte. Doch dann kam Latrice, das Salatblatt auf ihn zu, umarmte ihn und deckte ihn zu.

Es war eine Anspielung auf Wren und das, was ihr im *Aces Bar and Grill* passiert war. Josie war entsetzt gewesen, als sie erfuhr, dass sie bei einem Blind Date unter Drogen gesetzt worden war, aber sie war froh, dass alles gut gegangen war, besonders zwischen ihr und Safe.

»Machst du dir Sorgen wegen der Fahrt?«, fragte Nate und drehte sich zu ihr um.

Josie schüttelte den Kopf und wünschte sich, sie könnte ihre Beklemmung besser verbergen.

»Deine Sachen? Wir haben keine Ahnung, was dein Vermieter tatsächlich behalten oder wie er gepackt hat.«

Sie schüttelte erneut den Kopf.

»Ich bitte dich nicht sehr oft darum, aber ... rede mit mir, Josie. Sag mir, was ich tun kann, damit du dich wohler fühlst. Soll ich Preacher anrufen und fragen, ob er stattdessen mit mir kommen kann? Du kannst hierbleiben. Ich bin mir sicher, dass Remi oder Wren gern vorbeikommen und dir Gesellschaft leisten würde.«

»Ich bin einfach kein Fan der Stadt. Ich mag den Menschen nicht, der ich dort war.« Es war keine sonderlich gute Erklärung, aber es war alles, was sie im Moment hatte.

»Das kann ich verstehen. Aber du bist nicht mehr derselbe Mensch, der du früher warst. Was du durchgemacht hast, hat dich verändert. Du bist stärker, vielleicht vorsichtiger und weißt viel besser, was du vom Leben willst. Du bist fantastisch, Josie. Und ich bin stolz darauf, dich zu kennen.«

Das fühlte sich gut an. Wirklich gut.

Sie ging auf ihn zu und legte eine Hand auf seine Brust, um sich abzustützen, als sie sich auf die Zehenspitzen stellte. Zum Glück verstand Nate, was sie wollte, und beugte sich zu ihr hinunter, damit sie seine Lippen erreichen konnte.

»Danke, dass du fährst. Ich habe extra Cheetos eingepackt, nur für den Fall.«

Er lachte. »Eine Frau, die weiß, was ich mag. Der Traum eines jeden Mannes«, neckte er sie.

Josie errötete. Sie war sich da nicht so sicher, aber ja, sie wusste, was Nate mochte. Schnelle Duschen, ihre Flieder-Lotion, die wirklich ungesunden Käsesnacks, frische Erdbeeren, Krimis und Filme, und er hatte eine Schwäche für italienisches Essen.

Sie wusste auch, dass er nicht gern mit vielen Kleidern schlief und dass er mitten in der Nacht immer ein Bein aus der Decke streckte. Und wenn sie sich von ihm wegrollte, kuschelte er sich immer an ihren Rücken und lag in Löffelchenstellung. Er hasste den Wecker am Morgen und wachte meist auf, bevor er losging. Er hatte eine Abneigung gegen Verspätungen und war ein außergewöhnlich loyaler Freund. In ihrer Gegenwart sagte er nicht viel und überließ es den anderen, die Unterhaltung aufrechtzuerhalten, aber zu Hause bei ihr war er eine Plaudertasche.

Ja, man konnte mit Sicherheit sagen, dass sie wusste, was Nate mochte. Außer, wenn es um Intimität ging. Das wollte sie auch wissen. So sehr, dass es fast wehtat. Aber sie hatte Angst, den ersten Schritt zu tun. Es würde sie zerstören, abgewiesen zu werden.

Auch wenn sie sich ziemlich sicher war, dass er sie nicht abweisen würde. Nicht wenn sie jede Nacht miteinander knutschten. Aber er hielt sich immer noch zurück, und das verwirrte Josie. Sie dachte, dass es einen guten Grund geben musste, warum er ihre körperliche Beziehung nicht vorantrieb, abgesehen davon, dass er sie nicht drängen wollte. Das reichte aus, um ihre Rolle in seinem Leben infrage zu stellen.

»Worüber denkst du so angestrengt nach?«, fragte er.

Josie spürte, wie sie errötete. Wenn er nur wüsste. »An nichts Besonderes. Die Reise«, log sie.

»Es wird schon alles gut gehen. Safe hat gesagt, dass er alles, was wir hier nicht behalten wollen, für dich einlagern wird. Und es ist eigentlich besser, dass dein Vermieter deine Möbel weggegeben hat, denn dann hätten wir wirklich einen Lagerraum mieten oder uns selbst um den Verkauf kümmern müssen.«

Er sprach so, als sei ihr Zusammenleben mit ihm eine dauerhafte Angelegenheit. Josie wünschte sich von ganzem Herzen, dass dies der Fall war.

Nachdem er ihr in seinen Wagen geholfen hatte – er hatte immer noch keinen Tritthocker für sie besorgt, nicht dass sie einen wollte; sie war kein Kind, auch wenn sie so klein war wie eines –, setzte er sich hinter das Steuer und sie fuhren vom Parkplatz in Richtung Autobahn.

Insgeheim gefiel es ihr, dass Nate sie in sein Fahrzeug hob. Sie war froh, dass er das noch konnte. In den wenigen Wochen, die sie in Kalifornien verbracht hatte, hatte Josie bereits einen Großteil des verlorenen Gewichts wieder zugelegt. Es fühlte sich gut an, an sich herunterschauen zu können, ohne dass ihre Rippen oder Hüftknochen herausragten. Sie war nie ein dicker Mensch gewesen und hatte auch nicht vor, jetzt einer zu werden, aber sie hatte etwas zulegen müssen, und sie fühlte sich gesund. Stark.

Sie waren schon dreißig Minuten gefahren und hatten den schlimmsten Verkehr hinter sich gelassen, als Nate fragte: »Erzählst du mir mehr von dir? Deiner Mutter, deinem Leben, bevor wir uns kennengelernt haben?«

Josie schaute aus dem Fenster auf die vorbeiziehende Landschaft und seufzte. Es war nicht so, dass sie Nate nicht von ihrer Familie erzählen wollte, es war nur schmerzhaft.

Es war besser, es schnell loszuwerden. Als würde sie ein Pflaster abreißen. Zum Glück fiel es ihr von Tag zu Tag leichter, zu reden. Wenigstens mit Nate. Bei anderen blieb ihr noch immer die Sprache weg, aber mit ihm hatte sie keine Probleme mehr, zu reden.

»Meine Mutter war großartig. Alleinerziehend, hat hart gearbeitet, um mir alles zu geben, was ich brauchte. In meinem letzten Jahr an der Highschool wurde sie krank. Schilddrüsenkrebs. Sie hat hart gekämpft, aber es hat sich zu schnell ausgebreitet. Sie starb einen Monat vor meinem Schulabschluss. Ich hatte kein Geld, um aufs College zu gehen, also fing ich an zu tun, was ich gut konnte ... tippen. Ich hatte ein paar Gelegenheitsjobs und kellnerte ein bisschen, und ich schaffte es, eine Wohnung zu bekommen. Da ich viel von zu Hause arbeitete, fiel es mir schwer, Freunde zu finden. Ich ging ab und zu mit anderen Kellnerinnen aus und lernte hier und da ein paar Männer kennen, mit denen ich Beziehungen hatte. Sie waren aber nie von Dauer.

Dann traf ich Ayden. Er war mit ein paar Kumpeln auf dem Strip, als wir uns kennenlernten. Er war in Fort Irwin stationiert, gleich hinter der kalifornischen Staatsgrenze, aber seine Familie lebte in Vegas. Ich mochte ihn wirklich, und ich dachte, er mochte mich auch. Die Dinge wurden schnell ernst. Er schrieb mir viele E-Mails, erzählte mir Dinge, die ich glauben wollte ... ich glaube, weil ich einsam war. Er kam nach Vegas, um mich so oft wie möglich zu sehen.

Irgendwann hatte ich das Gefühl, dass er mich nur als Unterkunft benutzte, wenn er in die Stadt kam, um mit seinen Freunden zu feiern, weil er nicht bei seiner Mutter oder Schwester bleiben wollte. Ich fing an, mich zu fragen, ob er mich wirklich mochte oder ob ich nur bequem für ihn war. Als er das letzte Mal im Einsatz war, sagte er mir, wie sehr er mich vermissen würde, und er schrieb mir immer wieder E-Mails und sagte all die richtigen Dinge. Aber zu diesem Zeitpunkt war ich schon ziemlich fertig. Vor allem als ich eine E-Mail von jemandem aus seinem Trupp bekam ... der mich darüber in Kenntnis setzte, dass er eine Frau vögelt, mit der sie zusammenarbeiten. Den Rest kennst du.«

Nate runzelte die Stirn und streckte eine Hand mit der Handfläche nach oben aus. Josie nahm sie.

»Er war ein Idiot«, sagte er entschlossen. »Und das mit deiner Mutter tut mir leid.«

Aus irgendeinem Grund bedeuteten diese acht einfachen Worte von Nate mehr als all die anderen Beileidsbekundungen, die sie in den Jahren seit ihrem Tod erhalten hatte.

So saßen sie da, während sie auf der Autobahn weiter nach Nordosten durch den Staat fuhren. Allmählich wurde die Landschaft karg und braun, aber auch das hatte seinen Reiz. Sie fuhren an Barstow vorbei, dann an Baker, das sich mit dem angeblich größten Thermometer der Welt brüstete. Hinter der Staatsgrenze von Nevada staute sich der Verkehr ein wenig, aber es dauerte nicht lange, bis er sich wieder auflöste.

Die fünfstündige Fahrt war ziemlich schnell vergangen, und obwohl sie und Nate nach ihrer Geschichte über ihre Mutter und Ayden über nichts Schwerwiegendes mehr sprachen, hatte Josie dennoch das Gefühl, ihn irgendwie ein bisschen besser kennengelernt zu haben.

Vielleicht lag es daran, dass sie ihm dabei zusah, wie er wie ein Kleinkind Cheetos herunterschlang, oder dass er drohte, seine käsigen Finger an ihr abzuwischen, oder dass er lächelte, als ein kleines Mädchen in einem Fahrzeug, das sie passierten, ihnen zuwinkte. Es war so einfach, mit ihm zusammen zu sein, dass Josie sich entspannte. Sie hatte auch volles Vertrauen in seine Fähigkeit, sie sicher an ihr Ziel zu bringen. Verdammt, er hatte sie aus der Gefängniszelle in den Hubschrauber gebracht, durch die Berge des Irak und zurück nach Kalifornien. Warum sollte sie ihm nicht hinter dem Steuer eines Fahrzeugs vertrauen?

Er fuhr in das Parkhaus des Hotels, in dem sie wohnten, und wandte sich mit einem entschuldigenden Blick an sie. »Ich hätte den Wagen parken lassen, aber mit dem Anhänger war das wohl nicht die beste Option.«

»Ist schon gut«, sagte Josie.

»Bleib hier, ich komme rüber«, sagte er, wie er es immer tat, wenn sie zusammen irgendwo hinfuhren. Josie hatte aufgehört, ihn davon überzeugen zu wollen, dass sie ohne seine Hilfe aus dem Wagen aussteigen konnte, denn sie liebte es, wenn er seine Hände auf ihr hatte, also wartete sie, bis er um den Wagen herumging und die Tür öffnete. Wie immer hielt sie sich an seinen Unterarmen fest, als er sie aus dem Wagen hob. Aber er ließ sie nicht sofort los, sondern starrte sie an.

»Ich würde deine Hilfsbereitschaft nie ausnutzen«, sagte er ernst. »Ich liebe es, wie du dich um mich kümmerst. Am Ende des Tages zu dir nach Hause zu kommen ist etwas, von dem ich nie gedacht hätte, dass ich es erleben würde. Aber du bist nicht in meiner Wohnung, weil ich jemanden brauche, der für mich kocht oder putzt, sondern weil ich dich dort haben will. Und ich bin dabei, mich in dich zu verlieben, Josie England. Wenn dir das Angst macht oder wenn du das nicht willst, dann musst du es mir jetzt sagen ... und ich werde mein Bestes tun, um mich zurückzuziehen.«

Sie schüttelte sofort den Kopf. »Nein.«

»Nein, das ist nicht das, was du willst?«, fragte er.

»Nein. Es macht mir keine Angst, weil ich mich bereits in *dich* verliebt habe, Nate Davis.« Für den Bruchteil einer Sekunde fragte sie sich, ob ein Geständnis das Richtige war. Die Sorge, was die Leute sagen würden, was sie denken würden, dass sie es überstürzten, kam ihr in den Sinn ... aber als sie das Lächeln auf Nates Lippen sah, verdrängte sie diese

Gedanken. Sie überstürzten es *nicht*. Sie kannte diesen Mann so gut, wie er sie kannte.

»Gut.«

Gut? Das war seine einzige Antwort?

Josie beobachtete, wie er auf die Ladefläche des Pick-ups griff und die Tasche hervorholte, die er dort hingeworfen hatte, bevor sie losgefahren waren. Er hatte darauf bestanden, ihre Sachen zusammen mit seinen einzupacken, weil sie nur eine Nacht bleiben würden und es albern wäre, zwei Taschen mitzunehmen. Dann legte er einen Arm um ihre Schultern und zog sie an seine Seite, während er sich auf den Weg durch das Parkhaus machte.

Josie hatte Fragen. Sehr viele sogar. Aber sie legte erst einmal nur den Arm um seine Taille. Die Fragen konnten warten. Mit Nate an ihrer Seite genügte es, dass sie das Gefühl hatte, alle Dämonen erschlagen zu können, die hier in der Stadt, in die sie nur ungern zurückkehrte, ihr hässliches Haupt erheben würden.

Blink wollte Josie hochheben, sie sich über die Schulter werfen, sie in ihr Zimmer tragen, die Tür verschließen und tagelang nicht mehr herauskommen. Aber er zwang sich, sich so normal wie möglich zu verhalten.

Sie hatte sich in ihn verliebt. Das war alles, was er hören musste.

Josie würde heute Nacht ihm gehören. Es fühlte sich bereits an, als gehöre sie ihm, aber er wollte ihr mit seinem Körper zeigen, wie sehr er sie verehrte. Wie erstaunt er war, dass sie sich für ihn entschieden hatte. Es gab bessere Männer da draußen, daran hatte er keinen Zweifel. Aber sie würden sie nicht so lieben, wie er es konnte.

Liebe.

Er sollte bei diesem Wort ausflippen. Aber nachdem er Kevlar und Safe mit ihren Frauen beobachtet hatte, hatte er keine Angst vor diesem Gefühl. Nicht mehr. Nicht, nachdem er und Josie gemeinsam etwas Schreckliches überlebt hatten.

Blink wollte ihr ohne Worte zeigen, wie viel sie ihm bedeutete. Dass sie jetzt der wichtigste Mensch in seinem Leben war. Wichtiger als sein SEAL-Team. Wichtiger als sein Vater. Wichtiger als sein Zwillingsbruder. Tate würde es verstehen. Würde wahrscheinlich eifersüchtig sein. Aber er würde sich auch für sie beide freuen.

Sie standen in der Schlange zum Einchecken, und Blink legte von hinten die Arme um Josie und drängte sie, sich an ihn zu lehnen, während sie warteten. Als sie an der Reihe waren, checkte er schnell ein und nahm den Schlüssel von der Frau hinter der Rezeption entgegen. Der Weg zu ihrem Zimmer war ein wenig kompliziert, und Blink zuckte zusammen, als sie durch das laute, verrauchte Casino zum Aufzug gingen, der sie zu ihrem Zimmer bringen sollte.

Er spürte, wie Josie etwas näher trat, als sie an einer Gruppe von Männern vorbeikamen, die offensichtlich betrunken waren und ein bisschen zu laut lachten.

»Wir sind gleich da«, beruhigte er sie und führte sie in einen Aufzug.

»Alles scheint so ... geschäftig zu sein«, murmelte sie gegen ihn, als sie in den einundzwanzigsten Stock fuhren.

»Das liegt daran, dass es so ist«, stimmte Blink zu. »Zumindest hier in Vegas.«

Der Flur war leer, als sie aus dem Aufzug stiegen, und Blink brachte sie ohne Probleme in ihr Zimmer. Es war ein gewöhnliches Hotelzimmer, nichts allzu Auffälliges. Zwei kleine Doppelbetten, ein Fernseher, ein kleiner Tisch in der Ecke.

Blink ging zum Fenster und öffnete den Vorhang, um das helle Sonnenlicht von Vegas hereinzulassen. Sie lagen zum Strip hin, und er war froh, dass es Verdunklungsvorhänge gab, denn wenn das Licht die ganze Nacht brennen würde, wäre das sicher nicht gut für den Schlaf.

Er drehte sich, um einen Witz über die Lichter draußen zu machen, als er Josie mit unsicherem Blick an der Tür stehen sah.

»Was? Was ist denn los?«, fragte Blink und ging zurück zu ihr.

Zum Glück versuchte sie nicht, Ausflüchte zu machen. »Zwei Betten?«, fragte sie.

Er entspannte sich ein wenig. »Ich wollte nichts voraussetzen.«

»Aber ... wir haben bei dir im selben Bett geschlafen. Gefällt dir das nicht?«

»Nein!«, sagte Blink so heftig, dass sie zusammenzuckte. Er nahm ihr Gesicht in die Hände und hob ihren Kopf an, um ihr in die Augen sehen zu können. »Ich meine, *ja*, ich liebe es, mit dir zu schlafen. Ich habe so gut geschlafen wie noch nie. Ich wollte dich nur nicht unter Druck setzen, etwas zu tun, was du vielleicht nicht tun willst. In letzter Zeit sind die Dinge ein wenig außer Kontrolle geraten, und ich wollte sicherstellen, dass du weißt, dass du hier die Kontrolle hast. Mit uns.«

»Ich will mit dir schlafen«, sagte sie entschlossen.

»Dann eben ein Bett«, beruhigte Blink sie.

Aber sie schüttelte den Kopf, so gut sie es in seinem Griff konnte. »Nein, ich will mit dir *schlafen*«, wiederholte sie.

Blinks Herz überschlug sich. Er war nicht respektlos, indem er sie fragte, ob sie sich sicher sei, und sie darauf hinwies, dass sie etwas Traumatisches erlebt hatte, oder ihr sagte, dass sie noch ein wenig warten sollten. Josie kannte ihren eigenen Verstand. Und die Wahrheit war, dass er bereits beschlossen hatte, diese Frau heute Abend zu seiner zu machen; ihre Worte machten ihn nur noch eifriger, ihr genau zu zeigen, wie sehr er sich um sie sorgte.

»Hast du Hunger?«, fragte er.

Sie sah verwirrt aus, schüttelte aber den Kopf.

»Willst du ein bisschen herumlaufen? Das Hotel besichtigen?«

»Nein.«

»Spielen?«

Sie trat einen Schritt näher, sodass sie den Kopf noch weiter zurücklegen musste, um Blickkontakt zu halten. Blink legte die Hände auf ihre Hüften.

»Nein. Ich will *dich*, Nate. Du hast etwas an dir, das mich gerufen hat, seit ich dich das erste Mal in der Zelle neben meiner sah. Ich fühle mich sicher bei dir. Ich bin zufrieden. Glücklich.«

Blink konnte nicht einmal in Worte fassen, wie er sich bei ihr fühlte. Es war, als könnte er Bäume ausreißen. Sie hatte sich für ihn entschieden. *Ihn.* Wenn sie den Mann gesehen hätte, der er noch vor ein paar Monaten war, hätte sie sich wahrscheinlich so weit wie möglich von ihm entfernt. Er war auf eine Weise gebrochen worden, von der er nie gedacht hätte, dass er sich davon erholen könnte.

Aber andererseits hatte Remi sich nicht von den Schilden abhalten lassen, die er errichtet hatte. Er hatte das Gefühl, Josie hätte ihn auch durchschaut.

»Sobald wir das getan haben, gibt es kein Zurück mehr«, warnte er sie.

»Gut«, antwortete sie entschlossen.

So viele Dinge gingen Blink durch den Kopf. Wie er sie zum ersten Mal nehmen wollte. Wie er ihr alle Kleider vom Leib reißen und sie auf das Bett werfen wollte. Aber er wollte sie nicht erschrecken. Er wollte nichts tun, was sie an die Gewalt und den Horror erinnern könnte, den sie erlebt hatte.

Er ergriff ihre Hand und führte sie zum Ende des nächstgelegenen Bettes, dann drehte er sich zu ihr um ... und begann, sich langsam auszuziehen. Er wollte sie beruhigen. Liebevolle Worte verwenden. Aber es fühlte sich an, als stünde sein

Körper in Flammen und alle seine Worte waren zu Asche geworden.

Ohne ein Wort zu sagen, machte sie es ihm nach, zog sich ihr T-Shirt hoch und über den Kopf und schob sich die Jeans von den Hüften.

Blink war vor ihr mit dem Ausziehen fertig und fühlte sich nicht im Geringsten unwohl, als er ohne einen Fetzen Kleidung vor ihr stand. Ihm lief das Wasser im Mund zusammen, als er mehr und mehr von ihrem Körper zu sehen bekam. Er hatte sie schon in einem Bikini und dem durchsichtigen Überwurf gesehen, aber das war etwas ganz anderes.

In der kurzen Zeit, die sie in Kalifornien gewesen war, hatte sie zugelegt. Blink hatte sein Bestes getan, um sie mit viel Eiweiß und nahrhaften Speisen zu versorgen und ihr zu helfen, etwas von dem Gewicht zuzulegen, das sie in der Gefangenschaft verloren hatte.

Jetzt stand sie in BH und Unterhose vor ihm und sah ihn unsicher an.

Das war inakzeptabel. Seine Frau sollte sich nie anders als sexy und begehrenswert fühlen, wenn sie in seiner Nähe war.

Er ließ die Hände zu ihren Hüften wandern und sah ihr in die Augen, als er sagte: »Du bist buchstäblich die schönste Frau, die ich je in meinem Leben gesehen habe.«

Sie schnaubte.

»Ich lüge nicht.«

»Meine Hüftknochen ragen immer noch ein wenig heraus. Und meine Brüste sind immer noch flach wie ein Brett.«

Aber Blink schüttelte den Kopf. »Dein Körper ist der Inbegriff von Stärke. Wenn du eine andere Form hättest, hättest du das vielleicht nicht überlebt.«

Als seine Worte verklungen waren, schob er seine Hände unter den Gummizug ihres Höschens. »Darf ich?«, fragte er leise.

Sie nickte ihm kurz zu, und Blink hielt den Atem an, als er

ihr die Unterwäsche von den Beinen schob. Dann griff er um sie herum und öffnete den Verschluss ihres BHs. Als sie beide nackt waren, betrachtete Blink die Frau vor ihm, angefangen bei ihrem Kopf bis hin zu ihren Zehenspitzen und wieder zurück. Ihre Brustwarzen wurden hart, während er sie beobachtete, und der Anblick war so erotisch, dass er sich zusammenreißen musste, um nicht auf der Stelle zu kommen.

So erregt er auch war, als er sie nackt sah, machte er sich zum ersten Mal Sorgen. Sie war winzig, und er ... nicht. Sein Schwanz ragte zwischen seinen Beinen hervor, begierig und bereit, sich in ihrem Körper zu vergraben, aber ihm war klar, er musste sicherstellen, dass sie ihn ohne Schmerzen nehmen konnte. Und das würde ihm sicherlich Freude bereiten.

Blink griff nach ihr, packte sie um die Taille und hob sie hoch. Dann tat er, ohne nachzudenken, was er schon tun wollte, seit sie den Raum betreten hatten – er warf sie auf die Matratze.

Einen Moment lang war er sauer auf sich, aber Josie kicherte nur. Dieses leise Geräusch ging direkt auf seinen Schwanz über und ließ einen Lusttropfen aus dem Schlitz sickern.

Er hob ein Knie und begann, auf das Bett zu kriechen, bis Josie anfing, an der Tagesdecke zu ziehen.

»Was machst du da?«, fragte er, weil er befürchtete, sie wollte sich zudecken.

»Diese Dinger sind eklig. Ich habe keine Ahnung, wer da drauf was gemacht hat. Wenigstens wissen wir, dass die Bettwäsche sauber ist.«

Blink lachte. Er konnte ihr nicht widersprechen. Er half ihr, die Tagesdecke auf den Boden zu schieben, und setzte sich dann zu ihr auf die Matratze.

Ohne Vorwarnung schob er ihre Beine auseinander und legte sich dazwischen. Er konnte ihre Erregung riechen, und das steigerte sein eigenes Bedürfnis um das Zehnfache. Der

Anblick ihrer feuchten Schamlippen, der Beweis, dass sie es genauso sehr wollte wie er, trug viel dazu bei, Blinks Nerven zu beruhigen. Er durfte das nicht vermasseln. Es war zu wichtig. *Sie* war zu wichtig.

Dann leckte er sie. Wieder und wieder. Der erste Hauch ihres Moschusgeschmacks auf seiner Zunge war noch nicht genug. Nicht *annähernd* genug. Er stürzte sich auf sie, als sei er ein ausgehungerter Mann, und sie war die einzige Nahrung, die ihn ernähren konnte.

Er hörte Josies Quieken und spürte ihre Hände in seinem Haar, aber er sah nicht auf. Er schaute nicht weg von ihrer rosa Muschi, die vor ihm lag. Blink war so versessen darauf, sie zu lecken und so viel von ihrem Saft aufzusaugen, wie er nur konnte, dass er das Grunzen und Stöhnen, das er von sich gab, kaum hörte. Er war im Paradies, und er wollte mehr. Brauchte mehr.

Mit rauen Händen packte er ihre Hüften und manövrierte Josie, bis sie auf den Knien war, direkt über seinem Gesicht, als er sich auf den Rücken drehte und seine Beine über das Ende des Bettes hingen.

Keiner von beiden sprach, während er sich zwischen ihren Beinen vergnügte. Er saugte, leckte, schlürfte ... und es war immer noch nicht genug. Es würde *nie* genug sein. Er brauchte die Essenz dieser Frau, wie er Luft zum Atmen brauchte. Er wollte sie auf seiner Seele eingebrannt haben.

Mit den Händen umklammerte er fest ihre Hüften, während er sie verschlang. Es war schmutzig, unzivilisiert, und er liebte jede Sekunde. Er war noch nie so ... hemmungslos gewesen. Er hatte in der Vergangenheit schon Frauen geleckt, aber es hatte sich nie so angefühlt. Als würde er explodieren, wenn er ihren Orgasmus nicht an seiner Zunge spürte.

Kaum hatte er den Gedanken, merkte er, wie Josies Oberschenkel zu beben begannen. »Ja«, murmelte er an ihr. »Komm an meiner Zunge. Ich will dich stundenlang an mir schmecken.«

Seine Worte waren grob und nicht gerade liebevoll, aber er konnte nicht anders.

Josie begann, sich an ihm zu reiben, was in Blink den Wunsch auslöste, sich wie ein Höhlenmensch gegen die Brust zu schlagen. Er bereitete ihr Vergnügen. Seine Lippen, seine Zunge. *Er.*

Er umschloss ihre Klitoris und saugte. Hart. Und wurde mit einem Schwall ihrer Erlösung belohnt. Er bewegte sich nach unten und leckte sie so schnell, wie er seine Zunge bewegen konnte.

»Nate!«, schrie sie.

Aus Angst, dass er sie zu Tode erschreckt hatte, schaute er nach oben, vorbei an ihrem winzigen Bauch und ihren Brüsten, um zu sehen, wie sie auf ihn herabsah. Aber anstatt erschrocken oder angewidert von seiner mangelnden Zurückhaltung auszusehen, leckte sie sich über die Lippen und sagte: »Mehr.«

Sie wollte mehr?

Er würde seiner Frau *alles* geben.

Blink hob den Kopf und begann erneut, ihre Klitoris zu bearbeiten. Josie zuckte in seinem Griff, und er legte seine Finger fester um ihre Taille. Er hielt sie fest, während er sie ein zweites Mal zum Orgasmus brachte. Seine Wangen waren nass von ihrem Saft, und Blink leckte sich begierig über die Lippen, weil er ihren Geschmack liebte.

Es war nicht schwer, sie hochzuheben und sie erneut zu bewegen, ihre Erregung überzog seine Brust, als er sie an seinem Körper hinuntergleiten ließ. Es fühlte sich primitiv an, als hinterließe sie ihre Spuren auf ihm. Im letzten Moment, kurz bevor er sie auf seinen Schwanz sinken ließ, hielt er inne.

»Scheiße«, murmelte er.

Er hörte und spürte, wie ein Kichern durch Josies Körper ging.

»Kondom«, stieß er hervor. Alles in ihm schrie danach, sie zu nehmen. Sie auf seinen Schwanz zu ziehen und sie hart zu ficken. Aber das würde er ihr nicht antun, und auch keiner anderen Frau. Er wollte sie um jeden Preis schützen.

»Wo?«, fragte sie.

»In der Gesäßtasche meiner Jeans«, sagte er mit zusammengebissenen Zähnen.

Er sollte sich bewegen. Aufstehen und das Kondom holen, das er vor Verlassen seiner Wohnung dort verstaut hatte. Aber er konnte nicht. Sein Schwanz schmerzte so sehr, dass er die Kontrolle verlieren würde, wenn er sich auch nur einen Zentimeter bewegte. Er würde explodieren. Er hing am seidenen Faden.

Blink zwang sich, Josie loszulassen, und sah zu, wie sie auf alle viere ging und zum Ende des Bettes kroch. Der Anblick ließ einen weiteren Lusttropfen aus der Spitze seines Schwanzes quellen. Er fasste sich an den Ansatz seines Schwanzes, um sich selbst vor dem Kommen zu bewahren. Josies Hintern war perfekt. Klein, rund, und er wünschte sich nichts sehnlicher, als sie von hinten zu nehmen. Sich über ihren Rücken zu legen, sie mit seinem viel größeren Körper zu umgeben, seine dominante Seite zu zeigen.

Er musste die Augen schließen und sich auf etwas anderes konzentrieren als auf die Frau in seinem Bett. Ihr Geschmack auf seiner Zunge machte das unmöglich.

Das Bett neigte sich, als sie wieder auf ihn zukroch, aber Blink öffnete die Augen nicht. Konnte es nicht.

Als Josie eine kleine Hand um seinen Schwanz legte, öffneten seine Augen sich von selbst. Sie kniete jetzt zwischen *seinen* Beinen, ihr Blick war auf seinen Schwanz gerichtet. Hungrig und ungläubig sah er zu, wie sie sich über die Lippen leckte und den Kopf senkte.

Josie hatte den Sex mit den Männern genossen, mit denen sie in der Vergangenheit zusammen gewesen war. Aber nichts hatte sich je so angefühlt wie mit Nate. Die Art, wie er sie mit solcher Hingabe leckte, machte sie am meisten an. Er tat so, als könnte er nicht genug von ihr bekommen. Er hielt sie fest und ließ nicht zu, dass sie sich von ihm löste. Und als er sich umdrehte und sie über sich hob, hatte sie sich noch nie so weiblich gefühlt.

Bei jedem anderen Mann wäre sie vielleicht überwältigt gewesen, aber bei Nate fühlte sie sich einfach nur ... wertgeschätzt.

Nachdem sie das Kondom aus seiner Jeanstasche geholt hatte, drehte sie sich um und schluckte schwer bei dem Anblick, der sich ihr bot. Nate in seiner ganzen schönen nackten Pracht – sie liebte es, dass er am ganzen Körper Sommersprossen hatte, nicht nur im Gesicht – mit der Hand um seinen Schwanz. Seine Augen waren geschlossen, und es sah aus, als hätte er Schmerzen.

Noch während sie zusah, lief ein Lusttropfen von der Spitze seines Schwanzes langsam auf seine Finger hinunter. Sie hatte plötzlich das Bedürfnis, ihn zu kosten.

Sie streckte eine Hand aus und legte sie über seine, aber Daumen und Zeigefinger trafen sich nicht, so dick war er. Mit dem Blick fixierte sie einen weiteren Lusttropfen am Schlitz und beugte sich vor. Begierig darauf, ihn zu kosten, wie er es mit ihr getan hatte. Sie streckte ihre Zunge heraus und leckte seine Essenz auf. Sofort verdrängte ein weiterer Tropfen den, den sie gestohlen hatte.

Also leckte sie ihn erneut.

Nate stöhnte, und Josie sah zu ihm auf, während sie ein drittes Mal an seinem Schlitz leckte.

»Scheiße.«

Nate so fluchen zu hören fühlte sich an, wie nach Hause zu

kommen. Was dumm war, aber das erste Wort, das sie ihn je hatte sagen hören, war »Scheiße«, also war es angemessen.

Josie liebte das Gefühl der Macht, das sie in diesem Moment hatte. So lange war sie ihrer Macht beraubt gewesen. Und Nate auf dem Rücken zu haben, mit ihr zwischen seinen Beinen, gab ihr das Gefühl, dass sie alles tun konnte. Sie hatte diesen übermenschlichen Navy SEAL gezähmt. Sie konnte die Welt erobern.

Gerade als sie ihren Mund senkte, um die gesamte Spitze seines Schwanzes zu umschließen, bewegte er sich. Er setzte sich auf, packte sie an der Taille und zog sie über ihn, bis sie auf seinem Bauch saß.

»Kondom«, befahl Nate und hielt ihr eine Hand hin. Seine Zähne waren zusammengebissen, und er klang, als hätte er Schmerzen.

Ohne zu protestieren, reichte Josie ihm die kleine Folienpackung. Er setzte sich ein wenig auf, und sie spürte, wie seine Bauchmuskeln sich unter ihr zusammenzogen, als er die Hände hinter sie führte. Sie spürte, wie er das Kondom über seine Länge abrollte, und war beeindruckt, wie leicht er sich um sie herum bewegen konnte.

Dann legte er sich wieder hin und hob sie auf die Knie. Mit einer Hand hielt er seinen Schwanz aufrecht, fuhr mit der Spitze durch ihre Schamlippen und vergewisserte sich, dass er befeuchtet war. Aber anstatt sie sofort auf sich zu setzen, benutzte er seinen Schwanz als eine Art Spielzeug und spielte mit ihrer Klitoris.

Es dauerte nicht lange, bis Josie ihre Hüften bewegte und versuchte, ihn dorthin zu bekommen, wo sie ihn am meisten wollte ... in ihr.

»Willst du das?«, fragte er und klang dabei ein wenig selbstgefällig.

»Ja.«

»Wessen Schwanz wird gleich in dir sein?«

Josie konnte nur stöhnen.

»Sag es mir, Spirit. Auf wessen Schwanz wirst du gleich reiten?«

»Deinem«, brachte sie heraus.

»Mein Name. Sag meinen Namen«, befahl er.

»*Nate*. Bitte. Ich brauche dich.«

Die Worte waren kaum aus ihrem Mund, da zog er sie auf sich hinunter, während er gleichzeitig nach oben stieß.

Es hätte wehtun müssen. Nate war kein kleiner Mann – in keiner Weise. Aber alles, was Josie fühlte, war Befriedigung, als er sie ausfüllte. Sie wackelte mit den Hüften, und er glitt noch ein wenig tiefer in sie hinein.

»Sieh mich an«, sagte Nate.

Sie begegnete seinem Blick.

»Du gehörst mir«, knurrte er herrisch. »Und ich gehöre dir. Fick deinen Mann, Spirit. Zeig mir, wie sehr du das willst.«

Josie ließ sich das nicht zweimal sagen. Sofort begann sie, sich auf ihm auf und ab zu bewegen. Er fühlte sich fantastisch an. Er war dick und lang und erreichte Stellen in ihr, die noch nie ein Mann zuvor erreicht hatte. Aber er begnügte sich nicht damit, unter ihr zu liegen. Er ließ die Hände über ihren Körper wandern, streichelte, zwickte, spielte. Sie fühlte sich sexy, und ein Teil der Angst und des Schmerzes, die sie seit ihrer Gefangenschaft mit sich herumgetragen hatte, verblasste.

»Das ist es«, drängte Nate. »Fick mich.«

Sogar seine schmutzigen Worte machten sie an. Und Josie hatte sich nie wirklich wohlgefühlt, wenn es um solche Dinge im Schlafzimmer ging. Aber mit Nate zusammen zu sein schien alle ihre Hemmungen zu beseitigen. Nichts fühlte sich bei ihm unangenehm oder seltsam an.

Schließlich bemerkte sie, dass Nate ihre Taille umklammert hatte und sie mit seinen starken Armen auf und ab bewegte. Sie entspannte sich in seinem Griff, überließ ihm ihr Körpergewicht und ließ sich von ihm bewegen, wie er wollte.

Es war offensichtlich, dass ihre Unterwerfung ihm gefiel, denn er lächelte, ein zufriedenes, sexy Grinsen, das Josies Innerstes berührte.

Dann bewegte er sie beide erneut mühelos und drehte sie auf den Rücken, bis sie unter ihm lag. Sein Schwanz bewegte sich in einem trägen Rhythmus in sie hinein und aus ihr heraus.

»Du fühlst dich so gut an. So zierlich, so zerbrechlich. Aber das bist du nicht, oder?«, fragte er. »Nicht zerbrechlich. Du bist hart wie Stahl. Du weigerst dich, dich selbst unter dem härtesten Druck zu verbiegen. Das ist verdammt sexy. Ich will dir mehr geben. Sag mir, dass du es nehmen kannst. Dass du mich nehmen kannst.«

Josie keuchte praktisch. »Gib mir alles von dir«, erwiderte sie und fuhr mit ihren Fingernägeln über seine Brust.

Sie spürte, wie Nate tief einatmete, dann hob er eines ihrer Beine an und legte es in seine Ellenbeuge. Das Gleiche tat er mit ihrem anderen Bein, sodass sie mit gespreizten Beinen unter ihm lag. Als er in sie eindrang, tat es fast weh, so tief war er.

Aber Josie stöhnte nur. Sie liebte es, dass er sie auf diese Weise nahm. Er behandelte sie nicht, als sei sie ein zartes Stück Glas. Sie mochte zierlich sein, aber sie konnte alles aushalten, was er ihr gab. Jetzt und für immer.

»Ja«, zischte sie.

»Davon habe ich geträumt«, sagte Nate, während sein Schwanz sich in ihrem Körper bewegte. »Bevor ich dich getroffen habe, habe ich davon geträumt, eine Frau zu finden, die mich so nehmen kann, wie ich bin. Mit allen Fehlern. Und da warst du. In einer verdammten stinkenden iranischen Gefängniszelle. Du sahst wild aus, aber verdammt schön. *Mein.* Ich wusste es dann, und ich weiß es jetzt. Ich beanspruche dich, Josie. Alles von dir. Diese Muschi gehört mir. Dieser Körper gehört mir. Dein Herz gehört mir.«

Er stieß jetzt in sie hinein. Im Takt mit jedem Wort.

»Und du gehörst mir. Dein Schwanz, jede Sommersprosse, dein Herz. Wenn es jemals jemand wagt, dich mir wegzunehmen, werde ich kämpfen wie die wilde Frau, die ich in der Zelle war!« Josie wusste nicht, woher die Worte kamen, aber es fühlte sich richtig an, sie zu sagen. Sie starrten einander in die Augen, während er sie weiter hart und tief fickte.

»Eines Tages möchte ich dich mit meinem Samen füllen. Diese Muschi so voll machen, dass du davon triefst.«

Josies innere Muskeln verkrampften sich bei seinen Worten.

Er grinste. »Das habe ich gespürt. Der Gedanke gefällt dir, hm? Willst du, dass ich in dir komme, Josie?«

»Ja«, flüsterte sie.

»*Scheiße*«, fluchte er.

Josie lächelte. Aber das Grinsen verblasste, als er auf sie herabstarrte. Keiner von beiden sprach mehr. Allein der Blick in seine Augen fühlte sich intimer an als der Sex, den sie hatten. Dann hörte er auf, sich zu bewegen, und Josie stöhnte klagend auf, während sie ihre Fingernägel in seinen Rücken krallte.

Er lächelte, sprach aber immer noch nicht. Er hob die Hüften an und ließ nur noch die Spitze seines Schwanzes in ihr. Sie versuchte, ihre Hüften nach oben zu drücken, um seinen Schwanz zurückzubekommen, aber er weigerte sich, ihr zu geben, was sie wollte.

Dann fand er mit den Fingern ihre Klitoris. Wie mit seiner Zunge neckte er sie nicht, sondern begann sofort, sie hart und schnell zu streicheln. Sie keuchte, weil er ihr teils Schmerz, teils Vergnügen abtrotzte, aber er wurde weder langsamer noch hörte er auf. Er starrte ihr einfach weiter in die Augen, während er sie über den Abgrund stieß.

»Noch einmal«, befahl Nate.

Josie wollte protestieren, aber sie bekam kein Wort aus

ihrer plötzlich geschlossenen Kehle heraus. Dies war ... die erstaunlichste sexuelle Erfahrung ihres Lebens. Und er hatte sie für jeden anderen ruiniert.

Als sie erneut zu krampfen begann, stieß Nate hart und tief in sie hinein.

Ein kleiner Schrei verließ Josies Mund. Wenn sie dachte, dass ihre Orgasmen zuvor intensiv gewesen waren, war das nichts im Vergleich zu dem Gefühl, das sie hatte, als er mit seinem Schwanz durch ihre flatternden Muskeln fuhr, als sie kam.

Er drückte so tief, wie er konnte, und hielt still, als er zum Orgasmus kam.

Ein plötzliches Bedauern über das Kondom, das er trug, überkam Josie. Es war dumm, sie sollte froh sein, dass er sie geschützt hatte; stattdessen empfand sie Groll auf das Stück Gummi, das sie davon abhielt, alles zu nehmen, was er zu geben hatte.

Nate sackte zusammen, aber er zerquetschte sie nicht. Stattdessen drehte er sich erneut und ließ sie fast von der Seite des Bettes fallen. Josie lachte, dann vergrub sie ihre Nase an seiner Halsbeuge und atmete ein. Er roch nach Schweiß und Sex. Und es war herrlich.

Sie lächelte. Sie hatte ein wenig daran gezweifelt, dass sie diesen unglaublichen Mann im Schlafzimmer befriedigen konnte, aber alle ihre Befürchtungen waren zerstreut worden.

Mit einer großen Hand fuhr er ihre Wirbelsäule auf und ab und drückte sie an sich. Sie spürte, wie sein Schwanz in ihr weicher wurde, aber so, wie sie auf ihm lag, rutschte er nicht heraus. Josies Innenschenkel waren nass, und sie war erschöpft.

»Geht es dir gut?«, fragte Nate in einem ganz anderen Ton als noch vor ein paar Minuten. Er war zaghaft, unsicher.

»Bestens«, beruhigte Josie ihn mit einem langen Seufzer. Sie spürte, wie seine Muskeln sich unter ihr entspannten.

»Gut. Ich war nämlich ein bisschen heftig.«

Das war eine Untertreibung. Sie brummte leise vor sich hin, zu erschöpft, um etwas anderes zu tun. Sie spürte mehr als sie hörte, wie ein Lachen durch seine Brust hallte.

»Du solltest wissen ...«, sagte er und hielt inne.

Josie zwang sich, den Kopf zu heben und ihn anzusehen.

In dem Moment, in dem sie seinem Blick begegnete, sagte er: »Das war lebensverändernd.«

Josie stimmte ihm von ganzem Herzen zu. Sie nickte.

»Bist du müde?«, fragte er.

Sie nickte erneut.

»Willst du ein Bad nehmen? Oder duschen? Oder hier liegen?«

»Hier liegen«, sagte sie, ohne zu zögern. »Dann ein Bad nehmen ... später.«

Er nickte, und Josie senkte ihren Kopf wieder. Einige Augenblicke später murmelte sie gegen seine Haut: »Ist dir kalt?«

Er lachte. »Was?«

»Wir sind nicht unter der Bettdecke. Ich habe nur gedacht, dass dir vielleicht kalt ist.«

»Mir geht's gut«, beruhigte er sie.

»Solltest du nicht ... ich weiß nicht ... das Kondom abnehmen?«

»Wahrscheinlich.«

Aber wieder machte er keine Anstalten aufzustehen. Josie zuckte innerlich mit den Schultern. Sie wusste, dass ein Kondom auslaufen oder abrutschen konnte, wenn man es anließ, nachdem der Mann seine Erektion verloren hatte. Aber um eine Schwangerschaft machte sie sich keine Sorgen. Sie hatte ein Implantat, um sich zu schützen. Sie hatte es Nate gegenüber nicht erwähnt, weil er so wild entschlossen schien, das Kondom zu tragen.

Dann schlief sie ein, wobei sie auf Nate lag, als sei er ein

Körperkissen. Sie wurde erst wach, als sie bewegt wurde. Nate hatte sie hochgehoben und trug sie ins Bad, als sei sie eine Prinzessin oder so.

»Kannst du stehen?«, fragte er.

Josie nickte, aber Nate behielt seine Hände an ihrer Taille, bis er sicher war, dass sie sicher auf ihren Füßen stand. Dann zog er lässig das Kondom ab, ohne auch nur einen Hauch von Verlegenheit zu zeigen, beugte sich vor und drehte das Wasser in der Wanne auf. »Bleib genau da«, befahl er. Bevor Josie etwas sagen konnte, verließ er das Bad.

Weniger als zehn Sekunden später kam er mit einer Flasche in der Hand zurück. Er hielt sie hoch und sagte: »Ich habe ein Schaumbad mitgebracht.«

Josie war verwirrt. »Das hast du? Warum?«

»Weil ich dich verwöhnen wollte, sollte sich die Gelegenheit ergeben.«

Ganz im Ernst. Er war zu gut, um wahr zu sein. Wenn das jemand anderem passiert wäre, hätte Josie mit den Augen gerollt und gesagt, dass das total kitschig sei. Aber da es sich hier um Nate handelte und es tatsächlich ihr geschah, schmolz sie förmlich dahin.

Aus irgendeinem Grund fühlte sie sich nicht unsicher, in der Nähe dieses Mannes nackt zu sein. Vielleicht lag es daran, dass es ihm völlig gleichgültig zu sein schien, dass er keine Kleidung trug. Natürlich war er ein schönes Exemplar von einem Mann. Seine blauen Flecke waren fast vollständig verschwunden, und sie nahm an, dass seine Rippen nicht schmerzten, vor allem nachdem er sie im Bett bewegt und später getragen hatte.

Lächelnd schritt Josie auf ihn zu, als die Wanne sich füllte. Sie fuhr mit einem Finger über seine Brust, über die vielen Sommersprossen. »Ich liebe sie«, sagte sie, beugte sich vor und küsste eine. Dann eine andere. Sie hätte jeden einzelnen der kleinen Flecke geküsst, aber Nate legte einen Finger unter ihr

Kinn und neigte ihr Gesicht zu seinem hinauf. Er beugte sich herunter und küsste sie. Lange, langsam und tief. Dann nahm er ihre Hand und wies auf die Wanne.

»Es ist bereit.«

Josie schaute nach unten und sah, dass die Wanne bis zum Rand mit Schaum gefüllt war. Ihr entging auch nicht, dass sein Schwanz schon wieder hart war.

»Willst du dich mir anschließen?«, fragte sie.

Er lachte. »Nein. Da passen wir nicht beide rein.«

»Aber ...« Sie deutete mit dem Kinn auf seine Leistengegend.

Mit einem Lächeln sagte er: »Das wird bei dir immer so sein. Ich habe dich hart rangenommen, du bist wahrscheinlich wund. Ich kann warten.«

Dieser Mann. Meine Güte.

Josie stieg in die Wanne und ließ sich mit einem Seufzer in das heiße Wasser sinken. Nachdem sie so lange nicht mehr sauber gewesen war, waren Bäder ihre neue Lieblingsbeschäftigung. Und Nate war eindeutig nicht entgangen, wie viele sie in seiner Wohnung genommen hatte.

Er stützte sich auf den Wannenrand, beugte sich vor und küsste sie auf die Stirn. »Lass dir Zeit. Ich werde fernsehen.«

Sie hatte ein schlechtes Gewissen, weil er nicht in der Lage gewesen war, sich vorher zu waschen. Josie errötete ein wenig, als sie ihm das sagte.

Aber Nate zuckte nur mit den Schultern. »Ich liebe es, nach dir zu riechen«, erwiderte er, bevor er sich aufrichtete und sie allein im Bad zurückließ.

Josie schloss die Augen, während sie in den fruchtig duftenden Bläschen badete. Nate hatte buchstäblich ihr Leben verändert. Und sie konnte sich nicht vorstellen, ihn nicht bei sich zu haben. Sie hoffte, dass sie nichts tun würde, was die Dinge zwischen ihnen durcheinanderbringen könnte.

KAPITEL FÜNFZEHN

Blink schlief in dieser Nacht sehr fest. Wahrscheinlich war es eine Kombination aus dem Festhalten von Josie und der Erschöpfung durch den unglaublichen Sex, den sie gehabt hatten. Er war noch nie mit jemandem zusammen gewesen, der besser zu ihm passte. Er hatte sich selbst mit einigen Dingen überrascht, die er gesagt und getan hatte.

Aber da Josie weder zurückwich noch sich von seiner plötzlichen Dominanz abgestoßen fühlte, versuchte er, sich nicht allzu viele Gedanken darüber zu machen. Er hatte einfach das getan, was ihm in diesem Moment richtig erschien. Er hatte ihr gesagt, was er tief in seiner Seele gedacht hatte.

Heute Morgen hatten sie ausgeschlafen und gekuschelt. Wollte Blink wieder mit ihr schlafen? Ja, natürlich. Aber er hatte sie gestern hart rangenommen, und er war kein kleiner Mann. Und obwohl sie perfekt zu ihm passte, war sie immer noch winzig. Er würde auf keinen Fall etwas tun, was sie verletzen würde, also schob er sein Bedürfnis beiseite und hielt sie einfach fest.

Und es war großartig. Seine Frau an seiner Brust zu haben, während sie sich über ihre Mutter unterhielten, über seine

Kindheit, über einige seiner Missionen – ohne Details natürlich. Blink fühlte sich mehr zu Hause als je zuvor, seit er bei seinem Vater ausgezogen war.

Und jetzt saßen sie in seinem Wagen und waren auf dem Weg zu ihrem ehemaligen Wohngebäude. Sie hatte gestern ihren Vermieter angerufen, und sie hatten ein Treffen vereinbart, damit sie ihre Sachen abholen konnte.

Blink war sowohl dankbar als auch wütend auf ihren Vermieter. Er war erleichtert, dass er Josies Sachen nicht einfach weggeworfen hatte, aber auch nicht begeistert darüber, wie schnell er ihre Wohnung überhaupt neu vermietet hatte, nachdem sie aus dem Urlaub nicht nach Hause gekommen war.

Als er auf das Grundstück fuhr, sah er, dass das Gebäude nicht super teuer, aber auch nicht heruntergekommen war. Die Nachbarschaft schien eher der Mittelklasse anzugehören. Durchschnittlich.

Er und Josie klopften an die Bürotür, und ein Mann, etwa so groß wie Blink, antwortete. Er sah gepflegt und geschäftsmäßig aus. Er begrüßte Josie und führte sie in das Gebäude nebenan, wo er eine Wohnungstür öffnete. »Tut mir leid, aber Sie müssen herausfinden, welche Kartons Ihnen gehören. Ich schiebe einfach alles hier rein, wenn die Leute gehen. Wenn es zu voll wird, bringe ich es schließlich zu Goodwill oder anderen Secondhandläden.«

Blink runzelte verärgert die Stirn, aber seine Josie war so gnädig wie immer.

»Ist schon gut. Ich weiß es zu schätzen, dass Sie meine Sachen so lange aufbewahrt haben.«

Der Mann nickte, dann zog er einen Scheck aus seiner Tasche und hielt ihn ihr hin. »Für Ihre Möbel.«

Josie nahm ihn und steckte ihn ein, ohne nachzusehen, wie viel er wert war.

Nach einer peinlichen Pause sagte der Mann: »Schön, dass

es Ihnen gut geht. Ich habe mich schon gefragt, was passiert ist. Lassen Sie sich Zeit hier drin. Wenn Sie fertig sind, schließen Sie einfach die Tür hinter sich ab.«

Als er ging, wandte Josie sich an Blink. »Es ist okay, Nate.«

»Es ist nicht okay«, sagte er kopfschüttelnd. »Er hat deine Möbel verkauft, dich dabei wahrscheinlich abgezockt und dann alle deine Sachen hier reingeschmissen, zusammen mit dem Mist, den die Leute einfach zurücklassen, wenn sie gehen.«

Josie legte eine Hand auf seinen Arm. »Aber sie sind hier. Das ist alles, was mir wichtig ist.«

Blink nickte, aber er war immer noch nicht glücklich. »Ich kann dir nicht wirklich helfen, die Kartons durchzusehen, weil ich nicht weiß, was dir gehört und was nicht, aber ich kann alles zum Anhänger tragen.«

Und damit begannen sie die gewaltige Aufgabe. In der leeren Wohnung standen eine Menge Kartons. Offensichtlich war der Verwalter faul und brachte nur alle Jubeljahre einmal Sachen in den Secondhandladen.

Nachdem sie sich durch das Meer von Kartons gearbeitet hatten, fand Josie das, was ihre Sachen zu sein schienen, an einer entfernten Wand unter einem Haufen anderer Kartons. Josie öffnete jeden einzelnen und vergewisserte sich, dass es sich um ihre eigenen Sachen handelte, während Blink als Kurier fungierte und die Sachen aus der Wohnung zu dem Anhänger trug, den er gemietet hatte.

Er ging gerade zum zehnten Mal zu seinem Wagen auf dem Parkplatz, als er hinter sich einen Tumult hörte. Als er sich umdrehte, sah er zwei Frauen vor der Wohnung stehen, in der Josie schuftete. Und sie schrien sich die Lunge aus dem Leib.

Blink stellte den Karton genau dort ab, wo er auf dem Bürgersteig stand, und lief schnell auf die Frauen zu. Ein paar Leute begannen, sich zu versammeln, und beobachteten das

Spektakel. Erst als Blink hörte, was sie sagten, stieg seine Wut in die Höhe.

»… wäre nicht tot, wenn du nicht gewesen wärst, Miststück! Du hast ihn verführt, ihn wie Scheiße behandelt! Er wollte geliebt werden, und du hast darauf geschissen.«

»*Du* hättest die Kugel in den Kopf bekommen sollen! Du wirst für das büßen, was du Ayden angetan hast!«

Blink war normalerweise kein gewalttätiger Mensch. Und er war nicht der Typ Mann, der seine Hände an eine Frau legte, aber ohne zu überlegen, schob er die jüngere Frau zur Seite, weg von der Tür, damit er zwischen den Hass, den die beiden Frauen ausstießen, und seine Frau gelangen konnte.

»Was zum *Teufel*?«, fragte er, sobald er die Wohnung betreten hatte. Josie stand in der Ecke, umgeben von Kartons, während die beiden Frauen sie vom Eingang aus beschimpften und sie daran hinderten, irgendwohin zu gehen, um ihren hasserfüllten Worten zu entkommen. Sie sah ein wenig geschockt und sehr verängstigt aus.

»Wer zum Teufel sind Sie?«, fragte die ältere Frau.

»Ich würde fragen, wer zum Teufel *Sie* sind, aber ich weiß es schon. Millie und Genevieve Hitson, nehme ich an«, erwiderte er.

»Das ist richtig. Aber wer zum Teufel sind *Sie*?« wiederholte Gen, die jüngere Frau.

»Ich bin Nate Davis, und ich bin Josies Mann. Sie müssen sich umdrehen und gehen. Und zwar sofort.«

»Nein«, sagte Millie und verschränkte die Arme vor der Brust. »Dies ist ein freies Land, und ich darf gehen, wohin ich will, und sagen, was ich will, zu *wem* ich will.«

»Nicht zu Josie. Woher zum Teufel wussten Sie überhaupt, dass sie hier ist?«

»Im Gegensatz zu *ihr* haben wir hier Freunde«, erklärte Gen.

»Sie haben also Leute, die für Sie spionieren. Großartig«, spottete Blink.

»Sie hat meinen Sohn getötet!«, sagte Millie wütend. »Dafür muss sie sich verantworten.«

»Josie hatte *nichts* mit dem Tod Ihres Sohnes zu tun. Er war der Idiot, der ein Boot gemietet hat und damit in offenkundig gefährliche Gewässer gefahren ist. Als Soldat hätte er es verdammt noch mal besser wissen müssen. Er ist illegal in den Iran geraten und wurde dabei getötet. Aber *ich* möchte wissen, warum haben Sie den Behörden nicht von Josie erzählt? Sie wussten doch beide, dass sie ihn in Kuwait besuchen wollte.«

»Wir dachten, sie sei auch gestorben«, sagte Gen etwas zu defensiv.

»*Sie* hätte diejenige sein müssen, die erschossen wurde!«, rief Millie, die sich offensichtlich nicht im Geringsten für den Hass schämte, den sie verbreitete.

»Es wäre Ihnen also lieber gewesen, Ihr Sohn wäre in eine iranische Zelle geworfen und gefoltert worden?«, fragte Blink. Er sollte nicht versuchen, diese Frauen zur Vernunft zu bringen, aber sie mussten genau verstehen, was Josie durchgemacht hatte.

»Die Regierung hätte ihn rausgeholt!«, schrie Millie. »Sie hätte in dieser Zelle verrotten sollen. Für ihre Sünden büßen. Für den Mord an meinem Sohn!«

Blink war fertig. Mit Aydens Mutter war nicht vernünftig zu argumentieren. »Raus hier«, sagte er und machte einen Schritt auf sie zu.

»Nein«, sagte Gen und richtete sich auf. »Was wollen Sie denn machen? Uns zwingen? Es gibt Zeugen. Wenn Sie uns anfassen, kommen Sie wegen Körperverletzung ins Gefängnis. Tun Sie es. Ich fordere Sie heraus!«

Frustration breitete sich in Blink aus. Am liebsten hätte er die beiden Frauen zur Tür hinausgestoßen und ihnen die Tür vor der Nase zugeschlagen. Aber wahrscheinlich würden sie nur draußen lauern, bis sie wieder herauskamen. Und es war nicht so, als könnten sie ewig in der Wohnung bleiben. Er wollte nach Hause. Josie von diesem Ort wegbringen, damit sie nie wieder zurückkommen musste.

»Lass uns einfach gehen«, sagte Josie leise hinter ihm. Aber Blink würde auf keinen Fall ohne Josies Sachen gehen. Und er würde nicht zulassen, dass sie beim Packen belästigt wurden.

Ohne ein weiteres Wort zu verlieren, zog er sein Handy heraus und wählte den Notruf.

»Wen rufen Sie an?«, fragte Millie.

Blink ignorierte sie. »Ja, ich möchte eine Auseinandersetzung im Bayview Apartment Complex melden.«

»Sie haben die Bullen gerufen? Weichei-Verlierer!«, sagte Gen.

»Zwei Frauen, Millie und Genevieve Hitson, belästigen meine Freundin. Sie bedrohen sie. Ja ... wir brauchen sofort Hilfe. In Ordnung.«

»Arschloch!«, brüllte Gen.

»War ja klar, dass ein Miststück wie sie mit jemandem wie Ihnen zusammen ist. Du wirst es noch bereuen, dich mit mir angelegt zu haben!«, sagte Millie zu Josie und sah ihr direkt in die Augen.

»Millie«, sagte Josie leise mit einem besorgten Gesichtsausdruck, offensichtlich immer noch voller Hoffnung, die Sache mit der Familie ihres Ex zu klären.

Aber Blink war fertig. Das war eine klare Drohung. »Niemand legt sich mit Ihnen an«, sagte Blink so ruhig wie möglich, wohl wissend, dass der Leitstellendisponent zuhörte. »Sie waren diejenigen, die hierhergekommen sind, um Josie anzuschreien. Wir versuchen doch nur, ihre Sachen zu packen und von hier zu verschwinden.«

»Du läufst weg wie der verängstigte kleine Niemand, der du bist«, spottete Millie. »Kein Rückgrat. Du warst nie gut genug für meinen Ayden. Er hatte *Mitleid* mit dir – keine Freunde, keine richtige Karriere, eine erbärmliche Waise.«

Blink trat auf die Frauen zu und blieb diesmal nicht stehen, bis er sie beide überragte. »Treten Sie zurück«, knurrte er.

»Zwingen Sie mich«, konterte Millie, hob die Hände und schubste Blink heftig.

Er bewegte sich keinen Zentimeter, was die ältere Frau zu frustrieren schien. Sie schubste ihn erneut, aber er verlagerte lediglich sein Körpergewicht, um den Aufprall abzufangen.

»Freak«, murmelte Gen.

Zum Glück heulten in der Nähe die Sirenen.

»Kommen Sie ihr nicht mehr zu nahe. Hören Sie auf, ihr E-Mails zu schicken. Ihr Sohn ist tot. Das tut mir leid, aber es war nicht Josies Schuld. Sie müssen mit Ihrem Leben weitermachen und Josie das Gleiche tun lassen.«

»Auf gar keinen Fall«, zischte Millie. »Sie hat meinen Sohn zerstört, und ich werde alles tun, was nötig ist, um *sie* zu zerstören!«

Ein Streifenwagen fuhr auf den Parkplatz, und zwei Beamte stiegen schnell aus und gingen den Bürgersteig hinauf, wo Blink den Eingang zur Wohnung versperrte.

»Treten Sie zurück, meine Damen«, sagte einer.

Zu Blinks Erleichterung taten sie wie befohlen.

»Wir haben gar nichts gemacht«, jammerte Gen. »*Die* haben angefangen. Dieser Typ, der große, hat uns bedroht!«

»Das ist nicht das, was der Leitstellendisponent sagt«, erwiderte der erste Beamte.

»Dies ist öffentliches Gelände«, sagte Millie trotzig. »Wir brechen hier keine Gesetze.«

»Sie hat ihn angegriffen«, sagte jemand in der wachsenden Menge.

»Ja, ich habe das alles auf Video«, sagte ein anderer.

»Wollen Sie Anzeige erstatten?«, fragte einer der Beamten Blink.

Er öffnete den Mund, um Ja zu sagen, das wollte er auf jeden Fall, aber Josie legte eine Hand auf seinen Rücken und lehnte sich um ihn herum.

»Nein. Wir wollen nur meine Sachen fertig verladen und dann gehen«, sagte Josie.

Blink seufzte. Er würde tun, was Josie wollte, aber das bedeutete nicht, dass er sie schutzlos zurücklassen würde. »Wir wollen jedoch ein Kontaktverbot gegen sie erwirken.«

»Ich hole Ihre Daten ein, damit wir Ihnen eine Kopie des Berichts von heute schicken können, den Sie einreichen müssen. Den Antrag für das Kontaktverbot können Sie online herunterladen.«

Blink nickte.

»Ich schicke Ihnen das Video, das ich aufgenommen habe, wenn Sie mir Ihre Nummer geben«, sagte der Passant.

»Das weiß ich zu schätzen.«

Millie wandte sich zum Gehen, aber der Beamte, der nicht mit Blink sprach, streckte eine Hand aus und ergriff ihren Arm. »Ma'am, wir brauchen einige Informationen von Ihnen.«

Mit diesen Worten begann Millie, sich zu wehren – und zwar heftig. Zu Blinks Überraschung brauchte es beide Beamte, um sie zu überwältigen. Während der ganzen Auseinandersetzung schrie Gen, dass sie aufhören sollten, dass sie ihrer Mutter wehtaten. Es war ein einziges Durcheinander, und Blink konnte nur den Arm um Josie legen und sie an sich drücken, während sie alles beobachteten. Es dauerte eine Weile, aber schließlich wurde Millie auf dem Rücksitz des Streifenwagens weggebracht, während Gen in ihrem Wagen hinterherfuhr.

Die Leute, die herumstanden, entfernten sich ... aber Blink konnte nicht umhin, sich zu fragen, wer von ihnen Aydens Verwandte angerufen hatte, um ihnen mitzuteilen, dass Josie überhaupt da war.

Blink versuchte, den beunruhigenden Gedanken zu

verdrängen, und wandte sich an Josie. »Hast du alles gefunden?«

»Ich weiß es nicht. Ich muss noch ein paar Kartons durchgehen.«

»Na, dann mach das, damit wir verdammt noch mal von hier verschwinden können.«

Zu seinem Erstaunen kicherte sie leise.

Er war wieder einmal von ihr überwältigt. Er legte eine Hand in ihren Nacken und beugte sich hinunter, um seine Stirn an ihre zu legen. »Du bist fantastisch, Spirit. Du hast allen Grund, dich jetzt aufzuregen, und trotzdem stehst du aufrecht.«

»Sie sind aufgebracht. Ich verstehe das. Ihr Bruder und ihr Sohn sind gestorben. Ich wollte mit Ayden Schluss machen, aber ich wollte nicht, dass er stirbt.«

»Ich weiß, dass du das nicht wolltest, Süße. Du *weißt* doch, dass es nicht deine Schuld war, oder?«, fragte Blink, der befürchtete, dass sie sich die Worte dieser Miststücke zu Herzen nahm.

»Ja. Ich habe ihm gesagt, dass ich nicht auf dieses Boot gehen will«, gab sie flüsternd zu. »Zuerst hat er nur gesagt, dass er eine Überraschung für mich hat und ich meinen Bikini und meinen Überwurf anziehen soll. Als wir am Steg ankamen und ich das Boot sah, wollte ich nicht an Bord gehen. Ich dachte, wir würden zu einem Schwimmbad oder Strand oder so fahren. Er bestand darauf, dass es in Ordnung sei. Lustig. Ich sagte, es sei zu gefährlich. Daraufhin fing er an, mich zu beleidigen, wie immer. Ich wollte ihn nicht noch mehr verärgern. Ich hätte mich weigern sollen, aber nur weil ich mich nicht gewehrt habe, heißt das noch lange nicht, dass das, was passiert ist, meine Schuld war. Eigentlich war es nicht einmal seine. Er war einfach zu eingebildet.«

Blink schloss kurz die Augen. Sie war viel freundlicher, als er es in der gleichen Situation gewesen wäre. »Ich möchte immer noch, dass du das Kontaktverbot beantragst.«

Zu seiner Erleichterung nickte sie. »Okay.«

»Okay«, stimmte er zu und richtete sich auf. »Hol den Rest deiner Sachen, damit wir nach Hause fahren können.«

»Nach Hause«, flüsterte sie. »Wie kommt es, dass ich erst so kurz in deiner Wohnung bin, aber sie sich schon wie ein sicherer Hafen anfühlt?«

Blink war sprachlos. Seine Wohnung war nichts Besonderes. Sie war ziemlich durchschnittlich. Aber dass sie sich dort sicher fühlte, machte ihn umso entschlossener, dafür zu sorgen, dass sie sich immer so fühlte.

»Danke, dass du hier bei mir bist«, sagte Josie. »Dass du mir hilfst.«

»Immer«, erwiderte Blink und küsste sie kurz, bevor er zur Tür ging. Er musste etwas Abstand zwischen sie bringen, sonst hätte er sie auf der Stelle genommen.

Nachdem er sich vergewissert hatte, dass die Luft rein war, eilte Blink zu dem Karton, den er vorhin auf den Bürgersteig geworfen hatte, als er Millie und Gens schreckliche Worte gehört hatte. Er packte ihn in den Anhänger und ging zurück in die Wohnung.

Zu Josie.

KAPITEL SECHZEHN

Josie wachte neben Nate auf und lächelte. Selbst jetzt, drei Tage nach ihrer Reise nach Vegas, war sie innerlich kribbelig, wenn sie daran dachte, wie er nicht gezögert hatte, sich zwischen sie und Aydens Verwandte zu stellen.

Oder vielleicht lag das daran, wie er in der Nacht zuvor Liebe mit ihr gemacht hatte. Ihr erstes Mal war schnell, hart und ein wenig verzweifelt gewesen. Aber letzte Nacht war Nate liebevoll und sanft gewesen. Es war wundervoll ... und letztendlich auch ein wenig frustrierend. Sie hatte den dominanten und herrischen Mann geliebt, der er in dem Hotel in Vegas gewesen war. Und als sie ihm das gesagt hatte, hatte sie die Veränderung in ihm gespürt.

Es war offensichtlich, dass er dachte, er sei zu grob gewesen. Zu hart mit ihr. Aber in Wirklichkeit fühlte sie sich weiblich und schön, wenn er sie dahin brachte, wo er sie haben wollte, wenn er sie nicht mit Schmerzen, sondern mit Kraft befriedigte.

Sie war an diesem Morgen zwischen den Beinen wund, aber auf eine gute Art.

»Morgen«, sagte Nate. »Wie geht's dir?«

Josies Lächeln wurde breiter. »Fantastisch.«

»Nicht wund?«

Ihr Lächeln wurde nicht im Geringsten schwächer. »Ein bisschen.«

»Gut.«

Seine Antwort überraschte sie.

»Weil ich möchte, dass du mich den ganzen Tag zwischen deinen Beinen spürst. An mich denkst, während ich bei der Arbeit bin und du an unserem Tisch sitzt und tippst wie der Wind.«

Auch Josie gefiel diese Idee.

»Und wirst du im Gegenzug auch an mich denken?«, fragte sie.

Als Antwort führte er ihre Hand zu seinem Schwanz, der bereits halbsteif war. »Es fühlt sich an, als sei das jetzt mein Dauerzustand. Ich denke immer an dich, und das ist das Ergebnis.«

Das war eine gute Antwort. Die Besitzgier, die Josie überkam, war ungewöhnlich. Aber sie liebte es.

»Das gefällt dir«, sagte Nate. Es war keine Frage.

Josie nickte.

»Ich gehöre dir«, sagte er leichthin. »Voll und ganz. Was sind deine Pläne für heute?«

Es hätte sich wie ein peinlicher Themenwechsel anfühlen sollen, aber eigentlich fühlte es sich ... häuslich an. »Ich muss für zwei Filme die Untertitel tippen und um vierzehn Uhr habe ich eine Live-Nachrichtenkonferenz. Es geht um den Fall der vermissten Person in Modesto. Sie haben neue Details zu berichten.«

»Vergiss nicht, dass ich dich heute Abend ins *Aces* zum Essen ausführe«, sagte Nate.

Josie nickte. Sie hatte es nicht vergessen. Sie war nervös, aber auch irgendwie aufgeregt, die Frauen zu treffen, von denen Remi und Wren ihr immer wieder erzählten. Caroline,

Alabama, Fiona, Summer, Cheyenne, Jesskya, und Julie. Sie hörten sich an, als seien sie wunderbare Freundinnen, und sie könnte sicher noch mehr gebrauchen.

Sie hatte in ihrem Leben nicht viele enge Freunde gehabt, und je näher sie Remi und Wren kam, desto mehr Freundinnen wollte sie haben, die so waren wie sie.

»Willst du duschen, während ich dir einen Bagel mache?«, fragte Nate.

»Ich bin zu faul, um jetzt zu duschen. Ich werde es später tun, nach der Pressekonferenz. Wie wäre es, wenn ich aufstehe und *dir* Frühstück mache, während du duschst?«

»Abgemacht.«

Nate rollte sich, bis sie unter ihm lag. »Ich liebe es, dich hier zu haben. Morgens mit dir aufzuwachen, mit dir zu essen, abends fernzusehen, in dir zu sein und mit dir in meinen Armen einzuschlafen. Als ich in dieser Zelle die Augen öffnete, wusste ich nicht, dass du die Frau sein würdest, die ich mir mein ganzes Leben lang gewünscht hatte, aber ich wusste, dass du mein Leben auf die eine oder andere Weise verändern würdest.«

Josies Augen füllten sich mit Tränen.

»Nein! Nicht weinen«, befahl Nate. »Ich wollte dich nicht zum Weinen bringen.«

»Dann solltest du nicht so lieb sein«, sagte sie.

»Willst du, dass ich ein Idiot bin?«, fragte er grinsend.

Josie schüttelte den Kopf.

»Das kann ich sein, weißt du«, gab er zu, plötzlich sehr ernst.

Sie legte ihm eine Hand auf die Wange und schaute ihm in die Augen, als sie sagte: »Aber nicht zu mir.«

»Niemals«, schwor Nate. Dann küsste er sie heftig und warf die Decke zurück. Er war nackt, und sie auch. Als er in Richtung Badezimmer schritt, betrachtete sie seinen Hintern. Er hatte dort sogar Sommersprossen, was irgendwie süß und sexy zugleich war.

Nate drehte sich am Eingang zum Bad um. »Schaust du mir auf den Hintern?«, fragte er lachend.

Sie lächelte. »Jup.« Das Geständnis war ihr nicht im Geringsten peinlich.

»Gut. Schön, dass meine Frau den Hintern ihres Mannes mag.«

»Wer hat gesagt, dass ich ihn mag?«, fragte sie frech.

Sie hörte sein Lachen, als er aus ihrem Blickfeld verschwand und ins Bad ging.

Josie streckte sich und fühlte sich wie eine zufriedene Katze. Das Brennen zwischen ihren Beinen erinnerte sie wieder daran, was sie in der Nacht zuvor getan hatten, und ihr Lächeln wurde breiter. Sie würde bestimmt den ganzen Tag an Nate denken.

_____

»Du wirkst nervös, ist alles in Ordnung?«, fragte Josie Nate später am Nachmittag.

Er hatte sich im Laufe des Tages ein paarmal bei ihr gemeldet, wie es seine Routine war. Seine SMS, ebenso wie die von Remi und Wren, gaben Josie das Gefühl, geliebt zu werden.

Sie hatte so viel Zeit allein in ihrer Wohnung verbracht und gearbeitet, ohne mit jemandem zu sprechen, dass es sich zunächst seltsam anfühlte, wenn so viele Leute nach ihr sahen oder ihr eine SMS schickten, nur um ihr etwas mitzuteilen, was ihnen auf dem Herzen lag. Sie verlangten nichts von ihr, sie wollten einfach nur Kontakt aufnehmen.

Das war ein großartiges Gefühl.

Nachdem Nate zu Hause angekommen war, schien er jedoch ... seltsam. Abgelenkt. Er hatte eine Menge SMS bekommen und verschickt.

»Wenn du nicht essen gehen willst, ist das in Ordnung. Ich kann uns etwas kochen.«

»Nein!«, sagte Nate ein wenig zu laut. Er holte tief Luft. »Tut mir leid, nein, ich will ins *Aces* gehen. Und du hast dich schon darauf gefreut, alle kennenzulernen. Wir haben nur ein paar ziemlich heftige Sachen auf der Arbeit durchgesprochen.«

Das tröstete Josie nicht wirklich, aber sie tat ihr Bestes, um ihre Sorgen zu verdrängen. Nate und seine Teamkameraden waren gut in dem, was sie taten. Das hatte sie aus erster Hand erfahren. Sie vertraute darauf, dass sie, wenn sie auf eine Mission geschickt wurden, klarkommen würden.

Sie hatte sich sogar ein wenig mit Remi und Wren über genau dieses Thema unterhalten. Darüber, wie sie sich fühlten, wenn das Team im Einsatz war. Sie hatten ihre Gefühle bestätigt und ihr versichert, dass sie wussten, was sie taten, wenn das SEAL-Team losgeschickt wurde.

»Okay«, sagte sie ein wenig verspätet.

Die Fahrt ins *Aces* verlief schweigend, aber nicht unangenehm. Der Parkplatz war voll, als sie ankamen, aber überraschenderweise gab es einen freien Platz ganz in der Nähe der Eingangstür.

»Es ist niedlich«, sagte Josie, während sie das Gebäude betrachtete. Die Kneipe befand sich nicht in einem heruntergekommenen Teil der Stadt, und das Logo – ein Pokerchip mit dem kursiv geschriebenen Wort *Aces* auf der Vorderseite – war auffallend und ansprechend. Der Parkplatz war sauber und gut beleuchtet.

»Es gibt Kameras, die jeden Zentimeter des Parkplatzes überwachen«, sagte Nate, der sie offensichtlich dabei beobachtete, wie sie ihre Umgebung musterte. »Jessyka nimmt die Sicherheit der Menschen, die hierherkommen, sehr ernst. Besonders nach dem, was mit Wren passiert ist. Sie hat sogar Kameras installiert, die die Straße rauf und runter schauen, für den Fall, dass jemand nicht auf dem Hauptparkplatz parkt, wie das Arschloch, das Wren angreifen wollte.«

Josie nickte. Sie hatte die ganze Geschichte über Wrens Situation gehört und war beeindruckt von der Art und Weise, wie Jessyka, die Besitzerin der Kneipe, sich eingesetzt hatte, um sicherzustellen, dass so etwas in ihrem Lokal nie wieder passierte.

»Bereit?«, fragte Nate, nachdem er sie aus seinem Wagen gehoben hatte.

»Bereit«, sagte Josie entschlossen. Und das war sie auch. Die Aufregung hatte mittlerweile über ihre Nerven gesiegt. Sie wollte die Menschen kennenlernen, die so gut zu Nate gewesen waren. Die ihm geholfen hatten, über den Tod seiner SEAL-Kameraden hinwegzukommen. Seine Freunde.

Nate stieß die Tür auf und gab ihr ein Zeichen vorauszugehen. Das Gefühl seiner Hand auf ihrem Rücken war warm und tröstlich.

»Überraschung!«

Josie zuckte zusammen, als sie hörte, dass so viele Leute gleichzeitig schrien. Die Kneipe war mit hellen Lichtern erleuchtet, die jemand in dem Moment eingeschaltet hatte, in dem sie eingetreten war. Hinter der Theke war ein riesiges »Happy Birthday«-Banner gespannt, und Dutzende von Leuten starrten sie und Nate mit einem breiten Grinsen im Gesicht an.

Sie drehte sich um und sah zu Nate auf. »Hast du Geburtstag?«, fragte sie schockiert. Sicherlich hätte er es ihr gesagt, wenn das der Fall wäre.

»Nein«, sagte er mit einem sanften Lächeln, »wir feiern deinen. Du sagtest, du hättest deinen dreißigsten Geburtstag verpasst, und ich wollte nicht, dass ein so wichtiger Meilenstein ungewürdigt bleibt.«

Josie schluckte schwer. Sie konnte all die Leute hinter sich reden und lachen hören ... aber sie hatte nur Augen für den Mann, in den sie sich unsterblich verliebt hatte.

»Du wirst heute Abend *so* was von flachgelegt«, platzte sie heraus.

Nate warf den Kopf zurück und lachte, und Josie hatte noch nie einen Mann mehr gewollt als ihn in diesem Moment.

»Wir werden sehen, wie du dich fühlst«, sagte er, als er sich wieder unter Kontrolle hatte.

»Wie ich mich fühle?«, fragte sie.

»Ich glaube, die Mädels wollen mit dir stilvoll feiern«, sagte er zu ihr und nickte zu etwas oder jemandem hinter ihr.

Remi und Wren standen dort, zusammen mit einem halben Dutzend anderer Frauen. Sie alle hatten ein breites Grinsen im Gesicht. Remi reichte ihr ein riesiges Glas, das mit einer Art Slush-Getränk gefüllt war.

»Auf Josie!«, rief Wren aus.

»Auf Josie!«, riefen alle.

»Trink aus, Frau! Wir haben eine Menge zu feiern!«, sagte Remi zu ihr.

Josie lächelte sie über den Glasrand hinweg an und nahm einen Schluck. Der Alkohol brannte ihr die Kehle hinunter.

»Viel Spaß«, flüsterte Nate ihr ins Ohr, während er sich an sie lehnte. Seine Hand ruhte auf ihrer Taille, während er sprach. »Ich bin da drüben bei den Jungs. Du bist hier sicher, Spirit. Entspann dich. Genieße es.«

Josie drehte sich zu ihm um und fühlte sich überwältigt von der Liebe zu diesem Mann. Er erlaubte ihr, sich zu amüsieren, und sorgte gleichzeitig dafür, dass sie in Sicherheit war.

»Später«, sagte er zu ihr, als könnte er ihre Gedanken lesen, als könnte er sehen, wie sehr sie ihn brauchte. »Dreißig Schläge für das Geburtstagskind.«

Ihre Muschi verkrampfte sich bei seinen Worten.

Grinsend – denn er wusste genau, wie sehr sie es mochte, wenn er ihr beim Sex den Hintern versohlte – schritt Nate auf eine Gruppe heiß aussehender knallharter Männer zu, bei denen es sich nur um die Navy SEALs im Ruhestand handeln konnte, von denen er ihr so viel erzählt hatte.

»Mädchen! Dieser Gesichtsausdruck«, sagte eine der älteren Frauen mit einem Lächeln.

»Ich erkenne diesen Blick!«, sagte eine andere.

»Ich glaube, Josie wird heute Abend flachgelegt«, sagte eine andere.

»Nein, *Blink*«, konterte Wren.

Alle lachten.

»Kommt schon, wir haben Kuchen zu essen, Geschenke zu öffnen und Getränke zu konsumieren«, sagte Remi in einem herrischen Ton und zog an Josies Arm.

»Geschenke?«, fragte Josie verblüfft.

»Es ist keine Geburtstagsparty ohne Geschenke! Ich bin übrigens Caroline, und du bist bezaubernd. Winzig. Klein. Perfekt für Blink.«

Josie konnte der Frau nicht widersprechen. Sie war tatsächlich all diese Dinge. Aber das Wichtigste war, dass sie das Gefühl hatte, endlich irgendwo hinzugehören. Sie hatte ihre Gruppe gefunden – und es fühlte sich unglaublich an.

Blink konnte den Blick nicht von Josie abwenden. Sie war wundervoll. In ihrem Element. Sie hatte den ganzen Abend über gelächelt, und er liebte es, das zu sehen. Sie war so weit entfernt von der fast wilden, traumatisierten Frau, die er zum ersten Mal in der dunklen Zelle neben der seinen gesehen hatte, dass es nicht einmal lustig war.

Und sie war betrunken.

Besoffen.

Hackedicht.

Es machte ihm nichts aus. Sie hatte es verdient, sich völlig zu entspannen, sich fallen zu lassen. Sie würde nur einmal dreißig werden, und er hasste es, dass dies während ihrer Gefangenschaft geschehen war. Er liebte es, ihr das geben zu können. Blink hatte hart daran gearbeitet, es geheim zu halten und alle zusammenzubringen. Und sein Plan war ohne Probleme aufgegangen.

Jetzt war es spät geworden, und einige Leute waren gegangen, weil sie nach Hause zu ihren Familien mussten. Wren und Remi, die genauso betrunken waren wie Josie, hatten Safe und Kevlar vor wenigen Minuten nach Hause geschleppt.

Überraschenderweise hatten Preacher, MacGyver, Flash und Smiley noch nicht Feierabend gemacht. Preacher saß gerade mit Josie, Wolf und Dude an einem Tisch. Blink hatte gedacht, Josie würde sich von den großen Männern eingeschüchtert fühlen, aber ihrer Körpersprache nach zu urteilen schien sie sich sehr wohlzufühlen.

Caroline und Cheyenne plauderten an einem Tisch in der Nähe, während sie auf ihre Männer warteten.

Blink näherte sich Josies Tisch, und sie drehte sich zu ihm um. Ihre Wangen waren gerötet und sie lächelte breit.

»Nate! Das sind Wolf und Dude! Sind das nicht coole Namen? Dude ist ein Bombarder. Du weißt schon, einer dieser Bombentypen, die dafür sorgen, dass sie nicht Bumm machen! Und so hat er Cheyenne kennengelernt! Sie hatte eine Bombe um ihren Oberkörper geschnallt! Ihren *Oberkörper*!«, rief sie mit einem kleinen Stirnrunzeln aus. »Und Wolf ... jedes Mal wenn ich seinen Namen höre, möchte ich anfangen, dieses Lied von Duran Duran zu singen. Preacher will mir nicht sagen, wie er zu *seinem* Namen gekommen ist.«

»Komm mir nicht mit diesem Schmollmund«, sagte Preacher lachend und entspannte sich in seinem Stuhl. »Das wird bei mir nicht funktionieren.«

»Ähm, du weißt schon, dass das kein *Bombardier* ist, oder?«, fragte Blink Josie mit einem Lächeln.

Sie wedelte mit einer Hand in der Luft, als wollte sie seine Worte wegwischen. »Nahe genug dran.«

»Sollen wir ihr sagen, was es wirklich bedeutet?«, fragte Preacher.

»Nein.«

»Ja!«

Josie und Blink sprachen zur gleichen Zeit. Sie beugte sich zu Preacher vor. »Sag es mir!«

»Nun, es ist schwer zu erklären. Es wurde als eine Art Alarm von einem Kerl zum anderen benutzt. Um ihn wissen zu lassen, dass etwas passiert ist, was bei ihm für einen spontanen Ständer gesorgt hat. Eine Art Frühwarnsystem.«

Josie warf den Kopf zurück und lachte. Blink konnte sie nur fasziniert anstarren. Sie war so schön, wenn sie ihre Hemmungen ablegte. Obwohl, wenn er ehrlich zu sich selbst war, war sie immer schön.

»Ist das dein Ernst? Das ist doch ein Scherz, oder?«

»Nein«, sagte Preacher mit einem Grinsen. »Stimmt's, Leute?«

»Keinen Schimmer. Ich habe dieses Wort noch nie gehört, und ich würde es auch nie benutzen, um über meinen Schwanz zu sprechen«, sagte Dude, der völlig ernst dreinschaute.

»Muss ein Jugendwort sein«, stimmte Wolf zu.

Das brachte Josie wieder zum Lachen. Sie lachte, als hätten Wolf und Dude das Lustigste gesagt, was sie je gehört hatte. Sie wedelte wieder mit der Hand, und diesmal deutete sie auf die Männer um sie herum, während sie zu Blink aufsah. »Ich *liebe* sie. Sie sind fantastisch! Ich meine, nicht so sehr, wie ich dich liebe, aber fast!«

Blink erstarrte. Sie war betrunken, wusste nicht, was sie sagte, aber verdammt ... diese Worte aus ihrem Mund zu hören fühlte sich unglaublich an.

»Bist du bereit, nach Hause zu fahren?«, platzte er heraus, weil er sie allein brauchte.

»Ja!«, sagte sie, ohne zu zögern. »Ich muss mich nur noch von Caroline und Cheyenne verabschieden. Sie sind großartig. Sie haben mir heute Abend alles Mögliche darüber erzählt, wie es ist, mit einem SEAL zusammen zu sein. Mit dem von der Marine und nicht dem Tier.« Josie kicherte über ihren eigenen Scherz.

»Oh! Und ich möchte Bert danken ... er hat mir heute Abend den besten Drink überhaupt gemacht. Oh! Und wie ich sehe, sind Smiley, Flash und MacGyver noch hier. Ich möchte mich auch von ihnen verabschieden ...« Josie stand auf und umarmte Dude von hinten, wobei ihre Arme kaum seine Schultern umschlossen. »Tschüss, Dude!« Dann tat sie dasselbe mit Wolf. »Tschüss, Wolf. Es war so schön, dich kennenzulernen!«

Sie näherte sich Preachers Stuhl, aber er drehte sich zu ihr um und umarmte sie richtig. Sie war so klein, dass ihre Köpfe sich auf gleicher Höhe befanden, selbst wenn er saß. Dann hüpfte sie davon, um sich von den anderen zu verabschieden.

»Ich mag sie«, sagte Dude mit einem Lächeln.

»Das hast du gut gemacht«, stimmte Wolf mit einem Nicken zu.

Das hatte er. Blink war erleichtert, dass seine Freunde Josie mochten, aber ehrlich gesagt wäre es auch egal gewesen, wenn sie sich nicht auf Anhieb gut verstanden hätten. Er hatte keinen Zweifel daran, dass sie sie irgendwann für sich gewonnen hätte.

Die Männer standen alle auf, und Wolf und Dude gingen hinüber, um ihre Frauen abzuholen, bevor sie zur Tür hinausgingen.

Josie unterhielt sich gerade mit dem Rest von Blinks Teamkameraden, als Preacher aufstand und sagte: »Das hat sie gebraucht.«

Blink sah seinen Freund an. »Was meinst du?«

»Das. Sich entspannen. Freunde finden. Sie hat uns gesagt, dass sie noch nie jemanden hatte, der so etwas gemacht hat. Ihr eine Überraschungsparty schmeißen. Sie war auch ganz gerührt darüber. Es ist schwer zu glauben, dass eine Frau wie sie nicht schon ein Dutzend beste Freunde hat, die sich für sie verbiegen würden. Zu wissen, dass sie in dieser Zelle saß und *niemand* sich gefragt hat, wo sie ist ... dass niemand die Behörden alarmiert hat, dass sie vermisst wird ... Das ist ein gottverdammtes Verbrechen. Denn sie ist die liebste, großzügigste und netteste Frau, die ich kenne.«

Auch wenn die Worte ein Kompliment für Josie waren, spürte Blink sie bis in die Zehenspitzen. Sein Freund hatte nicht unrecht.

Er fühlte sich geehrt, dass er derjenige war, der eine Party für sie gab. Es ging nicht um den Kuchen, den Jessyka aus der Küche geholt hatte und bei dem sie dreißig Kerzen ausblasen musste. Es ging auch nicht um die Geschenke, die ihre neuen Freunde ihr mitgebracht hatten, Schmuckstücke und lustige Kleinigkeiten, die nicht sonderlich teuer waren, aber Blink konnte sehen, dass sie für Josie von großer Bedeutung waren.

Es ging um das Gefühl, gesehen zu werden. Ein Teil einer Gruppe zu sein. Das Gefühl, dass man sie nicht vergessen würde, sollte jemals wieder etwas passieren.

»Bevor Kevlar ging, bat er mich, dir zu sagen, dass du morgen früh nicht zum Training kommen sollst. Ihr seht euch bei unserem ersten Treffen um zehn. Josie wird wahrscheinlich etwas verkatert sein, und er dachte, du wolltest vielleicht da sein, um dich um sie zu kümmern.«

Kevlar hatte sich nicht geirrt, und Blink war dankbar für die Großzügigkeit seines Teamleiters.

»Danke. Ich werde sehen, ob ich sie nach Hause schleppen kann. Danke, dass du all ihre Sachen zu meinem Wagen gebracht hast.«

»Gern geschehen.« Preacher klopfte Blink auf die Schulter. »Es ist schön, dich glücklich zu sehen, Blink. Eine Zeit lang waren wir uns nicht sicher, ob du es schaffst, aus deinem mentalen Loch herauszukommen.«

Blink schaute seinem Freund in die Augen und sagte: »Ich auch nicht. Aber Remi hat dabei geholfen. Und ihr alle auch. Keiner von euch hat auf mich herabgesehen, weil ich mich so fühlte, wie ich es tat. Ich werde das immer zu schätzen wissen.«

Preacher schnaubte. »Ich bin mir nicht sicher, ob ich jemals darüber hinwegkommen würde, sollte ich einen von euch verlieren, so wie das mit deinem ersten Team passiert ist. Du hast vorhin zu Safe gesagt, dass du Josies Stärke bewunderst, aber du passt perfekt zu ihr. Ihr seid *beide* verdammt stark. Bring sie nach Hause. Wir sehen uns dann morgen.«

Blink hatte noch nie so über sich gedacht. Er tat einfach, was getan werden musste, wenn es getan werden musste. Und er hatte sich gewiss nicht stark gefühlt, als er in seinem Kopf verloren gewesen war, nachdem seine Freunde getötet und verletzt worden waren. Aber manchmal bedeutete stark zu sein, einen Fuß vor den anderen zu setzen, Tag für Tag, selbst wenn man sich am liebsten zu einem Ball zusammenrollen und im Nichts verschwinden wollte.

Josie unterhielt sich angeregt mit Smiley und Flash, als Blink sich ihr näherte. Er legte einen Arm schräg von hinten um ihre Brust. »Bereit zu gehen?«, fragte er und unterbrach die Geschichte, die sie seinen Freunden über ein Opossum namens Pete erzählte. Er hatte keine Ahnung, wovon zum Teufel sie sprach – es war erstaunlich, wie schnell die Worte zu ihr zurückkehrten, wenn sie sich sicher fühlte und glücklich war –, aber als sie den Kopf hob und ihn anlächelte, wusste Blink, dass er stundenlang dastehen und sie plappern lassen würde, wenn es das war, was sie wollte.

»Bereit«, sagte sie stattdessen.

Blink nahm ihre Hand in die seine, nickte seinen Freunden zu und ging zur Tür, bevor Josie sich wieder ablenken lassen konnte.

Sie hielt inne, bevor sie hindurchging, und winkte der Kneipe zu, ohne jemand Bestimmten anzusprechen, und sagte: »Bis dann, *Aces*! Ich bin raus!«

Die Leute lachten und verabschiedeten sich, während Blink sie mit einem Lächeln im Gesicht durch die Tür zum Parkplatz zog.

»Hey, warte mal ... hatten alle diesen Parkplatz für uns reserviert?«, fragte sie, als Blink sie zu seinem Wagen führte.

»Ja.«

»Das ist fantastisch!«, rief sie aus.

Viele Dinge waren heute Abend für sie »fantastisch« gewesen, und Blink fand das verdammt niedlich.

Er öffnete ihre Tür und hob sie mit Leichtigkeit auf den Beifahrersitz. Sie ließ sich von ihm anschnallen, hielt ihn aber auf, bevor er zurücktreten und die Tür schließen konnte. »Nate?«

Zum ersten Mal seit Stunden klang sie ernst. »Ja, Schatz?«

»So etwas hat noch nie jemand für mich getan. Die Party. Ich danke dir.«

»So etwas hättest du schon dein ganzes Leben lang haben sollen. Und ich werde mein Bestes tun, um dich zu verwöhnen und dafür zu sorgen, dass du weißt, wie sehr du von jetzt an geliebt wirst.«

Ein Lächeln bildete sich auf ihren Lippen. »Ich wiederhole, du wirst so was von flachgelegt, wenn wir nach Hause kommen.«

Blink lachte. Er war sich nicht sicher, ob sie auf der Fahrt nach Hause wach bleiben konnte, und schon gar nicht, ob sie dort noch mehr tun würde.

»Okay, Spirit.«

»Ich habe beschlossen, dass ich diesen Spitznamen mag«, informierte sie ihn.

»Gut. Pass auf deinen Arm auf, ich schließe die Tür.«

Sie lehnte sich nach links, und Blink schloss die Tür. Er

joggte zur Fahrerseite und stieg ein. Es dauerte nicht lange, und sie waren auf dem Weg nach Hause. Er sah immer wieder zu Josie hinüber, aber ihr Blick klebte jedes Mal an ihm.

»Was?«, fragte er schließlich, als sie auf halbem Weg nach Hause waren.

»Ich liebe deine Sommersprossen. Und deine Haare. Ich habe mir schon immer rothaarige Babys gewünscht.«

Blink starrte sie mit offenem Mund an. Aber sie fuhr fort, als hätte sie nicht gerade seine Welt auf den Kopf gestellt.

»Und Zwillinge. Ich weiß, dass sie mehr Arbeit machen, aber da du ein Zwilling bist, liegen sie wahrscheinlich in deiner Familie. Als Kind wollte ich unbedingt einen Bruder oder eine Schwester haben, aber natürlich war meine Mutter alleinstehend, also ging das nicht, zumindest sagte sie mir das. Ich glaube, drei.«

»Drei was?«, fragte Blink, als sie nicht weitersprach.

»Kinder.«

»Du willst drei Kinder?«, fragte Blink.

»Mh-hm. Das habe ich gerade gesagt.«

Blink wollte den Wagen sofort anhalten und sich daranmachen, ihr genau das zu geben, was sie wollte. Aber er beherrschte sich. Gerade noch so.

»Nate?«

»Ich bin hier, Josie«, sagte er mit einem kleinen Lächeln. Sie war wirklich eine bezaubernde Betrunkene.

»Deine Leute sind fantastisch.«

»Sie sind jetzt auch deine Leute.«

Als sie nicht antwortete, sah er zu ihr hinüber, und er konnte ihren Gesichtsausdruck nicht deuten. »Was?«

»Ich habe Leute«, flüsterte sie und klang ehrfürchtig. »Ich hatte noch nie Leute. Ich wollte sie. Ich dachte, etwas stimmt nicht mit mir, als es nicht passierte.«

»Mit dir ist alles in Ordnung, Josie«, sagte Blink etwas schärfer, als er es beabsichtigt hatte.

Sie schnaubte. »Mit mir stimmt eine Menge nicht. Aber wenn ich mit dir zusammen bin, vergesse ich all diese Dinge. Hast du das heute Abend gesehen?«

Blinks Herz fühlte sich an, als würde es ihm aus der Brust schlagen. Diese Frau. Sie gab ihm das Gefühl, drei Meter groß zu sein. Er wollte immer ihr sicherer Hafen sein. »Habe ich was gesehen?«

»Meine Stimme. Sie ist nicht verschwunden«, sagte sie sachlich. »Sie ging weg, als ich in der Zelle war, und du hast sie zurückgebracht. Manchmal fühlt sie sich noch rostig an. Aber heute Abend war sie wieder voll da.«

Blink hatte eindeutig bemerkt, dass sie keine Schwierigkeiten hatte, mit anderen zu sprechen. »Ich habe es gesehen«, sagte er.

»Nate?«

Gott, sie war so verdammt süß. »Immer noch hier, Josie.«

»Ich glaube, ich hatte nur noch eine Woche oder so, bevor ich gestorben wäre, als du aufgetaucht bist.«

Alle warmen Gefühle in Blink lösten sich in einer Explosion von tausend Sternen auf. Jetzt war er an der Reihe, keine Stimme zu haben. Er hatte keine Ahnung, was er darauf antworten sollte.

»Ich war schlimm dran. So hungrig. So abgemagert. Aber dann kamst du ... und ich konnte nicht aufgeben.«

Zum Glück bog Blink auf den Parkplatz seines Wohngebäudes ein. Er hielt an, stellte den Motor ab und sah Josie an. Er löste ihren Sicherheitsgurt und sagte: »Komm her.«

Sie zögerte nicht, kroch zu ihm hinüber und setzte sich rittlings auf seinen Schoß. Es war nicht einmal zu eng. Als sie ihren winzigen Körper an seinem spürte, fühlte Blink sich so groß wie ein Berg. Sie schmiegte sich an ihn, als hätte sie das jeden Tag in ihrem Leben getan. Sie passte perfekt.

Blink hielt sie an sich gedrückt, eine Hand auf ihrem Hinterkopf, die andere um ihre Taille geschlungen. »Du bist für mich bestimmt«, sagte er sanft zu ihr. »Schon in dem Moment, in dem ich dich zum ersten Mal in dieser Zelle sah, wusste ich, dass du mein Leben verändern würdest. Und das hast du. Zum Besseren.«

»Mmmmmmmmm«, summte sie an seinem Hals.

Blink bewegte sich, weil er sie ins Haus bringen wollte. Er öffnete die Tür und stieg ohne Mühe aus, während Josie sich noch immer an ihn klammerte. Sie kicherte ein wenig, ließ aber ihre Beine nicht fallen. Im Gegenteil, sie schloss sie noch fester um ihn.

»Was ist mit meinen Geschenken?«, fragte sie, als er die Tür schloss und in Richtung seiner Wohnung ging.

»Ich hole sie morgen.«

»Okay.«

Blink trug Josie hinein, in sein Schlafzimmer und dann direkt in sein Bad. Schließlich ließ sie ihre Beine sinken, stand da und sah zu ihm auf.

»Mach dein Ding hier drin und komm dann ins Bett.«

Sie schenkte ihm ein zufriedenes Lächeln. »Okay.«

Er ging, solange er noch die Kraft dazu hatte. Nachdem er die Toilette im Flur benutzt hatte, ging er zurück ins Schlafzimmer – und hielt inne.

Josie stand neben seinem Bett, völlig nackt, eine Spur ihrer Kleidung führte vom Bad zum Bett.

»Hi«, sagte sie mit einem schiefen Grinsen.

Er erinnerte sich nicht daran, dass er sich ausgezogen hatte, aber ehe Blink sichs versah, hielt er Josie gegen seinen nackten Körper.

Sie kicherte, und sein Schwanz wurde noch härter, was er nicht für möglich gehalten hätte.

Er hob sie hoch und setzte sie nicht gerade sanft auf dem Bett ab, dann kroch er über sie und umschloss sie. »Wie fühlst du dich?«

»Großartig!«, zwitscherte sie.

»Kein Schwindel? Oder Übelkeit?«

»Nö.«

»Gut. Wie soll das denn ablaufen?«

»Das?«

»Sex. Willst du es langsam und leicht oder schnell und hart?«

»Ähm ... beides?«, fragte sie mit einem Grinsen.

»Das kann ich machen«, sagte Blink, der sich nicht sicher war, ob er jetzt langsam und leicht machen konnte, schon gar nicht, wenn ihm ihre Worte über rothaarige Babys im Kopf herumspukten.

»Warte!«, rief sie aus.

Blink erstarrte, als er auf sie hinunterblickte.

»Ich will oben sein. Und ich will meine dreißig Geburtstagsschläge.«

Verdammt, diese Frau. Sie würde sein Tod sein.

Blink rollte sich von ihr auf den Rücken und nahm die Hände hinter den Kopf. »Ich gehöre ganz dir«, scherzte er.

»Ganz mir«, flüsterte Josie ehrfürchtig. »Alles, was ich je wollte, ist ein Mann für mich. Der mich um meiner selbst willen liebt. Der durch meine Verrücktheit hindurch den Menschen sieht, der dahintersteckt.«

»Ich sehe dich, Spirit. Ich habe dich immer gesehen«, versicherte Blink ihr.

Dann bewegte sie sich, schneller, als er es ihr im betrunkenen Zustand zugetraut hätte. Sie warf ein Bein über seinen Bauch und grinste ihn an. »Danke für meine Geburtstagsparty, Nate.«

»Gern geschehen.«

Sie rutschte an seinem Körper herunter und hielt dabei Augenkontakt. Dann senkte sie den Kopf und nahm seinen Schwanz in den Mund, was Blink sehr überraschte. Sie drückte ihn mit ihrer Hand und fing sofort an, ihm den besten Blowjob zu geben, den er je in seinem Leben bekommen hatte.

Er musste sich zusammenreißen, um nicht auf der Stelle zu explodieren. Um genau das zu vermeiden, setzte Blink sich auf, packte Josie um die Taille und zog sie an seinem Körper hoch, sodass sie auf seinem Gesicht saß.

»Nate! Ich war noch nicht fertig!«, beschwerte sie sich, während sie sich auf seinem Mund bewegte und er sie genauso verzweifelt verschlang, wie sie ihn in ihre Kehle genommen hatte.

Als Antwort darauf gab Blink ihr einen Klaps auf den Hintern. Sie quiekte, dann kicherte sie. Er spürte, wie ein Schwall Feuchtigkeit seine Zunge benetzte. Sie liebte das.

Er grinste. Das würde lustig werden.

Als Josie ihre dreißig Geburtstagsschläge bekommen hatte, war sie dreimal zum Orgasmus gekommen, und er hatte ihre Muschi mit seiner eigenen Lust bis zum Überlaufen gefüllt.

Sie lag erschöpft auf ihm, sein Schwanz noch immer tief in ihr. Das war einer von Blinks Lieblingsorten.

»Alles Gute zum Geburtstag, Spirit.«

»Der beste Geburtstag aller Zeiten«, murmelte sie auf ihm.

KAPITEL SIEBZEHN

Wenn Josie an ihren Geburtstag dachte, an den Sex, den sie und Nate gehabt hatten, als sie nach Hause gekommen waren, und daran, wie süß er sich um sie gekümmert hatte, als sie mit einem Monsterkater aufgewacht war, konnte sie sich ein Grinsen nicht verkneifen.

Sie war keine große Trinkerin, aber diese Nacht war unglaublich gewesen. Sie hatte sich so geliebt gefühlt, als Teil von etwas. Nicht wie eine Außenseiterin, wie sie sich die meiste Zeit ihres Lebens gefühlt hatte.

Remi und Wren waren die Besten. Sie waren witzig, freundlich, und Josie hatte das Gefühl, sie würden sich schon seit Jahren kennen, nicht erst seit ein paar Wochen. Aber noch besser war, dass die älteren SEAL-Frauen – Caroline, Cheyenne und die anderen – genauso herzlich waren.

Josie hatte auf dem neuen Telefon, das Nate ihr gekauft hatte, mehr Nachrichten erhalten als wahrscheinlich jemals in ihrem Leben. Ihr Telefon klingelte ständig mit eingehenden SMS von ihren neuen Freundinnen. So sehr, dass sie es während der Arbeit stumm schalten musste, weil sie sonst zu sehr abgelenkt wurde.

Und es waren auch nicht nur die Frauen. Wolf, Dude, Benny und die anderen ehemaligen SEALs schrieben ihr ebenfalls SMS, um sich zu melden, wenn sie allein zu Hause war. Zuerst hatte sie sich gefragt, ob Nate ihnen etwas über sie erzählt hatte, das sie beunruhigte, aber er hatte ihr versichert, dass das nicht der Fall sei, dass sie eben so waren.

Die Dinge liefen so gut, dass Josie nicht anders konnte, als sich zu sorgen, dass etwas passieren würde, das ihr neu gefundenes Glück zerstören könnte. Es war ein pessimistischer Gedanke, aber ihrer Erfahrung nach war es so, dass immer dann, wenn es ihr gut ging, etwas passierte.

Aber sie war fest entschlossen, öfter im Augenblick zu leben. Nicht zuzulassen, dass das, was passieren könnte, ihr Glück in der Gegenwart zerstörte. Und Josie hatte viel, worüber sie sich freuen konnte. Sie hatte ihren Job zurück, neue Freunde, Nate.

Er war der Partner, den sie sich immer gewünscht hatte. Unterstützend, freundlich, mutig. Männer wie ihn gab es in den Liebesromanen, die sie manchmal las, aber die waren Fiktion. Sie wusste besser als die meisten Menschen, dass die Realität meist weit hinter dem zurückblieb, was in Filmen und Büchern geschildert wurde.

Aber irgendwie war sie hier. Die Hauptrolle in ihrem eigenen Liebesroman. Mit einem Helden, der bis über beide Ohren in sie verliebt war, freundlich, knallhart, wenn es sein musste, und obendrein ... hervorragend im Bett.

Lächelnd sah Josie zu Nate hinüber. Er stand in der Küche, trug seine blaue Tarnuniform und machte ihnen beiden noch ein paar Spiegeleier, bevor er zum Marinestützpunkt aufbrach.

Als spürte er, dass sie ihn ansah, drehte er sich um. »Was?«, fragte er mit einem kleinen Lächeln.

»Nichts. Ich ... ich bin einfach nur glücklich«, platzte Josie heraus. »Nach allem, was passiert ist, war ich mir nicht sicher, ob ich jemals wieder so empfinden würde.«

Zu ihrer Überraschung legte Nate den Pfannenwender weg und schaltete die Herdplatte aus. Er schlenderte auf sie zu. Als er dort ankam, wo sie am Tisch saß, hob Josie den Kopf und sah ihn an. Er hatte einen ernsten Gesichtsausdruck und drehte ihren Stuhl mit Leichtigkeit um, dann beugte er sich vor, sodass er sie sich mit den Händen auf den Armlehnen des Stuhls abstützte.

»Ich liebe dich.«

Josie blinzelte überrascht.

»Ich wollte nur sicherstellen, dass du das weißt. Für mich ist das keine zwanglose Sache. Ich liebe alles an dir. Dein Herz, deine Widerstandskraft, deine Stärke, deinen Körper, die Art, wie du mich mit diesen großen Augen ansiehst, so wie du es jetzt gerade tust, als würdest du nicht glauben, dass du liebenswert bist.«

Josie biss sich auf die Lippe und gab sich Mühe, nicht in Tränen auszubrechen.

Nate lachte und streichelte ihre Wange mit den Fingerrücken. »Nicht weinen«, befahl er. »Du weißt, dass ich das nicht ertrage.«

»Ich liebe dich auch«, platzte Josie heraus, griff nach oben und umklammerte sein Handgelenk mit ihrer Hand.

Er lächelte zärtlich auf sie herab. »Ich weiß.«

Josie runzelte die Stirn. »Woher weißt du das?«, fragte sie.

»Weil ich es jeden Morgen in deinen Augen sehe, wenn ich aufwache. Und wenn ich von der Arbeit nach Hause komme. Und wenn ich so tief in deinem Körper bin, dass ich nicht weiß, wo du aufhörst und ich anfange. Du bist der erste Mensch, an den ich denke, wenn ich einen lustigen Witz höre, weil ich ihn mit dir teilen will. Du bist diejenige, die ich anrufen möchte, wenn ich gute oder schlechte Nachrichten erhalte. Du bist der Mittelpunkt meiner Welt, Josie England, und ich kann mir nicht vorstellen, dass du *nicht* in meinem Leben bist und meine Liebe erwiderst.«

»Nate«, flüsterte Josie, überwältigt von ihren Gefühlen.

Er beugte sich zu ihr herunter und küsste sie zärtlich. Ein süßer Kuss, den sie bis in die Zehenspitzen spürte. Dieser Moment fühlte sich an wie der Anfang vom Rest ihres Lebens. Als würde sie die alte Josie abschütteln, die sich in der Gefängniszelle so allein gefühlt hatte, die unbeholfene Frau, die am liebsten zu Hause blieb, weil sie niemanden hatte, mit dem sie zum Mittag- oder Abendessen ausgehen konnte.

»Wann kommst du heute Abend nach Hause?«, fragte sie.

Nate sah ein wenig perplex aus, aber er antwortete trotzdem. »Wie üblich. Wahrscheinlich gegen halb sechs oder so.«

»Gut. Wren hat mich nämlich überredet, ein Negligé zu bestellen, und das soll heute noch kommen. Ich dachte, du könntest mir vielleicht helfen herauszufinden, ob es richtig sitzt oder nicht«, neckte Josie ihn mit einem schüchternen Lächeln.

»Verdammt, Frau. Ich denke, ich kann vielleicht mit Kevlar reden und früher kommen.«

»Das hat er gesagt«, platzte Josie heraus.

Es dauerte eine Sekunde, bis er ihre Worte verstand, dann warf Nate den Kopf zurück und lachte.

»Im Ernst, ich liebe dich«, sagte er, als er sich wieder unter Kontrolle hatte.

»Ich liebe dich auch«, gab Josie zurück.

»Ich wünschte, ich hätte Zeit, dich über die Schulter zu werfen und mit dir ins Bett zu gehen«, seufzte er. »Aber du hast in einer Stunde diese Live-Pressekonferenz, und ich muss die Eier, die ich angefangen habe, wegwerfen und neue machen, und dann zur Arbeit fahren. Aber heute Abend? Wenn ich nach Hause komme ...«

Seine Worte verstummten, und Josies Fantasie setzte ein.

Nate küsste sie noch einmal, hart und innig, bevor er sich aufrichtete, seinen Schwanz in der Hose zurechtrückte und zurück zum Herd ging.

Josie sah mit einem verträumten Gesichtsausdruck zu, wie er sich die Hände wusch, die nun ruinierten Eier in den Müll warf und zwei neue Eier in die Pfanne schlug.

An diesem Morgen verweilten sie noch lange, um sich zu verabschieden. Nachdem sie einander gesagt hatten, wie sie empfanden, war es, als würden sie einen ganz neuen Abschnitt ihrer Reise als Paar beginnen. Und sie nahm an, dass sie das waren.

Mit Nate hatte sie nicht das Gefühl, weniger wert zu sein als andere Frauen, etwas, das sie früher immer erlebt hatte. Sie war immer die Außenseiterin gewesen. Diejenige, die keine engen Freundinnen hatte, die keine große Erfahrung in Sachen Männer hatte. Die Frau, die nicht viel gereist war und nichts Interessantes unternommen hatte.

Und jetzt war sie Mitglied im »Ich bin ein Teil eines Paares«-Klub. Es fühlte sich fantastisch an. Noch mehr, weil es Nate war, mit dem sie zusammen war. Sie machte sich keine Sorgen, dass er sie betrügen oder vor seinen Kumpeln über sie lästern könnte. Er war der, der er war – ein sachlicher, offener und rücksichtsvoller Partner.

Später, nach der Pressekonferenz, die sie transkribiert hatte, und nachdem sie sich ein Sandwich zum Mittagessen gemacht hatte, saß Josie am Tisch, beantwortete SMS von Remi und Wren über das besondere Paket, das sie aus der Poststelle im Wohngebäude geholt hatte, und beriet Caroline über das beste Hotel auf dem Vegas Strip, in das sie Wolf für einen spontanen Miniurlaub bringen wollte, als es an der Wohnungstür klopfte.

Überrascht, weil sie niemanden erwartet hatte, legte Josie ihr Handy auf den Tisch neben ihren Computer – und das sehr knappe, sehr durchsichtige, weiße, man konnte es kaum ein Kleidungsstück nennen, das geliefert worden war – und ging zur Tür.

Als Josie durch den Spion schaute, sah sie jemanden mit vernünftigem Abstand dort stehen. Es ärgerte sie immer, wenn die Leute so nahe standen, dass sie fast die Tür berührten. Die Person hatte ihr den Rücken zugewandt, und sie erkannte die kurzhaarige Blondine nicht.

Sie ließ die Kette dran und öffnete die Tür. »Hallo?«

Mit einer so schnellen Bewegung, dass Josie nicht zurückweichen konnte, drehte die Person sich um und trat mit voller Wucht gegen die Tür.

Die Kette zerbrach, die Tür flog nach hinten und traf Josie im Gesicht. Sie stieß einen überraschten Laut aus und stolperte, wobei sie über ihre Füße fiel und mit dem Hintern auf dem Boden landete.

Als Josie aufblickte, starrte sie in den Lauf einer Pistole.

Sie erstarrte. Jeder Muskel in ihrem Körper weigerte sich zu arbeiten. Sie sollte weglaufen, schreien, irgendetwas. Aber die Angst hielt sie unbeweglich.

»Steh auf«, befahl die Frau.

Jetzt, da Josie das Gesicht der Person sehen konnte, erkannte sie sie sofort.

Genevieve. Aydens Schwester. Sie trug eine blonde Perücke und eine übergroße Jogginghose, die sie aussehen ließ, als würde sie zwanzig Kilo mehr wiegen, als sie es tatsächlich tat. Und sie hielt eine Pistole in der Hand, die sie genau zwischen Josies Augen richtete.

»Ich sagte, *steh auf*«, knurrte Gen. »Es sei denn, du willst, dass ich dir auf der Stelle eine Kugel in den Kopf jage. Denn das werde ich tun. Es ist mir scheißegal, ob du hier stirbst. Aber meine Mom hat Pläne für dich und will dich lebend. Also steh verdammt noch mal auf. Sofort!«

Alle Worte, die seit ihrer Rettung zurückgekommen waren, blieben ihr erneut im Hals stecken. Es machte Josie wütend, dass ihre Fähigkeit zu sprechen sie verließ, wenn sie Angst hatte.

Mit schnellen Schritten kam sie auf die Beine, doch Gen packte sie am Oberarm und schüttelte sie heftig. Die ganze Zeit über hielt sie den Lauf der Waffe auf ihr Gesicht gerichtet. »Versuche nichts«, warnte sie. »Wir gehen jetzt ganz ruhig zu meinem Wagen. Wenn du schreist oder irgendetwas tust, was die Aufmerksamkeit auf dich lenkt, erschieße ich dich gern. Hast du verstanden?«

Josie nickte. Auf keinen Fall wollte sie mit Gen in einen Wagen steigen, aber sie glaubte der Frau auch, als sie sagte, sie würde ihr den Kopf wegpusten. Und Josie wollte nicht, dass Nate nach Hause kam und ihre Gehirnmasse auf dem Parkplatz oder im Eingangsbereich seiner Wohnung verspritzt vorfand.

Sie wusste besser als jeder andere, dass sie, solange sie atmete, eine Chance auf Rettung hatte. Nate und seine Freunde würden sie holen. Und es war dieser Gedanke, der ihr die Kraft gab, neben Gen zu gehen, ohne sich zu wehren.

Sie ließ sich von der Frau zu einer viertürigen Limousine führen, die Josie noch nie zuvor gesehen hatte. Sie stieg auf der Fahrerseite ein und rutschte zum Beifahrersitz hinüber. Sie starrte geradeaus, während die Schwester ihres Ex-Freundes den Motor startete und den Parkplatz verließ.

Galle stieg in Josies Kehle auf, aber sie schluckte sie hinunter.

Nate würde sie holen. Das würde er. Sie liebten einander, und er würde alles tun, was nötig war, um sie zu finden. Es war nicht mehr wie früher, sie würde nicht vergessen werden. Sie hatte Leute, die nach ihr suchen, die sie als vermisst melden würden. Man würde sie nicht wie beim letzten Mal in einer Zelle verrotten lassen. Daran glaubte sie tief in ihrer Seele.

Es war das Einzige, was sie davon abhielt, in Panik zu geraten, als Gen aus Riverton hinausfuhr.

Blink runzelte die Stirn, als er zu seiner Wohnung fuhr. Es war sechzehn Uhr, und er hatte es eilig, nach Hause zu kommen. Nicht nur, weil er sehen wollte, was Josie gekauft hatte; der Gedanke an sie in einem sexy Stück Unterwäsche hatte seinen Schwanz den ganzen Tag über halbsteif gehalten.

Aber mehr noch, er war besorgt.

Er hatte ihr mehrmals eine SMS geschickt und keine Antwort erhalten. Als er versucht hatte, sie anzurufen, hatte das Telefon geklingelt und war dann auf zur Mailbox gegangen. Das war ungewöhnlich, und in seiner Branche bedeutete ungewöhnlich nichts Gutes.

Als Blink seine Sorge gegenüber Kevlar geäußert hatte, hatte sein Teamleiter nicht gezögert, ihm zu sagen, er solle nach Hause fahren und nach ihr sehen. Alle seine Teamkameraden hatten eine Schwäche für Josie. Nicht nur wegen dem, was sie durchgemacht hatte, sondern auch wegen ihrer Größe. Sie war winzig, vor allem im Vergleich zu ihnen, und sie alle sahen sie wie eine kleine Schwester an.

Blink parkte auf seinem üblichen Platz vor seiner Wohnung und sprang aus dem Wagen. Er ging auf seine Wohnungstür zu – und ihm gefror das Blut in den Adern, als er sich näherte.

Die Tür war zwar geschlossen, aber für sein geschultes Auge war sie offensichtlich manipuliert worden. In der Mitte der Tür befand sich ein großer Fußabdruck, der sich in der leichten Staubschicht, die die Oberfläche bedeckte, deutlich abzeichnete.

Um keine Fingerabdrücke oder andere Spuren zu hinterlassen, stieß Blink mit dem Ellbogen gegen die Tür.

Die Tür schwang ohne Widerstand auf.

»Scheiße«, murmelte er, als er die zerbrochene Sicherheitskette auf dem Boden sah. Wer auch immer die Tür eingetreten hatte, hatte sich nicht darum gekümmert, dass sie hinter ihm verriegelt war, als er ging.

»Josie?«, rief Blink etwas lauter als beabsichtigt.

Stille empfing ihn, und sofort machte Panik sich breit. Blink lief durch die Wohnung und fand, was er erwartet hatte – nichts. Josie war nicht da. Ihr Laptop lag auf dem Küchentisch, zusammen mit ihrem Telefon und einem Haufen Spitze und Schnur auf einem Luftpolsterumschlag.

Eine Sekunde lang wusste Blink nicht, was er tun sollte. Er war vollkommen verwirrt.

Josie war weg. Vermisst. Wie konnte das passieren?

Er glaubte nicht eine Sekunde lang, dass sie eine Freundin besuchte. Oder dass sie beschlossen hatte, nicht mehr mit ihm zusammen sein zu wollen. An dem Morgen hatten sie einander noch gesagt, dass sie sich liebten. Und sie würde nicht ohne ihr Telefon gehen. Außerdem hatte sie nicht mal einen Wagen.

Nein, seine Josie hatte ihn nicht verlassen. Die Unterwäsche war der Beweis dafür. Genauso wie ihre Pläne für die beiden, wenn er von der Arbeit nach Hause kam. Und die verdammte kaputte Sicherheitskette und der Fußabdruck an seiner Tür. Man musste kein Genie sein, um zu erkennen, dass etwas passiert war. Jemand war in seine Wohnung eingedrungen und hatte Josie entführt.

Mit zusammengebissenen Zähnen holte Blink sein Telefon heraus. Im Moment gab es nur einen Menschen, den er anrufen konnte.

Tex.

Er würde Kevlar und den Rest seines Teams, Wolf, seinen Kommandanten und die Polizei erreichen, aber er musste Tex sofort anrufen. Josie hatte keinen Peilsender, aber wenn jemand sie finden konnte, dann war es der ehemalige SEAL.

Das Telefon klingelte einmal. »Blink, was gibt's?«, fragte Tex anstelle einer Begrüßung.

»Es ist Josie. Sie ist weg.«

»Was meinst du, sie ist weg?«, fragte Tex in einem sachlichen Ton.

»Verschwunden. Ich komme von der Arbeit nach Hause,

und da ist ein verdammter Fußabdruck mitten auf meiner Tür, die Sicherheitskette ist kaputt, ihr Telefon und ihre Post liegen auf dem Tisch, und sie ist nicht da.«

»Irgendwelches Blut?«

Blink schluckte schwer, als er sich umsah. Die Wohnung war so sauber wie immer. Kein schmutziges Geschirr in der Spüle, keine Snacks auf dem Tisch. Nur ihr Computer, ihr Telefon, der Stofffetzen, den er so sehr an ihr zu sehen gehofft hatte, und ein Stuhl, der ein Stück vom Tisch weggeschoben war. »Nein.«

»Na gut. Sie ist also nicht verletzt. Das ist gut. Kannst du ein Foto von dem Fußabdruck machen und es mir schicken?«

»Ja.«

»Hast du Kevlar schon angerufen?«

»Nein«, sagte Blink. Er merkte, dass er einsilbig sprach, aber aufgrund der Panik und des Adrenalins, das durch seinen Körper strömte, konnte er kaum reden.

»Mach das. Und er soll Cookie und die anderen anrufen. Du und dein Team könnt die Suche übernehmen, wenn ich Informationen für euch habe, und Wolfs Team kann in der Wohnung und bei den Frauen die Stellung halten.«

Blink nickte.

»Blink? Hast du mich verstanden?«, fragte Tex fordernd.

»Ja«, brachte er heraus.

»Ich bleibe in Kontakt. Ruf Kevlar an. Ende.«

Blink legte auf und stand regungslos in seiner Wohnung, völlig verloren. Es war, als sei alle Luft aus dem Raum gesaugt worden. Das ganze Leben. Ohne Josie schien es ... leer zu sein. Blink wollte tief in sich versinken, so wie er es nach dieser schrecklichen Mission mit seinem vorherigen Team getan hatte. Dorthin gehen, wo das Leben nicht so wehtat.

Aber das konnte er nicht. Nicht jetzt. Nicht, wenn Josie ihn brauchte.

Er nahm einen tiefen Atemzug. Dann noch einmal. Ihr

durfte nichts zustoßen. Nicht, wenn sie sich gerade erst gefunden hatten. Nicht, wenn sie nach so viel Herzschmerz ein schönes Leben vor sich hatten. Das Schicksal würde nicht so grausam sein, ihm alles zu zeigen, was er sich jemals im Leben gewünscht hatte, nur um es ihm dann rücksichtslos wegzureißen.

Er tippte auf Kevlars Namen und hielt das Telefon wieder an sein Ohr.

»Kevlar hier.«

»Sie ist weg«, sagte Blink kurz und bündig. »Ich brauche dich und das Team.«

»Bist du in deiner Wohnung?«, fragte Kevlar.

»Ja.«

»Ich bin auf dem Weg. Ich werde die anderen anrufen. Hast du die Polizei gerufen?«

Blink schüttelte den Kopf und hatte das Gefühl, in einem langen, dunklen Tunnel zu sein.

»Blink?«

»Nein«, flüsterte er.

»Okay. Halte durch, Kumpel. Wir kommen schon.«

Er nickte und legte auf, ohne sich zu verabschieden.

Blink hatte *schreckliche* Angst. Er wusste nicht, was er tun sollte. Er wusste nur, dass Josie vermisst wurde, dass sie wahrscheinlich zu Tode verängstigt war, und dass sie sich darauf verließ, dass er sie finden würde. Aber er hatte keine Ahnung, wo er anfangen sollte. Wo er suchen sollte.

Dieses Gefühl der Hilflosigkeit war ihm nur allzu vertraut. Er hatte sich genauso gefühlt, als er im Iran seine Kameraden sterben und vor Schmerzen stöhnen sah und nichts tun konnte, außer zu versuchen, sie vor dem feindlichen Feuer zu schützen.

Aber das hier fühlte sich viel schlimmer an. Denn Josie hatte sich nicht freiwillig dafür gemeldet. Und sie war bereits durch die Hölle gegangen. Es war nicht fair.

Er schloss die Augen und holte noch einmal tief Luft. Er musste sich zusammenreißen. So würde er Josie nicht helfen können. Ihr Duft erfüllte seine Nase. Die Seife, die sie benutzte. Die Lotion, die sie mochte. Der leichte Geruch von Eiern von diesem Morgen, der immer noch in der Luft lag.

Als er die Augen öffnete, fühlte Blink sich mehr unter Kontrolle. Er war entschlossener denn je, Josie zu finden und ihr das schöne Leben zu bieten, das er sich für sie beide vorstellte.

Er blickte auf sein Handy und tippte zum dritten Mal auf einige Tasten.

»Notrufzentrale, wie kann ich Ihnen helfen?«

»Meine Freundin wurde entführt. Ich brauche einen Detective. Unverzüglich.«

Die Fahrt nach Las Vegas war unwirklich. Gen verbrachte die Fahrt abwechselnd damit, völlig still zu sein und Josie zu beschimpfen, weil sie ihren kleinen Bruder »umgebracht« hatte. Sie hielt die Pistole die ganze Zeit in der Hand und unterstrich damit gelegentlich ihre Worte.

Josie wagte nichts, was sie ablenken oder sie dazu bringen könnte, die Kontrolle über das Fahrzeug zu verlieren. Obwohl Gen nicht zu schnell fuhr, tat sie nichts, was die Aufmerksamkeit auf ihren Wagen lenken könnte. Irgendwann fuhr sie am Rand der Autobahn ran und bog in eine schmale Schotterpiste ab, die in die Wüste führte. Sie fuhr etwa einen Kilometer, außer Sichtweite aller vorbeifahrenden Fahrzeuge, und zwang Josie dann auszusteigen.

Sie hatte gedacht, dass es das war. Dass Gen ihr in den Kopf schießen und ihre Leiche zum Verrotten in der Wüste zurücklassen würde.

Stattdessen sagte sie ihr, sie solle den Kofferraum öffnen.

Darin befand sich ein Benzinkanister. Während sie die Waffe auf sie richtete, befahl Gen ihr, das Benzin in den Tank zu füllen. Nachdem sie es getan hatte, forderte Gen sie auf, den leeren Kanister auf den Boden zu werfen und wieder in den Wagen zu steigen. Sie kehrten zur Autobahn zurück und setzten ihre Fahrt nach Osten in Richtung Vegas fort.

Josie wollte sie anflehen anzuhalten, damit sie auf die Toilette gehen konnte. Aber da sie anscheinend keine Worte an dem riesigen Kloß in ihrem Hals vorbeibringen konnte und der ganze Umweg durch die Wüste deutlich machte, dass Gen nicht vorhatte, zum Tanken anzuhalten, machte sie sich gar nicht erst die Mühe, ihre Bedürfnisse zu äußern. Da Tankstellen offensichtlich außer Frage standen, hoffte sie immer noch, dass Gen selbst vielleicht bald einen Rastplatz brauchte.

Bis Gen sie irgendwann mit einem unheimlichen Lächeln anschaute und sagte: »Ich trage eine Windel.«

Josie runzelte verwirrt die Stirn.

»Eine Erwachsenenwindel. Damit ich nicht anhalten muss. Ich will nirgendwo auf irgendwelchen Kameras zu sehen sein. Deshalb habe ich auch Benzin dabei. Und ich kann in die Windel pissen. Wir haben uns das alles ausgedacht. Wir sehen uns Krimisendungen an, wir wissen, worauf zu achten ist. Wir sind schlauer als *alle* anderen, sogar das dumme Arschloch, mit dem du zusammen bist. Sie können uns durchleuchten, so viel sie wollen, aber wir haben ein Alibi. Mom benutzt wahrscheinlich gerade mein Telefon und schreibt sich selbst eine SMS, um zu beweisen, dass ich noch in Vegas bin.« Sie lächelte triumphierend. »Niemand wird je erfahren, dass ich es war, die dich entführt hat. Du bist am *Arsch*, Josie. Genauso wie du Ayden verarscht hast. Genauso wie du Mom und mich verarscht hast.«

Dann lachte sie. Ein wahnsinniges Lachen, bei dem Josie sich die Nackenhaare aufstellten. Es schien, als hätten sie und ihre durchgeknallte Mutter diese Entführung sorgfältig geplant. Die Verzweiflung drohte sie zu überwältigen. Aber Josie schob sie zurück.

Sie waren nicht schlauer als Nate. Er und seine Freunde würden herausfinden, wo sie war. Sie mussten es.

Die Skyline von Vegas kam in Sicht, und mit jedem Kilometer, den sie zurücklegten, sank Josies Hoffnung weiter und weiter. Sie erkannte das Viertel, in das Gen einbog, als das, in dem Millies Haus stand. Sie war schon einmal mit Ayden dort gewesen, kurz nachdem sie angefangen hatten, miteinander auszugehen. Es war das peinlichste Abendessen aller Zeiten gewesen, und sie hatte es geschafft, ein zweites Mal zu vermeiden.

Gen fuhr vor das Haus, und das Garagentor öffnete sich. Sie fuhr hinein, und das Tor schloss sich hinter ihnen. Dann war Millie an der Tür auf Josies Seite und riss sie auf.

»Raus, Miststück«, sagte sie.

Josie wollte nicht. Sie wollte bleiben, wo sie war, aber da Millie nun eine zweite Waffe auf ihren Kopf richtete, hatte sie keine Wahl. Langsam stieg sie aus und stand da. Sie stolperte, als Millie sie in Richtung Haustür stieß.

Die beiden Frauen folgten ihr und trieben sie hinein. Im ganzen Haus stapelten sich verschiedene Sachen. Viel mehr, als da gewesen war, als sie und Ayden zum Abendessen gekommen waren. Damals war ihr klar geworden, dass Millie Dinge hortete, und sie verstand sofort, warum Ayden immer bei ihr hatte sein wollen. Aber es schien noch viel schlimmer geworden zu sein, seit sie das Haus das letzte Mal gesehen hatte. Überall standen Kartons, Klamotten, Müllsäcke und andere Dinge stapelten sich, die seit Jahren nicht mehr angerührt worden waren. Das Haus war ein Angriff auf Josies Augen und Nase. Es roch ... alt. Komisch. Ekelerregend.

Sie hatte keine Zeit herauszufinden, was *genau* sie roch, als Gen sich an Josie vorbeidrängte, eine Tür in der Nähe der

Küche öffnete und ihr zu verstehen gab, dass sie eine Treppe hinuntergehen solle.

Sie war überrascht. Die meisten Häuser in Vegas hatten keinen Keller, weil die Art des Gesteins im Wüstenboden es schwierig machte, sie auszugraben. Dieser hier war klein und klaustrophobisch. Und auch dieser war von einer Ecke zur anderen mit Kartons und anderem Gerümpel vollgestopft.

»Da drüben«, sagte Millie und rammte den Lauf der Pistole mitten in Josies Rücken.

Sie stolperte erneut und hatte Mühe, sich an das schwache Licht im Raum zu gewöhnen. Es gab einen Weg zwischen den Kartons, der zu einer kleinen Tür führte.

Zum ersten Mal zögerte Josie. Dieser Raum erinnerte sie viel zu sehr an die Zelle, in die sie gesteckt worden war. Sie konnte das nicht noch einmal tun. Sie konnte nicht weggesperrt werden wie ein vergessenes Stück Müll.

Aber genau wie auf der anderen Seite der Welt hatte sie auch hier keine Wahl. Gen stieß sie heftig, sodass Josie auf die Knie fiel. Sie spürte, wie ihr der Lauf einer Waffe an den Hinterkopf gedrückt wurde.

»Nicht schießen!«, rief Millie, und Josie brach der kalte Schweiß aus. Sie schloss die Augen, denn sie war sich sicher, dass sie gleich sterben würde. Sie bereute es nur, dass Nate nie erfahren würde, was mit ihr geschehen war. Diese Frauen würden ihre Leiche in die Wüste bringen, wo sie nie gefunden würde. Es wäre so, als hätte sie nie existiert.

Sie spürte, wie ihr Arm hinter ihrem Rücken nach oben gerissen wurde. »Steh auf, Miststück! Und geh da rein. Du wirst bald weg sein, aber wir können dich nicht gebrauchen, während wir die Vorbereitungen für deine *Zukunft* treffen. Also rein da«, befahl Millie, während sie die kleine Tür öffnete.

Gen stieß sie vorwärts, und Josie landete auf Händen und Knien. Sie hatte keine andere Wahl, als in den kleinen, schrankähnlichen Raum zu kriechen, als Gen ihr einen Tritt in den Hintern versetzte, der sie dorthin trieb. Der winzige Raum war gerade groß genug, dass sie auf dem Hintern sitzen und sich kaum umdrehen konnte. Erstaunlicherweise vermisste Josie das, was ihr jetzt im Vergleich wie eine geräumige Zelle vorkam.

Sie öffnete den Mund, um die Frauen anzuflehen, sie gehen zu lassen, ihr die Schuld für Aydens Tod in die Schuhe zu schieben, aber ihre Stimme funktionierte immer noch nicht. Und sie hatte ohnehin keine Gelegenheit dazu, bevor die Tür zuschlug. Das Einrasten eines Vorhängeschlosses klang wie eine Bombe, die in dem dunklen Raum hochging.

Dann war da nichts mehr. Stille. Es war, als hätte sie eine andere Dimension betreten.

Gefangen. *Schon wieder!* Nur dieses Mal gab es kein tropfendes, lebensrettendes Wasser in der Ecke. Keinen kleinen Metallbecher, der die Flüssigkeit auffing.

Was auch immer Millie und Gen für sie geplant hatten, es konnte nichts Gutes sein.

Josie konnte nur hoffen, dass Nate sie erreichen würde, bevor die Pläne der Frauen in die Tat umgesetzt werden konnten. Sie hatte das Gefühl, dass sie dann *wirklich* spurlos verschwinden würde, wie so viele andere Menschen auf der Welt auch. Wie eine Rauchwolke.

KAPITEL ACHTZEHN

»Sie haben Vegas nicht verlassen«, sagte Tex. »Ich verstehe, was du sagst, Blink, aber es gibt keine Beweise dafür, dass sie es getan haben.«

Blink ging in seinem Wohnzimmer auf und ab. Auf und ab. Auf und ab. Er konnte nicht still sitzen. Konnte nicht essen. Er konnte an nichts anderes denken, als Josie zu finden.

Seine kleine Wohnung war voll. Alle seine Teamkameraden waren da, ebenso Wolf und Cookie. Die Polizei war gekommen und gegangen, hatte eine Vermisstenanzeige aufgenommen und gesagt, dass sie sich melden würden, dass sie, da es noch keine vierundzwanzig Stunden her und Josie erwachsen war, nicht viel tun konnten, dass sie wahrscheinlich bald von selbst zurückkommen würde, und so weiter. Es war nicht illegal, dass ein Erwachsener verschwand.

Aus irgendeinem Grund schienen die Beamten sich nicht allzu sehr für die zerbrochene Kette und den Fußabdruck an der Tür zu interessieren.

Das war zwar Blödsinn, aber nichts Unerwartetes. Die Polizei wurde mit Vermisstenmeldungen überschwemmt, und in neun von zehn Fällen war die Person gar nicht vermisst. Das

Telefon war kaputt, oder derjenige brauchte eine Pause von seinem Leben, oder er hatte einfach vergessen, jemandem zu sagen, wohin er ging.

Aber Blink war sich sicher, dass nichts davon bei Josie der Fall war. Sie hatte an diesem Abend Pläne für sie gehabt. Sie hatten sich gerade ihre Gefühle füreinander gestanden. Sie hatte keinen Grund zu verschwinden und jeden Grund zu bleiben.

Die Polizei suchte vielleicht nicht nach Josie, aber Blink und seine Freunde schon.

»Sie *sind* es«, sagte Blink aufgeregt zu Tex. »Es kann niemand anderes sein. Josie hat keine Feinde. Sie hat hier in Riverton noch niemanden getroffen außer unserer SEAL-Familie.«

»Ich verstehe dich. Wenn sie es sind, haben sie ihre Spuren verwischt, denn ich habe sowohl Gens als auch Millies Handys angezapft, und beide sind in Vegas im Haus ihrer Mutter. Schon den ganzen Tag. Und den ganzen gestrigen Tag. Tatsächlich haben sie seit heute Morgen SMS hin und her geschickt. Die GPS-Geräte in ihren Fahrzeugen zeigen, dass sie das Haus den ganzen Tag nicht verlassen haben«, sagte Tex mit einer ruhigen Stimme, die Blink auf die Nerven ging. Zu jeder anderen Zeit wäre er froh über die Gelassenheit gewesen, die er an den Tag legte, aber jetzt? Er wollte am liebsten durch das Telefon greifen und den Mann schütteln.

»Außerdem zeigen ihre Kredit- und Debitkarten keine Verwendung. Keine Tankstellen, kein Essen. Nichts«, fügte Tex hinzu.

»Sie könnten jemanden angeheuert haben, der ihre Drecksarbeit erledigt, richtig?«, fragte Preacher.

»Ja, aber der Schuhabdruck, den Blink mir geschickt hat, ist ehrlich gesagt zu klein, um von einem Mann zu stammen.«

»Es würde nicht viel brauchen, um sie zu überwältigen«, sagte Smiley. »Sie ist winzig.«

»Du bist keine Hilfe«, sagte Safe seinem Freund in leisem Tonfall.

»Wenn es nicht die Mutter ist, oder ein Mann, wer ist es dann?«, fragte MacGyver in die Runde. »Könnten sie eine Frau angeheuert haben, um sie zu holen?«

»Sie ist es. Oder sie beide. Es gibt buchstäblich niemanden sonst, der Josie hasst. Sie geben ihr die Schuld am Tod ihres Ex«, beharrte Blink.

»Moment – warum schreiben sie sich SMS, wenn sie im selben Haus sind?«, fragte Kevlar.

»Ja. Das macht keinen Sinn«, sagte MacGyver.

»Doch, wenn sie versuchen, es so aussehen zu lassen, als seien sie beide in Vegas, aber eine von ihnen tatsächlich hier in Riverton war«, knurrte Preacher.

»Was ist mit den Verkehrskameras?«, fragte Flash Tex.

»Ich arbeite daran. Aber wenn sie nicht in ihren eigenen Fahrzeugen unterwegs sind – wovon ich ausgehe, da ich die GPS-Daten bereits überprüft habe –, ist es, als suche man eine Nadel im Heuhaufen, denn man muss jedes Fahrzeug verfolgen, das auf einer der Straßen rund um Blinks Wohngebäude vorbeifährt.«

»Was ist mit der Überprüfung der Fahrzeugvermietungen in Vegas?«, fragte Cookie.

»Das habe ich schon gemacht. Ich habe bei keiner der beiden Frauen einen Treffer erzielt«, sagte Tex.

Jedes Wort aus dem Mund des Computergenies deutete darauf hin, dass jemand anderes als Millie oder Genevieve Hitson die Person war, die in seine Wohnung eingebrochen war und Josie entführt hatte, und doch wusste Blink ohne Zweifel, dass eine oder beide hinter ihrem Verschwinden steckten. Kevlar hatte recht, es machte keinen Sinn, dass die Frauen sich den ganzen Tag über SMS schrieben, während sie sich im selben Haus aufhielten. Um fair zu sein, schickte er Josie ab und zu eine SMS, während sie beide auf seiner Couch saßen, nur so zum Spaß ... aber nicht wiederholt.

»Sie ist es«, sagte Blink nachdrücklich und zwang sich, sich auf das Hier und Jetzt zu konzentrieren.

»Gut. Also muss ich nur einen Beweis finden«, sagte Tex. »Ich werde sehen, was ich tun kann. Ich melde mich.« Die Leitung wurde still.

»Ich fahre nach Vegas«, verkündete Blink. »Egal was Tex gefunden oder nicht gefunden hat, oder in den nächsten Stunden finden könnte, ich weiß aus tiefster Seele, dass sie dort ist.«

»Ich will nicht derjenige sein, der es sagt ... aber sie könnten ihr schon etwas angetan haben. Vielleicht ist sie nicht mehr da«, sagte Kevlar, und die Sorge und das Unbehagen waren in seinem Tonfall deutlich zu hören.

Blink wollte auf seinen Teamleiter losgehen. Ihn anschreien, dass er keine Ahnung hatte, wovon er sprach. Aber Kevlar sagte nichts, was Blink nicht schon gedacht hatte. Das Bild von Josies gebrochenem und blutendem Körper, der irgendwo in der weiten Wüste zwischen Riverton und Las Vegas entsorgt wurde, löste Übelkeit in ihm aus.

»Ich weiß. Und glaubt nicht, dass ich nicht schon darüber nachgedacht habe. Aber ihr habt die Mutter nicht gehört. Der Hass in ihrem Tonfall war alles verzehrend. Ich glaube nicht, dass sie Josie einfach erschießen will. Das wäre zu einfach. Nein, ich glaube, sie hat etwas viel Schlimmeres im Sinn. Sie will, dass sie leidet.« Blink fühlte sich schmutzig, als er diese Worte aussprach.

»Während Tex also sein Ding macht und die Polizei darauf wartet, dass eine x-beliebige Zeitspanne verstreicht, bevor sie entscheidet, dass Josie wirklich vermisst wird ... wer fährt mit Blink nach Vegas?«, fragte Wolf.

»Kevlar und Safe müssen hier bei Remi und Wren bleiben. Sie würden sich sonst große Sorgen um sie machen, und für den unwahrscheinlichen Fall, dass es sich nicht um die Hitsons handelt und stattdessen etwas mit unseren Jobs zu tun hat, will ich, dass sie beschützt sind«, sagte Blink nachdrücklich.

Kevlar öffnete den Mund, um zu protestieren, aber Preacher kam ihm zuvor. »Ich werde gehen. Und Smiley wird es auch tun. MacGyver und Flash, ihr bleibt hier und seht zu, was ihr noch herausfinden könnt. Redet mit den Nachbarn, seid Tex' Augen und Ohren, wenn er etwas braucht, und ihr könnt mit der Polizei Kontakt aufnehmen.«

Alle nickten.

»Ich bin mir nicht sicher, ob es eine gute Idee ist, dass nur ihr drei nach Vegas fahrt«, sagte Cookie mit einem leichten Stirnrunzeln.

»So sehr ich diese Schlampen auch hasse, ich kann da nicht einfach so reingehen«, sagte Blink. »Ich werde alles tun, was ich tun muss, um sicherzustellen, dass es Josie gut geht. Und wenn wir alle sieben auftauchen, werden sie in die Defensive gedrängt. Wenn nur ich und ein paar Freunde da sind, werden sie es vielleicht vermasseln und sich mit dem brüsten, was sie getan haben. Wenn auch nur die geringste Chance besteht, dass sie noch lebt, dass sie sie nicht getötet haben, werde ich sie ergreifen. Ich werde alles tun, was ich tun muss. Ich verkaufe meine Seele, um sie zu finden.«

»In Ordnung«, sagte Cookie mit einem Nicken. »Wir werden die Mädchen zusammentrommeln. Josie wird die Unterstützung ihrer Freundinnen brauchen, wenn sie nach Hause kommt.«

Der Glaube, den er hatte, brachte Blink beinahe zum Weinen. Wolf, Cookie und der Rest ihres Teams waren in SEAL-Kreisen Legenden. Sie hatten mehr Dinge gesehen und getan als die meisten Teams zusammen. Ihn mit einer solchen Gewissheit über Josies Heimkehr sprechen zu hören ließ seine Zuversicht steigen.

»Gut. Wer fährt?«, fragte Preacher.

»Ich«, sagte Smiley entschlossen. »Wir nehmen Blinks Pickup, falls wir ins Gelände müssen. Wir können sofort losfahren.«

Es kostete Blink alles, um nicht zu seiner Haustür zu laufen. »Ich muss eine Tasche für Josie packen. Sie braucht vielleicht Wechselklamotten. Und wir brauchen einen Erste-Hilfe-Kasten ... nur für den Fall.«

Wolf legte eine Hand auf Blinks Arm, während Kevlars Hand schwer auf seiner Schulter landete.

»Du wirst sie finden«, sagte Kevlar.

»Sie mag zwar winzig sein, aber sie ist verdammt zäh«, sagte Wolf. »Ich bin sicher, sie hat keinen Zweifel daran, dass du hinter ihr her bist. Genauso wie meine Caroline, als die Arschlöcher, die sie entführt hatten, sie ins Meer geworfen haben. Frauen wie sie und Josie, sie sind Überlebenskünstlerinnen. Ruf uns an, wenn du auf dem Rückweg bist.«

Blink schluckte schwer und nickte.

Dann ging er in Richtung seines Schlafzimmers, um eine Tasche zu packen. Einen Moment lang stand er da und versuchte, sein Gleichgewicht zu finden. Josies Verschwinden hatte ihn zutiefst erschüttert. Er würde sie nicht im Stich lassen. Die Alternative war undenkbar. Er liebte Josie, und sie liebte ihn. Er würde sie jetzt nicht verlieren. Niemals.

In der Dunkelheit des winzigen Schranks, in den Josie gezwungen worden war, hatte Zeit keine Bedeutung. Sie bemühte sich, etwas zu hören, irgendetwas, aber sie hörte nur den Klang ihres eigenen Herzschlags.

Ihre Gedanken kreisten um Nate.

Was machte er im Moment? Sicherlich hatte er inzwischen bemerkt, dass sie weg war. Er hätte Kevlar und die anderen angerufen. Sie würden darüber nachdenken, wo sie sein könnte. Wahrscheinlich hatte er die Polizei gerufen. Alle würden sie suchen.

Aber die Erinnerung an die Schritte, die Gen unternommen hatte, um nicht aufzufallen, beunruhigte Josie. Eine Windel für Erwachsene zu tragen, damit sie nicht anhalten und auf die Toilette gehen musste, war ... verrückt ... und klug. Und das Benzin. Ihr Handy in Vegas zu lassen. Der Wagen, den Josie nicht erkannte. Und es war ihr nicht entgangen, dass Millie diejenige war, gegen die sie das Kontaktverbot erwirkt hatten, denn sie war diejenige, die ihr direkt gedroht hatte.

Wenn Gen befragt würde, würde sie behaupten, dass sie die ganze Zeit hier in Vegas gewesen war, dass sie unmöglich diejenige sein konnte, die sie entführt hatte, und alle Beweise würden ihre Behauptung unterstützen. Aber Nate und der Rest der Jungs würden nicht einfach davon ausgehen, dass sie es nicht gewesen war, nur weil ihr Handy nicht in Kalifornien zu finden war.

Aber zum ersten Mal machten sich Sorgen breit. Würden sie es rechtzeitig herausfinden? Was auch immer Millie und Gen mit ihr vorhatten, Josie hatte das Gefühl, dass es aufwendiger war, als sie einfach zu töten und ihre Leiche irgendwo abzuladen. Das wäre nicht genügend Rache für die beiden Frauen.

Millie hatte ihren einzigen Sohn verwöhnt, und Gen war immer übermäßig beschützend gegenüber ihrem kleinen Bruder gewesen. Sein Tod hatte sie eindeutig gebrochen, sie beide zu Dingen getrieben, die sie sonst nicht getan hätten. Daran hatte Josie keinen Zweifel.

Waren sie tatsächlich in der Lage, sie zu töten? Vielleicht, vielleicht auch nicht.

Aber jemand anderen etwas Schreckliches tun lassen und ihre Rache ausführen, damit sie sich nicht die Hände schmutzig machen mussten? Ja, sie konnte sich vorstellen, dass sie das tun würden.

Josie fröstelte. Im Schrank war es nicht kalt, aber sie spürte die Uhr ticken. Und zwar viel schneller, als sie es in Übersee getan hatte. Sie wusste instinktiv, dass ihr nicht mehr viel Zeit blieb, bevor Millie und Gen ihren Plan in die Tat umsetzten, was auch immer sie vorhatten.

Beeil dich, Nate. Du musst mich finden!

Stunden später, in der Dunkelheit der Nacht, bog Smiley in die Straße ein, in der Millie Hitson wohnte. Tex hatte ihnen die Adresse der Frau geschickt, als sie auf dem Weg nach Vegas waren. Er hatte gesagt, dass er immer noch nach allen Fahrzeugen suchte, die sowohl in der Nähe von Blinks Wohnung als auch auf den Verkehrskameras auf der Strecke aus Riverton heraus auftauchten, aber es war eine so kolossale Aufgabe, dass er nicht viel weitergekommen war. Er versicherte ihnen, dass er dranbleiben würde, und er hatte sogar eine Freundin zu Hilfe geholt, eine Frau namens Ryleigh, die in New Mexico lebte. Aber auch wenn sie zu zweit fieberhaft daran arbeiteten, sich in die Kameras zu hacken, wussten sie alle, dass es nur langsam vorangehen würde.

Aber Blink brauchte keine Bestätigung für das, was er in seinem Herzen fühlte. Die Hitsons hatten seine Josie, und er würde sie zurückholen, und wenn es das Letzte war, was er tat.

»Tu nichts Unüberlegtes«, sagte Preacher, als könnte er Blinks Gedanken lesen.

Er antwortete nicht. Zu diesem Zeitpunkt konnte er nicht mehr sprechen. Er hatte in seinem Kopf all die schlimmen Dinge durchgespielt, die Josie in den letzten Stunden hätten passieren können ... und er war nicht in der Lage, zusammenhängend zu sprechen.

»Denk dran, lass mich reden«, sagte Smiley, als alle drei aus dem Wagen stiegen.

Blink hatte kein Problem damit. Er musste sich beherrschen, um nicht eine der Frauen zu packen und sie zu schütteln, bis sie ihm sagte, wo Josie war.

Sie schritten auf die Tür zu, und noch bevor sie klopfen mussten, öffnete sie sich. Genevieve stand da – und einen Moment lang sah sie geschockt aus, sie zu sehen.

»Wen haben Sie erwartet?«, fragte Smiley in einem harten Ton, bei dem die meisten Menschen zittern würden.

Nicht dieses Miststück. Sie stemmte eine Hand in die Hüfte, lehnte sich gegen den Türpfosten und funkelte alle drei an. »Was wollt ihr?«

»Josie. Wo ist sie?«

»Woher zum Teufel soll ich das wissen? Ist sie wieder auf und davon? Eine Schande.«

Blink ballte die Hände zu Fäusten.

Sie grinste ihn an und sagte: »Das sind wohl deine Supersoldaten-Freunde? Ich bin nicht beeindruckt. Verpiss dich.«

»Wir werden nicht gehen«, sagte Smiley. »Nicht ohne Josie.«

»Also was? Wollt ihr einfach auf unserem Rasen zelten? Sie ist nicht hier. Und wenn du schlau wärst«, sagte sie zu Blink, »würdest du dich verdammt noch mal von ihr fernhalten, denn sie wird es wahrscheinlich schaffen, dich auch zu töten.«

»Wenn Sie schlau wären, würden Sie aufhören, so viel zu reden, und Josie holen.«

»Hör zu, du hältst dich vielleicht für den Größten, aber ihr Soldatenarschlöcher seid alle gleich. Großspurig, eingebildet, und ihr denkt, ihr seid Gottes Geschenk an die Frauen. Kurzmeldung – das seid ihr nicht. Ich weiß nicht, wo diese verdammte Schlampe ist, und es ist mir egal. Wenn ich sie jemals wiedersähe, würde ich keinen Finger rühren, um ihr zu helfen. Sie könnte direkt vor mir ertrinken und ich würde hier stehen und zusehen. Sie. Ist. Nicht. Hier. Jetzt geht weg.«

»Nein«, sagte Blink mit einem kehligen Knurren.

»Oh, es spricht«, sagte Gen mit einem Augenrollen.

»Lass sie rein.« Millie war hinter ihrer Tochter aufgetaucht und mischte sich in das Gespräch ein.

»Was? Nein, Mom«, protestierte Gen.

»Ja, Gen, lass uns rein«, erwiderte Smiley.

»Wir haben nichts zu verbergen. Sie werden Josie hier nicht finden. Wenn sie dann gehen, sollen sie doch nachsehen. Je schneller sie begreifen, dass sie nicht hier ist, desto schneller werden sie von meiner Türschwelle verschwinden.«

Gen seufzte dramatisch, dann wirbelte sie herum und stapfte zurück ins Haus.

»Ich lasse das zu, weil ich will, dass ihr verschwindet«, informierte Millie sie. Sie sah Blink an. »Ich hasse sie. Sie hat mein Leben ruiniert. Aber ich habe der kleinen Schlampe nichts angetan. Gen und ich waren mindestens die letzten zwölf Stunden hier.«

Blink starrte die Frau an. Sie protestierte zu sehr. Niemand hatte sie gefragt, wo sie seit heute Morgen gewesen war. Nur wo Josie war.

Smiley trat durch die Tür, mit Blink und Preacher auf den Fersen.

Das Haus war ein einziges Durcheinander. Es war offensichtlich, dass Millie Hitson ein Messie war. Auf keinem der Tische im Haus gab es einen freien Platz. Sie gingen durch den Wohnbereich und hielten sich an einen schmalen Pfad zwischen Stapeln von Kartons und diversem Müll, der in Richtung Küche führte. Auf den Sofas lagen stapelweise Klamotten, und nur zwei Plätze waren frei, auf denen offensichtlich Millie und Gen saßen. Im ganzen Haus herrschte ein übler Gestank, eine Mischung aus alten Lebensmitteln und möglicherweise verrottenden Nagetieren. Aber Blink war nicht da, um zu beurteilen, wie Millie lebte. Er wollte einfach nur Josie.

Ohne darüber zu reden, trennten die Männer sich. Millie und Gen saßen auf ihren Plätzen auf der Couch, als interessierten sie sich gar nicht dafür, dass die Männer da waren und was sie finden könnten.

Zum ersten Mal fragte Blink sich, ob er sich geirrt hatte. Würden sie so entspannt sein, wenn Josie hier wäre? Er war sich nicht sicher.

Es war schwierig, das Haus zu durchsuchen, weil das Gerümpel sich buchstäblich überall stapelte. Es war unmöglich, die Schränke zu öffnen, da sie durch die über viele Jahre angesammelten Sachen blockiert waren.

Preacher brach eine Tür in der Nähe der Küche auf und schrie: »Keller!«

Blink war überrascht, da dieser Teil des Landes nicht dafür bekannt war, einen Keller zu haben, aber sein Adrenalinspiegel stieg an. Josie musste da unten sein. Das *musste* sie.

Es war tückisch, die Treppe hinunterzugehen, denn sie war kaputt und uneben, und auf jeder Stufe stapelten sich Dinge. Als Blink sich umsah, sank sein Optimismus. Hier unten roch es noch schlimmer, und es gab nicht einmal einen Weg durch den Mist. Er hatte keine Ahnung, wie er anfangen sollte, sich einen Weg durch das Gerümpel zu bahnen, das in dem engen Raum gestapelt war.

»Scheiße«, fluchte Smiley hinter ihm.

»Josie?«, rief Preacher.

»Was zum Teufel? Glaubst du, sie ist hier unten unter den Müllhaufen gefesselt?«, fragte Smiley.

»Ich weiß es nicht. Aber ich bin mir nicht sicher, wie wir überhaupt eine Suche in diesem ganzen Gerümpel beginnen sollen.«

Blink blendete seine Freunde aus und katalogisierte methodisch den Raum. Er war nicht groß, aber er sah auch keinen Ort, an dem jemand sich verstecken oder versteckt werden konnte. Er beugte sich herunter, hob einen Karton auf und warf ihn zur Seite, ohne sich darum zu kümmern, was darin war oder wo er landete. Aber unter diesem Karton war noch einer. Und noch einer.

Er seufzte frustriert und sah sich erneut im Raum um. Er hatte keine Ahnung, wonach er suchte, aber nichts stach als verdächtig hervor.

»Blink?«, fragte Preacher.

»Ich weiß es nicht«, sagte er kopfschüttelnd. »Mein Herz sagt mir, dass sie hier ist, dass sie nirgendwo anders sein *kann*. Aber ...« Seine Stimme wurde leiser. Er hatte wirklich gedacht, sie würden in dieses Haus kommen und Josie in einer Ecke kauernd vorfinden, verängstigt, aber wohlauf.

Doch jetzt ... die Möglichkeit, dass vielleicht, nur vielleicht, derjenige, der sie entführt hatte, ihr Leben beendet und ihre Leiche in die Wüste geworfen oder in einem flachen Grab vergraben hatte, nagte an ihm.

»Seid ihr fertig?«

Millies barsche Frage hallte durch den kleinen Keller. Sie stand am oberen Ende der Treppe und starrte zu ihnen hinunter.

»Wir müssen uns neu formieren«, sagte Preacher leise.

»Das hier ist krank«, sagte Smiley, während er den Blick durch den Raum gleiten ließ.

»Kommt schon. Je länger ich in diesem Haus bin, desto mehr habe ich das Bedürfnis zu duschen«, sagte Preacher zu ihnen. Er legte eine Hand auf Blinks Arm.

Er stimmte mit seinen Freunden überein. Sie mussten sich in der Tat neu gruppieren, Tex anrufen, vielleicht auch Kevlar und die anderen, und sich überlegen, wie sie weiter vorgehen wollten. Aber etwas tief in ihm wollte nicht gehen. Er hatte sich so große Hoffnungen gemacht, Josie zu finden, dass ihm die Alternative die Seele zermalmte.

Er drehte sich um und machte sich auf den Weg zurück ins Erdgeschoss, wobei die Haare in seinem Nacken sich aufstellten, als er durch das Labyrinth aus Müll und anderem Unrat ging, den Millie gesammelt hatte.

»Ich habe es euch gesagt«, krähte Gen von ihrem Platz auf der Couch. Sie hatte sich nicht die Mühe gemacht aufzustehen. Millie war zur Haustür gegangen und hatte sie geöffnet. Sie stand da und zeigte damit eindeutig an, dass ihre Zeit um war.

Aber trotzdem schrie Blinks innerer Radar ihm zu, dass die Frauen etwas verbargen. Sie versteckten Josie.

»Verdammt – ist das eine Windel?«, fragte Smiley leise, als er an einem Plastikmülleimer vorbeikam, der unsicher auf einem Haufen Kleidung und wer weiß was noch alles balancierte.

»Ekelhaft«, stimmte Preacher zu.

Blink führte seine Freunde zur Tür und blieb neben Millie stehen.

Er schaute ihr in die Augen und sagte mit tiefer, gleichmäßiger Stimme: »Wir werden sie finden.«

Millie zog die Oberlippe zurück. »Die Welt ist ohne sie ein besserer Ort. Ich hoffe, das Miststück leidet, wo auch immer sie ist. Dass sie ihre Rolle bei der Ermordung meines Sohnes bereut. Es gibt keine zu harte Folter, um ihr heimzuzahlen, was sie meiner Familie angetan hat.«

Irgendetwas an ihren Worten ließ Blink erstarren, aber Smiley stand hinter ihm und drängte ihn vorwärts.

»Josie hat Ihrem verwöhnten Sohn nichts angetan, und das wissen Sie«, sagte Smiley. »Wenn sie einer Sache schuldig ist, dann, dass sie zu nett zu jemandem war, der es nicht verdient hat.«

»Raus hier!«, rief Millie und deutete auf die Tür.

»Mit Vergnügen«, sagte Preacher.

Blink ging hinaus in die trockene Wüstenluft und verspürte den Drang, sofort wieder umzukehren. Er wollte jedes verdammte Ding aus diesem Haus herausholen, bis er Josie fand oder zumindest ein Zeichen, wo sie war.

Smiley stieß Blink wieder an, damit er weiterging. Jeder Schritt fühlte sich an, als würden seine Füße eine Tonne wiegen.

»Komm schon, wir müssen reden«, sagte Preacher.

Blink ging wie in Trance zurück zum Wagen. Er setzte sich auf den Rücksitz und Preacher stieg neben ihm ein. Smiley setzte sich hinter das Lenkrad. Einen Moment lang saßen sie schweigend da.

Schließlich sagte Smiley: »Das war echt verkorkst.«

Blink konnte nicht mehr zustimmen.

»Was jetzt?«, fragte Preacher.

»Ich werde nicht gehen. Sie wissen etwas«, sagte Blink.

»Ich stimme dir zu«, sagte Smiley. »Sie haben uns zu schnell reingelassen.«

»Und die Tochter wirkte sehr angespannt. Sie hat versucht, es zu verbergen, aber sie konnte den Blick nicht von uns abwenden«, fügte Preacher hinzu.

Er hatte nicht unrecht. Blink hatte das Gleiche gedacht. »Josie ist nicht tot«, sagte er nachdrücklich. »Ich weiß nicht, woher ich das weiß, aber ich weiß es. Die Mutter hat uns nur allzu bereitwillig hereingelassen, und ich hätte gedacht, sie würde sich dagegen wehren, dass wir auch nur einen Fuß in ihr Haus setzen.«

»Oder? Sie war sich ziemlich sicher, dass wir nichts finden würden. Und warum? Weil Josie nicht da ist? Weil sie wusste, dass wir nicht finden würden, wo sie sie versteckt haben?«, fragte Preacher.

»Warum ist die Tochter überhaupt dort?«, überlegte Smiley. »Sie hat doch ihre eigene Wohnung, oder? Das hat zumindest Tex gesagt. Wenn sie also eine eigene Wohnung hat, warum ist sie dann im Haus ihrer Mutter um«, er sah auf seine Uhr, »halb zwölf nachts? Und sie sind beide komplett angezogen. Die meisten Leute sind um diese Zeit im Schlafanzug, wenn sie sich nicht gerade auf eine Party vorbereiten.«

Er hatte nicht unrecht. Blinks Gedanken drehten sich.

»Und habt ihr Gens Blink gesehen, als sie die Tür öffnete? Sie hat definitiv jemanden erwartet und war schockiert, uns zu sehen«, sagte Preacher.

»Sie warten auf jemanden«, stimmte Blink zu.

»Um Josie zu ihnen zu bringen?«, fragte Smiley.

»Oder um sie abzuholen«, sagte Preacher.

»Die Mutter hat uns reingelassen in der Hoffnung, dass wir schnell wieder verschwinden. Damit derjenige, den sie erwarteten, nicht eintrifft, während wir da sind«, sagte Smiley.

»Also bleiben wir. Wir überwachen den Ort. Sehen, wer kommt«, entschied Preacher.

Blink war mit diesem Plan einverstanden. Sie waren kurz davor herauszufinden, was zum Teufel hier los war. Er spürte es. Diese Frauen würden ihn nicht austricksen können. Für ihn stand zu viel auf dem Spiel – seine Zukunft, sein Verstand, die Liebe seines Lebens.

Blink brauchte Josie. Er war sich nicht sicher, ob er es überleben würde, sie zu verlieren.

So schwer es ihm auch fallen würde, dazusitzen und zu beobachten, er würde es tun, wenn er dadurch herausfinden konnte, was Millie und Gen Hitson verbargen. Und sie verbargen etwas, daran hatte er keinen Zweifel.

Smiley fuhr vom Bordstein weg und die Straße hinunter. Sie würden wieder umkehren und abwarten und beobachten ... das war es, was sie am besten konnten.

KAPITEL NEUNZEHN

Josie fühlte sich, als bekäme sie keine Luft mehr. Sie war sich nicht sicher, wie lange sie in dem dunklen Schrank gesessen hatte, aber es kam ihr wie Jahre vor. Das hier war irgendwie viel schlimmer als diese verdammte Zelle. Sie war nicht auf der anderen Seite der Welt in einem fremden Land. Sie war direkt hier in den USA. Ein Ort, an dem sie hätte sicher sein sollen.

Sie hinterfragte ihre Handlungen von zuvor. Hätte sie versuchen sollen zu fliehen? Weglaufen? Hätte sie riskieren sollen, erschossen zu werden, um von Gen wegzukommen?

Sie hasste es, dass sie wieder einmal gerettet werden musste. Sie hatte immer gedacht, sie sei extrem unabhängig. Sie hatte sich nie darauf verlassen, dass jemand anderes ihr gab, was sie brauchte. Sie hatte gekratzt und gekämpft, um ihren Kopf über Wasser zu halten. Das hatte sie von ihrer Mutter gelernt. Und doch war sie hier. Eingesperrt in ein weiteres verdammtes Loch, als sei sie nichts weiter als ein Stück Müll. Ein Wegwerfmensch.

Ohne Nate wäre sie vielleicht schon längst in ein Loch des Elends gefallen. Er und seine Freunde hatten sie akzeptiert, sie umarmt, ihr das Gefühl gegeben, dass sie wertvoll war. Wichtig für sie. Sie würden nicht einfach mit den Schultern zucken, nachdem sie verschwunden war, und mit ihrem Leben weitermachen. Nein, Josie hatte keinen Zweifel daran, dass sie Himmel und Hölle in Bewegung setzen würden, um sie zu finden. Sie musste stark bleiben, so wie Nate sie sah.

Das Problem war nur, dass es nicht so einfach sein würde, Millie und Gen zu konfrontieren – wahrscheinlich war das Nates erster Gedanke. Denn sie hatten sicher nicht vor, sie in einem Schrank in ihrem Haus zum Sterben zurückzulassen. Vielleicht hielten sie es für eine angemessene Strafe für das, wofür sie sie für schuldig hielten ... den Mord an Ayden. Aber sie hassten sie genug, um zu wollen, dass sie einen weitaus schlimmeren Tod erlitt.

Josie war sich nicht sicher, ob es etwas gab, das schlimmer war, als an Dehydrierung und Nahrungsmangel zu sterben. Eigentlich stimmte das nicht; sie konnte sich eine *Menge* schlimmer Dinge vorstellen. Und Aydens Familie hatte sich ohne Zweifel für etwas Langwieriges und Schmerzhaftes entschieden.

Es hätte Josie beunruhigen müssen, dass sie so sehr gehasst wurde. Und wenn sie nicht Nate und seine Freunde getroffen hätte, wäre sie jetzt völlig durchgedreht. Aber ihr war immer wieder gezeigt worden, dass sie einen Wert hatte. Wenn sie an all das dachte, was Remi und Wren für sie getan hatten, seit sie sich kennengelernt hatten, schlug Josies Herz höher. Ganz zu schweigen von Caroline, Fiona und all den anderen Frauen. Und dann waren da noch die pensionierten SEALs. Alle waren so wunderbar gewesen.

Millie und Gen waren die Bösen hier – nicht sie. *Zum Teufel mit ihnen.* Was auch immer sie vorhatten, Josie würde alles in ihrer Macht Stehende tun, um es zu vereiteln.

Mit diesem Gedanken im Hinterkopf streckte sie die Hände aus, um über die Wände um sie herum zu streichen. Sie musste ihre DNA hierlassen. Falls sie nicht überlebte, was auch immer

Aydens Familie mit ihr vorhatte, wollte sie sichergehen, dass sie Spuren für die Polizei hinterließ. Selbst wenn jahrelang niemand herausfand, wohin sie gegangen war, würde irgendwann *jemand* das Haus ausräumen und dieses Höllenloch finden.

Josie fuhr mit den Fingernägeln an der Wand entlang, dann über den Boden. Sie spürte, wie der Schmutz sich unter ihren Nägeln festsetzte.

Sie tastete umher auf der Suche nach etwas, *irgendetwas*, das sie benutzen konnte, um irgendeine Art von Markierung an der Wand zu machen, und Josie schnappte nach Luft, als ihre Finger sich um etwas schlossen, von dem sie dachte, es könnte ein Kleiderbügel sein. Ein Kleiderbügel aus *Metall*, der in der Ecke hinter ihr versteckt war.

Selbst im Dunkeln war es nicht schwer, ihn auseinanderzudrehen. Schwieriger war es, das Gewünschte an die Wand zu schreiben, da sie es nicht sehen konnte.

Als sie fertig war, drehte sie den Kleiderbügel zu etwas, von dem sie hoffte, es sei eine Art Waffe. Sie mochte keine Gewalt, aber wenn es darum ging, dass sie oder jemand anderes starb, würde sie alles tun, um wieder zu Nate zu gelangen.

Der Gedanke an ihn ließ ihren Atem mit einem kleinen Schluchzen stocken. Was tat er in diesem Moment? Ging er in seiner Wohnung auf und ab und fragte sich, wo sie war? Fuhr er in Riverton herum und hoffte, einen Blick auf sie zu erhaschen?

Nein, er tat nichts von alledem. Ihr Freund hatte wahrscheinlich alle ihm zur Verfügung stehenden Mittel eingesetzt und tat alles, was er konnte, um sie aufzuspüren. Dieser Gedanke gab Josie Zuversicht.

Sie ging in Gedanken verschiedene Szenarien durch, was sie tun könnte, wenn Millie oder Gen die verdammte Tür öffneten, als es tatsächlich passierte.

Überrumpelt verlor sie das Überraschungsmoment. Und es

wäre sowieso egal gewesen, denn selbst das schwache Licht im Keller war nach so langer Zeit in der Dunkelheit so hell, dass Josie praktisch blind war.

»Steh auf«, knurrte Millie.

Josie wollte nicht. So sehr sie sich auch gewünscht und gehofft hatte, aus diesem Schrank herauszukommen, plötzlich fühlte es sich an, als sei es der sicherste Ort, an dem sie sein konnte. Sie hatte keine Ahnung, was Millie für sie auf Lager hatte, aber es würde nichts Gutes sein.

»Was ist das? Mist! Lass es fallen!«, rief Millie. »Ich werde dich erschießen, wirklich! Lass die Waffe fallen!«

Ihre Augen hatten sich an das Licht aus dem Keller gewöhnt, und Josies Blut gefror beim Anblick von Millie, die ihr wieder einmal die verdammte Waffe ins Gesicht hielt. Für den Bruchteil einer Sekunde erwog sie, aus dem Schrank zu springen und ihr Bestes zu tun, um das scharfe Ende des Kleiderbügels in den Augen der älteren Frau zu vergraben. Aber stattdessen legte Josie den Kleiderbügel weg.

Sie wollte leben. Und es hätte nur ein Zucken von Millies Finger gebraucht, um ihr eine Kugel zwischen die Augen zu jagen. Sie konnte nicht den Rest ihres Lebens mit Nate verbringen, wenn sie tot war.

Langsam, in der Hoffnung, Aydens Mutter nicht zu erschrecken, kroch Josie aus dem Loch, in dem sie versteckt gewesen war. Der Keller sah jetzt noch verwüsteter aus als zuvor, als sie zum Schrank geführt worden war. Der Weg, den sie genommen hatte, war ausgelöscht worden. Millie und Gen mussten den Müll überall verstreut haben, um den Schrank zu verstecken. Damit es so aussah, als sei es unmöglich, durch den jahrelang angesammelten Müll zu gehen.

Schlau. Und ärgerlich.

»Leg dir die an«, befahl Millie und deutete auf Handschellen, die auf einer Plastiktüte lagen. Sie waren rostig und sahen uralt aus.

Josie zögerte.

»Ich werde schießen und kein bisschen Reue empfinden«, warnte Millie, »aber ich werde dich nicht töten. Eine Kugel in deinem Gehirn wäre zu schnell. Zu schmerzlos. Nein, ich werde dir ins Knie schießen und dich darauf laufen lassen. Leg die verdammten Handschellen an, damit wir weitermachen können.«

Josie wollte fragen, *wie* es weiterginge, aber sie war sich nicht sicher, ob sie es wirklich wissen wollte. Und ihre Stimme funktionierte sowieso nicht mehr. Selbst wenn sie um ihr Leben hätte betteln wollen, um Millie noch einmal zu überzeugen, dass es nicht ihre Schuld war, dass Ayden gestorben war, konnte sie es nicht.

Josie griff nach den Handschellen und überlegte, wie sie vielleicht nur so tun könnte, als würde sie sie anlegen, aber mit Millies Ungeduld und ihrem Finger am Abzug fiel ihr nichts ein, wie sie sich vor den Fesseln drücken konnte.

Langsam, mit einem aufsteigenden Gefühl der Angst, umschloss sie eines ihrer Handgelenke und zog die Manschette fest. Das klickende Geräusch des Schlosses war erschreckend.

»Jetzt die andere«, befahl Millie und wedelte mit der Waffe vor Josies Gesicht herum.

Das Grauen wurde noch größer, als sie es schaffte, die Manschette um ihr anderes Handgelenk zu legen.

Dann lachte Millie. Ein unheilvolles, schreckliches Geräusch, das Josie nicht mehr loslassen würde, egal wie lange sie noch zu leben hatte.

»Zeit zu gehen, Miststück. Denk dran, du bekommst alles, was du verdienst. Karma wird ein Wörtchen mitzureden haben. Nach oben. *Geh.*«

Es war fast unmöglich, über die Kartons, Tüten und Müllhaufen im Keller zu gehen, vor allem wenn ihre Hände gefesselt waren. Josie wurde immer wieder aus dem Gleichgewicht gebracht, und sie konnte ihre Hände kaum benutzen, um sich abzufangen. Jedes Mal wenn sie in die Knie ging oder auf die Seite fiel, lachte Millie.

Es fühlte sich an, als dauerte es Stunden, bis sie unten an der Treppe ankamen, wo schließlich ein Weg zum Erdgeschoss hinaufführte. Josie war in ihrem ganzen Leben noch nie so dankbar gewesen, auf eine krumme, kaputte Treppenstufe zu treten.

Sie zuckte zusammen, als sie spürte, wie Millie ihr mit dem Lauf der Pistole in den Rücken stieß. »Beeil dich. Ich will, dass du weg bist, bevor dein Freund zurückkommt.«

Josie erstarrte und riss den Kopf herum, um Millie anzustarren. Ihr Mund öffnete sich, aber es kamen keine Worte heraus.

Millie gackerte. »Stimmt, Miststück, dieser lächerlich aussehende Rotschopf war mit zwei seiner Freunde hier. Wir haben ihnen erlaubt, sich umzusehen, aber wie erwartet haben sie dich nicht gefunden. Dann sind sie gegangen. Sie kommen nicht wieder, und sie werden dich nicht vor dem retten, was ich für dich geplant habe. Wenn du also auf eine Art Rettung in letzter Minute hoffst, es wird sie nicht geben. Du wirst dir wünschen, du wärst tot, lange bevor dir jemand ein Messer durch dein eiskaltes Herz stößt. Er sollte mir danken, dass ich ihn vor demselben Schicksal bewahrt habe wie meinen Ayden.«

Josies Herz schlug ihr fast aus der Brust. Nate war hier gewesen? Sie wusste es. Sie *wusste*, dass er herausfinden würde, wer sie entführt hatte!

Den Rest von Millies Rede verdrängte sie komplett. Nate mochte gegangen sein, aber er würde zurückkommen.

Millies Worte sollten sie demoralisieren, aber sie hatten das Gegenteil bewirkt. Sie hatten Josie Hoffnung gegeben. Nate war hier. In Las Vegas. Sie musste auf alles gefasst sein.

Das Gefühl der Waffe in ihrem Rücken ließ Josie den Rest der Treppe hinaufeilen.

»Setz dich da hin«, befahl Millie und deutete auf einen Haufen Müll auf dem Boden. Es stank fürchterlich, aber Josie tat, was ihr befohlen wurde.

»Hat das Miststück dir Ärger gemacht?«, fragte Gen von ihrem Platz auf dem Sofa, das am anderen Ende des Raumes stand.

»Nein. Sie ist schwach. Genau wie wir dachten«, antwortete Millie unbekümmert.

Josie saß völlig still und ließ sich von der Beleidigung der älteren Frau überhaupt nicht beeindrucken. Sie war nicht schwach. Das hatte sie bewiesen, indem sie im Iran überlebt hatte. All die Male, die Nate ihr gesagt hatte, wie stark sie war, wie beeindruckt er von ihr war, hallten in ihrem Kopf nach.

»Hast du ihr gesagt, was passieren wird?«, fragte Gen ihre Mutter.

»Nein.«

Gen grinste. »Darf ich? Bitte! Ich möchte, dass sie es weiß.«

»Gut. Aber steh auf und warte vor der Tür, bis er kommt.«

Josie wusste nicht, wer »er« war, aber sie nahm an, dass Millie nicht Nate meinte.

Gen stand auf und machte sich auf den Weg zur Haustür. Sie schaute aus dem Fenster daneben und wandte sich dann Josie zu.

»Wir haben dich verkauft«, sagte sie unverblümt und mit einem Glitzern in den Augen. »An einen Kerl, der Kontakte im Sexhandel hat. Er kennt einen Kerl, der einen Kerl kennt, der Frischfleisch mag. Frauen, die noch nicht prostituiert wurden. Er hatte mal eine Verbindung zu jemandem in Peru, einem Mann, der ahnungslose Frauen aus den Casinos holte, aber leider wurde das ganze Unternehmen dieses Mannes hochgenommen.«

Dann lachte Gen. Ein tiefer Ton, der Josie einen Schauer über den Rücken jagte. »Du wirst *gefickt* werden – buchstäblich. Bis du aus allen Körperöffnungen blutest. Du wirst gefesselt und vergewaltigt, immer und immer wieder. Du wirst jedem gegeben, der mal drankommen will. Und dann wirst du in einen Schiffscontainer gesteckt und nach China verfrachtet. Dort wirst du eine ziemliche Neuheit sein, und der ganze Prozess wird von vorn beginnen. Den Rest deines Lebens wirst du damit verbringen, hart rangenommen zu werden, so wie du es mit *uns* getan hast.«

Es klang übertrieben dramatisch, als hätte Gen zu viele Thriller gesehen, aber Josie hatte keinen Zweifel daran, dass derjenige, an den sie verkauft werden sollte, nicht vorhatte, sie zu Kaffee und Kuchen einzuladen.

»Hast du mich verstanden, Miststück? Du bist dabei, deinen schlimmsten Albtraum zu erleben.«

Josie starrte Genevieve einfach nur an. Auf keinen Fall würde sie einer dieser Frauen die Genugtuung geben zu wissen, wie viel Angst sie wirklich hatte. Sie *wollten*, dass sie sich fürchtete. Sie wollten, dass sie um ihr Leben bettelte. Genau aus diesem Grund weigerte sie sich, auch nur irgendeine Emotion zu zeigen.

»Tausend Mäuse. Das ist alles, was du wert bist. Aber es ist mehr, als wir für dich zu bekommen glaubten. Ehrlich gesagt hätte ich dich ihm umsonst gegeben, aber Mom hat darauf bestanden, dass wir eine Art Entschädigung für unsere Mühen bekommen. Er musste noch einen Zwischenstopp einlegen, bevor er hierherkommt, aber jetzt ist er auf dem Weg.«

Josie fühlte sich innerlich kalt, aber sie ließ sich die Aufregung, die durch ihren Körper ging, nicht anmerken.

Scheinwerfer flackerten durch das Fenster, als draußen jemand in die Einfahrt fuhr.

»Er ist da!«, sagte Gen aufgeregt.

Millie hob wieder die Pistole und richtete sie auf Josie. »Es ist Zeit, für deine Verbrechen zu bezahlen, Miststück.«

»Da kommt jemand«, sagte Smiley unnötigerweise hinter einem Fahrzeug auf der Straße, wo er, Preacher und Blink kauerten. Sie hatten am Ende des Blocks geparkt, schweigend beobachtet und darauf gewartet, dass etwas passierte. Sie brauchten nicht lange zu warten.

Eine schwarze viertürige Limousine fuhr in die Einfahrt und die Scheinwerfer wurden sofort ausgeschaltet. Ein kräftiger Mann, etwa eins achtzig groß und locker hundertdreißig Kilo schwer, stieg aus und ging auf die Haustür zu.

Blink warf einen Blick auf Gen an der Tür, als sie diese öffnete, bevor der Mann im Haus verschwand.

Ihm drehte sich der Magen. Alles in ihm schrie danach, auf das Haus zuzulaufen, aber seine Ausbildung zwang ihn, genau dort zu bleiben, wo er war.

»Ich sehe mal im Wagen nach. Ich bin gleich wieder da«, sagte Smiley.

»Ich komme mit dir«, sagte Blink schnell. Er brauchte Informationen, und zwar sofort. Wer auch immer dieser Mann war, der hineingegangen war, führte nichts Gutes im Schilde. Und wenn er etwas mit Josies Verschwinden zu tun hatte, oder wenn es Beweise dafür gab, dass sie in dem Wagen war, jetzt oder in der Vergangenheit, dann musste er das mit eigenen Augen sehen.

»Ich rufe Tex wegen des Kennzeichens an«, sagte Preacher. »Los.«

Blink und Smiley schlichen über die dunkle Straße zum hinteren Teil des Wagens. Sie gingen zu der Seite, die am weitesten von der Haustür entfernt war, und lehnten sich nach oben, um in das Fenster zu schauen. Smiley nahm eine kleine Taschenlampe heraus, schaltete sie ein und richtete sie auf den Rücksitz.

Blink atmete scharf ein, als Smiley sagte: »Was zum Teufel?«

Auf dem Rücksitz lag eine Frau. Sie hatte rötlich-braunes Haar und ihre Augen« waren weit aufgerissen. Sie hatte ein blaues Auge, blaue Flecke im ganzen Gesicht und einen Knebel im Mund. Ihre Hände waren mit einem Kabelbinder gefesselt, ebenso wie ihre Knöchel. Hätte Blink raten müssen, hätte er gesagt, dass sie irgendwo zwischen Ende zwanzig und Mitte dreißig war, aber in ihrem Zustand und in der Dunkelheit war es schwer zu sagen.

Smiley begegnete Blinks Blick, dann umschloss er den Türgriff. Zu ihrer beider Überraschung war sie nicht verschlossen. Und kein Licht ging an, als die Tür aufschwang, ein weiteres deutliches Zeichen dafür, dass etwas Schlimmes im Gange war.

Smiley griff in seine Hosentasche und zog das Messer heraus, das er immer bei sich trug. Es schnappte auf, und er griff nach dem Knebel um ihren Mund.

Die Frau zuckte zusammen, wich aber nicht von Smiley zurück. Er griff ins Innere des Wagens und schnitt das Material ab.

»Geht es Ihnen gut?«, fragte er.

Es war eine dumme Frage, denn *natürlich* ging es der Frau nicht gut.

»Nein! Bitte helfen Sie mir!«

Ohne ein weiteres Wort lehnte Smiley sich noch weiter vor und griff nach ihren Knöcheln.

Blink blickte zum Haus hinauf, dann wieder zu der Frau. Sie hatten nicht viel Zeit. Jeden Moment konnte der Mann zurückkommen, und sie mussten bereit sein.

»Wie heißen Sie?«, fragte Smiley, während er begann, den Kabelbinder um ihre Handgelenke zu öffnen.

»Bree. Bree Haynes«, sagte sie. »Ich ... mein Ex hat mich an dieses Arschloch verkauft. Er ist hier, um noch jemand anderen abzuholen. Dann hat er gesagt, dass er uns in ein Untergrundbordell bringt.« Sie zitterte. Vor Angst oder Abscheu, Blink war sich nicht sicher.

»Ich bin Jude Stark. Meine Freunde und ich sind Navy SEALs aus Riverton. Sie sind jetzt in Sicherheit.«

Blink hatte seinen Freund noch nie so ... sanft klingen hören. Er war nicht unbedingt für sein Einfühlungsvermögen bekannt. Aber als Smiley die Fesseln der Frau löste, dachte Blink über eines der letzten Dinge nach, die die Frau ihnen erzählt hatte. Der Mann war hier, um noch jemand anderen abzuholen. Und er wusste aus dem Bauch heraus, wer das war – Josie.

Er hatte recht gehabt. Sie war hier. Und auf keinen Fall wurde sie in die sexuelle Sklaverei verkauft. *Scheiße, nein.*

»Kommen Sie mit«, sagte Smiley schroff und hielt der Frau eine Hand hin.

Sie wich zurück.

»Ich werde Ihnen nicht wehtun. Ich muss Sie nur von hier wegbringen. Sie haben doch um Hilfe gebeten«, sagte er grob und klang mehr wie der Mann, den Blink gewohnt war.

Die Frau biss sich auf ihre bereits blutende Lippe und zuckte zusammen. Dann nickte sie. Ohne ein Wort nahm Smiley ihre Hand in die seine und führte sie schnell die Straße hinunter, dorthin, wo sie geparkt hatten, anstatt zurück zu Preacher zu gehen.

Der Beweis für das, was Millie und Gen für Josie geplant hatten, wurde ihm bewusst. Blink wusste immer noch nicht, wer sie tatsächlich entführt hatte, aber das war jetzt auch egal. Sie hatten seine Frau offensichtlich an dieses ... Monster verkauft, weil sie wussten, was er mit ihr vorhatte.

Sie waren unmenschlich. Er wusste, dass es das Böse in der Welt gab, er hatte einen Eid geleistet, es im Namen seines Landes zu bekämpfen. Aber das hier ... Blink fiel es schwer, es zu begreifen. Frauen, die wissentlich eine andere Frau an einen Sexsklavenhändler verkauften, gehörten zu den schlimmsten Dingen, die er sich vorstellen konnte. Sie wollten, dass Josie auf eine der schlimmsten Arten litt, die man sich vorstellen konnte.

Er hatte die Tür der Limousine leise geschlossen und überlegte gerade, was er als Nächstes tun sollte, als Millies Haustür aufging. In der Tür stand der große Mann, der aus dem Wagen ausgestiegen war, und ein kleiner Schatten befand sich an seiner Seite.

Blink hätte Josie überall wiedererkannt.

Der Mann hatte ihren Oberarm im Griff, und Blink konnte sehen, dass ihre Hände vor ihr gefesselt waren. Der Anblick ließ ihn für einen winzigen Moment zögern.

Dieses Zögern war etwas, das seine Ausbildung hätte verhindern müssen. Aber dies war kein normaler Einsatz, es war etwas Persönliches – und die schiere Erleichterung, Josie lebendig zu sehen, kombiniert mit der Wut darüber, dass sie von dem großen Mann gepackt wurde, reichte aus, um jahrelanges Training den Bach runtergehen zu lassen.

Dieses Zögern führte dazu, dass er es vermasselte ... indem er sich nicht schnell genug hinter dem Fahrzeug versteckte, bevor die Bewohner des Hauses ihn am Heck der Limousine stehen sahen.

Dann brach die Hölle los.

KAPITEL ZWANZIG

In der Sekunde, in der der Mann das Haus betrat, wusste Josie, dass sie in der Scheiße steckte. Er war groß. Und er hatte einen finsteren Gesichtsausdruck.

»Ist sie das?«, blaffte er.

»Ja«, sagte Gen.

»Sie ist klein«, bemerkte der Mann.

»Ich bin sicher, dass das vielen Männern gefallen wird. Sie könnten wahrscheinlich über ihr Alter lügen und mehr verlangen.«

»Stimmt«, sagte er mit einem Nicken. »Also gut. Hier ist Ihr Geld.« Er hielt Gen einen Umschlag hin, aber Millie trat vor und nahm ihn, bevor ihre Tochter ihn entgegennehmen konnte.

Sie zählte die Scheine und runzelte dann die Stirn. »Es sind nur fünfhundert. Sie sagten eintausend.«

Der Mann zuckte mit den Schultern. »Das ist alles, was ich habe. Nehmen Sie es oder lassen Sie es.«

Millie runzelte die Stirn, steckte den Umschlag aber in ihre Gesäßtasche. »Solange ich sie nie wiedersehen muss und sie leidet, ist es in Ordnung.«

»Sie wird keinen Urlaub genießen, so viel ist sicher«, sagte der Mann mit einem Lachen, das Josie einen Schauer über den Rücken jagte. Er griff nach unten, legte eine riesige Hand um ihren Oberarm und zog sie auf die Beine, wobei er ihr fast den Arm auskugelte.

»Redet sie?«, fragte der Mann, während er Josie zur Tür zerrte.

»Nicht viel«, sagte Gen achselzuckend.

»Gut. Ich habe keine Verwendung für Schlampen, die immer plappern. ›Bitte tu mir nicht weh‹«, sagte er in einem hohen Tonfall, um eine Frau nachzuahmen. »›Das tut weh, hör auf.‹« Er rollte mit den Augen. »Es ist schwer für die Kunden, sich zu konzentrieren, wenn sie so einen Scheiß machen.«

Josie wurde schlecht. Sie vertraute Nate und seinen Freunden, aber sie mussten sich beeilen und herkommen, wenn sie verhindern wollten, dass sie weggebracht wurde.

Sie versuchte, den Mann zu bremsen, als er sich der Haustür näherte, aber er hielt sie so fest, dass er sie praktisch trug. Ihre Bemühungen waren nutzlos. Sie wollte Millie und Gen am liebsten anschreien, ihnen sagen, dass sie damit nicht durchkommen würden. Dass sie Menschen nicht *verkaufen* konnten. Dass es Ayden war, der darauf bestanden hatte, das Boot zu mieten, und dass er damit angeben wollte, sich der Grenze zu nähern, nur um ihr Angst zu machen. Aber ihre Stimmbänder fühlten sich kaputt an. Gefroren.

Der Mann riss die Tür auf und zerrte sie auf die kleine Veranda hinaus. Er ging zwei Schritte – und blieb dann plötzlich stehen.

Bevor Josie herausfinden konnte warum, hatte er einen Revolver gezogen und den Lauf gegen ihre Schläfe gedrückt.

»Gehen Sie vom Wagen weg«, sagte er mit beunruhigender Stimme, »oder ich blase ihr auf der Stelle das Hirn weg.«

Als Josie aufschaute, erblickte sie das Schönste, was sie je gesehen hatte – Nate.

Wenn sie geglaubt hatte, sie sei froh gewesen, jemanden zu sehen, als sie ihn zum ersten Mal gesehen hatte, nachdem er in die Zelle geschleppt worden war, hatte sie sich getäuscht. *Nichts* ließ mehr Erleichterung durch ihre Adern fließen als das Wissen, dass er sie nicht verlassen hatte, nachdem er Millies Haus durchsucht hatte. Dass er da war. Er würde sie retten. Daran hatte sie keinen Zweifel.

»Ich meine es ernst«, knurrte der Mann, der sie festhielt, und drückte ihr die Waffe fester an den Kopf.

Mit den vor ihr gefesselten Händen konnte Josie nicht viel mehr tun, als zu versuchen, sich von der Waffe zu entfernen. Aber es funktionierte nicht; der Mann hielt sie zu fest.

»Oh Scheiße«, murmelte Gen hinter ihr.

»Geh zu meinem Wagen. Er ist hinten geparkt«, sagte Millie zu ihrer Tochter.

Josie hörte sie, aber ihre ganze Aufmerksamkeit war auf Nate gerichtet.

»Lass sie gehen«, sagte er und trat hinter dem Fahrzeug in der Einfahrt hervor. Zu Josies Erschrecken sah sie, dass er keine Waffe in der Hand hielt.

»Keine Chance«, sagte der Schurke. »Verdammt – wo ist die andere?«

»Ihr Name ist Bree. Und sie ist schon weit weg von hier, du krankes Arschloch«, sagte Smiley, der sich mit einem tödlichen Blick zu Nate gesellte.

»Du bist in der Unterzahl, Arschloch«, fügte Preacher hinzu, als er wie aus dem Nichts an der Seite des Hauses auftauchte.

Als Josie die anderen Mitglieder von Nates SEAL-Team sah, fühlte sie sich sicherer, obwohl die Situation alles andere als unter Kontrolle war. Sie hatte in diesem Moment mehr Angst als zu irgendeinem Zeitpunkt während ihrer Flucht aus dem Iran, die ziemlich verkorkst gewesen war. Die Bootsfahrt aus der Hölle, das Hochziehen in den Hubschrauber, der Absturz, die Wanderung durch die Wüstenberge. Vielleicht weil der Mann, der sie festhielt, absolut nichts zu verlieren hatte. Wenn er sich überwältigen ließe, käme er ins Gefängnis, wahrscheinlich für eine sehr lange Zeit.

Er schob Josie von der Veranda in Richtung seines Wagens. Aber Nate und die anderen zogen sich nicht zurück. Sie kamen sogar noch näher heran.

Plötzlich richtete der Mann seine Waffe in den Himmel und feuerte.

Josie klingelten die Ohren, aber bevor sie überhaupt begreifen konnte, was er getan hatte, war der Lauf des Revolvers wieder an ihrer Schläfe.

Sie zuckte vor Schmerz zusammen. Die Hitze der abgefeuerten Waffe fühlte sich an, als würde sie ihre Haut verbrennen. Jeder Versuch, sich zurückzuziehen, um der sengenden Hitze zu entkommen, war sinnlos.

Die Wut auf Nates Gesicht war deutlich zu sehen. Selbst aus den etwa drei Metern Entfernung konnte Josie den Zorn, die Hilflosigkeit und die Frustration erkennen.

»Zurück!«, befahl der Mann. »Oder die nächste Kugel geht in ihr Gehirn.«

In ihrem peripheren Blickfeld konnte Josie sehen, wie die Nachbarn sich auf der Straße zu versammeln begannen, da sie zweifellos durch die Schüsse angelockt worden waren – sie hätte gedacht, dass der Klang eines Schusses sie in die Flucht treiben würde, aber anscheinend lag sie falsch. Sie hielt den Blick auf Nate gerichtet. Wenn sie schon sterben musste, wollte sie, dass er das Letzte war, was sie sah.

Noch während sie diesen Gedanken hatte, kochte die Wut in ihr hoch.

Sie war so wütend. *Rasend.*

Dass sie gefangen genommen worden war, während sie in Kuwait war, um Ayden zu besuchen.

Dass man ihr weder Nahrung noch Wasser gegeben hatte.

Dass Nate in diesen Zellen gefoltert worden war.

Dass sie endlich einen Mann gefunden hatte, der freundlich und beschützend war und *sie* aus irgendeinem Grund mochte, und dass dieses Arschloch versuchte, ihr das wegzunehmen.

Dass Gen und Millie dachten, es sei in Ordnung, sie zu verkaufen. *Sie zu verkaufen!*

Dass es offenbar noch eine andere Frau gab, die an diesen schrecklichen Mann verkauft worden war, der sie mit einem Griff festhielt, der sich anfühlte, als würde er bleibende Spuren auf ihrem Körper hinterlassen.

Josie war *fertig*.

Sie öffnete den Mund, und all ihre Frustration entlud sich.

Sie schrie so laut, wie sie konnte. Sie ließ die Welt ihre Frustration, ihre Wut und ihren Kummer hören. Das Leben war ungerecht – und sie wollte nicht sterben!

Noch während sie weiter schrie, spürte Josie, wie sie fiel. Der Mann hatte nicht nur losgelassen, er hatte sie auch mit aller Kraft zur Seite geschubst. Mit den vor ihr gefesselten Händen konnte sie sich nicht schützen, als sie auf den Boden stürzte. Sie schlug hart auf dem Boden auf, und ihr Schrei brach so abrupt ab, wie er begonnen hatte.

Um sie herum brach ein Höllenlärm aus. Nate, Preacher und Smiley stürzten sich auf den Mann, sobald er sie weggeschubst hatte. Das Geräusch der verdammten Waffe, die wieder losging, war laut, aber als Josie aufblickte, konnte sie nicht erkennen, ob jemand getroffen worden war.

Es gab ein Gewirr aus Armen und Beinen, als die Männer um die Kontrolle kämpften. Josie versuchte, aus dem Weg zu gehen, aber ihre Schulter schrie vor Schmerz, und sie konnte nur im Gras liegen und mit großen Augen zusehen.

Der Kampf endete innerhalb von Sekunden. Obwohl der Mann, an den sie verkauft worden war, um einiges schwerer war als die SEALs, hatten Preacher und Smiley ihn schnell auf

dem Bauch, die Arme hinter dem Rücken und die Beine ange-
winkelt, sodass er sich nicht mehr rühren konnte. Sie hatten
nichts, womit sie ihn hätten fesseln können, aber solange die
beiden SEALs ihn im Griff hatten, ging er nirgendwo hin.

Dann war Nate da, kniete vor ihr und versperrte Josie die
Sicht.

»Bist du in Ordnung? Wurdest du getroffen?«

Getroffen? Nein, der Mann hatte sie nicht geschlagen. Wie
kam Nate nur auf die Idee?

»Josie, sieh mich an! Wurdest du angeschossen?«

Oh! Das hatte er gemeint. Sie schüttelte den Kopf.

»*Scheiße!*«, rief Nate aus.

Und aus irgendeinem Grund fühlte Josie sich sicher, als sie
das hörte und sich an das erste Mal erinnerte, als sie ihn hatte
sprechen hören, als er genau dasselbe gesagt hatte.

Nate sagte kein weiteres Wort, sondern griff nur in seine
Hosentasche und holte etwas Kleines, Glänzendes heraus. Zu
ihrer Überraschung fielen die Handschellen um ihre Handgelenke ab.

»Du hast einen Schlüssel für Handschellen in deiner
Tasche?«, fragte sie. Jetzt, da Nate hier war, hatte sie kein
Problem mehr zu sprechen.

Allerdings schien es, als hätte *Nate* seine Worte verloren. Er
nickte nur, dann legte er seine Hände auf ihre Wangen und sah
ihr tief in die Augen.

»Mir geht es gut«, flüsterte sie und umfasste seine Handgelenke. Mehrere Sekunden lang saßen sie so da, bevor das
Geräusch eines Handgemenges sie zur Seite des Hauses
blicken ließ.

Nate spannte sich an und legte einen Arm um sie.

»Hey! Wir haben gesehen, was passiert ist! Sie haben
versucht, durch die Gasse hinter dem Haus zu verschwinden …
wir dachten, das sei nicht so cool. Also haben wir sie aus dem
Wagen geholt und hierhergebracht.« Vier Männer hielten Gen

und Millie zwischen sich. Die Frauen wehrten sich und versuchten zu fliehen, wobei sie jeden beschimpften, aber die Männer – von denen Josie nur annehmen konnte, dass sie in der Gegend wohnten – hatten beide fest im Griff.

»Ein paar von uns haben den Notruf verständigt«, rief eine Frau von der Straße aus.

»Ich habe alles mit meinem Handy aufgezeichnet«, sagte ein Junge, der aussah, als sei er noch ein Teenager. »Den ersten Schuss habe ich verpasst, aber alles andere habe ich mitbekommen. Das war so verdammt geil!«

»Brauchen Sie Hilfe?«, fragte ein anderer Mann.

Ehe Josie sichs versah, waren die Nachbarn näher gekommen und sprachen alle auf einmal. Ein paar knieten im Gras, um Preacher und Smiley zu helfen. Die anderen standen herum und unterhielten sich angeregt, während sie auf das Eintreffen der Polizei warteten. Die Sirenen wurden immer lauter und die Fahrzeuge rasten auf den Tatort zu.

Nate wollte Josie beim Aufstehen helfen, und sie stöhnte, als die Bewegung in ihrer Schulter schmerzte. Er erstarrte. »Bist du verletzt?«, fragte er panisch.

Es war selten, dass Josie ihn nicht ruhig und kontrolliert hörte. Das beunruhigte sie mehr als alles andere, was passiert war. »Mir geht es gut«, beruhigte sie ihn schnell. »Es ist nur meine Schulter. Ich glaube, ich bin falsch darauf gelandet.«

Die nächsten zwanzig Minuten vergingen wie im Flug. Die Polizei traf mit gezogenen Waffen ein, und ein oder zwei Minuten lang hatte Josie Angst, dass Preacher und Smiley erschossen würden. Aber die Umstehenden stellten sicher, dass die Polizisten wussten, wer ein guter Kerl war und wer nicht. Gen und Millie versuchten zu behaupten, sie hätten keine Ahnung, was vor sich ging, aber der junge Mann mit dem Video zeigte den Polizisten, was er aufgenommen hatte – einschließlich Gen und Millie, die verzweifelt versuchten, den hilfsbereiten Umstehenden zu entkommen, was bewies, dass die beiden Frauen bis über beide Ohren in die Sache verwickelt waren.

Nate hatte sie zum Krankenwagen getragen, als dieser eintraf, und ein Sanitäter sah sich ihre Schulter an und schaffte es, sie wieder einzurenken, dann legte er ihr eine Armschiene an. Jetzt stand sie auf der Straße und lehnte sich an Nate, der seinen Arm um sie gelegt hatte. Josie saugte seine Anwesenheit in sich auf.

Schließlich traf ein Detective ein, und nachdem er mit den Polizeibeamten gesprochen hatte, die zuerst am Tatort eingetroffen waren, ging er auf sie zu.

»Mr. Davis und Miss England, richtig?«, fragte er.

Josie hatte nur Zeit, kurz zu nicken, bevor Nate das Wort ergriff. »Ich weiß, dass Sie mit Josie sprechen wollen, aber ich muss sie ins Krankenhaus bringen, damit sie gründlich untersucht werden kann. Sie ist wahrscheinlich hungrig und durstig, und ich will sie wirklich nur von hier wegbringen.«

»Ich verstehe, aber wir müssen herausfinden, was heute Nacht hier passiert ist«, sagte der Detective.

Er sah *wirklich* unglücklich aus, dass er ihr Fragen stellen musste. Sein Mitgefühl und sein Verständnis für die Tatsache, dass sie gerade etwas Traumatisches durchgemacht hatte, lösten in Josie den Wunsch aus, mit ihm zu reden. Je schneller sie das erledigte, desto eher konnte sie nach Hause fahren. Nach Riverton. Mit Nate.

»Es ist okay«, sagte sie zu Nate und legte eine Hand auf seinen Arm.

»Es ist *nicht* okay«, entgegnete er heftig.

Josie ignorierte den Detective und drehte sich so, dass sie Nate gegenüberstand. Sie hob ihre gute Hand und legte sie in seinen Nacken. »Sieh mich an«, flüsterte sie.

Er brauchte ein oder zwei Sekunden, aber schließlich neigte er den Kopf nach unten, um ihrem Blick zu begegnen.

»Ich wusste, dass du mich holen würdest«, sagte sie. »Dass

du mich finden würdest. Dass du sie nicht davonkommen lassen würdest.«

»Spirit«, murmelte Nate.

Josie schüttelte den Kopf. »Selbst wenn dieser Mann es geschafft hätte, mich mitzunehmen, hätte ich durchgehalten ... für *dich*. Ich liebe dich, Nate. Auf eine Art und Weise, wie ich noch nie jemanden in meinem Leben geliebt habe. Ich wollte sie nicht gewinnen lassen, nicht nachdem ich endlich alles gefunden habe, was ich je wollte. Dich, Nate. Ich habe *dich* gefunden. Oder besser gesagt, du hast mich gefunden. Ich bin in der Lage, mit ihm zu reden. Ich will es. Ich will dafür sorgen, dass Gen und Millie nicht mit ihren Taten davonkommen.«

Nate schloss die Augen, dann nickte er.

Josie wandte sich an den Detective. »Ich bin so weit.«

»Wenn es Ihnen nichts ausmacht, sich in meinen Wagen zu setzen, dort ist es bequemer für Sie.«

»Ich komme mit«, sagte Nate zu dem Mann.

Nachdem sie es sich auf dem Rücksitz des Fahrzeugs so bequem wie möglich gemacht hatten und der Detective ihre Erlaubnis erhalten hatte, ein Aufnahmegerät einzuschalten, erzählte Josie ihre Geschichte. Von Anfang an. Wie Gen verkleidet aufgetaucht war und sie entführt hatte, wie sie eine Windel für Erwachsene getragen hatte, um nicht auf die Toilette gehen zu müssen ... das Benzin, die Telefone und wie Millie in Vegas war und SMS hin und her schickte, um ihnen ein Alibi zu geben. Wie sie sie in dem Schrank im Keller festgehalten hatten – und die Kratzer, die sie als Beweis darin hinterlassen hatte –, die Geschichte, wie sie für tausend Dollar an den Mann verkauft wurde, und was laut Gen mit ihr passieren würde.

Schließlich erklärte sie das *Warum* – dass sie ihr die Schuld an Aydens Tod gaben und sie dafür hassten.

Als sie zu Ende gesprochen hatte, war Josie ein wenig

schwindelig. Es fühlte sich fast so an, als sei sie in einem Traum, als sei alles jemand anderem passiert.

»Wir haben jetzt alle auf dem Revier. Die Nachbarn werden gerade befragt. Offenbar sind sie in der Gegend nicht sehr beliebt, und niemand zögert, sich zu äußern. Wir sind auch auf der Suche nach Überwachungskameras.«

»Wir werden die Nacht hier in Vegas verbringen, nachdem ich sie ins Krankenhaus gebracht habe. Ich lasse Ihnen meine Kontaktinformationen und die meiner Freunde da. Wir sind alle Navy SEALs, stationiert in Riverton, Kalifornien.«

»Das weiß ich zu schätzen. Vielen Dank für Ihren Dienst.«

Nate nickte, dann griff er nach der Tür.

Josie rutschte an den Rand des Sitzes, und als Nate sie hochhob, sagte sie: »Ich kann laufen.«

»Ich weiß. Aber ich brauche das. Bitte.«

Josie hörte die Verzweiflung in der Stimme ihres Mannes. Sie nickte und legte ihren Kopf auf seine Schulter, als er sie zu seinem Wagen trug.

Preacher hatte sich mit ein paar Polizisten unterhalten, aber als er sie sah, riss er sich los und joggte hinüber.

»Sie ist weg«, sagte Smiley, als sie den Wagen erreichten. Er stand neben dem Fahrzeug und runzelte die Stirn.

»Wer?«, fragte Josie.

»Bree.«

»Wer?«

»Die Frau, die in dem Wagen war. Die andere Frau, die an dieses Arschloch verkauft worden war. Sie war gefesselt und geschlagen. Ich brachte sie zum Wagen und sagte ihr, sie solle dort bleiben. Aber nachdem alles passiert war, kam ich, um sie zu holen ... und sie war weg.«

»Oh nein«, flüsterte Josie. »Wo ist sie hin? Meinst du, jemand hat sie geholt?«

»Ich weiß es nicht«, sagte Smiley, der besorgter klang, als sie ihn je zuvor gehört hatte.

»Willst du hierbleiben und dich umsehen, während wir Josie ins Krankenhaus bringen?«, fragte Preacher. »Wir können danach zurückkommen.«

Smiley nickte. »Wenn das in Ordnung ist?«

»Es ist in Ordnung«, sagte Nate.

»Es ist nur ... sie war völlig fertig. Und verängstigt. Ihr Ex hat sie verdammt noch mal verkauft. Ich weiß nicht, wo sie hingegangen sein könnte«, sagte Smiley und fuhr sich mit einer Hand durch die Haare.

Josie fühlte eine Verbindung zu der unbekannten Frau. Sie hatten beide beinahe etwas mehr als Schreckliches erlebt. »Ich hoffe, du findest sie«, sagte sie zu Smiley.

»Ich auch. Ich bin froh, dass es dir gut geht«, entgegnete er schroff.

»Danke, dass du mit Nate gekommen bist, um mich zu finden.«

»Ich hätte nirgendwo sonst sein wollen. Blink ist vielleicht neu in unserem Team, aber er ist einer von uns.«

Josie wollte am liebsten weinen. Sie fand es großartig, dass Nate solche Freunde hatte. Dass er Menschen hatte, die ihm den Rücken freihielten, egal was passierte.

»Ruf an, wenn du uns brauchst«, sagte Preacher zu Smiley.

Der andere Mann nickte. »Ich bleibe hier und rede vielleicht mit ein paar Nachbarn. Sie muss hier irgendwo in der Nähe sein.«

Er ging zurück zu Millies Haus und zu den Gruppen von Menschen, die immer noch herumstanden. Obwohl es mitten in der Nacht war, hielten das Adrenalin und die Aufregung die Leute am Tatort.

Nate brachte Josie auf dem Rücksitz des Pick-ups unter und setzte sich zu ihr. Preacher glitt hinter das Lenkrad und fuhr die Straße hinunter.

Josie schloss die Augen und lehnte sich an Nate. Zum

ersten Mal, seit sie die Tür geöffnet hatte und Gen auf sie wartete, entspannte sie sich völlig.

»Verdammte Erwachsenenwindel«, murmelte Preacher vom Fahrersitz aus. »Ekelhaft.«

Das war es auch. Aber es bewies auch, dass sie vorsätzlich gehandelt hatte, und Josie hoffte, dass sie vor Gericht eine härtere Strafe bekommen würde. Allerdings war ihr klar, dass die Zeit, die Millie und Gen hinter Gittern verbringen würden, wenn die Anwälte ihr Ding durchzogen, wahrscheinlich minimal sein würde. Es war beschissen, aber sie musste hoffen, dass das Karma sich um die herzlosen Miststücke kümmern würde.

KAPITEL EINUNDZWANZIG

Blink fiel es schwer, von Josie getrennt zu sein. Er hätte sie fast verloren. Sie war ihm direkt vor der Nase weggenommen worden. Er hatte gewusst, dass diese verdammten Miststücke hinter ihrem Verschwinden steckten. Auch wenn Tex keine Beweise gefunden hatte, er hatte es *gewusst*.

Aber auch wenn er recht hatte, machte das die Sache nicht einfacher. Als er hörte, wie Josie beschrieb, was Gen über ihre Zukunft gesagt hatte, hätte er am liebsten gekotzt. Der Gedanke, dass seine Josie in die sexuelle Sklaverei verkauft wurde, war entsetzlich.

Und die Szene in dem Haus, als ihr Entführer ihr die Pistole an den Kopf hielt und drohte, sie zu erschießen ... Blinks Leben hatte sich vor seinen Augen abgespielt. Ein Leben ohne Josie war kalt und nutzlos, und er wäre nicht in der Lage gewesen, sich davon zu erholen, falls sie kaltblütig ermordet worden wäre.

Er und seine Teamkameraden wollten den Kerl gerade überwältigen, als Josie geschrien hatte. Blink würde das Geräusch nie vergessen. Es würde ihn bis ans Ende seiner Tage verfolgen. Es klang, als kämen all ihre Angst, ihr Zorn und ihre

Qualen aus ihrer Seele. Der Schrei hallte durch die stille Nachbarschaft, als sei ein dunkles Wesen gekommen, um sich für die bösen Taten der anderen zu rächen.

Aber es war auch die Ablenkung, die er und seine Teamkameraden brauchten, um das Arschloch ausschalten zu können. Als er Josie weggeschubst hatte, hatten sie ihn überwältigen können, bevor er sie – oder Josie – erschießen konnte.

Doch jedes Mal, wenn er die Frau ansah, die er mehr liebte als das Leben selbst, musste er an den verdammten Revolver denken, der gegen ihren Kopf gedrückt war. Die Verbrennung des heißen Laufs an ihrer Schläfe würde mit der Zeit verblassen, aber Blink würde nie die Verzweiflung und Hilflosigkeit vergessen, die er während der kurzen Pattsituation empfunden hatte.

Zu ihrer beider Überraschung fiel es ihm schwerer als Josie, mit dem Geschehenen umzugehen. Sie behauptete, es läge daran, dass sie gewusst hatte, dass er sie finden und holen würde. Aber obwohl er keinen Zweifel daran gehabt hatte, wer hinter ihrem Verschwinden steckte, war er sich über den Ausgang nicht so sicher gewesen. Und das Wissen, dass er das verdammte Haus durchsucht und sie *übersehen* hatte, nagte an ihm.

Er war so nahe an ihr dran gewesen. Hätte er nur ein wenig intensiver gesucht, nicht so schnell aufgegeben, hätte sie nicht das durchmachen müssen, was sie durchgemacht hatte. Wäre nicht fast erschossen worden. Es würde Wochen, vielleicht Monate dauern, bis Gen, Millie und das Arschloch, das sie angeheuert hatten, vor Gericht stehen würden. Aber zumindest würden sie die Zeit bis dahin hinter Gittern verbringen, denn ein Richter hatte ihnen die Kaution verweigert.

Die Detectives wollten diejenigen finden, die *über* dem Kerl standen, der Josie abgeholt hatte. Sie wollten den gesamten Sexsklavenring ausschalten, aber das war viel schwieriger, als es schien.

Die Frau namens Bree hatte sich ebenfalls in Luft aufgelöst. Smiley war nicht in der Lage gewesen, sie zu finden, auch nicht mit Tex' Hilfe, und das beunruhigte ihn mehr, als er zugeben wollte. Zwei Wochen waren seit dem Vorfall vergangen, und er hatte beide Wochenenden in Vegas verbracht, war durch die Straßen gezogen, hatte Krankenhäuser besucht und Frauenhäuser angerufen, um irgendeine Spur von ihr zu finden. Aber ohne Erfolg.

Heute war der erste Tag, an dem Blink eine volle Schicht auf dem Stützpunkt arbeiten sollte. Er und der Rest des Teams hatten ein Briefing zu absolvieren und eine bevorstehende Mission zu planen. Josie würde nicht allein sein, aber selbst das Wissen, dass sie den Tag mit Jessyka und Benny verbringen würde, reichte nicht aus, um Blink zu besänftigen.

»Es geht ihr gut«, sagte Kevlar leise während einer ihrer Pausen.

Blink seufzte. »Ich kann nicht aufhören, daran zu denken, dass ich nach Hause komme und sie vermisst vorfinde, wie beim letzten Mal.«

»Hast du ihr gesimst?«

»Nur ungefähr hundertmal allein heute«, sagte er mit einem kleinen Schnauben.

»Mach's noch mal.«

»Sie hält mich schon für paranoid.«

»Ja. Aber sie muss sich wahrscheinlich auch mit dir in Verbindung setzen, so wie du das Gleiche mit ihr tun musst. Ich weiß, du hast gesagt, dass sie die Dinge gut aufnimmt, aber ihr habt beide etwas Traumatisches erlebt. Es kann nicht schaden, sich zu melden. Keinem von euch.«

Blink brauchte keine weitere Ermutigung. Er hatte in den letzten zwanzig Minuten versucht, sich davon abzuhalten, ihr ... *erneut* ... zu schreiben.

Er schickte eine schnelle SMS ab und wartete gespannt auf ihre Antwort.

Josie: Mir geht's gut. Jessyka versucht, mir beizubringen, wie man ein paar schicke Mixgetränke macht ... es läuft nicht gut.

Blink lächelte über ihre Nachricht. Sie klang nicht verärgert, dass er ihr zum x-ten Mal eine SMS geschickt hatte.

Blink: Trinkst du davon?

Josie: Eine Köchin kann nicht zum Meister werden, ohne ihre Kreationen zu probieren :)

Die Erinnerung an das letzte Mal, als Josie Alkohol getrunken hatte, ließ Blinks Schwanz zucken. Sie hatten seit ihrer Entführung nicht mehr miteinander geschlafen. Ihre Schulter hatte lange wehgetan, und Blink wollte sie am liebsten die ganze Nacht an sich gedrückt halten. Aber zum ersten Mal durchfuhr sexuelles Verlangen seinen Körper.

»Dieses Lächeln bedeutet wohl, dass es ihr gut geht, was?«, fragte Kevlar.

»Ja.«

»Gut. Ich bin froh. Keiner von uns will sehen, dass du wieder in diese Depression fällst, in der du warst, bevor du ins Team kamst. Wenn du ihr eine SMS schicken musst, tu es. Willst du ihre Stimme hören? Ruf sie an. Ich garantiere dir, dass sie nicht sauer sein wird. Sie braucht es genauso sehr wie du, auch wenn sie es nicht zugeben will, weil sie beweisen will, wie stark sie ist. Wie unberührt sie von dem ist, was ihr zugestoßen ist. Sie ist definitiv betroffen. Wie könnte sie das nicht sein?«

Blink hatte ein schlechtes Gewissen gehabt, weil er so viel

in Josies Nähe sein musste, weil er dafür sorgen musste, dass sie in Sicherheit war. Und obwohl Josie beteuerte, dass es ihr gut ging, hatte sie nicht dagegen protestiert, dass er ständig bei ihr war. Das brachte ihn zu der Überzeugung, dass Kevlar etwas auf der Spur war. »Danke, Kevlar.«

»Gern geschehen«, sagte sein Teamleiter. »Wir haben noch eine Stunde oder so von diesem Briefing übrig, dann denke ich, kannst du früher nach Hause gehen.«

Blink wollte das Angebot annehmen, aber er hatte ein schlechtes Gewissen, weil er sich in letzter Zeit definitiv nicht ausreichend im Team eingesetzt hatte. Er schüttelte den Kopf. »Ist schon okay. Ich muss meinen Anteil an der Arbeit leisten.«

»Du verstehst es nicht, Blink – das ist es, was ein Team macht. Was *Freunde* tun. Sie halten die schwachen Mitglieder aufrecht, bis sie wieder auf eigenen Füßen stehen können. Und ich sage nicht, dass du schwach bist, sondern nur, dass du im Moment ein bisschen mehr Unterstützung brauchst. Wir haben das im Griff. Wir bringen dich morgen auf den neuesten Stand der Mission. Es ist nicht so, als könnten wir alles in ein paar Stunden planen. Nimm dir die Zeit, die du brauchst, um zu verarbeiten, was passiert ist. Geh zu Josie.«

»Danke. Wenn es wirklich in Ordnung ist, nehme ich das Angebot an und fahre los, sobald wir hier fertig sind.«

»Es ist wirklich in Ordnung. Remi kommt morgen zu euch rüber. Sie hat mir gestern Abend erzählt, dass Josie wieder ein paar Aufträge angenommen hat, richtig?«

Blink nickte. Sie hatten sich darüber gestritten. Er war der Meinung, dass Josie sich länger freinehmen sollte, und sie hatte darauf bestanden, dass die Arbeit ihren Geist beschäftigte ... dass es ihr sogar Spaß machte und ihre Schulter sich gut genug anfühlte, um zu tippen. Also hatten sie einen Kompromiss geschlossen, und sie arbeitete vorerst nur Teilzeit. Blink hatte das Gefühl, dass das nicht lange gut gehen würde. Seine Josie war stur; das war einer der vielen Gründe, warum er sie so sehr liebte.

»Cool. Remi genießt es, bei euch zu arbeiten. Anscheinend mag sie es, nicht allein zu sein, während sie arbeitet, aber sie kann trotzdem viel zeichnen, weil Josie ihr nicht das Ohr abkaut, während sie beide arbeiten.«

»Josie liebt es, wenn Remi da ist. Und Wren auch.«

»Eben. Also lass uns das tun, dann kannst du nach Hause fahren«, sagte Kevlar.

Blink konnte es sich nicht verkneifen, noch eine SMS zu schreiben, bevor er sich wieder der Arbeit zuwandte.

Blink: Ich habe in etwa einer Stunde oder so Feierabend. Willst du, dass ich dich im *Aces* abhole? Oder wirst du nach Hause gefahren?

Sofort erschienen drei Punkte, als Josie eine Antwort tippte. Er liebte es, dass sie ihn nie warten ließ, bis sie zurückschrieb. Das Wissen, dass sie da war und ihm antwortete, war etwas, das er in diesen Tagen brauchte, um nicht auszuflippen.

Josie: Benny sagte, er würde mich nach Hause bringen. Und ... juhu! Du wirst früher zu Hause sein!

Blink konnte sich ein Lächeln nicht verkneifen. Er liebte es, dass es Josie nicht unangenehm war, ihm mitzuteilen, dass sie sich freute, ihn zu sehen. Kevlars Worte wirkten nach. Wahrscheinlich war sie nach allem, was passiert war, selbst ein wenig verunsichert, und eine offene und konstante Kommunikation war für sie genauso wichtig wie für ihn.

Das Schlimmste daran, jeden Tag nach Hause zu kommen, war der Moment, in dem Blink sich seiner Wohnungstür näherte. Er und Preacher hatten sie zwar verstärkt, sodass es unmöglich war, sie einzutreten, selbst wenn nur die Kette dran war, aber das Gefühl des Schreckens blieb jedes Mal, wenn er zur Tür ging.

Er war erleichtert, als er seinen Schlüssel in das Schloss steckte und sah, dass die Tür wie üblich geschlossen und verriegelt war. »Josie?«, rief er wie jedes Mal, wenn er nach Hause kam, sobald er eintrat.

Diesmal kam keine Antwort.

Sofort verkrampfte Blink sich. Erinnerungen überfluteten ihn an das letzte Mal, als das passiert war und er Josie nicht gefunden hatte.

»Josie?«, rief er erneut, lauter und ein wenig hektischer.

»Hier drinnen!«, hörte Blink sie aus dem hinteren Teil der Wohnung sagen, und er atmete sofort erleichtert auf. Er hatte keine Ahnung, wie lange es dauern würde, bis seine Besorgnis über Josies Verbleib sich legen würde, aber es war offensichtlich, dass heute nicht der Tag war.

Es war zu früh für sie, um mit dem Abendessen begonnen zu haben, aber es war ebenso ungewöhnlich, dass sie mitten am Tag in ihrem Schlafzimmer war. Wenn sie nicht am Küchentisch arbeitete, saß sie normalerweise auf der Couch, sah fern, schrieb jemandem eine SMS oder las einfach ein Buch.

Er ging schneller als sonst, als er auf ihr Schlafzimmer zusteuerte. Er stieß die Tür etwas fester als nötig auf und sie prallte gegen die Wand, als er eintrat.

Es dauerte einen Moment, bis sein Gehirn verstand, was er da sah. Er dachte, Josie läge mit Kopfschmerzen auf dem Bett, oder vielleicht tat ihr wieder die Schulter weh.

Stattdessen war sie auf ein paar Kissen gestützt, lächelte ihn an und trug ein winziges Stück weißer Dessous.

»Hallo«, sagte sie ein wenig schüchtern. »Ich bin bisher noch gar nicht dazu gekommen, das, was ich für dich bestellt habe, vorzuführen. Ich dachte, heute sei ein guter Tag, um das zu tun.«

Das Blut schoss in seinen Schwanz. Der Anblick der Frau, die er liebte, auf ihrem Bett, ein Knie gebeugt, mit dem Fuß flach auf der Matratze, das andere nach außen gestreckt, sodass sie sich ihm quasi zur Schau stellte, machte ihn schwindelig vor Lust.

Blink begann, an seiner Kleidung zu zerren, während er langsam auf sie zuging und sich den Moment einprägte. Er würde dieses Bild von Josie hervorholen, wenn er knietief im Schlamm eines verdammten Dschungels steckte oder wenn er sich in der Wüste den Arsch abschwitzte. Sie war sein Grund zu leben. Die Hölle durchzustehen, die so viele seiner Missionen waren. Seine Belohnung.

Ihre kleinen Brüste waren entblößt, während das weiße Mieder ihre Brust umrahmte. Es verjüngte sich zu einem V in Richtung ihrer Muschi und lenkte seinen Blick zwischen ihre Beine. Der kleinste Fetzen weißen Stoffes bedeckte ihre Öffnung. Er brauchte nur mit den Fingern zu schnipsen, um ihn beiseitezuschieben, damit er in sie eindringen konnte.

Eine Spur seiner Kleidung führte von der Tür zum Bett, aber Blink bemerkte es nicht. Er konnte den Blick nicht von Josie abwenden. Sie war so schön ... und er hätte sie fast verloren.

Er kroch auf die Matratze und genoss die Art, wie sie nach ihm griff.

»Bist du sicher?«, flüsterte er, als er sich ihr näherte.

»Absolut.«

Das war alles, was Blink hören musste. Er spreizte ihre Beine weiter auseinander und kroch dazwischen. Er tat genau das, was er sich vorgestellt hatte, schob den Stoffstreifen zur Seite und entblößte sie für seine Berührung. Sie war völlig durchnässt.

»Was hast du gemacht, während du auf mich gewartet hast?«, fragte er.

Eine zauberhafte Röte überzog ihre Wangen. »Ich habe mich fertig gemacht«, sagte sie entschlossen. »Ich will dich. Jetzt. In mir. Ich brauche dich, Nate.«

Die Spitze seines Schwanzes war zwischen ihren Beinen, bevor sie zu Ende gesprochen hatte. Blink holte tief Luft und versuchte, sich zu beruhigen. Er wollte ihr nicht wehtun, und so wie er sich im Moment fühlte, war es unvermeidlich.

Dann griff Josie nach oben und kniff sich in die Brustwarzen, während sie ihn anstarrte.

Das war alles, was es brauchte.

Die eiserne Kontrolle, an der er festgehalten hatte, brach zusammen.

Noch bevor er den nächsten Atemzug tat, steckte Blink bis zu den Hoden in ihr. Sie war so verdammt eng, und einfach so fühlte er sich wie zu Hause.

Sekunden zuvor hatte er verzweifelt kommen wollen. Wollte in sie stoßen, aber jetzt war er zufrieden, einfach nur tief in ihrem Körper zu sein, sich nicht zu rühren ... sondern zu *leben*.

»Nate?«, fragte sie, als sie versuchte, sich unter ihm zu bewegen.

»Ich liebe dich«, sagte er ehrfürchtig, während er auf sie hinunterblickte.

»Ich liebe dich auch«, erwiderte sie, ohne zu zögern.

Blink schloss die Augen und erinnerte sich an diesen Moment. Josie unter ihm zu haben, um ihn herum, das war für ihn der Himmel auf Erden.

»Bitte«, flüsterte sie.

Er öffnete die Augen, und einen Moment lang sah er nur

die verdammte Verbrennung an ihrer Schläfe, doch dann drückte sie ihre Hüften nach oben und versuchte, ihn zu dazu zu bringen, sich zu bewegen.

»Ich brauche mehr«, flüsterte sie.

Daraufhin bewegte Blink sich. Wenn Josie etwas brauchte, würde er es ihr geben. Egal was es war.

»Ja! Härter, Nate. Bitte!«

Sie liebten sich hektisch und schnell, und nachdem Josie gekommen war, war Blink immer noch hart. Er drehte sie und nahm sie von hinten. Dann setzte er sie auf sich. Irgendwann kam er, aber sein Schwanz wurde nicht weicher. Er füllte sie mit seinem Sperma und liebte sie weiter.

Als er wieder zum Orgasmus kam, war das sehr hübsche, aber fadenscheinige Dessous, das Josie für ihn getragen hatte, heruntergerissen und hing um ihre Taille, und sie war zum dritten oder vierten Mal gekommen. Die Decke hing vom Bett und sie waren beide schweißgebadet. Blink konnte ihren gemeinsamen Saft an seinen Hoden und Schenkeln spüren, und das Laken unter ihm war durchnässt.

Aber er war in seinem Leben noch nie so zufrieden gewesen. Ihre Lust füreinander war vorerst gestillt, Blinks Schwanz steckte noch immer tief in Josie. Sie lag erschöpft auf ihm, ihre Atemzüge fuhren über seine Brust, während sie ihr Bestes tat, um ihr Gleichgewicht wiederzufinden.

»Fürs Protokoll ... ich mochte die Dessous«, sagte Blink.

Er spürte ihr Kichern mehr, als dass er es hörte, was ihn zum Lächeln brachte.

»Tja, zu schade, dass dies das einzige Mal sein wird, dass ich sie trage, da du sie ruiniert hast«, sagte sie und stützte ihr Kinn auf seine Brust.

Blink zuckte mit den Schultern. »Dann bestell mehr. Ein Dutzend. Zwei.«

»Das könnte ich tun. Du magst vielleicht ein bisschen

Abwechslung. Mehr Farbe. Es gibt sie in Rot, Schwarz, Lila, sogar –«

Blink drehte sie plötzlich um und schnitt ihr das Wort ab. Er griff nach der Schublade neben dem Bett und hielt Josie unter sich. Als er wieder über ihr schwebte, hielt er einen kleinen Gegenstand in seiner Hand.

»Du gefällst mir in Weiß. Nein, das stimmt nicht, ich mag dich in jeder Farbe, die du tragen willst, und in gar keiner. Aber Weiß steht dir gut. Vielleicht trägst du es, wenn wir heiraten? Weiß, meine ich, und nicht die sexy Unterwäsche.« Er zwang sich, den Mund zu halten, als er einen Ring hochhielt.

Josies Augen weiteten sich. Sie starrte auf den Ring, dann auf ihn, dann wieder auf den Ring.

Ihr Zögern brachte Blink zum Schwitzen. Er hatte zu schnell gehandelt. Er hatte die Dinge zwischen ihnen überstürzt. *Scheiße.*

»Ja«, flüsterte sie. Dann überzog ein breites Lächeln ihr Gesicht. »Ja!«, rief sie und warf die Arme um seine Schultern.

Blink war so erschrocken, dass er den Ring fallen ließ. Aber er würde ihn später wiederfinden. Im Moment zählte nur, dass die Frau, die er so sehr liebte, dass es fast beängstigend war, Ja gesagt hatte.

Später, als Josie wieder auf seiner Brust lag und der verlorene Ring in seinen Hintern pikste, starrte Blink mit einem albernen Lächeln an die Decke.

»Können wir deinen Bruder einladen? Und vielleicht seine Pilotenfreunde? Ich will keine große Zeremonie, aber ich will eine riesige Party. Ich möchte alle meine neuen Freunde an einem Ort versammeln. Die schlechten Dinge in der Welt vergessen und einfach das Zusammensein genießen.«

»Wir können alles machen, was du willst«, sagte Blink und freute sich riesig, dass sie an Tate gedacht hatte. Er hatte seinem Zwillingsbruder häufiger SMS geschrieben. Der Beinaheverlust von Josie hatte Blink bewusst gemacht, wie vergänglich das Leben war, und er musste wissen, dass es denen, die er liebte, gut ging.

»Weißt du, als ich in dieser Zelle war, konnte ich nicht an die Zukunft denken. Ich konnte buchstäblich nur daran denken, die nächste Minute, die nächste Stunde und den nächsten Tag zu überleben. Mein Körper versuchte, sich abzuschalten, aber aus irgendeinem Grund weigerte ich mich aufzugeben. Mich einfach hinzulegen und zu sterben. Jetzt weiß ich warum. Weil ich auf dich gewartet habe. Du hast mein Leben verändert, Nate, und ich kann mir nicht vorstellen, dich nicht darin zu haben. Ich liebe dich.«

Diese Frau. Sie hatte *sein* Leben verändert. »Mir ging es genauso«, gab er zu. »Ich saß Tag für Tag im *Aces* und war in mich selbst versunken. Ich konnte nur daran denken, was ich hätte anders machen sollen, und dass mein Team nicht hätte getötet oder verletzt werden müssen. Als ich an den Ort des Geschehens zurückgeschickt wurde, glaubte ich, dass ich dazu bestimmt war, dort zu sein. Damals dachte ich, dass ich dadurch das tun könnte, was ich schon früher hätte tun sollen, nämlich mich für andere opfern. Aber jetzt ist mir klar, dass ich dort sein sollte, um dich zu treffen.«

»Nate«, sagte Josie und schniefte.

»Nein. Nicht weinen«, befahl er sanft.

Er wurde mit einem kleinen Kichern von ihr belohnt. Dann sagte sie: »Dieser Becher? Der, den ich auf dem Regal an der Wand haben wollte, damit wir ihn jeden Tag sehen können?«

Blink runzelte die Stirn. Er war sich nicht sicher gewesen, ob er die Erinnerung an ein schreckliches Ereignis ausstellen sollte, aber er hatte es getan, weil sie so hartnäckig darauf bestanden hatte. »Ja?«, fragte er, als sie nicht weitersprach.

»Für mich ist es ein Symbol der Hoffnung. Unverwüstlichkeit. Des Nichtaufgebens. Deshalb möchte ich ihn jeden Tag sehen. Um mich daran zu erinnern, dass selbst wenn die Dinge hoffnungslos erscheinen, sie es nicht sind.«

Seine Josie. Stärker als jeder andere, den er je getroffen hatte.

Er hob den Kopf, um sie zu küssen ... aber in diesem Moment knurrte ihr Magen. Lange und laut.

Sie kicherte. »Ignoriere es«, befahl sie, während sie seine Lippen küsste.

Aber das konnte er nicht. Seine Frau war hungrig, und Blink wollte verdammt sein, wenn er ihre Bedürfnisse für seine eigenen ignorierte. Er hob sie von seinem Schwanz und unterdrückte das Stöhnen, das seine Kehle zu verlassen drohte. Wenn es nach ihm ginge, würde er tief in ihrer heißen, feuchten Hitze leben, aber er musste ihr etwas zu essen zubereiten.

»Mach dir nicht die Mühe zu duschen«, informierte er sie herrisch. »Weil ich dich nach dem Essen einfach wieder hierherschleppen werde. Außerdem sehe ich *das* so gern.« Er stellte sie neben dem Bett auf die Füße, und er konnte den Blick nicht von dem Sperma abwenden, das sich seinen Weg über die Innenseite ihres Oberschenkels bahnte.

Josie verdrehte die Augen. »Du bist komisch«, beschwerte sie sich, während sie sich über die Lippen leckte und auf seine Erektion starrte, die mit ihren gemeinsamen Säften bedeckt war.

Blink ging zur Kommode hinüber, ignorierte seine auf dem Boden verstreuten Klamotten und holte Boxershorts und eines seiner T-Shirts heraus. Er schlüpfte in die Unterwäsche und ging dann zurück zu Josie, die sich abmühte, die ruinierten Dessous von ihrer Taille zu lösen. Als sie es geschafft hatte, zog er ihr das Hemd über den Kopf und half ihr, die Armlöcher zu finden.

Sie hätte lächerlich aussehen müssen in seinem Hemd, das vier Nummern zu groß war für ihren winzigen Körper. Aber er liebte es, sie in seinen Klamotten zu sehen. Er widerstand dem Drang, sie zu küssen, weil er wusste, dass er sie dann wieder auf das Bett werfen würde, und griff um sie herum nach dem Ring, in dem sich die durch das Fenster einfallende Sonne spiegelte.

Er hob ihre Hand und schob den Verlobungsring über ihren Finger. Der kleine Diamant im Prinzess-Schliff sah umwerfend aus. Und er würde perfekt aussehen, wenn er mit dem passenden Ehering, den er dazu ausgesucht hatte, kombiniert wurde.

»Nate, er ist wunderschön«, hauchte Josie.

Es dämmerte Blink, dass sie den Ring zum ersten Mal richtig sah, seit er ihn fallen gelassen hatte, bevor er ihn an ihren Finger stecken konnte.

»*Du* bist wunderschön«, erwiderte er, beugte sich hinunter und küsste den Ring an ihrem Finger. »Sind Hamburger zum Abendessen okay?«

»Perfekt«, sagte sie. »Gib mir eine Minute im Bad, dann helfe ich dir.«

Blink konnte die Mahlzeit auch ohne ihre Hilfe zubereiten, aber er würde es nie ablehnen, Zeit mit dieser Frau zu verbringen. Niemals. »Klingt gut.«

»Nate?«, fragte sie, legte ihre Hände auf seine Brust und lehnte sich an ihn.

»Ja?«

»Zieh dir ein Hemd an, damit du dich nicht verbrennst«, sagte sie lächelnd, dann drehte sie sich um und ging ins Bad. Ihr Kichern hallte in dem Raum um ihn herum wider.

Mit seiner Frau würde das Leben nie langweilig sein. Sie würde ihn auf Trab halten. Und Blink hatte kein Problem damit. Keines.

EPILOG

Maggie atmete tief ein, als sie ins Freie trat.

Freiheit.

Das war etwas, das sie nie wieder als selbstverständlich ansehen würde.

Das eine Jahr und die zehn Monate, die sie hinter Gittern verbracht hatte, waren die Hölle. Und nichts, worauf sie vorbereitet gewesen wäre. Ganz gleich, wie oft sie beteuert hatte, dass sie nicht getan hatte, was ihr vorgeworfen wurde – niemand hatte ihr geglaubt. Und warum sollten sie auch? Angesichts der Beweise, die gegen sie vorlagen, hatte sie von Anfang an gewusst, dass sie am Arsch war.

Erneut kochte der Groll in ihr hoch. Sie wünschte sich nichts sehnlicher, als sich an dem Mann zu rächen, der sie reingelegt und ins Gefängnis gebracht hatte. Aber sie wusste besser als die meisten, dass man sich mit ihm nicht anlegen sollte. Wenn sie geglaubt hatte, die letzten zweiundzwanzig Monate seien schlimm gewesen, wären sie *nichts*, wenn sie ihn verriet.

Nein, sie konnte nur versuchen, mit ihrem Leben weiterzumachen.

Ein Wagen fuhr auf den kleinen Parkplatz vor dem Gebäude, in dem Maggie fast zwei Jahre ihres Lebens eingesperrt verbracht hatte. Die Frau hinter dem Lenkrad lächelte und winkte.

Dankbar für ihre Freundin Adina eilte Maggie die Stufen des Gefängnisses hinunter.

Adina war aus dem Wagen ausgestiegen und begrüßte Maggie nun mit einer riesigen Umarmung. Nichts hatte sich je besser angefühlt. Maggie hatte während ihrer Inhaftierung kaum menschlichen Kontakt gehabt.

»Ich bin so froh, dass du raus bist!«, sagte Adina.

»Wir beide«, sagte Maggie mit einem kleinen Lächeln.

»Komm mit. Ich habe für deinen ersten Abend Essen bestellt und mein Gästezimmer für dich hergerichtet. Ich muss dir noch eine Menge erzählen, bevor ich nächste Woche abreise.«

»Du reist ab?«, fragte Maggie, als sie auf der Beifahrerseite des älteren Honda Accord einstieg.

»Ja«, sagte Adina mit einem leichten Stirnrunzeln. »Ich wollte dich nicht stressen, bevor du entlassen wirst, aber ich breche nächste Woche zu einem sechsmonatigen Einsatz auf.«

Verdammt. Maggie tat ihr Bestes, um nicht in Panik zu geraten.

»Wie ich dir schon gesagt habe, kannst du so lange in meiner Wohnung bleiben, bis du wieder auf die Füße kommst«, sagte Adina schnell. »Es wird schön sein, jemanden zu haben, der sich während meiner Abwesenheit um die Wohnung kümmert.«

Maggie schluckte schwer. Sie und Adina hatten sich nur wenige Monate vor dem ... *Vorfall* kennengelernt, wie sie es nannte. Und es war eine große Überraschung, dass die Frau tatsächlich in Kontakt geblieben war, während sie hinter Gittern gesessen hatte. Maggie hatte für ihre Briefe gelebt. All ihre anderen Freunde waren verschwunden. Die Tatsache, dass Adina ihr angeboten hatte, bei ihr zu wohnen, sobald sie aus dem Gefängnis kam, bedeutete für Maggie alles.

Aber kostenlose Unterkunft hin oder her, Kalifornien war teuer. Sie musste einen Job finden. Und jetzt, da sie eine Straftäterin war, hatte Maggie keinen Zweifel daran, dass das leichter gesagt war als getan.

Aber das war eine Sorge für morgen. Heute würde sie sich über die Tatsache freuen, dass sie frei war. Weg von der Hölle, die sie fast zwei Jahre durchlebt hatte.

»Danke, dass du mich abholst«, sagte Maggie zu ihrer Freundin.

»Aber natürlich! Du hattest es gar nicht verdient, überhaupt dort zu sein.«

Das hatte sie nicht. Und es war ein großartiges Gefühl, dass wenigstens ein Mensch ihr glaubte, dass sie nicht getan hatte, wessen sie beschuldigt wurde. Sie glaubte nicht einmal, dass ihr eigener Anwalt ihr geglaubt hatte, als sie ihm erzählt hatte, dass sie reingelegt worden war.

»Ich wünschte, wir hätten mehr Zeit zusammen, bevor ich abreisen muss. Ich wollte dich so gern verkuppeln.«

Maggie zuckte zurück, als sei sie geohrfeigt worden. »Nein! Keine Verkupplungen. Ich werde für den Rest meines Lebens Single sein. Auf keinen Fall will ich irgendeine Art von Partner.«

»Niemals?«

»Niemals«, sagte Maggie entschlossen. Sie hatte ihre Lektion auf die harte Tour gelernt. Männer waren Schweine.

»Dann fällt der Besuch im *Aces Bar and Grill* für morgen Abend wohl aus?«, fragte Adina.

»Er fällt aus«, bestätigte Maggie.

»Tja, Mist. Na schön. Aber wenn du deine Meinung änderst, brauchst du es nur zu sagen. Ich kenne einige alleinstehende, gut aussehende Navy SEALs.«

»Nein. Keine Männer. Schon *gar nicht* solche, die in der Marine sind.«

Adina verbrachte den Rest der Fahrt zu ihrer Wohnung damit, fröhlich über all die Dinge zu reden, die sie in der nächsten Woche vor ihrem Einsatz für sie geplant hatte. Maggie wollte sich einfach nur verkriechen und wieder zu Kräften kommen. Sich wieder an das Leben außerhalb der Gefängnismauern gewöhnen. Aber sie würde kein Wort gegen die Pläne ihrer Freundin sagen. Die Tatsache, dass Adina bereit war, sie mietfrei bei sich wohnen zu lassen, solange Maggie es brauchte, um wieder auf die Füße zu kommen, war ein kleines Wunder. Sie würde alles tun, was die Frau wollte.

Maggie war fest entschlossen, einen Job zu haben und wieder auf eigenen Beinen zu stehen, sobald Adina von ihrem sechsmonatigen Einsatz zurückkehrte.

Dann würde sie Kalifornien verlassen. Sie wollte irgendwohin, wo es keinen Marinestützpunkt gab. Irgendwohin, wo sie das Arschloch, das sie ins Gefängnis gebracht hatte, garantiert *nie* wiedersehen würde.

Im Hinterkopf hatte Maggie das Gefühl, dass dieser Mann, wenn er wüsste, dass sie draußen war, alles dafür tun würde, dass sie sofort wieder hinter Gittern landete. Er war ein Arschloch ersten Grades, eines mit Macht. Vorher hatte sie ihn nicht als das gesehen, was er war, aber jetzt schon.

Als Adina auf dem Parkplatz den Motor abstellte, stieg Maggie aus und atmete noch einmal tief ein. Die frische Luft roch so gut.

Sie würde diesen Neuanfang, den ihre Freundin ihr ermöglichte, nicht vermasseln. Sie würde das Beste daraus machen. Oder bei dem Versuch sterben.

Wie Sie alle wissen, läuft in meinen Büchern nie alles glatt, und

Maggies Neuanfang ist da keine Ausnahme ... angefangen bei der Sache mit der Keine-Matrosen-Sache. Die Wege von Preacher und Maggie werden sich bald kreuzen und sie beide auf eine Reise voller Höhen und Tiefen führen. Lesen Sie alles darüber, wie es sich entwickelt, in *Schutz für Maggie*, dem nächsten Buch der Reihe *SEALs of Protection: Alliance*!

BÜCHER VON SUSAN STOKER

SEALs of Protection: Alliance
Schutz für Remi
Schutz für Wren
Schutz für Josie
Schutz für Maggie (1 Apr)
Schutz für Addison (6 May)
Schutz für Kelli
Schutz für Bree

Ein Spiel des Glücks
Ein Beschützer für Carlise
Ein Prinz für June (1 Jun)
Ein Held für Marlowe (1 Aug)
Ein Holzfäller für April (1 Okt)

Die Männer von Silverstone
Vertrauen in Skylar
Vertrauen in Taylor
Vertrauen in Molly
Vertrauen in Cassidy

<u>Die Zuflucht in den Bergen</u>

Zuflucht für Alaska
Zuflucht für Henley
Zuflucht für Reese
Zuflucht für Cora
Zuflucht für Lara
Zuflucht für Maisy
Zuflucht für Ryleigh

<u>Das Bergungsteam vom Eagle Point</u>

Ein Retter für Lilly
Ein Retter für Elsie
Ein Retter für Bristol
Ein Retter für Caryn
Ein Retter für Finley
Ein Retter für Heather
Ein Retter für Khloe

<u>SEALs of Protection: Legacy</u>

Ein Beschützer für Caite
Ein Beschützer für Brenae
Ein Beschützer für Sidney
Ein Beschützer für Piper
Ein Beschützer für Zoey
Ein Beschützer für Avery
Ein Beschützer für Kalee
Ein Beschützer für Jane

<u>Die SEALs von Hawaii:</u>

Die Suche nach Elodie
Die Suche nach Lexie
Die Suche nach Kenna
Die Suche nach Monica
Die Suche nach Carly

Die Suche nach Ashlyn
Die Suche nach Jodelle

Delta Team Zwei
Ein Held für Gillian
Ein Held für Kinley
Ein Held für Aspen
Ein Held für Jayme
Ein Held für Riley
Ein Held für Devyn
Ein Held für Ember
Ein Held für Sierra

Mountain Mercenaries:
Die Befreiung von Allye
Die Befreiung von Chloe
Die Befreiung von Morgan
Die Befreiung von Harlow
Die Befreiung von Everly
Die Befreiung von Zara
Die Befreiung von Raven

Ace Security Reihe:
Anspruch auf Grace
Anspruch auf Alexis
Anspruch auf Bailey
Anspruch auf Felicity
Anspruch auf Sarah

Die Delta Force Heroes:
Die Rettung von Rayne
Die Rettung von Emily
Die Rettung von Harley
Die Hochzeit von Emily

Die Rettung von Kassie
Die Rettung von Bryn
Die Rettung von Casey
Die Rettung von Wendy
Die Rettung von Sadie
Die Rettung von Mary
Die Rettung von Macie
Die Rettung von Annie

<u>SEALs of Protection:</u>
Schutz für Caroline
Schutz für Alabama
Schutz für Fiona
Die Hochzeit von Caroline
Schutz für Summer
Schutz für Cheyenne
Schutz für Jessyka
Schutz für Julie
Schutz für Melody
Schutz für die Zukunft
Schutz für Kiera
Schutz für Alabamas Kinder
Schutz für Dakota

<u>Eine Sammlung von Kurzgeschichten</u>
Ein langer kurzer Augenblick

BIOGRAFIE

Susan Stoker ist die New York Times, USA Today und Wall Street Journal Bestsellerautorin der Buchreihen »Badge of Honor: Texas Heroes«, »SEAL of Protection«, »Die Delta Force Heroes« und einigen mehr. Stoker ist mit einem pensionierten Unteroffizier der US-Armee verheiratet und hat in ihrem Leben schon überall in den Vereinigten Staaten gelebt – von Missouri über Kalifornien bis hin zu Colorado. Zurzeit nennt sie die Region unter dem großen Himmel von Tennessee ihr Zuhause. Sie glaubt ganz und gar an Happy Ends und hat großen Spaß daran, Geschichten zu schreiben, in denen Romantik zu Liebe wird.

Besuchen Sie Susan im Netz!
www.stokeraces.com
facebook.com/authorsusanstoker
twitter.com/Susan_Stoker
bookbub.com/authors/susan-stoker
instagram.com/authorsusanstoker
Email: Susan@StokerAces.com